1936

Das Buch

Als in der Nähe des Leuchtturms der isländischen Stadt Akranes die Leiche einer zunächst unbekannten jungen Frau gefunden wird, stellt sich schnell heraus, dass sie keine Fremde in dem kleinen Ort ist. Polizistin Elma, die selbst in Akranes aufgewachsen und nach dem Ende ihrer Beziehung aus Reykjavík in den Ort ihrer Kindheit zurückgekehrt ist, übernimmt die Ermittlungen zusammen mit ihren Kollegen Saevar und Hördur. Gemeinsam stoßen sie auf ein Geheimnis in der Vergangenheit der Toten, dessen Folgen bis heute nachwirken. Im Zuge der weiteren Ermittlungen entdecken Elma und ihr Team nach und nach eine Reihe weiterer, lang verborgener Verbrechen, die die gesamte Community der Stadt erschüttern. Doch auch sie selbst haben immer wieder mit ihren eigenen Dämonen zu kämpfen. Ein hochspannender, psychologischer Krimi vor einer großartigen Kulisse.

Die Autorin

Eva Björg Ægisdóttir ist Jahrgang 1988 und lebt mit ihrem Partner und drei Kindern in Reykjavik. Sie ist in Akranes geboren und aufgewachsen. Nach ihrem Abschluss in Soziologie zog sie nach Trondheim in Norwegen, wo sie einen Master in Globalisierung machte. Für ihren ersten Krimi wurde sie u. a. mit dem renommierten isländischen Blackbird-Award ausgezeichnet.

Die Übersetzerin

Freyja Melsted, geboren 1991, ist in Österreich und Island aufgewachsen. Sie übersetzt aus dem Englischen, Spanischen und Isländischen.

EVA BJÖRG ÆGISDÓTTIR

VERSCHWIEGEN

EIN ISLAND-KRIMI

Aus dem Isländischen von
Freyja Melsted

Kiepenheuer
& Witsch

Sie hört ihn, lange bevor sie ihn sieht. Das Knarren der Treppe, wenn er raufgeht. Ein vorsichtiger Schritt nach dem anderen. Er versucht, sanft aufzutreten, will niemanden wecken – noch nicht jedenfalls. Wenn sie so spät die Treppe hinaufgehen würde, bekäme es niemand mit. Aber er kann das nicht. Er kennt die Stufen nicht so gut wie sie, weiß nicht, wo man am besten auftritt.

Sie kneift die Augen wieder fest zusammen, spannt die Muskeln um die Augen so sehr an, dass es wehtut. Atmet tief, ruhig. Hoffentlich hört er ihr Herz nicht pochen; das Herz schlägt nur dann so schnell, wenn man wach ist. Wach ist und Angst hat. Sie erinnert sich noch daran, als sie einmal Papas Herzschlag hören durfte. Er war sicher tausend Mal die Treppe auf und ab gerannt, bevor er sie gerufen hat. »Horch«, hat er gesagt. »Horch, wie schnell das Herz jetzt schlägt. Das ist, weil der Körper bei Bewegung mehr Sauerstoff braucht, und das Herz ist dafür zuständig, ihn damit zu versorgen«, erklärte er. Aber jetzt liegt sie regungslos da, und trotzdem schlägt ihr Herz viel schneller als damals bei Papa.

Er kommt näher.

Sie weiß, wie die oberste Stufe klingt, und sie weiß auch, wie das Dach im Sturm klingt und die Eingangstür unten, wenn Mama nach Hause kommt. Vor ihren Augen tauchen kleine Sternchen auf. Sie schweben herum, anders als die Sterne am Himmel, die bewegen sich nur sehr selten. Das sieht man nur, wenn man sehr lange abwartet und sehr viel Glück hat. Und das hat sie nicht. Sie gehört nie zu denen, die Glück haben.

Jetzt spürt sie ihn über sich stehen. Er schnauft wie ein alter Mann. Der Geruch von Zigaretten dringt durch ihre Nase, und sie weiß, wenn sie jetzt aufblicken würde, sähe sie direkt in seine dunkelgrauen Augen. Instinktiv zieht sie die Decke über das Gesicht. Aber sie kann sich nicht verstecken. Diese kleine Bewegung hat sie wahrscheinlich auffliegen lassen, und er muss gemerkt haben, dass sie nicht wirklich geschlafen hat. Nicht, dass es einen Unterschied gemacht hätte.

Es hat noch nie einen Unterschied gemacht.

Elma hatte keine Angst. Das Gefühl war aber ähnlich. Die schwitzigen Hände, das rasende Herz. Eigentlich hatte sie keine schwachen Nerven. Sie wurde aber immer nervös und rot, wenn sie vor Leuten sprechen musste. Nicht nur im Gesicht, wo sie die Röte unter einer dicken Schicht Make-up verbergen konnte, sondern auch auf dem Hals und am Dekolleté. Unübersehbare rote und weiße Flecke.

Schon damals, als sie in der zehnten Klasse angefangen hatte, sich mit Viðar zu treffen, war sie das reinste Nervenbündel gewesen. Ein fünfzehnjähriges Mädchen mit fleckiger Brust und viel zu viel Mascara, das sich aus dem Haus schlich und hoffte, die Eltern würden die Eingangstür nicht ins Schloss fallen hören. Dann wartete sie an der Straßenecke auf ihn. Er saß auf dem Rücksitz, weil er noch nicht alt genug war, um selbst zu fahren, sein Kumpel aber schon. Sie waren noch nicht lange unterwegs und hatten kaum zwei Worte gewechselt, als er sich zu ihr herüberlehnte und ihr die Zunge in den Hals steckte. Noch nie zuvor hatte sie jemanden geküsst, und die Zunge kam ihr groß und aufdringlich vor, aber sie nahm es hin. Während sie sich küssten, fuhr der Freund in aller Ruhe weiter, und ihr fiel auf, dass er ab und zu in den Rückspiegel blickte und sie beobachtete. Sie ließ sich von Viðar über der Kleidung berühren, tat so, als fände sie es gut. Gerade war sie auf derselben Straße unterwegs, die sie damals entlanggefahren waren, mit Lifehouse in den Boxen und einem Bassverstärker im Kofferraum. *There's nothing else to lose, there's nothing else to find.* Bei der Erinnerung lief es ihr kalt den Rücken hinunter.

Vor dem Haus ihrer Eltern waren Risse im Gehsteig. Sie parkte und starrte eine Weile darauf. Stellte sich vor, wie die Risse tiefer und breiter wurden, bis sich Treibsand auftat, der ihren alten Volvo verschluckte. Die Risse waren schon zu ihrer Kindheit da gewesen. Zwar etwas kleiner, aber nicht merklich. Im blauen Haus gegenüber hatte Silja gewohnt, und sie hatten oft auf dem Gehsteig gespielt. In einem der Spiele war der größte Riss eine riesige Schlucht, voll mit glühend heißer Lava und Feuerblitzen, die auf sie zuflogen.

Im blauen Haus – das allerdings mittlerweile weiß war – lebte jetzt aber eine Familie mit zwei kleinen Jungen, beide blond, mit Frisuren wie Prinz Eisenherz. Sie wusste nicht, wo Silja wohnte. Es mussten mindestens vier Jahre vergangen sein, seit sie das letzte Mal mit ihr gesprochen hatte. Vielleicht länger.

Sie stieg aus dem Auto und ging auf das Haus zu. Vor dem Eintreten warf sie noch einmal einen Blick auf die Risse im Gehsteig. Jetzt, zwanzig Jahre später, war die Vorstellung, darin zu verschwinden, gar nicht mehr so schlimm.

EIN PAAR WOCHEN SPÄTER

Elma erwachte von einem Windstoß. Sie blieb noch eine Weile liegen und lauschte dem Rauschen vor dem Fenster, während sie auf die weiße Decke der Wohnung starrte. Als sie endlich aufstand, blieb ihr nur noch Zeit, sich schnell in ein paar Klamotten zu schmeißen und mit einer überreifen Banane aus dem Haus zu rennen. Sofort wehte ein beißender Wind um ihre Wangen. Sie zog den Reißverschluss der Jacke höher, setzte die Kapuze auf und beeilte sich. Die Straßenlaternen erleuchteten den finsteren Gehsteig und der Frost der vergangenen Nacht brachte den grauen Beton zum Schimmern. In der Stille hallte das Knarren der Schuhe wider – es war nicht viel los an diesem Samstagmorgen spät im November.

Wenige Minuten nachdem sie die warme Wohnung verlassen hatte, stand sie vor dem blassgrünen Gebäude der Polizeistation von Akranes. Elma versuchte, ruhig zu atmen, als sie zur kalten Türklinke griff. Drinnen am Empfangstisch saß eine ältere Frau und telefonierte. Ihr Haar war blond und kraus, die Haut braun gebrannt und sah ein bisschen aus wie Leder. Sie hob einen rot lackierten Zeigefinger, um Elma zu signalisieren, sie solle einen Moment warten.

»Jói, mein Lieber, ich sag ihm das. Ich weiß, dass es nicht in Ordnung geht, aber das ist doch kein Fall für die Polizei. Das sind halt streunende Katzen, du müsstest dich da an die Tierkontrollbehörde wenden ... Jói ...« Die Frau hielt den Hörer ein wenig vom Ohr weg und lächelte Elma entschuldigend an.

»Lieber Jói, ich kann im Moment nicht viel für dich tun. Denk einfach daran, das nächste Mal die Fenster zuzumachen, wenn du einkaufen gehst ... Ja, ich weiß, die marokkanischen Teppiche sind sündteuer. Jói, mein Lieber, ich muss mich später wieder melden. Bis dann.«

Sie legte auf und atmete tief durch. »Diese Streuner in Neðri-Skagi sind ein echtes Problem. Der arme Mann hat nur kurz das Fenster offen gelassen, während er einkaufen gegangen ist, und schon schleicht sich das Vieh rein und pinkelt und kackt auf den alten Wohnzimmerteppich. Der Arme«, sagte die Frau und schüttelte den Kopf. »Aber genug davon, was kann ich für dich tun, Liebes?«

»Ja, hallo.« Elma räusperte sich und merkte sofort, dass sie sich nicht die Zähne geputzt hatte. Sie schmeckte noch die Banane auf der Zunge. »Ich heiße Elma, ich habe einen Termin mit Hörður.«

»Ja, ich weiß schon, wer du bist«, sagte die Frau, stand auf und reichte ihr die Hand. »Ich heiße Guðlaug, aber sag ruhig Gulla zu mir. Komm doch rein und behalte die Jacke am besten an. Hier im Vorraum ist es so kalt, ich bitte schon seit Wochen darum, dass diese Heizung endlich repariert wird, aber das steht nun mal nicht weit oben auf der Prioritätenliste einer unterfinanzierten Polizeibehörde«, sagte sie genervt. »Aber wie geht's denn deinen Eltern? Sie freuen sich sicher sehr, dass du wieder zurück in der Heimat bist, aber so ist das ja hier in Akranes, es gibt keinen besseren Ort, und die meisten kommen wieder, wenn sie merken, dass das Gras in Reykjavík auch nicht grüner ist.« Gulla plapperte vor sich hin, ohne auch nur einmal Luft zu holen. Elma wartete geduldig, bis sie aufhörte zu sprechen.

»Meinen Eltern geht's gut«, warf sie ein, als sich die Gelegenheit bot, während sie angestrengt überlegte, ob sie Gulla irgendwoher kennen sollte. Seit sie vor fünf Wochen nach Akranes gezogen war, passierte es ihr ständig, dass unbekannte Leute sie auf der

Straße in ein Gespräch verwickelten. Meist genügte es, einfach zu nicken und zu lächeln.

»Ach, entschuldige, ich rede immer so viel, da gewöhnst du dich dran. Du erinnerst dich sicher nicht, aber wir haben im selben Treppenhaus gewohnt, als du ein kleines sechsjähriges Mädel warst. Ich weiß noch, wie süß du am ersten Schultag warst, mit dem riesigen Schulranzen«, fuhr Gulla fort und lachte laut.

»Ja, ja doch, da klingelt was bei mir, an den Schulranzen erinnere ich mich«, sagte Elma. Sie sah ein vages Bild vor sich, von einem großen gelben Monstrum, das man ihr auf den Rücken geschnallt hatte und das fast ein Viertel ihres damaligen Körpergewichts wog.

»Und jetzt bist du wieder da«, sagte Gulla und lächelte.

»Ja, scheint so«, antwortete Elma etwas verlegen. Mit einer so herzlichen Begrüßung hatte sie nicht gerechnet.

»Wie schön, ich bringe dich am besten gleich zu Hörður, er hat dich schon angekündigt.« Gulla bat Elma, ihr zu folgen. Sie gingen einen Flur mit Linoleumboden entlang zu einer Tür, auf der eine kleine Metallplatte angebracht war; *Hörður Höskuldsson* stand darin eingraviert.

»So wie ich Hörður kenne, hört er gerade Radio mit Kopfhörern und hat uns noch nicht bemerkt. Der Mann kann anders nicht arbeiten, das habe ich noch nie verstanden.« Gulla seufzte laut und klopfte fest an die Tür. Ohne auf eine Antwort zu warten, trat sie ein.

Am Schreibtisch saß ein Mann, der konzentriert auf den Bildschirm vor sich blickte. Er trug Kopfhörer, genau wie Gulla vermutet hatte. Als er eine Bewegung bemerkte, blickte er zu ihnen auf und nahm schnell die Hörer runter.

»Hallo, Elma, und willkommen«, sagte Hörður mit einem freundlichen Lächeln auf dem Gesicht. Er stand auf, reichte ihr die Hand über den Schreibtisch und bat sie, sich zu setzen. Vermutlich war er schon über fünfzig, das Haar war grau meliert und einzelne Strähnen fielen ungezügelt in sein schmales Gesicht. Seine Finger aber waren zartgliedrig und die Nägel gepflegt. Elma stellte sich vor, wie er zu Hause mit der Nagelfeile vor dem Fernseher saß. Aus Reflex versteckte sie ihre Hände im Schoß, damit niemand ihre abgekauten Nägel bemerkte.

»Du hast also beschlossen, wieder in die Heimat zu ziehen und uns mit deiner Expertise zu beglücken«, sagte er und lehnte sich zurück, die Hände vor der Brust verschränkt, ohne den Blick von ihr abzuwenden. Die Stimme war tief, und er hatte eigenartig helle blaue Augen.

»Ja, so könnte man es wohl ausdrücken«, sagte Elma und straffte die Schultern. Sie fühlte sich plötzlich wie ein kleines Mädchen, das etwas angestellt hatte und zum Schulleiter musste. Ihre Wangen erröteten, und sie hoffte, es würde nicht auffallen. Was unwahrscheinlich war; sie hatte sich am Morgen keine Zeit zum Schminken genommen, also konnte nichts die Röte im Gesicht verdecken.

»Du warst ja vorher bei der Kripo in Reykjavík, und wie es der Zufall so will, hat einer unserer Mitarbeiter beschlossen, dort sein berufliches Glück zu suchen, also nimmst du quasi seinen Platz ein, wenn man so will.« Er lehnte sich vor und legte eine Hand unter das Kinn. »Ich muss zugeben, ich war etwas überrascht, als dein Vater mich angerufen hat. Was hat dich dazu bewogen, nach fünf Jahren in der Stadt wieder hierherzukommen, wenn ich fragen darf?«

»Ich schätze, Akranes hat mir gefehlt«, antwortete Elma und versuchte, möglichst überzeugend zu klingen. »Ich hatte schon länger mit dem Gedanken gespielt, zurückzukommen«, fügte sie hinzu. »Meine ganze Familie ist hier. Und dann habe ich eine schöne Wohnung zum Verkauf gesehen und gleich zugeschlagen.« Sie lächelte und hoffte, die Antwort würde genügen.

»Verstehe«, sagte Hörður und nickte gelassen, bevor er weitersprach. »Wir können dir vielleicht nicht ganz die Ausstattung und Schnelllebigkeit bieten, die du aus der Stadt kennst, aber eins kann ich dir versprechen, Akranes wirkt auf den ersten Blick wie ein verschlafenes Dorf, aber wir haben hier mehr als genug zu tun. Unter der Oberfläche brodelt so einiges, also wird dir sicher so schnell nicht langweilig werden. Klingt das nicht gut?«

Elma nickte, nicht ganz sicher, ob er es ernst meinte. Ihrer Einschätzung nach war Akranes genauso ruhig, wie es auf den ersten Blick wirkte.

»Wie du wahrscheinlich weißt, bin ich der Chef der Kriminalpolizei und somit dein Vorgesetzter. Wir arbeiten in Schichten rund um die Uhr, es sind immer vier Polizisten und ein Schichtleiter im Dienst. Die Kripo Akranes ist für den gesamten Westen Islands zuständig. Die Schichtverteilung ist so, wie du es aus Reykjavík kennst. Soll ich dir noch schnell die Station zeigen?« Er stand auf, öffnete die Tür und bat Elma, ihm zu folgen.

Die Polizeistation war nicht viel anders als die in Reykjavík, nur viel kleiner natürlich. In der Luft lag der gleiche Bürokratie-Geruch wie in anderen staatlichen Einrichtungen. Der Boden war aus beigem Linoleum, und vor den Fenstern hingen weiße Jalousien und helle Vorhänge. Die Büros waren mit Möbeln aus hellem Birkenholz eingerichtet. Hörður zeigte ihr die vier Zellen am anderen Ende der Station. »Eine ist zurzeit belegt, der gestrige Abend war anscheinend ganz schön turbulent, aber hoffentlich wacht der Arme bald auf, damit er sich nach Hause begeben kann«, sagte er und grinste spöttisch, während er über seinen dichten und gut gepflegten Bart strich. Er öffnete eine leere Zelle, die genauso aussah wie die in Reykjavík – ein kleines Zimmer mit einem schmalen Bett.

»So wie überall, nicht besonders aufregend«, sagte Hörður.

Elma nickte. Sie kannte diese Zellen von ihrem vorherigen Arbeitsplatz: graue Wände und harte Betten, in denen kaum jemand mehr als eine Nacht verbringen wollte. Sie folgte Hörður den Flur entlang zu den Büros. Vor einer Tür blieb er stehen, öffnete sie und bat sie hinein. Sie blickte sich in dem Büro um. Der Schreibtisch war klein, aber groß genug für einen Computer und alles, was sie sonst noch brauchte. Außerdem hatte er ein paar Schubladen, die sich abschließen ließen, und auf der einen Ecke des Tisches stand ein Blumentopf. Die Pflanze sah zum Glück wie ein pflegeleichter Kaktus aus. Aber sie hatte es auch schon einmal geschafft, einen Kaktus umzubringen.

»Hier ist deine Zelle«, sagte Hörður scherzhaft. »Gulla hat vor ein paar Tagen für dich aufgeräumt. Dein Vorgänger, Pétur, hat jede Menge Papiere und Müll hinterlassen, aber für Montag sollte jetzt alles bereit sein.«

»Sieht gut aus«, sagte Elma und lächelte Hörður zu. Sie ging zum Fenster und warf einen Blick hinaus. Von der Scheibe strahlte die Kälte ab, und sie bekam Gänsehaut auf den Armen. Gegenüber der Polizeistation standen Wohnblocks. Karg und trist. Als sie klein war, hatte sie in den Kellern dieser Blocks gespielt. Die Flure waren groß, leer, muffig und rochen nach Gummi, weil in den Fahrradkellern Autoreifen gelagert wurden. Für Kinder wie gemacht zum Spielen.

»Na ja, das war's eigentlich auch schon«, sagte Hörður und rieb sich die Hände. »Lass uns mal nachsehen, ob schon jemand Kaffee gemacht hat. Trink doch noch eine Tasse mit uns, bevor du nach Hause fährst.«

Sie gingen in die Kaffeeküche. An einem kleinen Tisch saß ein Mann, der sich als Kári vorstellte, ein Polizist. Er teilte mit, dass die anderen der Schicht bei einem Einsatz seien – eine Party in einem Mehrfamilienhaus, die sich bis in die Morgenstunden gezogen hatte, wenig zur Freude der Nachbarn.

»Du wirst noch merken, wie schön es ist, hier auf dem Land den Stadttrubel hinter sich zu lassen«, sagte er dann. Als er lächelte, kniff er die dunklen Augen zusammen, und kurz waren nur die schwarz leuchtenden Pupillen zu sehen. »Wobei wir hier nicht mehr so richtig auf dem Land sind, bei dem Aufschwung in letzter Zeit. Die Häuser gehen weg wie die warmen Semmeln. Alle wollen nach Akranes, so ist das nun mal.« Er lachte laut.

»Es wird jedenfalls eine Umstellung«, antwortete Elma, und ihr entkam ein Lächeln. Der Mann sah aus wie eine Comicfigur, wenn er lachte.

»Wir freuen uns, dich im Team zu haben, ehrlich gesagt haben wir uns Sorgen gemacht, wie es ohne Pétur sein würde, er war einer der alten Hasen hier. Aber er wollte nach einigen Jahrzehnten am gleichen Ort noch einmal neu anfangen, seine beiden Kinder sind aus dem Haus und erwachsen. Außerdem hat er in der Stadt eine neue Frau kennengelernt.« Hörður schenkte zwei Kaffeetassen ein und reichte ihr eine. »Mit Milch oder Zucker?«, fragte er und hielt ihr eine Packung H-Milch hin.

Als Elma wieder hinausging, wurde es langsam hell, aber die Straßenlaternen waren noch an. In der Zwischenzeit hatte der Verkehr ein wenig zugenommen und der Wind sich etwas gelegt. Der Ort hatte sich seit ihrer Kindheit verändert, war gewachsen und die Einwohnerzahl gestiegen, aber ihr kam es trotzdem so vor, als wäre alles wie damals. Akranes war immer noch klein und hatte nur etwa siebentausend Einwohner, man begegnete also Tag für Tag denselben Gesichtern. Es gab eine Zeit, da fand sie das überwältigend. Als würde die Welt versuchen, sie in einer kleinen Seifenblase gefangen zu halten, während außerhalb so viel auf sie wartete. Doch jetzt hatte die Vorstellung einen gegenteiligen Effekt. Sie wollte nichts lieber, als sich in der Seifenblase zu verkriechen und die Welt um sich herum zu vergessen.

Langsam setzte sie einen Fuß vor den anderen – wusste, dass zu Hause jede Menge Arbeit auf sie wartete. Am vergangenen Wochenende hatte sie die Wohnung übernommen und war immer noch dabei, sie ordentlich einzurichten. Sie lag in einem kleinen Mehrfamilienhaus mit insgesamt acht Wohnungen auf zwei Etagen. Als Elma klein war, hatte es in der Gegend noch keine Häuser gegeben. Damals lag dort eine große Wiese, und manchmal grasten Pferde darauf, die Elma mit altem Brot fütterte. Doch in der Zwischenzeit war ein ganzes Viertel entstanden, mit vielen neuen Ein- und Mehrfamilienhäusern, es gab sogar einen Kindergarten. Ihre Wohnung lag im Erdgeschoss und hatte eine große Terrasse. Es gab zwei separate Treppenhäuser, und je vier Wohnungen teilten sich einen kleinen Gemeinschaftsbereich, aber Elma hatte noch keinen der Nachbarn so richtig kennengelernt. Sie wusste, dass gegenüber von ihr ein junger Mann wohnte, den sie bisher aber noch nicht gesehen hatte. Über ihr wohnten Bárður, ein etwas älterer Herr, der auch Vorsitzender der Eigentümergemeinschaft war, und ein kinderloses Paar mittleren Alters, die ihr freundlich zunickten, wenn sie ihnen begegnete.

Sie war seit einer Woche dabei, sich einzurichten, und mittlerweile standen fast alle Möbel an ihrem Platz. Ihr Hausrat war eine bunte Mischung aus diesem und jenem. Einiges hatte sie aus Secondhandläden zusammengetragen; eine alte Truhe mit eingeschnitztem Blumenmuster, eine vergoldete Standleuchte und vier Küchenstühle, die um einen alten Esstisch ihrer Eltern standen. Sie fand die Wohnung ganz gemütlich eingerichtet, aber als ihre Mutter zu Besuch kam, verriet ihr Gesichtsausdruck, dass sie diese Meinung nicht teilte. »Aber Elma, es ist so ... so bunt«, sagte sie in einem vorwurfsvollen Ton. »Was ist mit den Möbeln aus der alten Wohnung? Die waren doch so schön. So stilvoll.«

Elma zuckte mit den Schultern und sagte, sie habe beim Auszug ohne langes Nachdenken alles verkauft, und tat so, als würde sie den Gesichtsausdruck ihrer Mutter nicht sehen. »Ich hoffe, du hast zumindest einen guten Preis dafür bekommen«, meinte ihre Mutter, aber Elma lächelte nur, denn dem war in Wirklichkeit nicht so. Aber sie fühlte sich wohl inmitten dieser alten Sachen. Einige kannte sie noch aus ihrer Kindheit, und die anderen hatten sicher eine interessante Geschichte.

»Guten Tag«, sagte Bárður, der ältere Herr aus der Wohnung über ihr. Elma war so in Gedanken vertieft gewesen, dass sie ihn nicht bemerkt hatte. Er stand vor dem Haus und stampfte auf dem Gehsteig vor dem Eingangsbereich auf einer losen Steinplatte herum.

»Guten Tag.« Elma nickte ihm höflich zu.

»Wir sehen uns morgen Abend bei der Versammlung, oder?«, sagte er, als sie an ihm vorbeiging.

»Die Versammlung?« Elma drehte sich um und sah ihn fragend an.

»Na, der Eigentümergemeinschaft. Dieser Gehsteig muss in Ordnung gebracht werden, die Platten sind alle mehr oder weniger locker. Wir haben schon ein Angebot für die Reparatur, über das wir abstimmen müssen«, brummte er und sah sie mit ernster Miene an. Bárður hatte einen scharfen Blick, und von seinem Balkon aus beobachtete er die anderen Bewohner des Hauses genau. Von ihren Eltern wusste sie, dass seine Frau vor einigen Jahren nach langer Krankheit verstorben war. In der einen Woche seit ihrem Umzug hatte Bárður jede Gelegenheit genutzt, ihr Informationen über diverse Regeln zukommen zu lassen, die Wohnungseigentümer beachten sollten. Persönliche Gegenstände durften nicht im Treppenhaus abgestellt werden, auch nicht, wenn es nur für ein paar Stunden war. Alle zwei Wochen sollten die Eigentümer abwechselnd den gemeinsamen Bereich saugen und putzen, und die Schilder auf Briefkästen und Türklingeln mussten in einer bestimmten Schriftart und Größe ausgedruckt werden. Im Garten galten dieselben Regeln wie für den gemeinschaftlichen Bereich; nichts durfte ohne vorherige Genehmigung frei herumstehen. Demnach musste jeder Blumentopf vor den beiden Eingängen eigens besprochen werden, genauso wie die Frage, welche Pflanzen man im Garten setzen wollte oder nicht.

»Ach ja, stimmt. Ich werde daran denken«, antwortete Elma

fröhlich und fluchte innerlich. Sie hatte die Versammlung völlig vergessen, und es war nicht gerade, wie sie ihren Sonntagabend verbringen wollte. Bárður hatte zwei Tage zuvor bei ihr geklopft und ihr ein Blatt mit den Tagesordnungspunkten überreicht. Er hätte den Zettel auch einfach in den Briefkasten stecken können, aber dabei wollte er es anscheinend nicht belassen. Sicher aus Angst, er könnte dort verloren gehen.

Vor dem Umzug hatte sie mit ihrem langjährigen Freund Davíð in Melar, im Westen Reykjavíks, gewohnt, in einer kleinen, aber feinen Wohnung im Erdgeschoss eines dreistöckigen Hauses. Sie vermisste die große Eberesche vor dem Fenster. Der Baum war wie ein Kunstwerk, das je nach Jahreszeit die Farben wechselte. Im Sommer sattgrün, im Herbst rötlich orange und im Winter entweder braun oder weiß. Die Wohnung fehlte ihr, aber vor allem fehlte ihr Davíð.

Sie hielt vor der Tür inne, holte ihr Handy raus und tippte eine Nachricht. Löschte sie wieder und tippte sie noch mal. Blieb eine Weile stehen und gab dann Davíðs Nummer ein. Sie wusste, es war zwecklos, aber ohne lange darüber nachzudenken, schickte sie die Nachricht ab und ging in die Wohnung.

* * *

An diesem Freitagabend war das beliebteste Restaurant im Ort gut besucht, es gab schließlich in Akranes auch nicht viel Konkurrenz. Magnea straffte die Schultern und blickte sich um. Sie wusste genau, dass sie an dem Abend ganz besonders gut aussah. Der schwarze Einteiler betonte die Figur, und kaum jemand konnte es lassen, ihr tief in den Ausschnitt zu gucken. Sie sah Bjarni, der ihr gegenübersaß, tief in die Augen, und beide wussten, worauf der Abend hinauslaufen würde, sobald sie unter sich waren. Natürlich hätte sie lieber mit Bjarni allein am Tisch gesessen, anstatt die Schwiegereltern noch dabeizuhaben.

Es gab einen Grund zu feiern. Bjarni sollte endlich die Firma von seinem Vater übernehmen. Gleich im Anschluss ans Gymnasium hatte er angefangen, dort zu arbeiten, und obwohl das Unternehmen in Familienhand war, musste er hart für die Position kämpfen. Er arbeitete von früh bis spät, auch abends und an den Wochenenden, und seit einigen Jahren teilte er sich im Prinzip die Leitung mit seinem Vater. Jetzt sollte er sie endlich auch offiziell übernehmen. Das bedeutete doppelt so viel Gehalt und doppelt so viel Verantwortung. Aber heute Abend wollte er entspannen.

Der Kellner brachte eine Flasche Rotwein und schenkte Bjarni einen kleinen Schluck ein, der ihn probierte und zustimmte. Dann befüllte der Kellner alle Gläser und ließ die Flasche am Tisch stehen.

»Prost.« Hendrik, Bjarnis Vater, hob sein Glas. »Auf Bjarni und seinen unermüdlichen Arbeitseifer. Jetzt darf er sich auch noch Firmenleiter nennen, und wir als Eltern sind äußerst stolz auf ihn, wie wir es freilich immer schon waren.«

Dann stießen sie an und nippten an dem teuren Wein. Magnea achtete darauf, nicht mehr als einen ganz kleinen Schluck zu trinken, nur ein paar Tröpfchen passierten ihre rot geschminkten Lippen.

»Ohne diese wunderschöne Frau an meiner Seite hätte ich es nie so weit gebracht«, sagte Bjarni etwas lallend. Er hatte sich ein wenig Whiskey gegönnt, während sie auf seine Eltern gewartet hatten, und starker Wein stieg ihm immer schnell zu Kopf. »Ich kann gar nicht zählen, wie oft ich nach der Arbeit erst spät nach Hause gekommen bin, und nie, nicht ein Mal, hat dieser Schatz sich beschwert, obwohl sie ja selbst auch alle Hände voll zu tun hat.« Er sah seine Frau mit verträumtem Blick an, und sie schickte ihm einen Luftkuss über den Tisch.

Hendrik sah Ása zufrieden an, sie lächelte aber nicht zurück, sondern wich seinem Blick mit einer missbilligenden Miene aus.

Magnea seufzte innerlich. Sie hatte die Versuche längst aufgegeben, die Gunst der Schwiegermutter zu gewinnen, und nahm sich ihre Ablehnung auch nicht mehr zu Herzen. In den Anfängen ihrer Beziehung mit Bjarni hatte sie sich bemüht, ihr näherzukommen. Hatte versucht, die Wohnung vor ihren Besuchen blitzblank zu putzen, extra etwas Frisches gebacken und ihr Bestes gegeben, der Schwiegermutter zu gefallen. Aber alles ohne Erfolg. Sie bekam immer denselben missbilligenden Blick von Ása, der ihr zu verstehen geben sollte, dass der Kuchen zu trocken, das Badezimmer nicht glänzend genug und der Boden schlecht geschrubbt war. Sie würde nie gut genug für Bjarni sein, egal wie sehr sie sich bemühte.

»Wie läuft es in der Schule, Magnea? Können die kleinen Racker sich benehmen?«, fragte Hendrik. Im Gegensatz zu seiner Frau hatte er schon immer ausgesprochen viel für Magnea übriggehabt. Vielleicht war das einer der Gründe für Ásas Skepsis ihr gegenüber. Hendrik nutzte jede Gelegenheit, Magnea zu berühren, fasste ihr an die Schultern oder die Hüfte und küsste sie auf die Wangen. Anders als seine kleine Ehefrau war er groß gewachsen, und in Akranes wussten alle, dass er bei Geschäftsfragen keine Skrupel kannte. Sein Lächeln wirkte sympathisch, das hatte Bjarni von ihm, und seine Haut war dick und etwas rau. Über die Jahre hatte der regelmäßige Alkoholkonsum Spuren im Gesicht hinterlassen, es war schroff und errötet. Magnea konnte aber besser mit ihm als mit Ása und ließ das Begrapschen und das Flirten über sich ergehen. Das schien ihr relativ harmlos.

»Bei mir reißen sie sich meist zusammen«, antwortete Magnea und lächelte ihn an. In dem Moment kam der Kellner, um ihre Bestellungen aufzunehmen.

Der Abend verlief ohne größere Vorfälle, Bjarni und Hendrik redeten über die Arbeit und über Fußball; Ása saß schweigend da und wirkte in Gedanken versunken. Magnea lächelte Vater und Sohn ab und zu an, warf das eine oder andere Wort ein und saß ansonsten wie Ása still an ihrem Platz. Aus dem Grund war sie doch sehr froh, als der Abend vorbei war und sie das Restaurant verließen. Draußen zog die kalte Abendluft bis unter ihren dünnen Mantel. Sie hakte sich bei Bjarni ein und schmiegte sich an ihn.

Der Rest des Abends gehörte ihnen allein.

Erst als Bjarni schon schlief, erinnerte sie sich an das Gesicht. Sah die dunklen Augen, die ihr begegnet waren, als sie sich im Restaurant umgeblickt hatte. Magnea lag bis spät in die Nacht wach im Bett und versuchte, die Erinnerungen loszuwerden, die jedes Mal lebendig wurden, wenn sie die Augen schloss.

Ihr Papa war seit Tagen nicht nach Hause gekommen. Sie fragte auch nicht mehr nach ihm, das machte Mama immer so traurig. Sie wusste ja selbst, dass er nicht wiederkommen würde. Tag für Tag sah sie Leute kommen und gehen, hörte sie reden. Aber niemand redete mit ihr. Sie starrten über sie hinweg und tätschelten ihr den Kopf, aber wichen ihrem Blick aus. Trotzdem konnte sie sich ungefähr zusammenreimen, was passiert war. Papa war an dem Tag, als er von ihnen wegging, mit dem Boot rausgefahren, das wusste sie. Die Leute redeten über den Unfall und den Sturm. Den Sturm, der ihren Papa mitgenommen hatte.

In der Nacht, in der er verschwand, hatte ein Windstoß sie geweckt, der gegen das Wellblechdach knallte, als wollte er es runterreißen. Papa war in ihrem Traum aufgetaucht, lebendig, mit breitem Lächeln und Schweißperlen auf der Stirn. So wie an dem einen Tag im Sommer, als sie mit aufs Meer durfte. Vor dem Einschlafen hatte sie an ihn gedacht. Irgendwann einmal hatte er zu ihr gesagt, dass schöne Gedanken vor dem Schlafengehen schöne Träume bringen. Deshalb dachte sie immer an Papa, etwas Schöneres konnte sie sich nicht vorstellen.

Die Tage vergingen, und die Leute kamen nicht mehr. Irgendwann waren sie nur noch zu zweit gewesen, Mama und sie. Und Mama erklärte nichts, egal wie oft sie fragte. Sie antwortete immer einfach irgendwas, war abweisend und schickte sie zum Spielen raus. Manchmal saß Mama lange da und starrte aus dem Fenster aufs Meer, während sie eine Zigarette nach der anderen rauchte. Viel mehr als früher. Sie wollte Mama aufheitern, ihr sagen, dass sich Papa viel-leicht einfach nur verirrt hatte und den Weg nach Hause bestimmt wiederfinden würde. Aber sie traute sich nicht. Sie hatte Angst, Mama würde sich aufregen. Deshalb schwieg sie und gehorchte, wie ein bra-ves Mädchen. Ging zum Spielen raus, machte kaum den Mund auf und versuchte, sich zu Hause unsichtbar zu machen, damit Mama nicht traurig wurde.

Und währenddessen wurde Mamas Bauch immer größer.

Die Versammlung der Eigentümergemeinschaft am Abend zuvor hatte sich lange hingezogen. Nicht etwa, weil es so viel zu besprechen gegeben hätte, sondern weil die Leute plauderten, statt die Tagesordnung durchzugehen. Abgestimmt wurde erst am Ende, also konnte Elma nicht einfach früher gehen. Dem Angebot für die Reparatur wurde zugestimmt, was bedeutete, dass sich die Beiträge in die Hauskasse eine Zeit lang um zehntausend Kronen erhöhten. Elma hätte eigentlich gerne dagegen gestimmt, traute sich aber nicht, weil alle anderen offenbar dafür waren. Der Gehsteig musste ja repariert werden. Und als neue Eigentümerin wollte sie nicht gleich bei der ersten Sitzung gegen alle anderen stimmen. Außerdem war es sowieso egal, mit ihrer Meinung war sie in der absoluten Minderheit.

Nach der Versammlung hatte sie eigentlich gleich schlafen gehen wollen, das wäre am vernünftigsten gewesen. Aber nachdem sie unruhig in der Wohnung auf und ab gelaufen war, hatte sie beschlossen, mit dem Streichen des Wohnzimmers anzufangen – die Farbe stand seit dem Einzug unberührt herum. Also war sie erst spät ins Bett gekommen, erschöpft und die Arme voller Farbflecke.

Jetzt saß sie am neuen Schreibtisch im neuen Büro und konnte die Augen kaum offen halten. Sie beugte sich vor und starrte mit leerem Blick auf den Bildschirm. Elma musste an die Nachricht denken, die sie Davíð geschickt hatte. Sie stellte sich vor, wie er sie öffnete, leicht lächelte und antwortete. Das war nur ein Wunschgedanke, ihr war völlig klar, dass er nicht antworten würde. Einen Moment lang schloss sie die Augen und spürte, wie die Atemzüge kürzer und schneller wurden. Wieder dieses beklemmende Gefühl, als würden die Wände sie aus allen Richtungen bedrängen. Sie konzentrierte sich aufs Atmen.

»Ähemm.« Sie öffnete die Augen. Vor ihr stand ein Mann mit ausgestreckter Hand. »Sævar.« Elma fing sich schnell wieder und nahm die große Hand. Sie war ungewöhnlich zart.

»Wie ich sehe, hast du einen Platz zugeteilt bekommen«, sagte Sævar und lächelte. Er trug dunkle Jeans und ein T-Shirt, sodass die behaarten Arme zu sehen waren, und von ihm ging ein schaler Geruch nach Rasierwasser aus. Er hatte dunkle Haare und einen dichten Bart. Etwas an den buschigen Augenbrauen und den groben Gesichtszügen weckte den Anschein, als wohnte er in Wirklichkeit in einer Höhle.

»Ja, ist ganz nett hier. Geht völlig in Ordnung«, sagte Elma und strich sich die blonden Haare aus dem Gesicht.

»Und, wie gefällt dir das Landleben so?«, fragte Sævar immer noch lächelnd. Das musste der andere Kommissar sein, von dem Hörður erzählt hatte. Elma wusste, dass er schon mit zwanzig zur Polizei in Akranes gekommen war. Aber sie kannte ihn nicht von früher, obwohl er kaum älter sein konnte als sie. In Akranes gab es nur zwei Grundschulen und ein Gymnasium. In so einem kleinen Ort lernten sich alle Gleichaltrigen irgendwann kennen – das dachte Elma jedenfalls.

»Doch, doch ... sehr«, antwortete sie und versuchte, fröhlich zu klingen, kam sich aber komisch vor. Sie hoffte, dass ihre Augenringe nicht allzu offensichtlich waren, was aber gänzlich unwahrscheinlich war. Im grellen Licht der Neonröhren ließen sich diverse Müdigkeitserscheinungen nur schwer vertuschen.

»Du warst bei der Polizei in Reykjavík, hab ich gehört. Wie kam's, dass du da aufgehört hast und nach Akranes gekommen bist?«, fragte Sævar.

»Ich bin hier aufgewachsen ... Ich schätze, ich habe einfach die Familie vermisst«, antwortete Elma.

»Ja, nichts geht über die Familie«, sagte Sævar, »das wird einem klar, wenn man in die Jahre kommt.«

»In die Jahre kommt?« Elma sah ihn verdutzt an. »So alt bist du doch auch wieder nicht.«

»Nein, das vielleicht nicht.« Sævar lächelte ein wenig. »Fünfunddreißig, die besten Jahre kommen noch.«

»Das hoffe ich«, sagte Elma. Für gewöhnlich versuchte sie, so wenig wie möglich über das Altern nachzudenken. Sie wusste, dass sie noch jung war, und trotzdem spürte sie auf alarmierende Art, wie schnell die Zeit verging. Meist musste sie kurz nachdenken, wenn sie nach ihrem Alter gefragt wurde. Deshalb nannte sie oft einfach das Geburtsjahr. Das Baujahr. Als wäre sie ein Auto.

»Das hoffen wir beide«, antwortete Sævar und verschwand wieder.

Kurz darauf steckte er noch einmal den Kopf durch die Tür. »Wir hatten am Wochenende einen Einsatz, nachdem Leute in der Wohnung über ihnen Frauenschreie und viel Lärm gehört hatten. Als wir dort ankamen, war die Lage gelinde gesagt ziemlich schlimm. Der Mann hatte die Frau so vermöbelt, dass seine Finger voller Schrammen und Blut waren. Die Frau behauptete, nicht klagen zu wollen, aber ich gehe davon aus, dass es trotzdem zur Anklage kommen wird. Wobei es immer besser ist, wenn sie bereit ist, selbst auszusagen, auch wenn die Verletzung ärztlich bestätigt wird und noch andere Beweise vorliegen. Sie ist jetzt aus dem Krankenhaus entlassen, und ich wollte kurz mit ihr reden. Es wäre sicher gut, eine weibliche Kommissarin dabeizuhaben. Noch dazu eine, die auch Psychologie studiert hat«, sagte er und grinste.

»Das war nur für zwei Jahre«, nuschelte Elma und fragte sich, woher er von ihrem kurzen Psychologiestudium vor der Polizeischule wusste. Sie erinnerte sich nicht daran, es je erwähnt zu haben. Er musste es in ihrem Lebenslauf gesehen haben. »Ich komme mit, aber ich bezweifle, dass meine Psychologiekenntnisse viel bringen werden.«

»Ach, Quatsch, ich glaub an dich.«

Es roch stark nach Essen, als sie an die Tür klopften. Nach einer kurzen Stille erklangen Schritte. Laut Sævar war die Frau, die sie treffen wollten, bei ihrer betagten Großmutter untergekommen.

Einige Augenblicke später öffnete sich die Tür mit einem lauten Knarren, und im Eingang stand eine kleine Frau mit tiefen Falten und braunen Altersflecken im Gesicht. Sie hatte schulterlange hellgraue Haare, für ihr Alter ungewöhnlich dicht und schön, die von einer Spange nach hinten gehalten wurden. Die Frau hob fragend die Augenbrauen.

»Wir sind auf der Suche nach Ásdís Sigurðardóttir, ist sie hier?«, fragte Sævar. Die Frau drehte sich um und gab ihnen schweigend ein Zeichen, ihr zu folgen.

Das Haus hatte sich wohl kaum verändert, seit es in den Achtzigerjahren gebaut wurde, vermutete Elma. Darin befand sich ein altmodischer Teppichboden, und die Wände waren mit Holz verkleidet. Im Innern des Hauses war der Essensgeruch noch stärker.

»Dieser Vollidiot«, sagte die alte Frau plötzlich, so unvermittelt, dass Elma erschrak. »Soll der Jammerlappen doch in der Hölle schmoren. Aber meine kleine Ásdís hört nicht auf mich. Nein, nein. Sie will davon nichts wissen. Ich hab ihr gesagt, dass sie gehen muss. Ich werfe sie raus, wenn sie nicht auf mich hört.« Die Frau drehte sich abrupt um und griff nach Elmas Arm. »Aber ich bin nicht so durchsetzungsfähig, vielleicht hat sie das von mir. Ich kann sie nicht rauswerfen – nicht jetzt. Hoffentlich kannst du mit ihr reden, sie sitzt in ihrem alten Zimmer.« Sie zeigte auf den Flur und wandte sich ab, während sie unverständlich vor sich hin murmelte.

Elma und Sævar blieben zurück und überlegten, welche Tür die alte Frau gemeint hatte. Im Flur waren vier Türen, und Elma fragte sich, was die alte Frau in so einem großen Haus machte. Ihren Informationen nach wohnte sie allein. Schließlich klopfte Sævar vorsichtig an eine der Türen. Es kam keine Antwort, also öffnete er sie langsam.

Auf dem Bett saß ein deutlich jüngeres Mädchen, als Elma sich vorgestellt hatte. Sie hatte einen Laptop auf dem Schoß, und als Sævar und Elma das Zimmer betraten, blickte sie auf. Das Mädchen war kaum älter als fünfundzwanzig, trug einen dunkelblauen Kapuzenpulli und eine weiß-rosa gemusterte Schlafanzughose. Die Haare hatte sie zu einem dünnen Pferdeschwanz zusammengebunden, und die Augenbrauen waren schwarz gefärbt, deutlich dunkler als die braunen Haare. Es war schwer, auf etwas anderes zu achten als ihr übel zugerichtetes Gesicht. Die Lippen waren aufgerissen, und die Schwellung um die Augen hatte sich grünblau und braun verfärbt.

»Darf ich?«, fragte Elma und deutete auf einen Schreibtischstuhl am Fuße des Bettes. Mit Sævar war abgesprochen, dass sie das Reden übernehmen würde. Nach allem, was ihr dieser Mann angetan hatte, würde Ásdís sicher lieber mit einer Frau sprechen. Als das Mädchen nickte, setzte Elma sich.

»Weißt du, wer ich bin?«, fragte sie dann.

»Nein, woher soll ich das wissen?«

»Ich bin von der Polizei. Wir unterstützen die Staatsanwaltschaft bei der Klage gegen deinen Freund.«

»Ich möchte keine Anzeige erstatten. Das habe ich schon im Krankenhaus gesagt.« Ihre Stimme klang bestimmt, und sie straffte die Schultern.

»Leider liegt das nicht mehr in deiner Hand«, sagte Elma. Sie versuchte, freundlich zu klingen, und fügte erklärend hinzu: »Wenn die Polizei gerufen wird, darf sie den Fall untersuchen und wenn nötig Anklage erheben.«

»Du verstehst nicht ... ich will ihn nicht anzeigen. Tommi ist halt ... er hat es selbst auch nicht leicht. Er wollte das nicht tun«, sagte sie gereizt.

»Ja, ich verstehe, aber das entschuldigt trotzdem nicht, was er dir angetan hat. Viele von uns haben es nicht leicht, aber nicht alle reagieren so.« Elma lehnte sich nach vorne und sah Ásdís in die Augen. »Hat er das schon mal getan?«

»Nein«, antwortete sie schnell und fügte dann leise hinzu: »Er hat mich noch nie geschlagen.«

»Der Arzt hat auch noch ältere Verletzungen bei dir festgestellt, vermutlich von vor einem Monat.«

»Ich weiß nicht, was das war. Ich falle ständig hin«, entgegnete Ásdís.

Elma sah sie prüfend an. Sie wollte nicht zu viel Druck ausüben. Das Mädchen wirkte so klein und verletzlich, wie sie in der viel zu groß geschnittenen Bekleidung auf dem Bett saß.

»Er ist fast vierzig Jahre älter als du, richtig?«

»Nein, er ist fünfundsechzig. Ich werde bald neunundzwanzig«, antwortete sie.

»Es würde uns sehr helfen, wenn du mit zur Polizeistation kommst, damit wir das ganz offiziell besprechen«, sagte Elma. »Du könntest deine Sicht auf die Dinge schildern.«

Ásdís schüttelte den Kopf und strich über eine Stickerei auf der Decke neben sich. Elma las die Buchstaben: Á.H.S.

»Es gibt jede Menge Optionen für Frauen in deiner Situation«, fuhr Elma fort. »Wir haben einen Berater, mit dem du sprechen kannst, und in Reykjavík gibt es ein Frauenhaus, wo schon vielen Frauen geholfen wurde ...« Ásdís sah Elma mit einem Blick an, der sie mitten im Satz verstummen ließ.

»Wofür steht das H?«, fragte Elma nach einer kurzen Stille.

»Harpa. Ich heiße Ásdís Harpa. Aber ich hasse den Namen. Meine Mutter hieß Harpa.«

Elma wollte nach der Mutter fragen. Es musste einen Grund

haben, dass sie den Namen der Mutter sogar nach deren Tod nicht ausstehen konnte. Dass sie fast dreißig war und abwechselnd bei ihrer Großmutter und einem Mann wohnte, der sie so zurichtete. Aber leider hatte Elma schon oft Schlimmeres gesehen, und ihr wurde schnell klar, dass ihre Handlungsmöglichkeiten in dem Fall beschränkt waren. Jedenfalls solange Ásdís nicht bereit war, selbst etwas zu tun. Hoffentlich war es dafür nicht schon zu spät. Ásdís hatte sich wieder dem Laptop zugewandt und tat so, als wäre außer ihr niemand in dem Raum. Elma sah Sævar ernüchtert an und stand auf. Es gab nichts mehr zu sagen.

Schon in der Tür, drehte sich Elma noch einmal um. »Gehst du wieder zu ihm?«

»Ja«, antwortete Ásdís, ohne vom Computer aufzublicken.

»Na ja, alles Gute. Ruf sofort an, falls ... falls du uns brauchst«, sagte sie und wollte schon die Tür schließen.

»Ihr habt überhaupt keine Ahnung«, murmelte Ásdís wütend hinter ihnen her. Elma blieb im Türrahmen stehen und drehte sich um. Ásdís zögerte und sagte dann leise: »Ich kann ihn nicht anzeigen. Ich bin schwanger.«

»Ein Grund mehr, ihm aus dem Weg zu gehen«, sagte Elma und sah ihr in die Augen. Sie sprach langsam und ruhig, betonte jede Silbe, in der Hoffnung, dass die Worte ankamen. Sie glaubte aber nicht wirklich daran.

Es war schon vier Uhr vorbei und bereits dunkel, als Elma die Kaffeeküche betrat. Der Kaffee in der Kanne war nur noch lauwarm und schmeckte abgestanden. Sie schüttete die Tasse weg und suchte stattdessen die Schränke nach Tee ab.

»Der Tee ist in der Schublade«, sagte eine Stimme hinter ihr, und Elma erschrak. Die Frau hieß Begga und war Polizistin, sie hatten sich vorhin schon kennengelernt. Begga sah um einiges jünger aus als Elma, vermutlich war sie deutlich unter dreißig. Sie hatte dunkelblonde, schulterlange Haare, war groß und kräftig gebaut, und jeder König dieser Welt wäre stolz auf eine Nase wie ihre. Sogar wenn sie nicht lachte, hatte sie tiefe Grübchen im Gesicht.

»Entschuldige, ich wollte dich nicht erschrecken«, sagte Begga. Sie öffnete eine Schublade und zeigte Elma die Schachtel mit den Teebeuteln.

»Danke«, sagte Elma. »Willst du auch?«

»Ja, gerne. Warum nicht?«, sagte Begga und setzte sich an den kleinen Küchentisch. Elma wartete, bis der Wasserkocher ausging, und befüllte zwei Tassen. Sie holte Milch aus dem Kühlschrank und stellte sie neben ein paar Zuckerwürfeln auf den Tisch.

»Du kommst mir irgendwie bekannt vor.« Begga rührte gelassen in ihrem Tee und sah sie prüfend an. »Warst du in Grundaskóli in der Schule?«

Elma nickte. Sie hatte die Grundschule im Süden von Akranes besucht.

»Ich meine, mich an dich zu erinnern. Du warst wahrscheinlich in der zehnten Klasse, als ich in der achten war. Bist du nicht Jahrgang 1985?«

»Ja, das stimmt«, antwortete Elma und trank von dem kochend heißen Tee. Begga war deutlich älter, als sie geschätzt hatte, fast so alt wie sie.

»Ich erinnere mich an dich«, sagte Begga und lächelte, sodass die Grübchen noch deutlicher wurden. »Ich habe mich total gefreut, als ich erfahren hab, dass die Station weibliche Verstärkung bekommt. Wie du vielleicht gemerkt hast, ist es sonst eine ziemliche Männerwelt hier.«

»Das ist mir schon aufgefallen. Aber ich kann ganz gut mit den Männern«, sagte Elma. »Die meisten sind sehr nett.«

»Ja, das stimmt. Ich fühle mich jedenfalls sehr wohl hier«, sagte Begga. Selbst wenn sie nicht lächelte, sah sie fröhlich aus. Das musste daran liegen, wie ihr Gesicht geschnitten war.

»Hast du dein ganzes Leben hier gewohnt?«, fragte Elma.

»Ja, schon immer«, antwortete Begga. »Ich liebe es hier. Die Leute sind großartig, der Verkehr ist ruhig, und man hat es nie weit von A nach B. Was will ich mehr? Außerdem bin ich mir sicher, dass alle meine Freunde, die im Laufe der Jahre weggezogen sind, irgendwann wiederkommen. Fast alle, die Akranes verlassen, kommen irgendwann zurück«, sagte sie überzeugt. »Du ja auch.«

»Ich ja auch«, wiederholte Elma und blickte runter auf ihre Tasse.

»Warum hast du beschlossen wiederzukommen?«, fragte Begga.

Elma fragte sich, wie oft man ihr die Frage noch stellen würde, und war kurz davor, die gleiche Standardantwort zu geben, überlegte es sich dann aber doch anders. Begga hatte eine angenehme Ausstrahlung. »Ich habe die Familie vermisst, und natürlich ist es ganz schön, dem Verkehr zu entkommen. Aber ...« Sie zögerte. »Meine Beziehung ging zu Ende.«

»Verstehe.« Begga schob ihr eine Schale mit Keksen zu und nahm sich selbst auch einen. »Wart ihr lange zusammen?«

»Ja, schon. Neun Jahre.«

»Wow, ich hab es gerade mal ein halbes Jahr durchgehalten«, sagte Begga und lachte auf. »Obwohl ich ein sehr enges Verhältnis mit einem richtigen Hingucker habe. Er ist dicht behaart und liebt es, abends mit mir zu kuscheln.«

»Ein Hund?«, vermutete Elma.

»Fast«, antwortete Begga und grinste. »Eine Katze.«

Elma lächelte. Sie mochte Begga auf Anhieb. Ihr schien egal zu sein, was andere von ihr hielten, und obwohl sie es nicht darauf anlegte, war sie anders als alle anderen.

»Und was ist passiert?«

»Wann?«

»Bei dir und dem Typen, mit dem du neun Jahre zusammen warst.« Begga kicherte.

Elma seufzte. Eigentlich wollte sie jetzt nicht an Davíð denken.

»Er hat sich verändert«, sagte sie. »Oder vielleicht hab ich mich auch verändert. Ich weiß es nicht.«

»Hat er dich betrogen? Der Typ, mit dem ich sechs Monate zusammen war, hat mich betrogen. Nicht körperlich, aber ich habe ihn auf Dating-Seiten und bei Tinder gefunden, als ich mich da mal umgesehen hab.«

Elma sah sie an. »Also warst du selber auch da?«

»Ja, aber nur zur Recherche. Ganz akademisch«, sagte sie nachdrücklich. »Du solltest es ausprobieren. Es ist genial. Ich war schon auf zwei Tinder-Dates.«

»Und wie war's?«

»Beim zweiten Mal hat's geklappt – wenn du verstehst, was ich meine«, sagte Begga mit einem Augenzwinkern. Elma musste lachen. »Aber eigentlich bin ich gar nicht auf der Suche. Ich will frei und unabhängig sein. Im Moment zumindest. Und mein Herz schlägt ohnehin nur für Kríli.«

»Kríli?«

»Na, mein Kätzchen«, sagte Begga und lachte schallend auf. Elma verdrehte die Augen und lächelte. Jemanden wie Begga traf man nicht alle Tage.

Als Sævar nach Hause kam, schlief Telma auf dem Sofa. Ihr Haar breitete sich auf dem weißen Kissen aus, und der Brustkorb hob und senkte sich ruhig unter der Wolldecke. Auf dem Wohnzimmertisch lagen die Lehrbücher, und der Laptop stand halb zugeklappt neben ihr.

Er schloss die Haustür hinter sich. Die Hündin kam ihm entgegen, und er kraulte sie geistesabwesend hinterm Ohr. In der Wohnung stand die Luft, und es roch nach dem Essen vom Vorabend, das noch niemand weggeräumt hatte. Er riss das Küchenfenster auf und begann stillschweigend mit dem Saubermachen. Die Prüfungen Anfang Dezember rückten näher, und Telma wollte den Tag zum Lernen nutzen. Sie hatte nach langem

Hin und Her endlich ihre Vollzeitstelle im Aluminiumwerk in Grundartangi gekündigt und sich wieder an der Uni eingeschrieben, während sie nebenbei im Laden um die Ecke jobbte. Abends und an den Wochenenden lernte sie meistens, und wenn er frei hatte, musste sie arbeiten, also verbrachten sie eigentlich nur die Nächte zusammen.

Sie waren schon seit sieben Jahren ein Paar. Im Sommer 2009 hatten sie sich bei einem Dorffest in der Nähe von Borgarnes kennengelernt. Ihr Lächeln hatte ihn umgehauen, und komischerweise gefiel ihm ganz besonders, wie klein sie war. Mit ihren eins sechzig war sie mit Abstand die Kleinste in ihrem Freundeskreis, ganz anders als er, der mit seinen eins neunzig die Kumpels meist überragte. Sie scherzten oft, dass sie sich im wahrsten Sinne des Wortes ergänzten und deshalb perfekt zueinander passten.

Er öffnete den Kühlschrank und holte Eier, etwas Frühstücksspeck, der schon kurz vor dem Ablaufdatum stand, ein paar bräunliche Pilze und Zwiebeln raus. Die Beziehung war schon lange nicht mehr wie früher, dachte er sich, während das Gemüse in der Pfanne brutzelte. Vielleicht war das auch nicht weiter schlimm, sie stritten sich nie, aber ein besonders gutes Zeichen konnte es auch nicht sein. Er hatte sich lange eingeredet, dass seine Erwartungen zu hoch waren. Nach so vielen Jahren würde in den meisten Beziehungen Ruhe einkehren, der Wind sich legen und das Meer spiegelglatt werden. Es klang gemein, aber in Wahrheit würde er eigentlich lieber nach der Arbeit in ein leeres Haus kommen. Wo niemand auf dem Sofa lag, niemand sich im Bett herumwälzte und durch lautes Schnarchen seinen Schlaf störte. Das bedeutete vermutlich, dass es mit der Liebe vorbei war. Wenn noch Liebe da wäre, würde er doch voller Freude zu ihr nach Hause kommen, sich neben sie aufs Sofa legen und es genießen, ihren warmen Körper zu berühren.

Stattdessen war sie ihm im Weg. Wie eine Mitbewohnerin,

die nur Platz wegnahm. Natürlich verstanden sie sich ganz gut, aber am Ende des Tages waren sie auch keine besonders guten Freunde. Sie redeten nicht viel miteinander, unternahmen nur äußerst selten etwas zusammen und hatten keine Erwartungen aneinander. Seit Telma wieder studierte und sie sich noch weniger sahen, war ihm aufgefallen, dass er sie auch nicht vermisste. Eigentlich war er froh darüber, endlich hatte er Zeit für sich und konnte sein Leben so gestalten, wie er wollte. Er musste auf niemanden Rücksicht nehmen, sich um niemand anderes kümmern. Darum sah er keinen Grund, an etwas festzuhalten, das nicht mehr da war. Keine Freundschaft, keine Liebe. Was blieb dann noch? Die Berührungen, die früher einmal schön waren, aber jetzt irgendwie unangenehm. Er war relativ sicher, dass es nur eine Frage der Zeit war, bis einer von ihnen es ansprechen würde.

Er zuckte kurz zusammen, als er ihre Hand auf seinem Rücken spürte.

»Wie geht's dir, mein Schatz?«, fragte Telma und lehnte sich an ihn.

»Gut«, antwortete er. War jetzt der Moment, etwas zu sagen? Die Worte lagen ihm auf den Lippen. Sollte er heute Abend etwas ansprechen? Wahrscheinlich wäre sie sogar dankbar, wenn er es zuerst machte. Er würde ihr damit einen Gefallen tun.

»Hast du für mich mitgekocht?«, fragte sie und setzte sich an den Küchentisch.

Er hatte nicht mit ihr zum Essen gerechnet, sagte aber nichts, teilte das Omelett und legte eine Hälfte für sie auf einen Teller.

»Du bist vielleicht kein Meisterkoch, aber Omeletts machen kannst du«, sagte sie mit einem Lächeln. Dieses Lächeln, das ihm früher so gefallen hatte, jetzt aber nicht mehr dieselbe Wirkung auf ihn hatte. Sie war gealtert, hatte deutliche Falten um die Augen und eine blasse Haut. Er fragte sich, ob er wirklich so oberflächlich war und sie nicht mehr liebte, weil er sie nicht mehr so schön fand. Oder fand er sie nur deshalb nicht mehr schön, weil er sie nicht mehr liebte? Machte die Liebe nicht alles schöner?

Sie aß das Omelett und schaute dabei auf ihr Handy, völlig ahnungslos, was in seinem Kopf vorging. Bevor er etwas sagen konnte, blickte sie auf.

»Nach den Prüfungen fahre ich vielleicht für ein paar Tage in ein Sommerhaus«, sagte sie und bewegte den Daumen weiter über das Handy. »Die Fachschaft organisiert das.«

»Ja, kein Problem.«

Sie blickte vom Handy auf und sah ihn an, als hätte sie eine ausführlichere Antwort erwartet.

»Ich gehe mit Birta raus«, sagte er und tat, als würde er den prüfenden Blick nicht sehen, der ihm zur Tür hinaus folgte. Vielleicht blieben ihr auch die Worte im Hals stecken. Bevor sie mehr sagen konnte, eilte er hinaus in die frische, kalte Abendluft.

Das Kind kam im Mai. An dem Tag war schönes Wetter; klarer Himmel und nur ganz wenige Wolken. Am Abend zuvor hatte es geregnet, also war die Luft feucht, und überall roch es nach frischem Grün, sodass es in der Nase kitzelte, als sie in den Garten hinausging. Das Meer wiegte sich ruhig hin und her, und in der Ferne sah sie die Berge auf der anderen Seite der großen Bucht. Ab und zu tauchten kleine Inseln aus dem Meer hervor. Sie trug helle Jeans und ein gelbes T-Shirt mit einem Regenbogen-Aufdruck. Das Haar hatte sie in einem losen Pferdeschwanz, aber ein paar wellige Strähnen hingen raus, die sie sich ständig aus dem Gesicht strich.

Es war Samstag, und sie waren früh aufgestanden, hatten Marmeladentoasts zum Frühstück gegessen und Radio gehört. Das Wetter war so schön, dass sie zum Strand gehen wollten. Am Meer entlangspazieren und Muscheln sammeln. Sie fanden eine leere Eisbox für die Muscheln, und während Mama noch die Wäsche aufhängte, schaukelte sie ein wenig und streckte die Zehen zum Himmel hinauf. Sie unterhielten sich. Mama lächelte ihr zu und war gerade dabei, ein weißes Laken aufzuhängen, als sie plötzlich die Hand auf den Bauch legte und sich runterbeugte. Da stoppte sie die Schaukel und sah Mama an.

»Keine Sorge, es tut nur ein bisschen weh«, sagte Mama und versuchte zu lächeln. Sie stand von der Schaukel auf, da bekam Mama wieder Schmerzen und setzte sich ins nasse Gras.

»Mama?«, sagte sie besorgt und ging zu ihr.

»Lauf rüber zu Solla nebenan und hol Hilfe.« Mama atmete tief

ein und verzog das Gesicht. Schweißperlen rannen über ihre Stirn. »Beeil dich.«

Das ließ sie sich nicht zweimal sagen und rannte so schnell sie konnte über die Straße zu Solla. Sie klopfte an die Tür und wartete aber nicht auf Antwort, sondern ging gleich rein.

»Hallo? Solla!«, rief sie laut. Erst hörte sie nur das Radio, doch dann tauchte Solla in der Tür zur Küche auf.

»Was ist los?«, fragte Solla und sah sie verwundert an.

»Das Kind ...«, sagte sie außer Atem. »Es kommt.«

Ein paar Tage später kam Mama mit einem kleinen Bündel in einer blauen Decke nach Hause. Er war das Schönste, was sie je gesehen hatte. Mit dunklen Haaren und unglaublich weichen, dicken Backen. Sie strich vorsichtig über die winzigen Finger und fragte sich, wie etwas nur so klein sein konnte. Aber das Beste war der Geruch. Er roch nach Milch und irgendwie süßlich, sie konnte es nicht beschreiben. Sogar die kleinen weißen Pickelchen auf seinen Wangen waren so winzig, so fein, dass es sich gut anfühlte, mit dem Zeigefinger darüberzustreichen. Er sollte Arnar heißen, genau wie Papa.

Aber der schöne kleine Bruder blieb nur zwei Wochen bei ihnen im Haus am Meer. Eines Tages wachte er nicht mehr auf, egal wie sehr Mama versuchte, ihn zu wecken.

Im Haus waren nur das Ticken der Uhr im Wohnzimmer zu hören und die Stricknadeln, die unaufhaltsam klackerten und lose glatte Maschen bildeten. Der kleine Pulli war fast fertig. Als Åsa die letzten Enden vernäht hatte, breitete sie ihn auf dem Sofa aus und strich mit der Hand darüber. Die Wolle war eine Mischung aus Alpaka und Seide, glatt und weich, wie Daunen. Sie hielt ein paar unterschiedliche Knöpfe an den Pulli und entschied sich am Ende für die glänzenden, die gut zur hellen Wolle passten. Die würde sie anbringen, wenn der Pulli einmal gewaschen war. Nachdem sie ihn in die Waschmaschine gesteckt hatte, machte sie den Wasserkocher an. Sie nahm ein wenig Tee mit dem Sieb auf, goss heißes Wasser darüber und gab ein bisschen Milch und Zucker dazu. Dann setzte sie sich an den Küchentisch. Die Wochenendausgabe der Zeitung lag ungelesen vor ihr. Aber statt darin zu blättern, hielt sie mit beiden Händen die heiße Tasse fest und sah gedankenverloren aus dem Fenster.

Ihre Hände waren ganz kalt vom Stricken. Sie wickelte den Faden immer so fest um den Zeigefinger, dass er kaum durchblutet wurde und völlig taub war, wenn sie die Nadeln endlich weglegte. Aber sie strickte gerne, und kalte Finger waren ein kleiner Preis für die Freude, die es ihr machte, wenn aus einem einzigen Faden schöne Kleidungsstücke entstanden. Schöne Kleidungsstücke, die sich im Schrank stapelten. Hendrik war wenig begeistert von ihrem hohen Wollverbrauch. Wolle war teuer, vor allem ihre Lieblingswolle, diese weiche mit Seide. Aber sie ließ sich von Hendriks Gemecker nicht abhalten. Es war ja nicht so, als könnten sie es sich nicht leisten. Sie war schon immer sparsam gewesen und hatte gut auf ihr Geld aufgepasst. So war sie erzogen worden. Aber jetzt hatten sie genug Geld, viel mehr, als sie brauchten, und sie wusste nicht, wofür sie es sonst ausgeben sollte. Also kaufte sie Wolle. Hin und wieder überlegte sie, ob sie die Stücke verkaufen oder verschenken sollte, aber irgendetwas hielt sie davon ab.

Draußen im Garten hüpften die Drosseln in den Bäumen herum. Manchmal schien die Zeit stillzustehen. Seit sie nicht mehr arbeitete, waren die Tage alle so lang geworden und wollten scheinbar nie enden.

Ása hörte die Haustür auf- und zugehen. Ohne zu grüßen, betrat Hendrik die Küche. Er war noch nicht in Rente, und Ása bezweifelte, dass er je ganz aufhören würde zu arbeiten, aber jetzt, wo Bjarni übernahm, wollte er ein wenig zurücktreten. Wenn er nicht gerade arbeitete, ging er auf den Golfplatz. Sie selbst hatte sich noch nie für Golf interessiert.

»Was ist los?« Hendrik setzte sich mit der Zeitung an den Tisch und blickte beim Reden nicht auf.

Ása antwortete nicht, sondern starrte weiter aus dem Fenster. Die Drosseln hatten einen Zahn zugelegt, kreischten schrill in den Bäumen. Immer lauter und lauter.

Hendrik schüttelte den Kopf und schnaubte, wie um ihr mitzuteilen, dass es keine Rolle spielte, wie es ihr ging und was sie fühlte.

Ohne ein Wort zu sagen, stellte sie die Tasse fest auf den Tisch, was den Tee überschwappen ließ. Dann stand sie auf, ging mit schnellen Schritten ins Schlafzimmer und ignorierte dabei Hendriks erschrockenen Blick. Sie setzte sich aufs Bett und konzentrierte sich darauf, ruhig zu atmen. Eigentlich war sie ein gelassener Mensch und verlor nicht so leicht die Fassung; sie war schon immer sehr zurückhaltend gewesen, als kleines Mädchen auf dem Land in Ostisland und auch als junge Erwachsene, während sie im Kühlhaus in Akranes gearbeitet hatte. Wie so viele Mädchen vom Land war sie bereits in jungen Jahren nach Reykjavík gezogen und in die Hauswirtschaftsschule gegangen. Sie hatte im Internat gelebt und die Vorzüge des Stadtlebens entdeckt, die ländliche Gegenden ihr nicht bieten konnten. In der Stadt gab es Menschen, Arbeit und Feste. Dort befanden sich Geschäfte, Schulen und Straßen, auf denen fast immer etwas los war. Nachts leuchteten Lichter, und im Hafen legten viele verschiedene Schiffe an. Nach Akranes war sie erst gekommen, nachdem sie Hendrik kennengelernt hatte. In einer Sommernacht im August landete das Fischerboot, auf dem er damals arbeitete, im Hafen von Reykjavík an, und die Mannschaft zog in die Stadt. Dort war Ása gerade mit ihren Schulfreundinnen unterwegs und kam ihm entgegen, als er ein Lokal betrat.

Ása sagte immer, ihr wäre sofort klar gewesen, dass sie in dem Moment ihren Mann gefunden hatte. Den Mann fürs Leben. Den einen. Er hatte dunkle Haare, war groß gewachsen, und die anderen Mädchen sahen sie voller Neid in den Augen an. Sie verstanden nicht, warum er ausgerechnet sie auswählte. Mit ihren roten Haaren und dem sommersprossigen Gesicht hatte sie eigentlich nie als besonders hübsch gegolten.

Im Nachhinein war sie sicher, dass er gesehen hatte, wie verletzlich sie war. Ein kleines Mädchen, das nie die Stimme erheben würde, nur schüchtern lächelte und die Hände vor dem Oberkörper verschränkte. Sie deckte immer den Tisch für zwei und ging nie voraus, wenn sie zusammen unterwegs waren. Ohne darum gebeten zu werden, bügelte sie seine Hemden, und er bedankte sich nie. Er sprach davon, dass gerade ihre Schüchternheit ihm beim ersten Kennenlernen gefallen hätte. Er mochte es gar nicht, wenn Frauen sich aufdrängten, fand das unverschämt. Aber Frauen wie sie gefielen ihm, die schwiegen und andere reden ließen. Unterwürfig, ruhig und lieb. Sie würde eine gute Mutter sein.

Ein paar Tränen brachen aus ihren Augen hervor, doch sie

wischte sie sofort wieder weg. Was war eigentlich los mit ihr? Warum war sie auf einmal so gereizt? Sie, die sich jahrelang mit so vielen Dingen abgefunden hatte. Immerhin hatte sie Bjarni. Bjarni war über die Jahre sicherlich kein schlechter Sohn gewesen. Ganz im Gegenteil. Er war seinem Vater zwar ähnlich, aber seine Art war weniger streng. Obwohl er schon über vierzig war, hatte er immer noch etwas Jugendliches. Sein Lachen erhellte alles um ihn herum, und wenn sie ihn mit den Jungs sah, die er im Fußball trainierte, brach es ihr das Herz.

Sie wusste, dass er sich ein Kind wünschte. Verständlicherweise redete er nicht darüber, aber sie wusste es trotzdem. Als seine Mutter kannte sie ihn besser als alle anderen. Wenn nur *sie* nicht immer im Weg stünde. Sie war viel zu sehr mit sich selbst beschäftigt, um Kinder zu bekommen. Und wegen *ihr* würde die Familienlinie mit ihrem Sohn enden. Sie wusste nicht, ob sie je darüber hinwegkommen würde, aber sie konnte nun mal nichts dagegen unternehmen.

Obwohl es noch gar nicht spät war, zog sie die Vorhänge zu, schlüpfte in ein Nachthemd und legte sich ins Bett. Es war nicht Bjarnis fehlender Nachwuchs, der diese starke Reaktion in ihr ausgelöst hatte. Nein, es war ein Besuch an dem Morgen. Was da passiert war, hatte sie so sehr aufgewühlt, dass sie sich jetzt hinlegen musste. Sie war schon zu alt, um solche Wunden aufzureißen. In ihrem Leben hatte sie schon genug durchmachen müssen. Jetzt wollte sie einfach nur schlafen. Schlafen und nie wieder aufwachen.

* * *

Der Schrank war von oben bis unten voll mit Klamotten. Alte Kleider und Mäntel, die dicht an dicht auf Kleiderbügeln hingen, und darunter haufenweise Schuhe und Taschen. Elma konnte sich nicht vorstellen, irgendetwas davon je noch einmal anzuziehen.

»Ich hab es irgendwie nie geschafft, das auszusortieren«, sagte ihre Mutter Aðalheiður und legte die Hände auf die Oberschenkel. Ihre Brille saß etwas weiter vorne auf der Nase, und sie trug eine luftige blaue Tunika. Sie war eine kleine Frau, etwas mollig, mit kurzen hellen Haaren. Elma fand, dass sie sich nie veränderte.

Sie standen vor dem übervollen Kleiderschrank in ihrem alten Zimmer, der in den letzten Jahren zu einer Rumpelkammer geworden war. Es sah nach einem hoffnungslosen Fall aus.

»Wie gut, dass du das alles aufbewahrt hast. Das hier könnte ich an Weihnachten anziehen«, scherzte Elma und hielt ein glänzendes rotes Kleid mit Rüschen an den Ärmeln hoch. »Und die würde natürlich wunderbar dazu passen«, fügte sie hinzu und holte eine hellbraune Cordjacke aus dem Schrank.

»Oh, die stand dir so gut«, sagte Aðalheiður nostalgisch und griff nach der Jacke. »Zieh sie doch mal an.«

»Mama, die hatte ich bei meiner Konfirmation an«, sagte Elma und lachte. »Ich glaube nicht, dass ich da noch reinpasse.«

»Du hast in den letzten Wochen ganz schön abgenommen«, sagte Aðalheiður vorwurfsvoll. Elma verdrehte die Augen und sagte nichts. Sie wusste, dass es stimmte, auch wenn sie sich noch nicht getraut hatte, auf die Waage zu steigen. Aber sie merkte ja selbst, wie lose die Sachen an ihr hingen.

»Sei so lieb, schlüpf mal rein«, fuhr ihre Mutter hartnäckig fort und hielt ihr die Jacke hin. »Warte, hier ist noch irgendwo die passende Hose dazu.« Sie drehte sich zum Schrank und warf den Inhalt auf den Boden, bis sie triumphierend eine hellbraune Schlaghose hervorholte.

»Wusste ich doch, dass die noch da ist. Los jetzt, zieh sie mal an.«

»Kommt nicht infrage«, antwortete Elma. »Wie konntest du mich auch in solche Sachen stecken? Eine Vierzehnjährige in einem hellbraunen Hosenanzug? Warum durfte ich nicht einfach ein pinkes Kleid anziehen?«

»Du wolltest das so, mein Schatz. Weißt du nicht mehr?«

»Ich kann mir nicht vorstellen, dass ich mich freiwillig so angezogen habe.«

»Ihr Freundinnen habt euch alle so angezogen. Silja und Kristín waren bei deiner Konfirmation und hatten beide auch so was an. Es gibt davon auch noch ein Bild. Warte, das suche ich raus.«

»Nein, um Gottes willen, Mama, lass das bleiben.«

»Na gut, aber ihr saht toll aus. Finde ich zumindest«, sagte Aðalheiður und putzte unsichtbaren Staub von der Jacke. »Hast du in letzter Zeit mal was von Silja oder Kristín gehört?«

»Nein, nichts.«

»Du solltest dich mal bei ihnen melden. Sie wohnen immer noch hier im Ort. Die sind nicht ausgebüxt, so wie du«, sagte Aðalheiður scherzhaft, aber Elma wusste, dass ihre Mutter kein großer Fan von Reykjavík war. Sie fand es zu hektisch, zu voll und zu weit weg. Seit der Tunnel unter dem Hvalfjörður die Strecke um gut fünfzig Kilometer verkürzte, brauchte man nur mehr eine halbe Stunde dorthin, aber für ihre Eltern, die es gewohnt waren, innerhalb von fünf Minuten überall zu sein, war es trotzdem weit.

»Ich hab seit Jahren nicht mit ihnen gesprochen. Es wäre komisch, wenn ich plötzlich aus heiterem Himmel anrufen würde, nur weil ich wieder nach Hause gezogen bin.«

»Nein, das muss dir nicht komisch vorkommen. Alte Freunde ruft man einfach an. Wer weiß, vielleicht denken sie ja gerade genau dasselbe?«

»Irgendwie wage ich das stark zu bezweifeln.«

»Kann sein, aber du warst diejenige, die abgehauen ist. Du bist in die Stadt gezogen. Sie haben doch versucht, den Kontakt zu halten, oder etwa nicht? Hast du dich bemüht, auch ab und zu anzurufen?«

Elma zuckte mit den Schultern. Sie versuchte, so wenig wie möglich an Silja und Kristín zu denken. Während der gesamten

Grundschulzeit waren sie ein Herz und eine Seele gewesen, aber dann wurde alles anders, und Elma war überzeugt, dass es nicht an ihr gelegen hatte.

»Nein, ich hab mich wahrscheinlich nicht oft genug gemeldet«, antwortete sie und lächelte ihre Mutter an. Sie setzte sich aufs Bett und begann, die Klamotten zusammenzulegen, die ihre Mutter auf der Suche nach der Hose auf dem Boden verteilt hatte.

»Es ist nie zu spät, Liebes«, sagte Aðalheiður und strich sanft über ihre Schulter. »Aber jetzt will ich, dass du den Anzug anziehst, keine Widerrede. Der war damals sehr teuer, und du hast ihn nur einmal getragen – du bist mir das schuldig.«

Ein paar Minuten später stand Elma im hellbraunen Samtanzug vor dem Spiegel. Sowohl die Hosenbeine als auch die Ärmel waren zu kurz, und die Jacke ließ sich mit Mühe und Not noch zumachen, aber bei der Hose ging es definitiv nicht mehr.

»Du hast dich kein bisschen verändert«, sagte Aðalheiður und konnte sich ein Lächeln nicht verkneifen. Elma sah sie ungläubig an, bevor sie beide in schallendes Gelächter ausbrachen.

»Was ist denn hier los?« Jón, Elmas Vater, steckte den Kopf durch die Tür. Er sah die beiden verwundert an, während sie sich die Tränen aus den Augen wischten. »Probierst du Outfits für die neue Arbeit an?«, fragte er Elma. Keine der beiden brachte eine Antwort heraus. »Schön, schön«, murmelte er kopfschüttelnd und ging ins Fernsehzimmer, wo er kurz darauf mit einem Sudoku-Heft auf dem Bauch in seinem Sessel einschlafen würde.

»Na gut, wenn wir nicht anfangen, werden wir nie fertig«, sagte Aðalheiður, als sie wieder Luft bekam. »Aber es tut gut, zu lachen«, sagte sie und sah ihre Tochter liebevoll an. »Das hat mir gefehlt.«

Etwa eine Stunde später stand Elma allein im Zimmer und hatte die meisten der Sachen fertig sortiert. Einen der Haufen auf dem Boden würde sie ans Rote Kreuz spenden, und der andere gehörte ihrer drei Jahre älteren Schwester Dagný. Irgendwie waren deren Klamotten auch in ihrem Schrank gelandet.

Sie legte sich ins Bett und deckte sich zu. Das Zimmer hatte sich seit ihrem Auszug nicht verändert. Die Möbel waren immer noch dieselben. Im Regal standen nach wie vor die alten Bücher und daneben ein paar Statuetten und alte Bilder, die ihre Mutter dort abstellte, wenn sie im Wohnzimmer keinen Platz fand. Der alte Computer stand immer noch auf dem Schreibtisch.

Es war ein komisches Gefühl, wieder hier zu sein. Nach all den Jahren in Reykjavík war es, als würde sie wieder ganz von vorne anfangen. Aber sie war nicht wütend, nicht mehr. Die Wut war nach ein paar Tagen vergangen. Jetzt war sie nur noch bedrückt. Und einsam. Sie war so furchtbar einsam. Würde sie sich je daran gewöhnen, allein zu sein?

Sie musste an Silja und Kristín denken, ihre Freundinnen aus der Kindheit; erinnerte sich an die vielen Jahre, in denen sie zusammen gespielt hatten, bevor sich ihre Freundschaft in Luft aufgelöst hatte. Bevor sie sich von ihr abgewandt hatten. Aber an ihr hatte es nicht gelegen. Nicht direkt. Sie war immer nur sie selbst gewesen. Die beiden hatten sich auf einmal verändert, nicht sie. Elma hatte immer einfach ihr Ding durchgezogen. Im Kern war sie vielleicht schüchtern oder ängstlich, aber das ließ sie sich nicht anmerken. Niemand wäre damals darauf gekommen, was eigentlich in ihr vorging. Vielleicht war es, weil sie über Jahre hinweg von ihrer Schwester ständig nur Ablehnung erfahren hatte, weil sie immer und immer wieder erfolglos an ihre Zimmertür gehämmert hatte. Aber Elma lernte, für sich selbst einzustehen. Sie lernte, stark zu sein, so zu tun, als wäre es ihr egal. Mit der Zeit wurde sie richtig gut darin, ihre große Schwester zu ärgern. Die wollte nichts mit Elma zu tun haben, also sollte sie sich erst recht mit der kleinen Schwester auseinandersetzen müssen. Egal ob es ihr gefiel oder nicht.

In der Schule passierte Ähnliches. Als Kind war sie immer diejenige gewesen, die sich am meisten traute. Sie hüpfte vor fahrende Streifenwagen und rannte dann in ein Versteck, sehr zur Bewunderung der anderen Kinder. Sie hatte keine Scheu davor, an fremden Türen zu klingeln oder Telefonstreiche zu machen. Dass man sie erwischen könnte, war ihr völlig egal. Deswegen hatte man mit Elma immer eine gute Zeit. Das wussten Silja und Kristín. Als Teenager wollte Elma immer anders sein. Sie hatte das Gefühl, nirgends hinzupassen, und darum versuchte sie eben genau das: nirgends hineinzupassen. Sie trug Klamotten, in denen sich andere nie hätten blicken lassen, schnitt sich die Haare kurz und redete hauptsächlich mit den Leuten, mit denen sonst niemand redete. Vor allem aber wollte sie nicht so sein wie ihre Schwester. Für sie kam überhaupt nicht infrage, hautenge Sachen anzuziehen, nur um irgendwelchen Jungs zu gefallen, oder sich die Lippen und Nägel pink anzumalen. Nein, so würde sie nie sein.

Aber dann ging das mit den Gerüchten los. Sie wusste nicht, wer sie in die Welt setzte, aber ihr war klar, dass alle sie mitbekamen. Manche Geschichten waren so absurd, dass sie fast schon wieder witzig waren, aber andere waren einfach nur gemein. Alle waren sie aber von Anfang bis Ende völlig frei erfunden. Das wussten Kristín und Silja auch, so viel war Elma klar, aber trotzdem veränderte sich etwas. Es war, als suchten sie absichtlich Abstand zu ihr, als wäre es ihnen plötzlich unangenehm, in ihrer Nähe zu sein.

Sie fragte sich manchmal: Warum ich? Warum war ausgerechnet sie die Zielscheibe der Gerüchte geworden? Womit hatte sie das verdient? War es, weil sie anders war, weil sie nicht so sein wollte wie der Rest? Natürlich ließ sie sich nicht anmerken, dass ihr das zu Herzen ging. Sie schmollte oder lachte einfach. Nach außen hin tat sie so, als wäre es ihr egal, aber zu Hause weinte sie in ihr Kopfkissen und verfluchte die Leute, die Schule und den Ort. Deshalb hatte sie nie vorgehabt, wieder zurückzuziehen.

Sie seufzte stumm und wälzte sich im Bett. Und doch war sie

wieder hier. Die erste Woche im neuen Job lag bereits hinter ihr. Wie schon so viele Abende zuvor lag sie auch heute im Bett und wartete darauf, dass ihre Mutter sie zum Abendessen rief. Irgendwie verging die Zeit weiter.

Sie drehte sich zur Seite und spürte, wie ihre Lider schwerer wurden. Der Geruch des Zimmers und die Geräusche im Haus wirkten einschläfernd. Die Stimmen ihrer Eltern, das Rauschen der Leitungen beim Auf- und Zudrehen der Wasserhähne und das knarrende Parkett.

In der neuen Wohnung schlief sie nicht besonders gut. Sie konnte meist lange nicht einschlafen und wurde während der Nacht ständig ohne besonderen Grund wieder wach. An den Nachbarn lag es nicht, im Haus war es ziemlich ruhig, doch vielleicht war das genau das Problem. Die Stille. Kein Atmen neben ihr. Niemand, der sich nachts im Bett wälzte.

Mit dem Einzug in die neue Wohnung war eine alte Angst vor der Dunkelheit wiedergekommen. Wenn sie wach wurde, musste sie oft auf die Toilette, und auf dem Weg ins Bad wurde sie das Gefühl nicht los, dass jemand sie beobachtete. Jemand, der sich im Flur versteckte, in einer finsteren Ecke, wo keine Straßenlaternen von draußen hereinleuchteten. Sie musste sich überwinden, nicht so schnell wie möglich ins Zimmer zu rennen und die Decke über den Kopf zu ziehen.

Sich in Erinnerung rufen, dass sie kein kleines Mädchen mehr war.

Sich in Erinnerung rufen, dass wahre Bosheit nicht in dunklen Ecken lauerte, sondern in den Menschen selbst.

* * *

Magnea hatte die Nachricht bekommen – sie hatte sie nur noch nicht gelesen. Ein Blick auf den Absender hatte für sie genügt, um zu wissen, was darin stand. Deshalb hatte sie gleich auf Löschen gedrückt. Sie wusste gar nicht mehr, wie viele Mails es mittlerweile waren. Seit einigen Wochen landeten sie in ihrem Postfach, und der Inhalt war immer derselbe. Immer die gleiche Bitte. Anfangs klangen die Nachrichten noch freundlich. Fast überhöflich. Aber dann kamen alte Erinnerungen auf. Erinnerungen, die sie am liebsten unberührt gelassen hätte. Und mit der Zeit veränderte sich der Tonfall der Nachrichten, mittlerweile klangen sie völlig verzweifelt. Befehlend. Sie hatten sich seit der Kindheit nicht gesehen, nicht, seit sie kleine Mädchen waren. Deshalb war sie bei ihrem Anblick im Restaurant so erschrocken. Und was hatten sie sich schon zu sagen?

Sie verstand nicht, was es bringen sollte, an diesen alten Erinnerungen zu rühren. Die Vergangenheit war vorbei, und man konnte sie nicht mehr ändern. Seitdem hatte sie sich ein angenehmes Leben aufgebaut; war glücklich verheiratet, lebte in einem schönen Haus und fuhr regelmäßig ins Ausland. Einfach in den Urlaub, um eine gute Zeit zu haben, weil sie konnte. Sie hatte kein Bedürfnis, irgendetwas zu verändern, nur um eine Art Seelenfrieden zu erlangen, den sie gar nicht nötig hatte.

Außerdem wusste sie, dass sie Bjarni verlieren würde, und daran wollte sie nicht einmal denken. Also löschte sie die Nachrichten, antwortete nicht und hoffte, sie würde irgendwann einfach aufgeben.

Bei einer Straßenlaterne hielt sie an, und der Hund hob das Hinterbein. Dann joggte sie weiter. Sie musste noch kurz im Laden vorbeischauen und ein paar Sachen für den Nachtisch am Abend besorgen. Bjarni kümmerte sich um den Rinderbraten, das war seine Expertise. Gylfi, Bjarnis Kindheitsfreund, und seine Frau Drífa wollten zum Essen kommen. Das war seit Jahren Tradition; sie luden sich regelmäßig gegenseitig zum Essen ein. Wobei die Treffen früher häufiger stattgefunden hatten, vor der Geburt von Gylfis und Drífas Zwillingen, die bereits fünf waren.

Nachdem sie alles besorgt hatte, ging sie nach Hause. Die Erschöpfung vom Laufen löste ein wohliges Gefühl im ganzen Körper aus. Kaum etwas fühlte sich so gut an, wie joggen zu gehen. Die Uhr zeigte an, dass sie fast eine Stunde in flottem Tempo gelaufen war. Der Hund trottete müde neben ihr her, wahrscheinlich genauso zufrieden mit der Bewegung des Tages.

Als sie zu Hause ankam, stand Bjarni konzentriert an der Kücheninsel und schnitt feine Ritzen in die Kartoffeln. Der Rinderbraten lag roh auf dem Tisch, fertig gewürzt und bereit für den Ofen.

»Das sieht sehr gut aus, mein Schatz«, sagte sie und gab ihm einen Kuss auf die Wange. Bjarni war so groß, dass sie sich auf die Zehenspitzen stellen musste, um ihn zu küssen. Genau das liebte sie an ihm. Es war so männlich. So autoritär.

»Wie war die Laufrunde?«, fragte er, ohne aufzublicken.

»Gut. Wir sind einmal um den Ort gelaufen, an der Baumschule vorbei und dann am Meer entlang. Bei Langisandur war so eine tolle Aussicht, das perfekte Laufwetter. Du hättest mitkommen sollen.« Sie holte sich ein Glas Wasser, leerte es in einem Zug und lehnte sich dann an den Küchentisch. »Kann ich irgendwie helfen?«

»Nein, die müssen noch in den Ofen, aber ansonsten ist alles vorbereitet.« Bjarni würzte die Kartoffeln und steckte sie in den Backofen. »Nur eins muss ich noch machen.« Er drehte sich zu ihr, packte sie an den Oberschenkeln und hob sie auf den Küchentisch.

»Oha«, sagte sie lachend, erwiderte den tiefen Kuss und wehrte sich nicht, als er ihr die Hose runterzog.

Danach stand sie lange unter der Dusche. Das Essen war so gut wie fertig, also blieb ihr genug Zeit. Die Haushaltshilfe war tagsüber da gewesen, und alles war picobello sauber. Obwohl sie nicht verstand, warum sie diese Haushaltshilfe hatte, das Haus war nur selten dreckig, schließlich waren sie nur zu zweit. Hatten keine Kinder, die Essen runterwarfen oder hinter denen man herräumen müsste. Aber Bjarni bestand darauf, dass jede Woche jemand vorbeikam. So kannte er es aus seinem Elternhaus. Er wollte, dass der Boden einmal pro Woche gewischt wurde, und sah nicht ein, dass Magnea das übernehmen sollte. Und sie widersprach ihm nicht, das tat sie für gewöhnlich nie. Zumal er selbst entscheiden konnte, wie er sein Geld ausgeben wollte – schließlich war er der Hauptverdiener im Haushalt, nicht sie mit ihrem Lehrerinnengehalt.

Magnea musste wieder an die E-Mail denken. Sie war so glücklich, so vollkommen zufrieden mit allem, was sie im Leben hatte. Warum konnte diese Person das nicht einfach verstehen und sie in Ruhe lassen? Sie spürte den Ärger in sich aufkommen und atmete ein paar Mal tief durch. Das war keine große Sache. Irgendwann würde sie aufgeben und ihr eigenes Leben weiterleben. Das wäre für alle Beteiligten am besten.

Als sie aus der Dusche stieg, hatte sie es geschafft, alle negativen Gedanken wegzustecken. Durch die Laufrunde und Bjarni war sie ungewöhnlich entspannt und kam schnell in die richtige Stimmung. Bjarni hatte Musik aufgelegt, und sie summte mit, während sie ihre Haare machte und sich schminkte. Dann zog sie eine weiße Chiffonbluse an, dazu eine schwarze Hose und hohe Schuhe mit Bleistiftabsatz. Sie tänzelte zur Musik, während sie den Tisch deckte und die Kerzen anzündete.

Kurz darauf klingelte es an der Tür.

»Ich mache auf«, rief Magnea zu Bjarni und warf noch einen letzten Blick in den Spiegel, bevor sie in den Flur ging. Mit einem Lächeln öffnete sie die Tür, bereit, sich den Gästen des Abends von ihrer besten Seite zu zeigen. Als sie sah, wer draußen stand, verschwand das Lächeln aber aus ihrem Gesicht. Dunkelbraune und besorgte Augen sahen sie an.

»Du hast auf keine meiner Nachrichten reagiert«, sagte die Frau mit einem flüchtigen Lächeln. »Du weißt, dass wir reden müssen.« Sie klang verbissen, als wollte sie um jeden Preis ihren Willen durchsetzen.

Magnea stand starr da und sah sie an, hoffte, Bjarni würde sich etwas Zeit lassen und nicht gleich zur Tür kommen. Sonst müsste sie erklären, woher sie sich kannten, und das wollte sie nicht. Sie musste sie schnell loswerden, und ihr war klar, dass sie erst gehen würde, wenn sie bekam, wofür sie gekommen war.

»Also gut«, flüsterte Magnea. »Ich werde dich treffen. Wir können reden. Ich kann jetzt nicht, aber später. Wir können uns heute Abend noch treffen, aber nur, wenn du jetzt gehst.« Ein Auto fuhr vorbei, und Magnea wollte schon die Tür schließen. Die Gäste sollten sie nicht mit dieser Frau im Eingang stehen sehen.

»Wo treffen wir uns?«, fragte sie und zog den schwarzen Mantel enger um sich.

»Ich melde mich«, antwortete sie forsch.

»Du hast gar keine Nummer von mir, soll ich sie nicht aufschreiben?« Sie war so verzweifelt, dass Magnea fast Mitleid mit ihr hatte.

»Beim Leuchtturm«, flüsterte Magnea. »Lass uns beim Leuchtturm treffen.«

»Beim Leuchtturm«, bestätigte die Frau und ging. Den schwarzen Mantel immer noch eng um sich gezogen, stieg sie ins Auto und fuhr weg.

»War das meine Mutter?«, rief Bjarni aus dem Badezimmer.

»Nein, das war ... das waren nur irgendwelche Kinder, die Pfandflaschen sammeln«, antwortete Magnea und versuchte, sich nichts anmerken zu lassen. »Sie sammeln Geld für den Fußballverein.« Es brauchte dieser Tage nicht viel, um sie aus dem Gleichgewicht zu bringen, und dieser Besuch sollte keine Ausnahme sein.

Sie konnte nie so recht sagen, wann genau es angefangen hatte. Es war nach und nach passiert. Wie etwas, das man erst im Nachhinein bemerkt, wenn beim Zurückblicken alles anders ist. So kam es Elísabet vor. Sie erinnerte sich an die Zeit, bevor alles auf die schiefe Bahn geraten war. Als Papa noch lebte und sie keine Angst hatte. Aber die Erinnerung war fern, wie ein Traum.

Wenn sie einen Zeitpunkt und einen Ort nennen müsste, wäre es wahrscheinlich der Tag, an dem ihr kleiner Bruder starb. Sie erinnerte sich gut daran. Mamas Schreie und die Leute, die danach kamen, dieselben Leute, die schon nach Papas Tod gekommen waren. Immer zwischen Tür und Angel, mit leisen Stimmen und Tränen in den Augen. Sie erinnerte sich auch an den kleinen Körper, wie er reglos im großen Bett gelegen hatte.

Aber vielleicht stimmte das gar nicht. Vielleicht hatte es schon mit Papas Verschwinden begonnen. Elísabet war nicht sicher, und eigentlich spielte es auch keine Rolle. Alles war anders, weil Mama anders war.

Erst dachte sie, Mama wäre krank. Das war, als sie tagsüber nicht aus dem Bett aufstand und nur schlief. Wenn es Tag war, schlief sie, und nachts auch. Elísabet wusste nicht genau, was sie tun sollte. Anfangs versuchte sie noch, bei Mama zu klopfen und sie zu fragen. Was würde es zum Essen geben? Was sollte sie anziehen? Dürfte sie nach draußen spielen gehen? Aber als keine Antworten kamen, hörte sie irgendwann auf zu klopfen. Wenn sie Hunger hatte und es kein Essen gab, ging sie rüber zu Solla.

Und eines Tages stand Mama wieder auf. Elísabet saß auf dem Boden und spielte mit Puppen, während Mama sich schön anzog, ihre Haare kämmte und roten Lippenstift auflegte. Sie hatte gute Laune, tanzte zur Musik und zwinkerte ihr zu. Wenn Elísabet gewusst hätte, was alles bevorstand, hätte sie nicht zurückgelächelt. Nachdem Mama sie flüsternd ins Bett gebracht hatte, hörte sie im Erdgeschoss die Haustür zufallen. Sie lag lange still da und lauschte. War Mama weg? Sie kroch unter der Decke hervor und schlich auf Zehenspitzen die Treppe runter, schaute in jedes Zimmer, bis sie schließlich im Wohnzimmer nach Mama rief. Erst leise und dann immer lauter. Aber es kam keine Antwort, sie war allein.

Das war, bevor ihr klar wurde, dass es manchmal besser war, allein zu sein. Jetzt wünschte sie, sie könnte einfach allein sein.

Hier riecht es ja ekelhaft.« Arna vergrub die Nase in dem dicken Schal um ihren Hals.

»Man gewöhnt sich dran. Rauch eine, das überdeckt den Gestank.« Reynir lächelte und reichte ihr eine Zigarette. Arna zögerte. Eigentlich rauchte sie nicht. Sie hatte es erst einmal probiert, als ihre Freundin sich von ihrer Oma, die wie ein Schornstein rauchte, eine Zigarette geklaut hatte. Sie waren zum Meer runtergegangen und hatten Mühe, sie überhaupt anzuzünden. Am Ende schafften sie es doch noch, ein bisschen Rauch in die Lungen zu ziehen, mussten aber stark husten. Danach waren sie sich einig, dass es nicht gut geschmeckt hatte, und versprachen sich gegenseitig, nie mit dem Rauchen anzufangen.

Jetzt wollte Arna aber nicht zu viel darüber nachdenken und nahm die Zigarette einfach. Reynir zündete sie an, und Arna paffte, bis sie ordentlich brannte. Kurz darauf war das Auto völlig verqualmt. Arna versuchte, den Rauch ohne Husten in die Lunge zu ziehen, und reichte die Zigarette dann an Reynir zurück.

Er öffnete das Fenster, drehte die Musik lauter und lehnte sich im Sitz zurück. Arna sah ihm schwärmerisch dabei zu, wie er den Rauch mit geschlossenen Augen einzog und den Rhythmus der Musik auf sich wirken ließ. Eigentlich hörte sie immer ganz andere Musik. Am liebsten mochte sie Taylor Swift, aber das würde sie vor ihm nie zugeben. Reynir war so cool. Sie hatte Schmetterlinge im Bauch, aber eigentlich war das überhaupt nicht ihre Art.

Mit einem Jungen mitzufahren, den sie kaum kannte. Ihre Eltern dachten, sie wäre bei Hafdís und würde einen Film gucken. Sie ahnten nicht, dass sie mit Reynir hier war. Reynir, der drei Jahre älter war und in den alle Mädchen schon seit der Grundschule verknallt waren. Seit er aufs Gymnasium ging, war er nur noch cooler geworden. Doch er schenkte seinen vielen Verehrerinnen keinen Funken Aufmerksamkeit und hatte es nie getan. Deswegen hatte ihr Herz bei seiner Freundschaftsanfrage auf Facebook einen Sprung gemacht. Sie hatte vor Aufregung gezittert und sofort Hafdís angerufen, um ihr davon zu erzählen. Hafdís hatte sich für sie gefreut, aber gleichzeitig hörte Arna einen Hauch von Eifersucht in ihrer Stimme. Eigentlich war Hafdís diejenige, die am meisten auf Reynir stand.

»Kommst du mit rauf in den Leuchtturm?« Reynir warf die Zigarette aus dem Fenster und stieg aus dem Auto, bevor Arna überhaupt antworten konnte. Sie eilte hinter ihm her.

Es war gerade erst acht Uhr und trotzdem schon völlig dunkel. Die letzten Tage waren regnerisch und stürmisch gewesen. Darum kam Arna der Abend ungewöhnlich still vor, der Wind hatte sich gelegt, und das Rauschen der Wellen wirkte beinahe einschläfernd. Ein paar wenige Regentropfen fielen zur Erde, und die Meeresluft roch salzig.

Dort, wo beim neuen Leuchtturm der Asphalt endete und die Felsen anfingen, wartete Reynir auf sie. Der alte Leuchtturm stand ein wenig vom neuen entfernt, und um dorthin zu gelangen, musste man ein kleines Stück am Meer entlang auf den Felsen gehen.

»Halt dich an mir fest. Hier ist es ganz schön rutschig«, befahl er. Arna tat, wie er sagte, und griff schüchtern nach seinem Arm. Zusammen gingen sie zum alten Leuchtturm an der Spitze der kleinen Halbinsel.

Arna war schon oft mit ihrem Vater da gewesen. Er interessierte sich für Fotografie und hatte auch Arna damit angesteckt.

Sie ging sehr gerne raus in die Natur, um Bilder zu machen, und war mit der Zeit richtig gut darin geworden. Obwohl sie noch keine eigene Kamera besaß, die konnte sie sich nicht leisten. Im Sommer hatte sie in der Ferienarbeit bei der Gemeinde gearbeitet und den gesamten Lohn auf ein Sparkonto gelegt, um irgendwann genug für die Kamera ihrer Träume zu haben. Bis dahin benutzte sie die Kamera ihres Vaters. Wenn draußen am Himmel die Nordlichter tanzten, eilten sie oft zusammen aus dem Haus und versuchten das Schauspiel einzufangen. Da kam nicht selten der alte Leuchtturm ins Spiel, denn mit Meer und Nordlichtern im Hintergrund bildete er ein spektakuläres Motiv. Ihr Vater hatte erzählt, es sei der erste Leuchtturm aus Beton an Islands Küsten, gebaut 1918. Der Turm war sogar über die Landesgrenzen hinaus bekannt und zu einem der schönsten Leuchttürme der Welt gewählt worden. Sie überlegte, Reynir davon zu erzählen, aber dann rutschte sie plötzlich auf einem nassen Stein aus.

»Ich hab doch gesagt, es ist glatt!« Reynir hielt sie fest und zeigte sein schönes Lächeln. Arna wurde rot und konzentrierte sich auf ihre Tritte, bis sie beim Leuchtturm ankamen.

Die Stahltür des Turmes war wie immer unverschlossen. Drinnen angekommen, drehte sich Reynir sofort zu ihr um und drückte sie gegen die Wand. Arna erschrak, sagte aber nichts. Er strich über ihren Körper, rauf und runter. Atmete laut in ihr Ohr, während er mit der anderen Hand an ihre Brust griff.

»Bist du noch Jungfrau?«, flüsterte er.

Arna nickte, nicht sicher, wie sie so eine direkte Frage beantworten sollte. Reynir schien zufrieden mit der Antwort und küsste sie auf den Mund. Mit einer Hand stützte er sich über Arna an der Wand ab, während die andere immer weiter an ihrem Körper nach unten wanderte. Die Küsse wurden nasser und intensiver. Arna bekam kaum Luft und war nicht sicher, ob sie das alles wirklich gut fand.

Sie hatte natürlich auf einen Kuss gehofft. Aber in ihrer Vorstellung war es ein romantischer und zärtlicher Kuss gewesen, am Ende des Abends, kurz bevor sie aus dem Auto stieg. Erst hätten sie über Gott und die Welt geredet. Und dann hätte er sie nach Hause gebracht (aber natürlich etwas weiter weg geparkt), und sie hätte die Tür geöffnet und etwas gesagt wie: Danke für den kleinen Ausflug. Dann hätte er nach ihrer Hand gegriffen und gesagt: Sollen wir das nicht morgen wieder machen? Sie hätte geantwortet: Vielleicht – nur, um ihn hinzuhalten. Dann hätte er vielleicht sogar gesagt: Bekomme ich einen Kuss, bevor du gehst? Sie stellte sich vor, wie sie erst gezögert, schließlich aber seinem Drängen nachgegeben und sich zu ihm gelehnt hätte. Ihre Lippen hätten sich berührt. Ganz langsam. Schön und zärtlich. Sogar mit ein bisschen Zunge am Ende. Dann hätte sie den Kuss beendet und wäre ohne weitere Worte aus dem Auto gestiegen. Sie sah ihn vor sich, wie er sich dann mit geschlossenen Augen im Sitz zurückgelehnt hätte und an sie gedacht hätte, so wie vorhin beim Musikhören.

Aber dieser Kuss war nicht einmal ansatzweise so. Stattdessen stand sie ungemütlich gegen eine kalte Wand gedrückt, während er sie begrapschte und seine Zunge in ihren Mund steckte, sodass sie kaum noch Luft bekam. Ihr war kalt, sie war nass und es roch komisch.

»Hast du das gehört?«, fragte sie plötzlich. Sie dachte, sie hätte oben im Leuchtturm ein Geräusch vernommen, war sich aber nicht sicher. Wahrscheinlich hatte sie es sich eingebildet, aber sie nutzte trotzdem die Gunst des Augenblicks und löste sich aus Reynirs Griff.

»Was?«

»Ich glaube, da oben ist jemand.« Arna blickte die Treppe hinauf. Sie wusste, dass Jugendliche oft abends hierherkamen, aber auf dem Parkplatz hatten sie keine Autos gesehen, deshalb waren sie davon ausgegangen, sie seien allein.

»Ich hab nichts gehört«, sagte Reynir und wollte den nassen Kuss fortsetzen.

»Nein, ich bin sicher, dass ich was gehört habe.« Arna sah schnell zu Boden, um nicht noch einmal einer Zungenattacke ausgesetzt zu sein. Ihr tat jetzt schon der Kiefer weh. Bevor er weitermachen konnte, wandte sie sich von ihm ab und huschte die Treppe hinauf. Ihre Schritte hallten wider. Dem Leuchtturm war anzusehen, dass die Dorfjugend sich gerne dort aufhielt. Überall lagen Cola-Dosen und Zigarettenstummel herum. Die Farbe löste sich von den Wänden und der grünen Treppe.

Oben angekommen, beugte sie sich über das Geländer. Da war niemand. Aber sie war sicher, etwas gehört zu haben. Der Mond tauchte die Wellen bei den Felsen in ein schummriges Licht. Arna zog ihre Jacke enger um sich und blickte über das Meer.

»Tja, ich hab doch gesagt, da war nichts«, sagte Reynir, der nach ihr in aller Ruhe die Treppe nach oben getrottet war.

»Was ist das eigentlich?« Sie kniff die Augen zusammen und deutete auf die Felsen beim Meer.

»Was denn? Ich sehe nichts.« Reynir blickte zu den Felsen rüber.

»Sieht nach einem Fell aus.« Arna lief es kalt den Rücken hinunter. »Meinst du, da liegt vielleicht ein Tier? Das müssen wir uns genauer ansehen.«

»Kommt nicht infrage. Ich fasse sicher keine tote Katze an.« Reynir verzog das Gesicht, aber Arna reagierte nicht darauf, lief die Treppe hinunter und ging vorsichtig über die Felsen zu der Stelle, wo sie das Tier vermutete. Vielleicht war es noch nicht zu spät. Hatte sie nicht eine Bewegung gesehen? Das könnten natürlich genauso gut die Wellen gewesen sein, die das Fell hin und her wiegten. Sie war nicht sicher. Die dunkle Nacht war nur vom Mond erleuchtet, und der kalte Nieselregen drang durch ihre dünne Jacke.

Als Arna sich bis zum Felsen vorgetastet hatte, hielt sie inne und sah auf das Meer direkt unter ihr. Sie hörte Reynir in der Ferne etwas rufen, aber das Meer verschluckte die Stimme.

Was sie gesehen hatte, war kein Tierfell, sondern die Haare einer Frau, die sich ruhig im Takt der Wellen bewegten.

* * *

Aðalheiður saß nach vorne gebeugt am Steuer und konzentrierte sich auf die Straße. Ein Auto nach dem anderen überholte sie, aber Aðalheiður ließ sich davon nicht verunsichern und fuhr in gleichmäßigem Tempo über die Bundesstraße.

»Mama, du weißt schon, dass man hier neunzig fahren darf.« Elma seufzte, als wieder ein Auto überholte und der Fahrer ihnen einen bösen Blick zuwarf. »Man kann auch eine Gefahr für den Verkehr sein, wenn man zu langsam fährt«, fügte sie hinzu und musste über den konzentrierten Blick ihrer Mutter lachen.

»Neunzig ist die Höchstgeschwindigkeit bei idealen Bedingungen, meine Liebe«, antwortete Aðalheiður ruhig, aber bestimmt. »Bei Regen und Sturm ist das anders. Gerade du solltest das wissen, du bist doch bei der Polizei.«

Elma schwieg und sah aus dem Fenster. Ihre Mutter hatte ja recht, das Sturmtief, das gerade übers Land zog, rüttelte immer wieder kräftig am Auto, was zur Folge hatte, dass ihre Mutter noch langsamer fuhr. Die gefrorene Fahrbahn vom Morgen war aufgetaut, und große, schwere Tropfen schmetterten gegen die Scheibe.

Elma war an dem Morgen früh aufgewacht, obwohl es am Abend davor spät geworden war. Sie hatte sich ein wenig gewundert, als Begga sie am Nachmittag zu sich nach Hause eingeladen hatte, um sich Tinder anzusehen, als wäre das eine völlig normale Beschäftigung an einem Samstagabend. Ihr blieb keine Zeit, sich eine Ausrede zu überlegen, also willigte sie ein. Vielleicht lag es auch am Rotwein, aber sie hatte seit Langem nicht mehr so viel gelacht. Vage erinnerte sie sich daran, spät am Abend ins Bett gekrochen zu sein. Als sie aufwachte, raste ihr Herz, der Kopf war schwer und ihr war übel. Normalerweise trank sie nicht viel, und während sie so an der Bettkante saß, erinnerte sie sich wieder daran, warum das so war. Eine eiskalte Cola beruhigte den Magen vorerst. Sie warf noch zwei Schmerztabletten ein, legte sich in die Badewanne, und danach fühlte sie sich schon ein wenig besser.

Es war ein schöner Morgen gewesen. Kalt, aber windstill. Sie hatte beschlossen, einen Spaziergang durch den Ort zu machen. War bis ins Zentrum gegangen, zu Kallis Bäckerei, wo sie sich einen Donut und ein Sandwich kaufte, das sie mit einem Kakao runterspülte. Die Bäckerei hieß eigentlich *Brot- und Kuchenstube*, aber in Akranes sprachen alle nur von Kallis Bäckerei. Dort gab es hausgemachte Donuts und himmlische Eclairs – ein Gebäck aus Brandteig mit Vanillecremefüllung und Karamellglasur. In Reykjavík gab es keine Konditorei, die es mit Kallis aufnehmen konnte, fand Elma.

Es war früh am Morgen und noch dunkel gewesen. Sie hatte an dem Donut geknabbert, während sie an der Landungsbrücke entlang nach Hause spaziert war und die Namen der kleinen Fischerboote gelesen hatte, die im stillen Meer ruhig hin und her schaukelten. Dann ging sie bei Langisandur zum Strand runter, wo die Ebbe an dem Morgen besonders niedrig war. Als sie dort entlangging, lugte die Sonne hervor, sodass der Sand richtig schön glitzerte. Wenn es etwas gab, auf das der Ort stolz sein konnte, dann auf diesen Strand. Ein heller Sandstrand, der an schönen Sommertagen zum Badestrand wurde, wo die Bewohner sich sonnten und die Kinder ins Meer hinauswateten.

Sie ging gerade an ihrer alten Grundschule vorbei, als ihre Mutter anrief und sagte, sie solle sich bereit machen, sie würden eine kleine Shoppingtour nach Reykjavík machen. Elma hatte nicht wirklich Lust auf einen Einkaufstrip, willigte aber zögerlich ein. Der Wind war langsam aufgezogen, und kleine Regentropfen fielen aus den Wolken, die plötzlich den ganzen Himmel bedeckten. Ihre Mutter hatte schon recht, sie brauchte einige Sachen, aber vor allem Kleinkram; Geschirr und Besteck. Mittlerweile war sie die Pappteller leid und musste sich langsam etwas besser einrichten.

»Wollen wir erst noch was essen? Mit leerem Magen sollte man nicht einkaufen gehen«, sagte Aðalheiður gut gelaunt auf dem Weg nach Reykjavík. »Mittlerweile gibt es da ein tolles Restaurant, das ist wirklich gut. Wir könnten sogar ein Gläschen Wein zum Essen trinken.«

»Das ist das Letzte, worauf ich momentan Lust habe«, sagte Elma, musste aber lachen. Ihre Mutter hatte an diesem Morgen ungewöhnlich gute Laune. Sang mit dem Radio mit und warf Elma auf dem Beifahrersitz immer wieder einen Blick zu.

»Ach, es war also noch richtig lustig bei dir gestern?«, fragte sie mit einem Augenzwinkern.

Elma zuckte mit den Schultern. »War ganz nett.«

»Ach gut, schön, dass du Spaß hattest.«

Elma antwortete nicht. Der Gedanke daran, neue Möbel zu kaufen, war irgendwie so überwältigend. Als würde sie damit ein ganz neues Kapitel in ihrem Leben beginnen. Vor nicht allzu langer Zeit, ein paar Jahre höchstens, war sie fast jedes Wochenende mit Davíð losgefahren, um etwas Schönes für die gemeinsame Wohnung zu kaufen. Akranes war schon lange nicht mehr ihr Zuhause gewesen. Mit zwanzig war sie in die Hauptstadt gezogen, bereit, auf eigenen Beinen zu stehen. Und sie hatte nicht vorgehabt, jemals wieder zurückzuziehen. Das Dorfleben war nie ihr Ding gewesen. Sie sehnte sich nach der Abwechslung, die Reykjavík zu bieten hatte. Wollte neue Leute kennenlernen, neu anfangen. Dann hatte sie Davíð kennengelernt, und das Leben war gut. Für eine Weile jedenfalls. Aber jetzt war sie doch wieder in Akranes gelandet und auf dem Weg, Möbel für ihr neues Zuhause zu kaufen. Oder das alte, je nachdem, wie man es sah.

»Du bist irgendwie so nachdenklich«, sagte ihre Mutter und sah sie an.

»Ich überlege nur«, antwortete Elma.

»Das soll ja eigentlich nicht schaden. Nachzudenken.«

»Probier es mal aus«, antwortete Elma und lächelte gutmütig.

»Aber ich bin auch müde. Ich habe heute Nacht nicht so gut geschlafen.«

»Wie läuft es auf der Arbeit?«, fragte Aðalheiður. Sie stellte jeden Tag dieselben Fragen. Elma hatte nie viel zu erzählen, und außerdem durfte sie auch gar nicht so viel sagen. Bei der Kripo Vesturland hatten sie es vor allem mit Verkehrsunfällen zu tun. Obwohl sie letzten Mittwoch auch mal wegen eines Einbruchs gerufen wurden. Ein älteres Paar hatte bemerkt, dass jemand das Fenster zu ihrer Garage aufgebrochen hatte. Elma war mit Sævar hingefahren und hatte das Paar getroffen, sie waren beide schon über achtzig. In der Garage fehlte nichts, also war der Fall ungelöst und würde es wahrscheinlich auch weiterhin bleiben. Elma vermutete, dass der Mann das Fenster wahrscheinlich selbst aufgebrochen hatte, denn er schien sich nicht länger als ein paar Minuten an irgendetwas zu erinnern und wiederholte ständig dieselben Fragen.

»Es läuft ganz gut, nichts Außergewöhnliches«, antwortete sie.

»Ich hoffe, Hörður behandelt dich anständig«, sagte Aðalheiður. »Es war nett von ihm, dir diese Stelle zu besorgen. Er und dein Vater waren mal enge Freunde. Auch wenn er früher ganz anders war, es gab eine Zeit, da hat er jeden unter den Tisch getrunken, aber als er die Stelle bei der Polizei bekam, hat er damit aufgehört. Dein Vater findet, dass er sich in der Arbeit manchmal ein bisschen zu sehr aufspielt.«

»Hörður war ein Saufbold?«, fragte Elma verwundert. Sie konnte sich nicht vorstellen, wie Hörður jemanden unter den Tisch trank.

»Ja, klar, er war ausgesprochen trinkfreudig. Seit er bei der

Polizei ist, hat er sich aber sehr verändert. Erzähl es nicht weiter, aber dein Vater meint, er sei mit der Zeit ein ziemlicher Lahmarsch geworden. Dass er sich nicht traue, die schwierigen Fälle anzugehen, weil ihm sein Ansehen im Ort so wichtig sei.« Aðalheiður grinste. »Aber freut mich zu hören, dass es gut läuft. Du wirst dich sicher schnell einleben. Du bist ja eine Einheimische.«

»Es ist schon in Ordnung, nur ein bisschen ruhig. Ganz anders als die Arbeit in der Stadt. Ich hoffe, es gibt genug zu tun.« Elma blickte aus dem Fenster über den Fjord Kollafjörður kurz vor Reykjavík. Der Sturm brachte eine Unruhe in die graue Meeresoberfläche.

»Es gibt immer was«, antwortete ihre Mutter und zuckte mit den Schultern. »Die Fälle sind nur vielleicht etwas anders.«

Elma nickte. Vielleicht war etwas Abwechslung ja genau das, was sie brauchte.

Das Möbelgeschäft war voller Menschen. Sie schlenderten herum und sahen sich die fertig eingerichteten Schauräume an. Aðalheiður blieb bei jeder Auslage stehen, nahm Dinge in die Hand und setzte sich auf die Sofas. Ein paar Stunden später kauften sie eine neue Couch, das war zwar nicht der Plan gewesen, aber Elma hatte sich von ihrer Mutter überreden lassen. Ihr hätte das alte Schlafsofa aus dem Gästezimmer der Eltern gereicht. Außerdem kauften sie noch zusätzlich einen Nachttisch und allerlei Kleinkram, von dem ihre Mutter behauptete, er würde die Wohnung gleich viel heimeliger machen. An der Kasse hielt Aðalheiður sie zurück und reichte ihre eigene Karte zur Bezahlung hin.

»Ein Vorschuss aufs Erbe«, sagte sie und zwinkerte ihr zu. Tränen sammelten sich in Elmas Augen, aber sie wandte den Blick schnell ab. Sie war eigentlich nicht nah am Wasser gebaut, aber aus irgendeinem Grund hatte sie jetzt einen Kloß im Hals.

Ihre Stimme klang immer noch etwas komisch, als sie wenige Minuten später ans Handy ging. Sie stand mit vollen Einkaufstüten am Ausgang und wartete darauf, dass ihre Mutter mit dem Auto vorfuhr. In der Zwischenzeit war es Abend geworden und bereits dunkel draußen.

»Hallo«, sagte sie mit schwacher Stimme, nachdem sie mit Mühe rechtzeitig das Handy aus der Tasche gekramt hatte.

Es war Hörður. »Hallo, Elma, hier ist was passiert. Wie schnell kannst du zum Leuchtturm kommen?«

Elísabet hatte das Schulgebäude schon oft gesehen, aber es hatte noch nie so groß gewirkt wie jetzt, als sie vor dem Eingang des weißen Hauses stand und ihr Blick nach oben wanderte. Das Grundstück um die Schule herum war genauso bedrohlich groß, mit Spielplätzen und einem Sportplatz, der bestimmt über hundert Meter lang und breit war.

Sie hielt die roten Riemen ihrer Schultasche ganz fest und ging in die Eingangshalle, wo einige gleichaltrige Kinder mit ihren Eltern in einer Gruppe beisammenstanden. Sie sah sich um. Alle waren beschäftigt, machten Fotos und plauderten miteinander. Niemand bemerkte sie, wie sie dastand und die Leute um sich herum beobachtete. Sie sah ein Mädchen betrübt neben seiner Mutter stehen. Ihre Blicke trafen sich, und Elísabet lächelte ihr zu, aber das Mädchen wandte den Blick ab und griff nach der Hand ihrer Mutter. Wahrscheinlich war sie einfach nur schüchtern. Das war schon in Ordnung. Da waren noch viele andere schüchterne Kinder. Und dann waren da ein paar, die herumalberten und sich nicht benehmen konnten, sodass die Eltern sich umdrehen mussten, um sie zu ermahnen.

Als die Glocke läutete, kam der Lehrer und bat die Eltern, sich zu verabschieden. Die Kinder sollten eine Schlange vor dem Lehrer bilden. Elísabet sah, dass das schüchterne Mädchen sich weigerte, aber ihre Mutter schob sie entschieden in die Reihe. Das Mädchen weinte nicht, aber sie biss sich auf die Unterlippe und blickte runter auf ihre rosa Schuhe, die so aussahen, als wären sie noch nie auch nur in die Nähe von Schmutz gekommen.

Elisabets Schuhe waren alt und vor langer Zeit mal weiß gewesen. Jetzt waren sie eigentlich eher grau oder braun, aber immerhin hatten sie rote Streifen. Rot war ihre Lieblingsfarbe. Die Schuhe hatte sie von den Frauen bekommen, die am Tag zuvor mit einem Sack voll Kleidung vorbeigekommen waren. Von ihnen hatte sie auch die Schultasche. Die fand Elisabet unglaublich schön. Der eine Riemen war zwar gerissen, aber das war nicht so schlimm, denn eine der Frauen hatte ihn wieder annähen können. Sie war so schön rot, mit schwarzen Nähten und ganz vielen Fächern. Elisabet musste trotzdem zugeben, dass die Tasche des anderen Mädchens noch viel schöner war. Sie sah auch nagelneu aus, genau wie die Schuhe.

Der Lehrer, ein älterer Mann mit Brille, wies die Kinder an, sich in der Ecke des Klassenzimmers vor ihn auf einen Teppich zu setzen. Er las die Namensliste, und die Kinder sollten sich melden, wenn sie aufgerufen wurden. Während sie reihum antworteten, fiel Elisabet auf, dass zwei Mädchen miteinander flüsterten und sie dabei ansahen. Sie verstand auch sofort, worüber sie tuschelten, und zog schnell den Ärmel des Pullis über die blutigen Finger. Ihr wurde ganz heiß, und als der Lehrer sie aufrief, bekam sie kein Wort heraus. »Elisabet?«, sagte der Lehrer noch mal und blickte in die Gruppe. »Ja«, konnte sie hervorstammeln, und der Lehrer nickte und machte ein Häkchen bei ihrem Namen. Elisabet schaute auf den grauen Teppich hinunter und bekam kein Wort von dem mit, was der Lehrer sagte. Als sie endlich aufblickte, bemerkte sie, dass das schüchterne Mädchen sie ansah. Ihre Blicke trafen sich, und da lächelte sie, sodass ihre milchweißen Zähne zu sehen waren.

Das Mädchen hieß Sara, und als sie lachte, wusste Elisabet, alles würde gut werden.

Das Gebäude war fast leer, nur Hendrik saß noch in seinem Büro und blickte sich zufrieden um. Er genoss es, den Raum für sich allein zu haben, dort konnte er sich abschotten und auch mal ein Nickerchen machen, wenn ihm danach war. Umgeben von teuren Möbeln, schönen Gemälden und mit Aussicht aufs Meer konnte er in Ruhe arbeiten. Vor dem Fenster war nichts als Blau, so weit das Auge reichte. Wobei es momentan eher schwarz war, die Winter in diesem Land waren ja immer so dunkel. Er lehnte sich zurück, sodass der Lederstuhl knarrte, und reckte sich.

Er hatte die Aufgaben des Tages erledigt, wollte aber noch nicht nach Hause. Es tat so gut, allein und ungestört dazusitzen. Zu Hause erwartete ihn nur Ása. Außerdem würde er das Büro bald an seinen Sohn Bjarni übergeben. Die Zeit war auch reif dafür. Obwohl er schon in die Jahre gekommen war, hatte er zwar nicht vor, die Firma ganz zu verlassen, aber jetzt musste er Bjarni erlauben, die Leitung zu übernehmen.

Hendrik atmete tief ein und lehnte sich vor. Er hörte eine Tür aufgehen. Schritte. Wahrscheinlich die Putzkräfte. Oder eher: die Putzkraft, eine Frau asiatischer Herkunft, die jeden Tag den Boden wischte. Er stand auf, ging in die Kaffeeküche und zu der Frau, die mit dem Rücken zu ihm stand und nach vorne gebeugt den Lappen auswand, sodass Wasser in den vollen Eimer tropfte.

»Guten Abend«, sagte er ruhig und holte von ganz oben im Schrank eine Kaffeetasse.

Die Frau antwortete in gebrochenem Isländisch; mied den direkten Augenkontakt mit ihm. Klein und schüchtern, so waren die meisten von ihnen. Als würden sie sofort merken, wer hier das Sagen hatte. Er lächelte still in sich hinein und wartete geduldig, während die Kaffeemaschine ihre Arbeit machte. Sah der Frau geistesabwesend dabei zu, wie sie weiter den Boden wischte. Setzte sich dann hin und trank ruhig seinen Kaffee.

Er hatte definitiv seinen Platz in der Welt gefunden. Eigentlich war er schon in der richtigen Schublade geboren worden. In einem kleinen Ort aufzuwachsen, war für ihn genau das Richtige gewesen. Er kannte fast alle, war beliebt. In Akranes lebten nur um die siebentausend Einwohner, und früher, in seiner Jugend, waren es noch um einiges weniger gewesen. Wenn er in den Supermarkt ging, grüßte er mindestens die Hälfte der Leute, denen er begegnete. Manchmal fragte er sich, was wohl passiert wäre, wenn er in seinem Leben auch einmal weggezogen wäre und sein Glück woanders versucht hätte. Aber er kam immer zum selben Schluss; er hätte es nirgendwo anders so gut gehabt. In der Schule war er beliebt gewesen, das Lernen fiel ihm leicht, und auch im Sport war er gut. Er hatte fußballerisches Talent, aber daraus war nichts geworden. Eine Sportlerkarriere hatte er auch nie wirklich angestrebt. Er mochte den Mannschaftsgeist im Verein, war aber nicht wirklich bereit, die Opfer zu bringen, die man hätte bringen müssen, um ganz an die Spitze zu kommen. Er wäre gar nicht auf die Idee gekommen, von seinen Kumpels wegzugehen. Akranes war seine Heimat. Hier war er beliebt und angesehen. Das war der Vorteil daran, in einer kleinen Gemeinschaft zu wohnen; wer einen guten Ruf hatte, profitierte davon. Andere hatten es schwer.

Er schlürfte die letzten Tropfen Kaffee aus der Tasse und stand auf. Bisher war sein gesamtes Leben wie am Schnürchen gelaufen. Er hatte eine lustige und unbeschwerte Schulzeit gehabt. Ása hatte er erst kennengelernt, als er schon fast zwanzig war, was damals bereits als relativ alt galt. Sie war ein paar Jahre jünger als er. Eine junge, schöne und sensible Frau, die ihm erlaubte, der Mann im Haus zu sein. Solche Frauen waren heutzutage schwer zu finden.

Alles hätte so perfekt sein können, wenn da nicht das mit dem Mädchen gewesen wäre. Sie begleitete ihn wie ein dunkler Schatten. Immer, wenn er an sie dachte, raubte es ihm alle Kraft, aber das ließ er sich nicht anmerken. Nach außen hin war er stark. Mächtig. Aber in der Dämmerung überkam die Finsternis seine Seele, und dann war es, als würde nichts mehr eine Rolle spielen.

* * *

Elma fuhr am Hafendamm entlang, wo sie am Morgen noch spazieren gegangen war. Die Boote, die sich vor ein paar Stunden noch so ruhig an der Anlegekante hin und her gewiegt hatten, schwankten jetzt wild auf dem tosenden Meer. Sie bog nach rechts ab, fuhr an den weißen Fischfabriken vorbei und bog dann auf einen Schotterweg ein. Straßenlaternen erleuchteten einen Teil der Strecke, aber das letzte Stück fuhr sie im Dunkeln, nur mit dem Licht der Scheinwerfer. Hier, an der Spitze der Halbinsel im Westen von Akranes, ragte der Leuchtturm aus der felsigen Küste.

Elma fuhr so weit wie möglich und parkte neben ein paar Streifenwagen, die schon vor ihr angekommen waren. Außerdem standen da noch ein Krankenwagen, ein großer Jeep und ein schwarzer BMW, dessen Motor lief. Ein gelbes Absperrband der Polizei war quer über den Parkplatz beim neuen Leuchtturm gespannt, und etwas weiter weg, auf den Felsen beim alten Leuchtturm, sah sie die Spurensicherung bei der Arbeit.

Sie knöpfte ihren Mantel zu und beäugte den neuen Leuchtturm, der hoch und imposant direkt neben dem Parkplatz stand. Der alte Leuchtturm wirkte im Vergleich baufällig und heruntergekommen. Beinahe unheimlich. Elma lief ein altbekannter Schauder über den Rücken. Sie war schon oft dort gewesen, sowohl als Kind mit ihren Eltern als auch später mit Freundinnen, die sich untereinander einen Schrecken einjagen wollten. Es war etwas Unheimliches an diesem Leuchtturm, der früher eine so wichtige Rolle gespielt hatte, jetzt aber keinen Zweck mehr erfüllte.

Sævar kam ihr entgegen, als er sie bemerkte. Der Reißverschluss seiner schwarzen Jacke war bis ganz nach oben zugezogen, und eine dicke Mütze verdeckte seine dunklen Haare.

»Die Spurensicherung untersucht den Fundort«, sagte er. Er musste lauter sprechen als normalerweise, um gegen den Wind anzukommen.

»Sind sie schon lange da?«, fragte Elma. Sie war so schnell wie möglich zurück nach Akranes gerast, ihre nervöse Mutter hatte sie auf den Beifahrersitz verfrachtet. Ab und zu hatte sie Elmas Arm gepackt und nach Luft geschnappt.

»Nein, sie bauen gerade erst auf«, sagte Sævar. »Sie mussten auch aus Reykjavík gerufen werden.«

»Weiß man schon etwas?«

»Es ist eine Frau. Vermutlich zwischen dreißig und vierzig. Die Kollegen, die als Erste hier waren, haben sofort die Verletzungen der Leiche gesehen, also wurde gleich die ganze Mannschaft gerufen, mehr weiß ich auch nicht.« Er nickte in Richtung des BMW. »Die beiden haben die Leiche gefunden. Ich habe sie gebeten, noch einen Moment zu warten, damit wir kurz zusammen mit ihnen reden können, das wollte ich lieber nicht allein machen. Hörður war in seinem Sommerhaus in Skorradalur und ist auch gerade erst angekommen.«

Sævar ging zum Auto, lehnte sich vor und klopfte leicht an die Scheibe. Die Autotür ging auf, und ein schlaksiger Junge stieg aus. Seine dunklen Haare waren locker zur Seite gestrichen, er trug eine enge, löchrige Jeans und einen weiten hellgrauen

Kapuzenpulli. Die Kapuze hatte er aufgesetzt, und die Hände hatte er tief in den Taschen einer schwarzen Lederjacke vergraben. Das Mädchen saß wie versteinert im Auto.

»Will deine Freundin nicht auch mit uns reden?«, fragte Sævar.

»Ihr ist kalt«, antwortete der Junge. »Sie hat nicht wieder aufgehört zu zittern, seit ...«

Sævar beugte sich runter und klopfte noch einmal leicht gegen die Scheibe. Das Mädchen saß mit dem Blick nach vorne gerichtet da, aber das Klopfen schien sie aus ihrer Trance zu rütteln. Sie blickte auf und zögerte kurz, bevor sie die Tür öffnete und ausstieg. Sie hatte eine dünne Jacke an und einen dicken Schal um den Hals gewickelt, in dem sie das Gesicht vergrub. Die blonden Haare reichten weit den Rücken hinunter, und sie hielt die Arme eng um den Körper geschlungen, in dem vergeblichen Versuch, sich ein wenig zu wärmen.

»Ihr solltet euch beeilen, bevor das Meer sie mitnimmt«, sagte der Junge ungefragt und deutete zum alten Leuchtturm. Sævar ignorierte den Hinweis, öffnete die Hintertür von einem der Polizeiautos und bat die Teenager, auf dem Rücksitz Platz zu nehmen.

»Was habt ihr hier gemacht?«, fragte Elma vom Beifahrersitz des Wagens. Sie drehte sich um und sah die beiden prüfend an.

Der Junge schaute nach unten, blickte aber verstohlen auf, als er anfing zu reden. »Wir? Wir haben uns nur umgesehen. Also, den Leuchtturm angesehen.«

»Wart ihr allein?«, fragte Sævar.

Der Junge nickte und sah das Mädchen an. Sie schwieg und zog die Nase hoch.

»Euch ist also nichts aufgefallen, keine anderen Leute, keine Autos, nichts dergleichen?«

»Nein, gar nichts.« Reynir schüttelte entschieden den Kopf.

»Also einmal kam es mir vor, als hätte ich was gehört«, sagte Arna plötzlich. »Darum bin ich bis ganz nach oben gegangen, und dann hab ich ... hab ich sie gesehen.«

Sævar und Elma warfen einander einen Blick zu. »Was hast du gehört?«, fragte Sævar.

»Nur so einen dumpfen Schlag. Als wäre jemand oben im Leuchtturm. Aber da war niemand«, antwortete sie, und anscheinend ließ allein der Gedanke daran sie erschaudern.

»Ja, erst von oben haben wir sie dann gesehen. Oder Arna dachte zumindest, sie hätte etwas bemerkt, ich habe nichts gesehen«, sagte Reynir.

»Was hast du gesehen?« Elma richtete ihre Worte an Arna. »Hier ist es dunkel, und die Sicht ist schlecht. Hast du die Leiche vom Leuchtturm aus erkennen können?«

»Ich habe nur die Haare gesehen. Ich dachte, da hätte sich was bewegt, aber das war sicher einfach nur das Meer.« Sie sprach so leise, dass Elma sich näher zu ihr lehnen musste, um sie durch den Wind, der rund um das Auto herum tobte, zu hören. »Ich dachte, es wäre ein Tier. Das Fell eines Tiers.«

»Und was habt ihr gemacht?«, fragte Sævar.

»Ich wollte nur schauen, ob ich, na ja, helfen könnte oder so«, antwortete Arna. Sie schien nicht weiterreden zu wollen, also sagte Reynir: »Wir mussten nicht viel näher rangehen, um zu erkennen, dass es definitiv kein Tier war.«

»Habt ihr da auf dem Felsen was angefasst?«, fragte Sævar.

»Nein, wir sind so schnell wir konnten wieder abgehauen und haben die Polizei gerufen. So was will man ja auch nicht anfassen«, antwortete der Junge und rümpfte die Nase.

Das Mädchen war still und kratzte mit all ihrer Aufmerksamkeit auf dem Sitzbezug herum. Sævar sah Elma an, notierte die Telefonnummern der beiden Jugendlichen und befahl ihnen dann, nach Hause zu fahren und sich aufzuwärmen.

Elma sah ihnen nach, als sie wegfuhren. »Hätten wir sie nicht noch länger hierbehalten sollen, falls wir sie noch brauchen? Könnte doch sein?«

»Die Frau lag fast im Meer«, sagte Sævar. »Die Klamotten der beiden waren staubtrocken. Ich glaube, es gibt momentan keinen Grund, sie noch länger hierzubehalten.«

Elma nickte.

»Die Leiche liegt ganz vorne am Felsen, wir müssen ein wenig klettern, um dahin zu gelangen«, sagte Sævar. Elma folgte ihm. Sie verlor fast das Gleichgewicht auf dem rutschigen Felsvorsprung und hielt sich reflexartig an Sævar fest.

Im Näherkommen sah sie, wie Hörður, die Hände tief in den Taschen vergraben, die Spurensicherung bei der Arbeit beobachtete. Sie trugen blaue Overalls, und einer von ihnen hielt eine LED-Lampe hoch, die das Gebiet erleuchtete. Unter normalen Bedingungen hätte man die Lampe auf ein Stativ stellen können, aber Elma bezweifelte, dass es auf dem unebenen Untergrund möglich war. Der Wind würde die Lampe wahrscheinlich innerhalb weniger Sekunden mitreißen.

Die Leiche lag eingeklemmt zwischen zwei Steinen ganz vorne auf dem Felsen. Die Spurensicherung hielt es nicht für nötig, sie mit Plastikfolie oder einem Zelt zu verdecken, denn tatsächlich sah man sie erst, wenn man schon ganz am Ende des Felsens angekommen war. Elma konnte ihr Gesicht nicht sehen, aber das Haar der Frau bewegte sich lose in den Wellen. Sie trug einen schwarzen Mantel, aber die Beine lagen im Meer. Elma war so gebannt vom Anblick der Leiche, dass sie zusammenzuckte, als sie eine Hand auf ihrer Schulter spürte.

»Entschuldige, ich wollte dich nicht erschrecken«, sagte Hörður. »Das sieht nicht gut aus, wir haben wohl jede Menge Arbeit vor uns«, sagte er dann.

»Gibt es Hinweise darauf, dass es sich um eine Straftat handeln könnte?«, fragte Elma und versuchte, nicht daran zu denken, wie kalt es eigentlich war. Der dünne Mantel brachte nicht viel, und ihre Haare flatterten im Wind, egal wie sehr sie versuchte, sie zu bändigen. Sie beneidete Hörður um seine Fellmütze, die alle seine Haare sorgfältig zusammenhielt.

»Sieht ganz danach aus, ja«, antwortete Hörður. »Es sei denn, sie ist hier auf den Felsen furchtbar unglücklich gestürzt.«

Die Leiche wurde umgedreht, sodass deutlich das geschwollene Gesicht zu sehen war. Die Augen waren geschlossen, die Haut hell, mit der Ausnahme einiger blauer Flecke im Gesicht und auf dem Hals. Elma hatte schon oft genug eine Leiche gesehen, um zu wissen, dass die Flecke im Gesicht der Frau Totenflecke waren und sie also schon seit einer Weile nicht mehr am Leben war. Ein Mitarbeiter der Spurensicherung strich das dunkle Haar der Frau zur Seite, was einige auffällige Spuren an ihrem Hals offenlegte.

»Sieht nicht so aus, als wäre sie hingefallen«, sagte Elma leise.

»Vom Zustand der Leiche zu schließen, kann sie noch nicht lange im Wasser gelegen haben«, sagte Hörður. »Die Flohkrebse können hier ganz schön aggressiv sein.«

»Vielleicht finden wir hier irgendwelche Hinweise?« Elma sah sich auf den nassen Felsen um.

»Es könnte schwer werden, hier etwas zu finden. Ich befürchte jedenfalls, dass die Spurensicherung es unter diesen Umständen nicht leicht hat.«

»Wir wollen die Tote so schnell wie möglich wegbringen.« Ein Kollege von der Spurensicherung kam auf sie zu, nachdem sie eine Weile dagestanden und den Schauplatz beobachtet hatten. »Es bringt nichts, die Leiche hier genauer zu untersuchen, wir müssen sie bewegen, bevor die Flut kommt.«

Einige Männer hielten einen Leichensack bereit und legten sie vorsichtig hinein. Danach trugen sie den Sack mühevoll über die rutschigen Steine zum Krankenwagen. Hörður, Elma und Sævar folgten. Die LED-Lampe wurde neu positioniert, und der vorderste Teil des Felsens war plötzlich stockdunkel.

»Könnt ihr schon was sagen?«, fragte Hörður einen Mitarbeiter der Spurensicherung, während sie vorsichtig über die Steine Richtung Parkplatz gingen.

»Ich denke, dass sie noch nicht lange hier lag, und wahrscheinlich hat das Meer sie und den Felsen eine Zeit lang bedeckt. Bei so einer Kälte erstarrt eine Leiche schnell, und die Starre hält auch länger an, also würde ich schätzen, es waren wahrscheinlich um die vierundzwanzig Stunden. Sie hat Leichenflecke im Gesicht und am Hals, und aus deren Verteilung lässt sich schließen, dass sie die ganze Zeit auf dem Bauch lag. Ich denke, sie wurde nicht weiter ins Meer hinausgetragen als bis zu dem Punkt, wo wir sie dann auch gefunden haben. Der Rechtsmediziner wird natürlich die genaue Todesursache feststellen müssen, aber sie hat diese Wunde am Hals, von der wir schließen können, dass sie schon tot war, als das Meer sie umhüllte. Sie ist jedenfalls nicht ertrunken.«

»Hat sie noch mehr Verletzungen?«, fragte Elma.

»Das linke Bein ist gebrochen, so viel wissen wir sicher. Außerdem hat sie rechts am Kopf eine Wunde, was darauf hindeutet, dass sie entweder gestürzt ist oder einen Schlag auf den Kopf bekommen hat. Aber was letztendlich die genaue Todesursache war, können wir momentan unmöglich sagen«, meinte der Mann.

»Hatte sie einen Ausweis dabei?«, fragte Hörður.

»Nein, wir haben nichts gefunden, was uns einen Hinweis auf ihre Identität geben könnte«, sagte der Mann. »Auch auf den umliegenden Felsen gab es nichts Auffälliges, aber es stellt sich die Frage, wie weit wir die Suche noch ausdehnen müssen. Es deutet jedenfalls vieles darauf hin, dass es sich nicht um einen natürlichen Tod handelt, was heißt, dass wir ein größeres Gebiet abriegeln müssen.« Sie blieben vor dem neuen Leuchtturm stehen, und der Mann blickte über das Gelände. Ihm war anzusehen, dass er sich nicht gerade auf die bevorstehende Aufgabe freute. »Wir werden noch etwas länger hierbleiben«, fügte er hinzu und wischte sich mit dem blauen Ärmel über die Stirn. »Ich werde Verstärkung aus Reykjavík rufen müssen, anders wird es nicht gehen.«

»Könnte es sich um eine Urlauberin handeln?«, fragte Elma und beobachtete, wie der Mann von der Spurensicherung nicht weit entfernt in ein Auto stieg. »Weil ihr sie ja nicht kennt.«

»Kann sein ...« Sævar blickte sich nachdenklich um. »Ich denke nicht, dass es sich um eine Urlauberin aus dem Ausland handelt, ich weiß auch nicht, warum. Sie sieht nicht wirklich aus wie eine ausländische Touristin.«

»Schwer zu sagen, aber aus Akranes ist sie jedenfalls nicht. Sonst würde ich sie kennen«, sagte Hörður.

Sie hoben alle die Blicke, als eine Sturmböe über die Wellen fegte und der Regen stärker wurde.

»Sieht nach einem Schauer aus. Ich denke, wir sind hier erst mal fertig. Lasst uns irgendwo reingehen, bevor der Sturm weiter Fahrt aufnimmt.« Hörður blickte sich um. Die Spurensicherung untersuchte immer noch das Gelände, und Elma sah, dass einige sich den alten Leuchtturm von innen ansahen. Der Krankenwagen war losgefahren und verschwand in der Ferne. Elma hatte den Versuch längst aufgegeben, ihre Haare zu bändigen, und ihr Mantel war mittlerweile völlig durchnässt.

»Wir treffen uns auf der Station«, rief Hörður ihnen zu, als er in einen großen Jeep stieg. Elma setzte sich in das Auto, das sie sich von ihren Eltern geliehen hatte, und startete den Motor. Sie rieb die Hände aneinander und drehte die Heizung voll auf. Die Nässe tropfte von ihrem Gesicht, und um das Auto herum wehte ein tosender Wind. Der Sitz erwärmte sich schnell, aber Elma wusste, die Kälte würde nicht so schnell aus ihrem Körper weichen. Es war schon nach neun. Stockfinster. Sie warf noch einen letzten Blick auf die Felsen beim alten Leuchtturm. Der Ort, an dem die Frau gelegen hatte, stand jetzt ganz unter Wasser, und wilde Wellen rissen alles mit sich, was nicht niet- und nagelfest war.

Wenn die Schulwoche sich dem Ende zuneigte und das Wochenende bevorstand, setzten bei Elísabet die Bauchschmerzen ein. Manchmal waren sie so heftig, dass sie sich auf der Toilette verstecken musste. Dem Lehrer erzählte sie nie davon. Sie mochte ihn nicht besonders. Er war streng und wollte nicht wirklich über andere Dinge reden als das, was in den Schulbüchern stand. Aber Elísabet ging trotzdem gerne zur Schule. Sie las viel und verschlang jetzt schon dickere Bücher als die meisten anderen Kinder. Bücher mit weniger Bildern und mehr Text. In die konnte sie sich voll und ganz vertiefen und hörte nicht einmal mehr, wenn der Lehrer etwas sagte oder die Schulglocke läutete.

Am liebsten aber spielte sie mit Sara. Vom ersten Tag an waren sie beste Freundinnen gewesen. Elísabet hatte noch nie zuvor eine Freundin gehabt und freute sich immer auf die Schule, weil sie dort Sara traf.

Wenn sie Glück hatte, passierte an den Wochenenden nicht viel. Mama war entweder zu Hause oder unterwegs, und sie ging zu Solla, die ihr etwas zu essen machte und vielleicht sogar einen Keks gab, wenn sie lieb fragte. Sie traf Sara unten am Strand oder auf dem Spielplatz. Manchmal verbrachte sie die Wochenenden in ihrem Zimmer, während die Leute im Erdgeschoss diesen ekligen Wein tranken. Dann ging sie möglichst nicht runter. Sie mochte nicht, wie die Leute aussahen und sich aufführten. Ab und zu schrien sie, dann wieder lachten sie. Manche lagen auf dem Boden rum, andere auf dem Sofa. Mama wollte nicht, dass sie runterging, sie sollte im Zimmer bleiben und still sein.

Eine der Frauen, die am Wochenende oft da war, kam aber immer wieder zu ihr hoch, umarmte sie und erzählte lauter Sachen, die Elisabet nicht verstand. Aber sie fand das nicht weiter schlimm. Und manchmal, wenn sie runterging, winkten die Leute sie zu sich und lachten, wenn sie was sagte, obwohl sie gar nicht versuchte, lustig zu sein. Aber als immer öfter Dinge kaputtgingen und die Stimmen lauter wurden, traute sie sich irgendwann nicht mehr nach unten. Dann wartete sie oben in ihrem Zimmer, bis es wieder ruhig wurde und sie sicher sein konnte, dass alle schliefen.

Eines Nachts wachte sie auf, weil unten die Tür knarrte. Als sie die Augen öffnete, sah sie das Gesicht eines unbekannten Mannes. Er setzte sich auf ihr Bett und strich sanft über die Decke. Der Mann roch säuerlich und starrte sie im Dunkeln an. Seine Augen waren groß und furchteinflößend. Als sie am nächsten Morgen aufwachte, hatte sie ihre Nägel abgekaut und auf dem Kissen Blutspuren hinterlassen.

Danach schlief sie an den Wochenenden nicht mehr in ihrem Bett. Sie zerrte Decke und Kissen in den Schrank unter der Dachschräge, machte ihn von innen zu und schlief dort. Im Schrank roch es seltsam, und sie war sicher, dass allerlei Tierchen herumkrabbelten, aber dort konnte ihr niemand etwas anhaben.

An manchen Tagen fühlte sich Eiríkur wie ein alleinerziehender Vater. Wenn Beta weg war, bestand seine Morgenroutine einzig und allein darin, die Jungen aus dem Bett zu jagen, sie zu füttern, anzukleiden und für die Schule fertig zu machen, bis der Bus kam. Nur selten blieb ihm Zeit, selbst noch einen Bissen hinunterzuschlingen, während er Pausenbrote zubereitete, Anziehsachen raussuchte und Frühstück machte.

Ernir und Fjalar waren sechs und acht Jahre alt, und es konnte der reinste Albtraum sein, sie morgens zum Aufstehen zu bewegen. Sie waren ärger als die ärgsten Teenager, und er wollte sich gar nicht erst vorstellen, was in den nächsten Jahren noch bevorstand, wenn das der erste Vorgeschmack darauf war. Wenn er morgens das Licht anmachte, zogen sie sich meist die Decke über den Kopf und gaben nur ein unverständliches Brummen von sich. Wenn sie irgendwann endlich aufstanden, glichen ihre Bewegungen einem Film in Zeitlupe. Er musste bei jedem Schritt hinter ihnen her sein und sich so oft wiederholen, dass er seine eigene Stimme schon nicht mehr hören konnte. Erst wenn die Jungs durch die Tür waren und er sie vom Wohnzimmerfenster aus mit ihren viel zu schweren Schultaschen weggehen sah, hatte er das Gefühl, wieder frei atmen zu können.

Nach dem Sturm am Wochenende war es draußen windstill und ungewohnt ruhig. Er hatte vorgehabt, mit den Jungs was Schönes zu unternehmen, an die frische Luft oder ins Schwimmbad zu gehen, aber das Wetter hatte nicht nach draußen eingeladen. Regen und Sturm hielten sie das ganze Wochenende über drinnen fest. Die Brüder bekamen jeweils Besuch von Freunden und spielten drinnen Fußball und Kriegsspiele mit dem dazugehörigen Krawall, sodass keine ruhige Minute im Haus war. Beide Kinderzimmer sahen aus, als hätte eine Bombe darin eingeschlagen. Im Rest des Hauses war es aber eigentlich auch nicht besser. Die Pizzakartons lagen auf dem Küchentisch, Legosteine im Wohnzimmer, und er hatte noch immer nicht die Spülmaschine ausgeräumt, sodass sich in der Spüle das dreckige Geschirr stapelte. Eiríkur wusste, dass ihm Beta dazu wahrscheinlich einen Vortrag halten würde. Er fragte sich, wo sie eigentlich so lange steckte. Es war schon nach acht, und normalerweise kam sie um diese Zeit zurück. Am PC rief er die Ankunftszeiten am Flughafen in Keflavík auf. Die Maschine war um zwanzig nach sechs gelandet, also sollte sie auf dem Weg sein. Er probierte es auf ihrem Handy, aber hörte nur eine Stimme, die ihm mitteilte, die Nummer sei im Augenblick nicht erreichbar. Bevor er rausging, schrieb er ihr eine Nachricht: *Flipp nicht aus, wenn du die Unordnung siehst – ich räume auf, wenn ich nach Hause komme. Freu mich, dich zu sehen, mein Schatz.*

Es war Montagmorgen, und der Verkehr Richtung Reykjavík bewegte sich nur schleppend voran, aber das war Eiríkur egal. Er saß gerne im Auto und hörte die Morgensendung im Radio. Seit er in seinem Leben nicht mehr nur für sich selbst verantwortlich war, genoss er die Momente, in denen er allein und ungestört sein konnte. Als Elísabet vorgeschlagen hatte, ein Einfamilienhaus im Hvalfjörður zu kaufen, hatte er sie für verrückt gehalten. Sie arbeiteten beide in Reykjavík, und die Fahrt hin und wieder zurück schien wie eine halbe Ewigkeit. Außerdem hatte er immer schon in Reykjavík gewohnt und mochte den Trubel. Eigentlich konnte er sich nicht vorstellen, aufs Land zu ziehen. Aber irgendwie schaffte sie es, ihn zu überzeugen. Er versprach, dem Landleben für ein Jahr eine Chance zu geben, aber danach kehrten sie nicht wieder in die Stadt zurück. Das Pendeln fand er auch nicht mehr schlimm. Er brauchte knappe vierzig Minuten zur Arbeit, und wenn morgens viel Verkehr war, hatte er von da, wo sie vorher gewohnt hatten, auch so lang gebraucht. Und natürlich mussten die Jungs, als sie älter wurden, immer wieder mal irgendwohin gebracht und wieder abgeholt werden, aber nachmittägliche Freizeitaktivitäten fanden immerhin auch in der Schule statt. Bei dem Gebäude der Versicherung, für die er arbeitete, angekommen, lehnte er sich erst noch einen Moment zurück und schloss die Augen, bevor er die Tür öffnete und hinaus in die kalte Morgenluft trat.

Kurz vor sechs Uhr am Abend parkte Eiríkur den Jeep wieder vor ihrem Einfamilienhaus im Hvalfjörður. Fjalar und Ernir saßen auf dem Sofa und guckten einen Zeichentrickfilm; sie waren ungewöhnlich leise. Es kam ihm vor, als versteckten sie etwas hinter ihren Rücken, und er hatte den Verdacht, dass die Kekspackung oben im Schrank nicht mehr an ihrem Platz war. Krümel auf dem Sofa bestätigten seine Vermutung.

»Wo ist Mama?«, fragte er und beschloss, nicht weiter auf die Kekspackung einzugehen. Ihm fehlte die Energie, um sie jetzt dafür zu rügen.

Die Jungs zuckten mit den Schultern und wandten die Blicke nicht vom Fernseher ab. Eiríkur zog die Jacke aus und ging ins Schlafzimmer. Dort herrschte dasselbe Chaos wie am Morgen, das Bett war ungemacht und der Schlafanzug lag auf dem Boden. Gedankenverloren machte er das Bett und legte die Klamotten schön zusammen. Dann versuchte er noch einmal Beta anzurufen, bekam aber dieselbe Nachricht wie am Morgen. Während er durchs Haus ging, Spielzeug wegpackte und aufräumte, wuchs seine Sorge an. Er hatte seit Freitag nichts von Beta gehört, als sie für zwei Nächte in die USA geflogen war. Sie hatte sich am Freitagmorgen von ihm verabschiedet und war dann gegen Mittag zum Flughafen in Keflavík gefahren. Es hatte ihn durchaus gewundert, dass sie sich gar nicht gemeldet hatte, er war aber so mit den Jungs beschäftigt gewesen, also hatte er nicht weiter darüber nachgedacht. Und es war nicht so, als würden sie jeden Tag telefonieren, wenn sie solche Flüge machte, aber sie hatten doch immer irgendwie Kontakt. Und sei es nur, um einander kurz eine gute Nacht zu wünschen oder sich über die Jungs auszutauschen.

Das Haus war schon viel sauberer, als er noch einmal zum Telefon griff. Eigentlich wusste er nicht, wen er anrufen sollte. Beta hatte nicht viele Freunde und kaum Kontakt zu ihren wenigen Familienmitgliedern. Am ehesten traf sie sich noch hin und wieder mit ihren Arbeitskollegen oder ein paar alten Schulfreunden aus dem Gymnasium. Er suchte die Nummer einer Freundin raus, die Beta ab und zu auf einen Kaffee traf, zögerte aber, bevor er sie wählte. Es musste seltsam sein, einen Anruf von einem Ehemann auf der Suche nach seiner Frau zu bekommen. Er wollte nicht, dass sie sich unnötig Sorgen machte, oder, noch schlimmer, den Eindruck erwecken, mit ihrer Ehe sei was nicht in Ordnung. Also rief er doch nicht an und suchte stattdessen die Nummer der Airline raus. Ein automatischer Anrufbeantworter teilte mit, die Büros seien nur zwischen neun und fünf besetzt, und er legte wieder auf, noch bevor die Nachricht zu Ende war.

»Papa, was gibt's zu essen?« Fjalar stand in der Küche und fing an, Schubladen und Schränke zu durchsuchen, wie er es oft tat, wenn er Hunger hatte.

Eiríkur warf einen Blick auf die Uhr, es war schon fast sieben. Er hatte bisher nicht über das Abendessen nachgedacht und auch noch nicht dafür gesorgt, dass die Jungs ihre Hausaufgaben machten.

»Können wir Pizza bestellen?«, fragte Ernir voller Zuversicht. »Biiitte«, sagte er, so liebenswürdig er konnte.

Eiríkur nickte, und die Jungs grinsten breit. Montags Pizza zu bestellen, kam normalerweise gar nicht infrage. Außerdem hatte es schon am Wochenende Pizza gegeben, aber das war nun mal so ein Tag. Eiríkur bestellte schnell eine Pizza nach Hause und setzte sich dann an den Computer. Er brauchte nicht lange, um sich in Betas E-Mail-Postfach einzuloggen, und fand dort eine Nummer, die Mitarbeitern der Airline rund um die Uhr zur Verfügung stand.

»Ja ... ich, also, hier spricht der Mann von Elísabet Hölludóttir, einer Pilotin bei euch. Ich wollte nur fragen, ob etwas vorgefallen ist, ob die Reise verlängert wurde oder ...« Er verstummte, nicht sicher, wie er seine Lage beschreiben sollte.

»Auf welchem Flug war sie?«

»Sie war für zwei Nächte in den USA.«

»Weißt du, wo genau?«

»Ich meine, es war Toronto.«

»Das ist zwar in Kanada und nicht in den USA, aber Moment, ich sehe mal nach ...« Schweigen am anderen Ende der Leitung. »Elísabet ist am Wochenende gar nicht geflogen. Ich sehe, dass sie für Freitag eingetragen war, aber sie hat am Morgen angerufen und sich krankgemeldet.«

Eiríkur bedankte sich kurz und legte auf. Für einen Moment wusste er nicht, was er machen sollte, und versuchte erst einmal nur, die Informationen zu verarbeiten. Beta hatte beschlossen, den Flug nicht anzutreten, ohne ihm Bescheid zu sagen. Sie hatte sich am Freitag krankgemeldet und war seitdem verschwunden. Wobei das nicht ganz stimmte – er hatte sie zwar seit Freitag nicht gesehen, aber jemand anders vielleicht schon.

Schweißtropfen sammelten sich auf seiner Stirn, und das Herz schlug schneller. Er setzte sich an den Küchentisch und versuchte, einen klaren Kopf zu bekommen. Was war bloß los? Und er konnte ja noch nicht einmal die Polizei verständigen. Was sollte er denn sagen? Wie sollte er erklären, was passiert war? Aber wahrscheinlich sollte er trotzdem genau das tun. Es klingelte an der Tür, und die Jungs sprangen vom Sofa und lieferten sich ein Wettrennen, um dem Pizzaboten aufzumachen.

Als Eiríkur die Pizza entgegengenommen und den Boten bezahlt hatte, fiel sein Blick auf die Zeitung, die im Vorraum auf den Fliesen lag. Auf dem Titelblatt war ein Bild des alten Leuchtturms in Akranes, und die Schlagzeile darüber lautete: *Leiche einer Frau in Akranes gefunden.*

* * *

Elma holte eine Packung Skyr aus dem Kühlschrank und steckte einen Bagel in den Toaster. Dann setzte sie sich mit dem Essen aufs Sofa, machte den Fernseher an und guckte geistesabwesend eine Sendung, bekam aber nicht viel davon mit.

Es war ein langer Tag gewesen. Sie hatten den Arbeitstag früh begonnen, obwohl sie nach dem Leichenfund am Vorabend bis spät in die Nacht gearbeitet hatten. In Island passierte es nicht oft, dass Leichen unter ominösen Umständen gefunden wurden, schon gar nicht in Akranes. Meist waren die Fälle nicht schwer aufzuklären. Morde passierten vorwiegend in den eigenen vier Wänden, oft spielten Alkohol und Drogen eine Rolle, und häufig standen die Täter den Opfern nahe und gestanden die Tat sofort. Aber dieser Fall war anders, und ununterbrochen riefen Journalisten an, um weitere Informationen zu bekommen.

Das Problem war, dass sie selbst kaum Informationen hatten. Sie kannten noch nicht einmal den Namen der Frau. Sie hatte keinen Ausweis dabeigehabt und schien nicht mit einem Auto unterwegs gewesen zu sein, zumindest stand in der Umgebung des Fundorts nirgendwo ein Auto herum. Also war eine Möglichkeit, dass die Leiche dorthin gebracht worden war. Dass jemand versucht hatte, die Leiche verschwinden zu lassen, aber bei dem Versuch gescheitert war. Die Spurensicherung hatte am Fundort Blut nachweisen können, was die Vermutung zusätzlich untermauerte. Im Licht des Scheinwerfers war die Blutspur deutlich zu erkennen gewesen, vom Schotterplatz beim neuen Leuchtturm ausgehend in Richtung der Felsen. Der Forensiker war sich beim Anblick der Bilder sicher, dass die Frau vom Parkplatz aus zu den Felsen geschleppt worden war. Aber um Klarheit über die Todesursache zu bekommen, mussten sie auf das Ergebnis der Obduktion warten, das am Tag darauf kommen sollte. Also konnten sie erst mal nur mutmaßen, woher die Frau kam und wer sie war. Bisher hatte niemand eine Frau als vermisst gemeldet. Es gab nur eine Vermisstenmeldung für ein paar junge Mädchen, die nach dem Wochenende nicht nach Hause gekommen waren. Die Eltern machten sich Sorgen und wollten sie suchen lassen.

Elma stellte den Teller weg und deckte sich besser zu. So schnell konnte es also gehen. Eine neue Arbeit, ein neues Zuhause, ein neues Leben. Gerade in diesen Momenten war der Drang, Davíð anzurufen, beinahe unerträglich. Sie wollte seine Stimme hören. Seine Nähe spüren. Der Abend, an dem er gegangen war, schien wie ein ferner Traum, und sie musste sich ständig selbst daran erinnern, was passiert war. Wie die Realität aussah und was er ihr hätte antun können. Sie erschrak, als das Telefon klingelte.

»Ich hoffe, du bist noch nicht im Bett, ich komme dich in ein paar Minuten abholen.« Es war Sævar. »Wir haben wahrscheinlich einen Namen.«

»Heute Abend hat jemand angerufen und eine gewisse Elísabet Hölludóttir als vermisst gemeldet, Pilotin, geboren 1983. Der Ehemann hat es erst jetzt gemeldet, weil er dachte, sie sei nach Kanada geflogen. Aber als sie heute nicht nach Hause kam, hat er sich Sorgen gemacht und bei ihrer Arbeit angerufen. Es stellte sich heraus, dass sie die Reise nie angetreten, sondern sich am Freitagmorgen krankgemeldet hat. Seitdem hat man nichts mehr von ihr gehört.« Sævar bremste vor dem Kreisverkehr am Ortsrand ab. Sie waren auf dem Weg in den Hvalfjörður, um den Ehemann zu besuchen.

»Klingt eigentlich so, als wäre sie aus freiem Willen abgehauen.« Elma rieb die Hände aneinander und versicherte sich, dass die Heizung an war. Sie war aus dem Haus geeilt und hatte sich nur eine Weste geschnappt, die sie jetzt eng um sich zog, obwohl ihr dadurch auch nicht wärmer wurde.

»Ja, klingt so, aber man weiß ja nie«, sagte Sævar und zuckte mit den Schultern.

»Kann es sein, dass jemand anders sie krankgemeldet hat?«

»Gute Frage. Jetzt, wo wir ihren Namen kennen, sollten wir beim Mobilfunkbetreiber nachfragen, die müssten wissen, welche Anrufe sie getätigt und angenommen hat«, sagte Sævar. »Wenn sie sich selbst krankgemeldet hat, wirft das natürlich einige Fragen auf.«

»Eine Affäre mit bösem Ende?« Elma sah Sævar an.

»Kann sein«, antwortete Sævar. »Sie hat als Kind in Akranes gelebt, aber ich bezweifle, dass das etwas zur Sache tut.«

»Dann würden wir sie doch kennen, oder? Also ich vielleicht nicht, aber Hörður zumindest«, sagte Elma und erinnerte sich, wie er noch am Abend zuvor behauptet hatte, er kenne jeden einzelnen Bewohner von Akranes.

»Na ja, nicht unbedingt. Sie ist mit neun Jahren weggezogen, meinte ihr Mann. Er war nicht ganz sicher, wann genau. Sie war Pilotin, und er arbeitet als Jurist bei einem Versicherungsunternehmen in Reykjavík. Aber im Grunde schien er nicht viel über ihre Kindheit hier in Akranes zu wissen.« Sævar überholte ein besonders langsames Auto vor ihnen. »Aber bald wissen wir mehr.«

»Und sind wir sicher, dass es sich um dieselbe Frau handelt?«

»Alter und Beschreibung passen. Es gibt nicht viele Frauen in dem Alter, die in jüngster Zeit hierzulande verschollen sind.«

Sie schwiegen beide, während sie am Fuße des Akrafjall entlangfuhren und schließlich Richtung Hvalfjörður abbogen.

Sie parkten vor einem weißen Bungalow mit flachem Dach und großen Fenstern. Das Grundstück um das Haus war wenig beziehungsweise fast gar nicht bewachsen, bis auf einen kleinen Grasfleck davor, auf dem niedrige Leuchter standen, die den Gehsteig zum Eingang hin erhellten. Anders als bei den anderen Häusern, an denen sie vorbeigefahren waren, sah das hier nicht nach einem landwirtschaftlichen Betrieb aus. Es wirkte eher so, als wäre das Haus in einem noblen Vorort von Reykjavík gebaut worden und aus Versehen irgendwie auf dem Land gelandet. Sie parkten in der Einfahrt und gingen an einem schwarzen Lexus-SUV vorbei zum Haus.

Elma klingelte an der Tür, und während sie warteten, fiel ihr Blick auf eine kleine Metalltafel. Darauf stand: *Eiríkur, Elísabet, Fjalar und Ernir.*

Ein großer Mann mit kurzen blonden Haaren kam zur Tür. Eiríkur trug ein weißes Hemd, das ihm ein bisschen zu eng war, sodass es zwischen den Knöpfen spannte. Unter den Achseln hatten sich große Schweißflecke gebildet, die auf dem hellen Stoff deutlich zu sehen waren. Er reichte ihnen zur Begrüßung die Hand und führte sie ins Wohnzimmer, das so schlicht wie der Rest des Hauses wirkte. Ein helles Parkett aus Eiche, weiße und schwarze Möbel und ein paar Gegenstände, die Elma schon einmal in Design-Zeitschriften gesehen hatte und die mit Sicherheit mehr kosteten als all ihre Möbel zusammen. Eiríkur bat sie, auf schwarzen Ledersesseln ohne Armlehnen Platz zu nehmen, und setzte sich selbst auf das Sofa gegenüber. Das Unbehagen stand ihm ins Gesicht geschrieben, und er schien darauf zu warten, dass sie das Gespräch eröffneten.

»Schön habt ihr es hier«, sagte Sævar und blickte sich um.

»Danke«, antwortete Eiríkur zerstreut. »Ein Innenarchitekt hat es für uns eingerichtet.« Es klang nicht so, als wäre er mit dem Ergebnis sonderlich zufrieden.

»Ist sie das?« Elma deutete auf ein Bild auf dem Beistelltisch hinter ihnen, das eine schwangere, dunkelhaarige Frau zeigte, deren Hände ihren großen Bauch stützten. Ihre Haare waren lang und lockig, und auf den Lippen deutete sich kaum erkennbar ein Lächeln an.

»Ja, das ist Beta. Denkt ihr, dass sie es war, die da gefunden wurde?« Die Stimme brach ein wenig, und er räusperte sich. Sævar und Elma sahen einander an. Es war schwer zu sagen, ob es sich um dieselbe Frau handelte, denn das Bild schien einige Jahre alt zu sein. Aber die Haare waren gleich. Lang und dunkel.

»Mit deiner Hilfe wird sich das bald herausstellen«, sagte Sævar und fügte dann hinzu: »Für den Anfang wäre es gut, wenn du uns die Abläufe noch einmal schildern könntest. Also, wann du sie zuletzt gesehen hast und was die Tage davor so passiert ist. Du hast das heute Hörður, dem Leiter der Kripo, schon am Telefon erzählt, aber es wäre besser, wenn du für uns noch einmal wiederholen könntest, was du ihm gesagt hast.«

»Ja, wie schon erwähnt, ich hatte Beta eigentlich für heute Morgen erwartet. Normalerweise kommt sie so gegen sieben oder acht, aber sie war noch nicht da, als ich die Jungs zur Schule verabschiedet habe. Das war auch nicht weiter ungewöhnlich, die Flüge haben oft Verspätung. Ich habe mich daran gewöhnt, dass ihre Arbeitszeiten manchmal etwas durcheinandergeraten, man kann nie ganz sicher sein, aber so ist es nun mal. Ich habe versucht, sie anzurufen, aber ihr Handy war aus, was auch nicht ungewöhnlich ist, sie schläft oft, bis wir nach Hause kommen. Ich hab nicht weiter darüber nachgedacht, bis ich gegen sechs hier war und sie noch nicht aufgetaucht war, erst dann hab ich mir Sorgen gemacht.« Er lehnte sich im Sofa nach vorne, und Elma roch seinen Schweiß, den das Aftershave nicht überdecken konnte. »Gegen sieben rief ich bei ihrer Arbeit an, und man teilte mir mit, dass sie gar nicht geflogen sei. Dass sie sich krankgemeldet habe.«

»Kann es sein, dass sie wirklich krank war? Hast du mitbekommen, dass sie zur Arbeit gefahren ist?«

»Nein, sie ist erst am Nachmittag losgefahren, also haben wir uns Freitagmorgen hier voneinander verabschiedet. Als ich losgefahren bin, war sie nicht krank und sah auch nicht schlapp aus. Ihr glaubt doch nicht etwa, dass ihr hier bei uns zu Hause was zugestoßen ist?«, fragte Eiríkur und richtete sich auf, doch dann fiel ihm etwas ein. »Nein, das kann nicht sein. Ihr Auto ist weg und der Koffer auch, den sie immer auf Reisen mitnimmt.«

»Hast du etwas Ungewöhnliches bemerkt, als du am Freitag nach Hause gekommen bist?«

»Nein«, sagte Eiríkur. »Die Jungs waren schon zu Hause. Fjalar hat einen Schlüssel. Wenn Beta fliegt, sind sie etwa eine halbe Stunde alleine, bis ich heimkomme. Das einzig Ungewöhnliche war, dass Beta eben nicht da war, als ich heute nach Hause gekommen bin.«

»Fuhr sie normalerweise mit dem eigenen Auto zur Arbeit?«, fragte Elma.

»Ja, mit einem grauen Auto, einem Ford Focus.«

»Und sie hatte ein Handy dabei, nicht wahr?«

»Ja, klar, das Handy hatte sie immer dabei. Deshalb hab ich mich so gesorgt, als ich heimkam und sie nicht da war. Sie hat sich sonst immer vor dem Schlafengehen gemeldet, und ich dachte, sie sei einfach zu müde oder habe es vergessen. Es kam ja schon mal vor, dass sie sich während einer Reise nicht gemeldet hat. Sie war oft müde, und die Zeitverschiebung ... Aber ich hätte ahnen müssen, dass etwas nicht stimmte – auf dem Weg nach Hause ruft sie sonst immer an.«

Elma fühlte mit Eiríkur mit, der ihnen ratlos gegenübersaß. Sein Blick war geistesabwesend, das Gesicht blass und verschwitzt, an den Wangen waren hellrote Flecke zu sehen. Sie versuchte, ihn ermutigend anzulächeln, aber in Anbetracht der Umstände wirkte das beinahe unangebracht.

»Ich werde dir ein Bild zeigen. Von der Frau, die beim Leuchtturm gefunden wurde.« Sævar zog ein Bild aus einem Umschlag und reichte es Eiríkur. »Ich möchte dich bitten, es dir genau anzusehen und uns zu sagen, ob es sich um Elísabet handeln könnte.«

Das Bild zeigte die Frau liegend mit geschlossenen Augen. Ihr Körper war mit einem weißen Tuch bedeckt, und das dunkle Haar bildete einen Kontrast zum blassen Gesicht. Es sah aus, als würde sie schlafen, und Elma war froh, dass weder die Spuren am Hals noch die Wunde am Kopf zu sehen waren.

Eiríkur nahm das Bild und sah es sich genau an. Dann stand er auf und legte es auf den Tisch. »Ja, das ist sie, entschuldigt mich«, sagte er mir rauer Stimme und ging in einen anderen Raum, das Badezimmer, vermutete Elma. Sævar und sie sahen einander an. Das Überbringen solcher Nachrichten war der schwierigste Teil ihrer Arbeit.

Als Eiríkur wiederkam, setzte er sich aufs Sofa und starrte in die Luft. Sein Kiefer war angespannt und das Gesicht verkrampft, die Augen rot und leer.

»Ich ... das ist alles so surreal, ich habe das Gefühl, ich müsste jeden Moment aus einem Traum aufwachen«, sagte er mit hohler Stimme. »Wer ... was glaubt ihr, ist passiert?«

»Wir wissen es noch nicht, aber ihren Verletzungen nach zu schließen, haben wir es wahrscheinlich mit einer Straftat zu tun.«

»Straftat?« Eiríkur sah sie verwundert an. »Verletzungen? Willst du damit sagen ... willst du damit sagen, jemand könnte ihr das angetan haben?«

»Wie gesagt, wir wissen es nicht. Aber sie hatte Verletzungen, die sie sich vermutlich nicht selbst hätte zufügen können«, sagte Sævar. »Du kannst sicher sein, dass wir alles tun werden, um herauszufinden, was passiert ist.«

Eiríkur runzelte die Stirn, und es war, als würde er angestrengt die Informationen verarbeiten. Als er wieder aufblickte, sah er wütend aus.

»Ich dachte ...« Mitten im Satz hielt er inne und schwieg kurz.

Als er wieder zum Reden ansetzte, klang die Stimme beinahe schrill. »Willst du sagen, sie wurde ermordet? Das ergibt keinen Sinn, wer sollte ...«

»Papa ...« Ein kleiner Junge stand in einem mit gelben Figuren bedruckten Pyjama im Flur und blinzelte im grellen Licht des Wohnzimmers. »Ich muss aufs Klo.«

»Dann geh, mein Junge.« Sie schwiegen, bis der Kleine zur Toilette gegangen und danach wieder barfuß in sein Zimmer am Ende des Flurs getrippelt war.

»Wir wissen es nicht«, sagte Sævar, als sie wieder unter sich waren. »Ist an den Tagen vor Elísabets Verschwinden irgendetwas Ungewöhnliches vorgefallen? Irgendwelche Telefonate, oder hat sie sich anders als sonst verhalten? Probleme auf der Arbeit? Fällt dir irgendetwas ein?«

Eiríkur überlegte. »Nein«, sagte er und schüttelte den Kopf. »Mir fällt beim besten Willen nichts ein. Gar nichts.«

»Was denkst du könnte sie dazu bewogen haben, nicht zur Arbeit und stattdessen nach Akranes zu fahren?«

»Ich weiß nicht, das klingt einfach gar nicht nach Beta. Sie war so pflichtbewusst. Sie ging auch arbeiten, wenn sie schlecht geschlafen hatte, egal wie sehr ich versucht habe, es ihr auszureden. Mir schien sie kaum arbeitsfähig, wenn sie so neben der Spur war, aber so ist das wohl in der Branche. Unregelmäßiger und manchmal unzureichender Schlaf gehören zum Job dazu.«

»Weißt du, ob sie in Akranes jemanden kannte?«

»Nein. Niemanden.« Eiríkur schüttelte entschieden den Kopf. »Aber sie hat mal da gewohnt, für ein paar Jahre, als sie klein war.« Er zögerte. »Sie hat den Ort gehasst, wollte da nie hin. Wir fuhren zum Einkaufen immer nach Borgarnes oder gleich nach Reykjavík, nicht nach Akranes. Eigentlich war es ganz schön merkwürdig, dass sie so eine Abneigung gegen den Ort hatte. Deswegen ... deswegen versteh ich einfach nicht, warum sie ausgerechnet da war.«

»Weißt du, woher diese Abneigung kam? Denkst du, es gab einen bestimmten Grund dafür?«

»Ich weiß es ehrlich gesagt nicht. Sie hat es nie erklärt, meinte nur, sie habe dort nichts verloren. Dass sie keine guten Erinnerungen an den Ort habe. Ich dachte, es könnte was mit Mobbing oder so was in der Art zu tun haben, hab aber nie nachgefragt. Sie hat deutlich gemacht, dass sie darüber nicht reden wolle.«

»Mit wem hatte sie am meisten Kontakt? Abgesehen von ihren Kolleginnen und Kollegen?«

»Mit uns«, antwortete Eiríkur schnell. »Sie hatte keinen Kontakt zu ihrer Familie. Ihre Mutter ist vor vielen Jahren gestorben, das war lange vor meiner Zeit. Nach dem Tod der Mutter hat sie bei ihrer Tante Guðrún gewohnt, aber die beiden haben keinen Kontakt mehr. Nur eine Freundin kam öfter mal zu Besuch, Aldís heißt sie. Aber sonst waren wir hier meist unter uns.«

»Und du? Wo warst du am Wochenende?«

»Ich war nur hier zu Hause mit den Jungs. Wir haben nicht viel gemacht.«

»Kann das jemand bestätigen?«

Eiríkur seufzte und starrte ins Leere: »Lasst mich überlegen ... Am Freitag war ich arbeiten, und meine Kollegen sollten das bestätigen können. Am Nachmittag hatten die Jungs Besuch, und die Mutter ihrer Freunde hat sie gegen sieben abgeholt. Sie wohnen auf einem Hof, nur etwa zehn Minuten von hier entfernt. Am Samstag sind wir nicht rausgegangen. Wobei, ich hab die Jungs zu ihren Freunden gebracht und währenddessen den Wocheneinkauf gemacht. Am Abend haben wir hier gegessen, und der Sonntag war nicht groß anders, außer dass wir noch eine kleine Spritzfahrt gemacht und uns in Borgarnes ein Eis geholt haben.« Er sah sie an und fügte müde hinzu: »Reicht euch das, oder muss ich meine Söhne wecken, um das bestätigen zu lassen?«

»Nein, das ist nicht nötig«, sagte Elma schnell. »Aber wir werden uns trotzdem eine Bestätigung einholen müssen ... Formsache.« Sie lächelte ihn kurz an.

»Also gut, das ist wahrscheinlich gerade ganz schön viel zu verarbeiten. Wir werden gehen und dich erst mal verdauen lassen. Aber es wäre gut, wenn du morgen vorbeikommen könntest, zum Identifizieren der ...«, Sævar verstummte. *Der Leiche,* hatte er sagen wollen, aber das klang irgendwie so kalt. »In solchen Fällen wird Notfallseelsorge angeboten, und ich würde dir empfehlen, sie in Anspruch zu nehmen. Wir schicken heute Abend noch einen Pfarrer zu dir, wenn du nichts dagegen hast. Aber es ist nun mal so, dass wir noch mehr Fragen an dich haben werden, darum wäre es gut, wenn du das Handy immer bei dir haben könntest.«

Eiríkur zeigte keine Reaktion. Elma war nicht sicher, ob das, was Sævar gesagt hatte, überhaupt bei ihm angekommen war. Ihnen war beiden klar, dass es nicht viel bringen würde, heute noch mehr Fragen zu stellen. Gleich nach dem Gespräch würden sie den Pfarrer kontaktieren, der rechnete ohnehin schon mit ihrem Anruf. Elma hoffte, Eiríkurs Familie könnte vielleicht noch vorbeikommen, auch wenn es schon spät war. Sie bekam einen Kloß im Hals, wenn sie an die beiden Jungs dachte, die völlig ahnungslos in ihren Betten schliefen. Eiríkur saß ihnen gegenüber und ließ den Kopf hängen, als sie aufstanden, um zu gehen.

»Ruf einfach an, wenn dir noch was einfällt«, sagte Elma und notierte ihre Nummern, bevor sie sich verabschiedeten. »Herzliches Beileid«, fügte sie noch eilig hinzu, als sie ihm den Zettel reichte. Eiríkur nahm ihn schweigend entgegen. Sie waren schon auf dem Weg zum Auto, als er ihnen nachrief.

»Was soll ich den Jungs sagen?« Er sah sie abwechselnd entgeistert an.

Sie wussten keine Antwort.

Papa erzählte ihr oft Geschichten. Sie wusste, dass die meisten erfunden waren, aber gerade das machte sie so spannend. In Papas Geschichten war alles möglich. Dort erwachten die unglaublichsten Dinge zum Leben, und Papa selbst geriet in die lustigsten Situationen. Er erzählte Geschichten von der Zeit, als er ein kleiner Junge war und sich immer irgendwelche Streiche ausdachte. Er lebte auf dem Land und wuchs umgeben von Schafen, Kühen, Pferden und Hühnern auf. Gebannt lauschte sie und wünschte, sie könnte auch auf dem Land leben, bei all den Tieren, genau wie Papa. Er gab ihr sein Wort, dass sie einmal zusammen auf den Hof fahren würden, um die Tiere zu besuchen. Eins der vielen Versprechen, die Papa nicht einhalten konnte.

Eine Geschichte ging ihr ständig durch den Kopf. Ob wahr oder erfunden, wusste sie nicht. Vielleicht wusste das niemand so genau, sie war vor langer Zeit passiert. Er erzählte sie an einem Tag, als sie im Sonnenschein unter blauem Himmel am Strand spazierten. Das Meer war beinahe spiegelglatt, und in der Ferne sah man klar und deutlich den Gletscher der Halbinsel Snæfellsnes, den Snæfellsjökull.

»Weißt du, wer im Snæfellsjökull wohnt?«, fragte Papa und lächelte zu ihr runter. Sie schrieb mit einem langen Stock in den Sand, blickte zu Papa auf und verzog das Gesicht, weil die Sonne so blendete.

»Der Weihnachtsmann?«, überlegte sie.

»Nein, der nicht«, sagte Papa. »Da wohnt Bárður. Bárður Snæfellsás. In der Saga heißt es, in seinen Adern fließe das Blut von Riesen und Trollen, so groß war er.«

95

»War er gefährlich?«

»Ursprünglich nicht, aber dann passierte etwas, das ihn veränderte.«

»Was ist passiert?«, fragte sie und hörte auf, in den Sand zu schreiben. Sie wusste, dass Papa jetzt eine Geschichte erzählen würde, und sie liebte seine Geschichten.

Papa räusperte sich und setzte sich zu ihr.

»Bárður hatte eine Tochter, die Helga hieß und die er über alles liebte. Aber eines Tages spielte Helga draußen mit ihren Freunden Sölvi und Rauðfeldur ...«

»Rauðfeldur«, wiederholte sie kichernd.

»Ja, Rotfell. Ist das nicht ein schöner Name?«

Sie schüttelte den Kopf und lachte.

»Wie auch immer, jedenfalls waren sie bei Arnarstapi am Spielen, dort wohnten die Jungs nämlich. Es war nebelig und windig, und das Meereis reichte bis zur Küste. Sie lieferten sich eine Art Wettkampf, und ein Streit brach aus, der damit endete, dass Rauðfeldur Helga auf einem Eisberg aufs Meer hinausstieß. Der Wind war so stark, dass der Eisberg davontrieb, weg vom Land und hinaus aufs offene Meer, und Helga verschwand.« Papa machte eine kurze Pause, bevor er weitererzählte. »Weißt du, wie das Land neben Island heißt? Es heißt Grönland. Aufgrund des starken Windes kam Helga auf ihrem Eisberg keine sieben Tage später in Grönland an.«

»Wow, sieben Tage sind eine lange Zeit«, sagte sie.

»Ja, das ist ganz schön lang«, stimmte Papa zu. »Aber die Geschichte ist noch nicht zu Ende, denn Bárður erfuhr, was mit seiner Tochter passiert war, und tobte vor Wut. Und das war kein Spaß, wie du weißt, stammte er ja sowohl von Trollen als auch von Riesen ab.«

Sie nickte.

»Er marschierte nach Arnarstapi, schnappte sich Rauðfeldur und Sölvi, einen unter jeden Arm, und ging mit ihnen zum Berg. Dann warf er Rauðfeldur in eine große und tiefe Schlucht, die heißt seitdem Rauðfeldsgjá. Und Sölvi warf er von einer hohen Klippe, die Stelle nennt man heutzutage Sölvahamar. Aber Bárður war danach nicht mehr derselbe, redete nicht mehr viel und war schlecht gelaunt. Er merkte selbst, dass er unter den Menschen nichts mehr verloren hatte, und zog sich in den Gletscher zurück, und so bekam er seinen Beinamen, Snæfellsás. Man erzählt sich, dass er Leuten hilft, wenn sie auf dem Berg verunglücken.«

»Genau wie Superman?«

»Ja, fast so wie Superman«, sagte Papa und lachte.

Manchmal, wenn ihr Blick auf den Gletscher fiel, wünschte sie, sie könnte genau wie Helga auf einem Eisberg in nur sieben Tagen über das Meer in ein anderes Land segeln. Sie wusste mittlerweile, dass sieben Tage keine besonders lange Zeit waren. Und sie überlegte, wenn Bárður der Schutzgeist des Gletschers war, dann war ihr Papa vielleicht Schutzgeist des Meeres. Und dann könnte ihr nichts Schlimmes passieren, wenn sie auf einem Eisberg über das Meer fuhr. Sie saß oft einfach da und dachte an diesen Tag am Strand, an eine Zukunft in einem anderen Land und an Papa, der im Meer lebte. Ihr siebter Geburtstag stand kurz bevor, und seit sie ihn zum letzten Mal gesehen hatte, war schon ein ganzes Jahr vergangen. Sie stellte sich vor, was auf dem Weg so passieren würde. Alles freudige und schöne Geschichten. Geschichten, die gut ausgingen.

Sie bereute ihre Entscheidung sofort wieder. Als sie das weiß-gelbe Gebäude betrat, schlug ihr der Geruch von Chlor und Schweiß entgegen, und eine Müdigkeit überkam sie.

Im Grunde fragte sie sich, wie sie überhaupt auf die Idee ge-kommen war, so früh schon Sport zu machen. Sie war schon immer eher ein Morgenmuffel gewesen, und nach der anstren-genden Nacht fühlte sich ihr Körper immer noch taub an. Sie hatte zwar einen ganzen Liter Wasser getrunken, aber es kam ihr trotzdem so vor, als würde sie verdorren. Sie hatte noch lange wach gelegen und war erst sehr spät eingeschlafen, Eiríkurs hoff-nungsloser Blick hatte sich bei ihr eingebrannt.

In der Umkleide sah sie sich selbst im Spiegel. Ihre Haut war blass und der Gesichtsausdruck starr. Sie war allein und beob-achtete sich selbst beim Umziehen. Eigentlich hätte sie mal wie-der einen Strandurlaub nötig, die weiße Haut war fast durch-sichtig und so empfindlich, dass sie schon beim geringsten Reiz rot wurde oder einen Ausschlag bekam. So war es schon immer gewesen, synthetische Inhaltsstoffe und Materialien vertrug sie meist nur schlecht, egal ob bei Kosmetika oder Kleidung. Die Haut war immer rot. Sie musste daran denken, wie es sich an-gefühlt hatte, in der Kindheit und Jugend ins Schwimmbad zu gehen. Sie hatte sich so sehr für den roten Körper geschämt, der durch das Chlor noch schlimmer aussah. Und es war nicht nur die empfindliche Haut, die ihr das Leben schwer machte. Sie war nie besonders schlank gewesen, hatte immer ein bisschen zusätzliches Gewicht mit sich herumgetragen. Wobei das jetzt anders war; in den vergangenen Monaten purzelten die Kilos, und die Sachen hingen nur noch lose an ihr. Ihre Eltern hatten es angesprochen, sie besorgt angesehen und gefragt, ob sie sich nicht gut ernährte. Aber zum ersten Mal im Leben hatte sie einfach keinen Appetit.

Fertig umgezogen spielte sie mit dem Gedanken, es bleiben zu lassen und einfach wieder nach Hause zu gehen. So früh am Morgen schon im Sportcenter zu sein, war an sich schon eine Errungenschaft. Sie war morgens in aller Frühe aufgewacht, und statt wie sonst bis zur letzten Minute im Bett liegen zu bleiben, hatte sie sich aufgerafft und ihre alte Sportkleidung hervorgekramt. Jetzt saß sie in der Umkleide und spürte, dass die Energie des Morgens völlig verflogen war. Doch gerade als sie die Sportsachen wieder ausziehen wollte, betraten zwei Frauen den Raum.

»Uff, wie kalt«, sagte eine der beiden und stellte ihre Sporttasche neben Elma ab.

Elma blickte auf und erkannte das Gesicht. Die Frau hieß Sandra und hatte sich seit ihrer gemeinsamen Schulzeit kaum verändert. Die Haut war immer noch glatt, das dunkle Haar wellte sich schön den Rücken hinunter. Sie trug einen schwarzen Mantel und hohe Schuhe und sah nicht so aus, als wäre sie gerade erst aus dem Bett gerollt.

Auch die andere Frau kam Elma bekannt vor. Sie hieß Ingibjörg oder Ingiborg, wurde aber Inga genannt und hatte sich immer in der Nähe der beliebten Mädchen gehalten, vor allem Sandra. Wie ein anhänglicher Welpe.

»Elma«, sagte Sandra fröhlich und hielt beim Ausziehen inne. »Lange nicht gesehen. Bist du wieder nach Akranes gezogen?«

»Ja, wo will man sonst hin«, antwortete sie und lächelte ein wenig gekünstelt. Ihr war klar, dass die beiden die Ironie nicht bemerken würden.

»Du bist doch bei der Polizei?«, sagte Sandra. Elma fragte sich, woher sie das wusste. Seit sie weggezogen war, hatte sie kaum noch mitverfolgt, was ihre alten Schulkameraden so trieben.

»Ja, doch, ich habe gerade hier in Akranes neu angefangen«, antwortete sie.

Inga stand neben ihnen und zog sich um, ohne ein Wort zu sagen. Sie sah aus, als hätte sie Zitronen gefrühstückt, so mürrisch war ihr Gesichtsausdruck.

»Wie schön«, sagte Sandra und klang ehrlich begeistert. Elma wusste nicht, was sie antworten sollte, also lächelte sie einfach und machte ihr Schließfach zu. Sie konnte sich jetzt nicht einfach wieder umziehen und überlegte, ein paar Minuten zu joggen und sich dann so lange zu dehnen, bis es vertretbar war, den Fitnessraum wieder zu verlassen.

»Wir sollten bei Gelegenheit mal was zusammen machen«, sagte Sandra, als Elma die Umkleide gerade verlassen wollte. »Ein paar aus dem Jahrgang kommen regelmäßig zusammen. Nächsten Samstag ist zufällig wieder ein Treffen. Komm doch vorbei. Silja lässt sich auch manchmal blicken. Ihr habt ja sicher noch Kontakt?«

»Nein, nicht viel«, antwortete sie. »Aber das wäre nett.« Sie lächelte und hörte selbst, wie gekünstelt sie klang.

»Ich schick dir eine Einladung auf Facebook«, rief Sandra ihr hinterher.

Elma verließ die Umkleide und merkte, dass sie rot wurde. Statt den geplanten wenigen Minuten auf dem Laufband endete es damit, dass sie rannte, bis ihr der Schweiß von der Stirn floss, und erst wieder aufhörte, als sie kaum noch Luft bekam.

Um zehn saßen Elma und Sævar am langen Tisch des Besprechungsraums und warteten auf Hörður. Ein paar Minuten später kam er keuchend an, den Fahrradhelm immer noch auf dem Kopf. Er nahm den Helm ab und wischte sich mit einem weißen Taschentuch den Schweiß von der Stirn, bevor er es wieder in die

Tasche steckte. Das Haar war bis zu den Ohren glatt und fing dann an, sich zu locken. Er nahm seine Brille aus der Tasche und setzte sie locker auf die Nase.

»Schöner Morgen heute«, sagte er und lächelte, während er eine Mappe voller loser Blätter aus einer Umhängetasche zog und auf den Tisch legte. Er setzte sich kurz hin, blätterte schnell durch die Zettel, stand wieder auf und bat sie, einen Moment zu warten. Sævar grinste Elma zu, sie zog die Augenbrauen hoch. Als Hörður wiederkam, hielt er eine weiße Tasse mit Tee, die er behutsam auf den Tisch stellte.

»Also gut«, sagte er und hatte zu seiner gewohnt ruhigen und bedachten Art zurückgefunden, »wir wissen mittlerweile, dass es sich bei der Leiche um Elísabet Hölludóttir handelt, geboren 1983.« Er schrieb den Namen des Opfers mit Rotstift auf ein glänzendes Whiteboard. »Ihr Mann, Eiríkur, hat heute Morgen die Leiche identifiziert. Außerdem erwarten wir im Laufe der nächsten Tage die Ergebnisse der polizeilichen Identitätsfeststellung.« Hörður drehte sich mit ernster Miene um und rückte seine Brille zurecht. »Noch heute wird ein Rechtsmediziner nach Island kommen und sofort mit der Obduktion beginnen, doch die bisherigen Untersuchungen haben ergeben, dass sie mit ziemlicher Sicherheit angefahren wurde.«

»Angefahren?«, fragte Sævar und sah von der Zeichnung auf, die er auf das Blatt vor sich gekritzelt hatte. Elma, die sich nach vorne gebeugt hatte, um etwas auf dem Blatt zu erkennen, hob ebenfalls den Blick und spitzte die Ohren.

»Ja, die Verletzungen an den Beinen und am Kopf deuten darauf hin. Die Ärzte schließen aus, dass diese Verletzungen auf andere Weise entstanden sind. Was aber nicht unbedingt heißen muss, dass sie beim Leuchtturm angefahren wurde, wahrscheinlicher ist, dass die entsprechende Person sie angefahren und dann zu den Felsen gebracht hat, um die Leiche dort loszuwerden.«

»Ist sie beim Aufprall gestorben?«

»Das wissen wir noch nicht. Wie gesagt, ich gehe davon aus, dass sich der Rechtsmediziner meldet, sobald er die Leiche fertig begutachtet hat. Wie wir deutlich sehen konnten, hatte sie Verletzungen am Hals, also hat jemand versucht, ihre Atemwege zu behindern, entweder vor oder nach dem Aufprall. Hinter der Tat scheint also eine eindeutige kriminelle Absicht zu stecken.«

»Das war sicher kein Unfall«, sagte Sævar.

»Ich bezweifle es auch stark«, sagte Hörður.

»Vielleicht wurde sie verfolgt«, warf Elma ein.

»Verfolgt?« Sævar sah sie an.

»Ja, weil der Fundort so weit von der Straße entfernt liegt. Vielleicht wurde sie angefahren und hat versucht zu fliehen.«

»Richtung Meer zu fliehen?«, fragte Sævar. »Nicht gerade ein naheliegender Fluchtweg.«

»In solchen Situationen denkt man nicht immer logisch«, sagte Elma und hatte das Gefühl, auf etwas völlig Offensichtliches hinzuweisen.

»Vielleicht hat sie jemand versehentlich angefahren, Angst bekommen und dann versucht, die Leiche loszuwerden?« Sævar lehnte sich zurück. »Und als die Person bemerkt hat, dass Elísabet noch am Leben war, ist sie in Panik geraten und hat die Sache zu Ende gebracht.«

Elma lief ein Schauer über den Rücken. Es klang wie eine Szene aus einem schlechten Film.

»Wie wir gestern besprochen haben, hat die Spurensicherung auf dem Parkplatz und den Felsen Blut nachweisen können, also wissen wir, dass sie schon verletzt war, als sie über die Felsen gezogen wurde. Und der Forensiker hat ja sogar schon bestätigt, dass sie über die Felsen gezogen wurde«, sagte Hörður und setzte sich. Er fischte den Teebeutel aus der Tasse und legte ihn auf den Untersetzer, bevor er fortfuhr. »Ihr wart gestern beim Ehemann. Ist euch da irgendetwas aufgefallen?«

»Er wirkte erschrocken und meinte, er sei das ganze Wochenende über mit den Söhnen zu Hause gewesen«, sagte Elma und nahm die Augen von der grünen Flüssigkeit, die aus dem Teebeutel auf den Untersetzer tropfte. »Eigentlich kann das niemand so recht bestätigen, am ehesten noch die Eltern der Freunde, mit denen die Söhne gespielt haben. Aber es kann natürlich sein, dass Eiríkur das Haus verlassen hat, ohne dass die Jungs es gemerkt haben. Zum Beispiel, während sie schliefen.«

»Ja, das kann sein. Wir müssen uns den Ehemann genau ansehen«, sagte Hörður und runzelte die Stirn. »Lasst uns bei seinem Arbeitgeber nachfragen, ob oder wann genau er am Freitag zur Arbeit gekommen ist. Die Spurensicherung geht zwar davon aus, dass Elísabet nicht länger als vierundzwanzig Stunden im Meer lag, aber wir müssen noch auf die Bestätigung des Rechtsmediziners warten.« Hörður hielt inne und blätterte durch die Zettel, die in einem geordneten Stapel vor ihm lagen. »Wir wissen, dass sie sich am Freitag bei der Airline krankgemeldet hat. Laut eigener Aussage wusste Eiríkur nichts davon. Wäre es möglich, dass sie vorhatte, das Wochenende woanders zu verbringen, während ihre Familie sie im Ausland glaubte?«

Elma lehnte sich zurück. »Vielleicht hatte sie einfach eine Affäre?«

»Mit jemandem hier in Akranes, oder wie?«, fragte Sævar.

»Nicht unbedingt, aber wenn die Leiche zum Leuchtturm gezerrt wurde, können wir ja davon ausgehen, dass es jemand getan hat, der sich im Ort gut auskennt und zumindest weiß, wo die wenig frequentierten und abgelegenen Plätze so liegen«, sagte Elma.

»Kann man den alten Leuchtturm als wenig frequentierten, abgelegenen Platz bezeichnen?«, fragte Hörður.

»Na ja, abends und nachts schon«, sagte Elma. »Laut Eiríkur konnte Elísabet Akranes nicht ausstehen und vermied es tunlichst, hierherzukommen. Außerdem war er sicher, dass sie in Akranes niemanden mehr kannte, obwohl sie als Kind hier gelebt hatte. Deshalb ist es schon ziemlich seltsam, dass ihre Leiche hier gefunden wurde. Wenn sie aus freiem Willen gekommen ist, dann stellt sich die Frage, was sie hier wollte und wen sie getroffen hat.«

»Na ja, sie hat schließlich als Kind hier gelebt«, sagte Hörður und nickte nachdenklich.

»Sie hatte ein Auto, einen grauen Ford Focus«, sagte Sævar. »Aber der wurde noch nicht gefunden, also können wir davon ausgehen, dass sie damit unterwegs war. Es wäre gut, wenn wir das Auto so schnell wie möglich finden. Wir sollten prüfen, ob irgendwo ein Ford Focus herumsteht, entweder im Ort selbst oder irgendwo in der Nähe.«

»Ich schicke die Wache los, um nach dem Auto zu suchen, das hat höchste Priorität«, sagte Hörður. »Vielleicht steht es in der näheren Umgebung, bei Elínarhöfði oder Garðalundur. Außerdem müssen wir die Werkstätten abklappern und fragen, ob jemand mit einem zerbeulten Auto gekommen ist, dessen Schäden zu den Verletzungen der Leiche passen. Es ist zwar eher unwahrscheinlich, dass der Täter mit dem Auto in die nächste Werkstatt gefahren ist, aber trotzdem. Sævar, du kommst mit mir zum Leuchtturm, jetzt, wo wir wissen, dass sie angefahren wurde, müssen wir uns den Fundort noch einmal ansehen.«

»Hat die Spurensicherung Glasscherben oder Autoteile gefunden, die darauf hinweisen könnten, dass der Aufprall beim Leuchtturm passiert ist?«, fragte Sævar.

»Nein, sie haben nichts dergleichen gefunden. Aber die Umstände hätten schlechter nicht sein können, und mir wäre am liebsten, wenn sie das Gebiet unter besseren Bedingungen noch einmal aufs Genaueste untersuchen, vor allem mit dem Gedanken im Hinterkopf, dass irgendwo noch Autoteile herumliegen könnten. Wobei die Jungs aus der Stadt nicht gerade ihre Freude damit haben werden.« Dann wandte sich Hörður Elma zu. »Und du suchst bitte alles über Elísabet und ihre Vergangenheit raus. Versuche, Leute aus ihrem Umfeld aufzuspüren. Es muss doch noch jemanden geben, der mehr über sie weiß.«

»Und was ist mit ihrem Handy?«, fragte Elma.

»Ich habe bereits beim Mobilfunkbetreiber angefragt. Bald werden wir wissen, ob die Krankmeldung an die Airline von ihrem Handy ausging.« Hörður nahm die Zettel und stand auf. »Am Nachmittag treffen wir uns wieder hier.«

Breiðargata, die Straße, die zum Leuchtturm führte, war früher einmal die Hauptstraße von Akranes gewesen, lag jetzt aber eher am Rand des Ortes. Sie fuhren an den Gestellen vorbei, auf denen man früher Fisch getrocknet hatte, die aber mittlerweile vor allem Kindern als Klettergerüste dienten. Sævar parkte bei den Infotafeln des neuen Leuchtturms und stieg aus dem Auto. Erst vor Kurzem hatte man zu den Felsen hin einen Gehweg aus Holz gebaut und die Fläche rund um den neuen Leuchtturm betoniert. Er war nicht ganz sicher, was er von diesen Maßnahmen halten sollte. Der Leuchtturm verlor viel von seinem Charme, wenn er zur Touristenattraktion wurde.

Das Wetter war gut, und im Tageslicht waren die Felsen rund um den alten Leuchtturm schon viel besser zu erkennen. Bei schlechtem Wetter konnte es passieren, dass die Brandung bis zum Turm selbst reichte. Auf den Felsen musste irgendetwas zum Fressen liegen, denn eine Gruppe kreischender Möwen flog darüber. Im Sommer kamen noch viel mehr Vögel auf den Steinen zusammen, dann tummelten sich dort Meerstrandläufer, Steinwälzer, Austernfischer und Eiderenten. Sævar ging gerne etwas außerhalb des Ortes spazieren und beobachtete die Vögel. Er interessierte sich nicht besonders für die Tiere, aber aus irgendeinem Grund fand er es beruhigend, und seine Hündin Birta mochte ihre gemeinsamen Spaziergänge auch.

In der Etagenwohnung fühlte er sich manchmal eingeengt. Es war hellhörig, und sowohl über als auch unter ihm wohnten Paare mit Kindern. Eines der Paare stritt sich immer wieder so laut, dass ihre Stimmen ihn bis spät in die Nacht wachhielten. Dann ging er raus, runter zum Kai und manchmal bis zum Leuchtturm. Telma war das gewohnt und wunderte sich nicht, wenn er mal mitten in der Nacht nicht in seinem Bett lag.

»Schau mal, das könnten Bremsspuren sein«, rief Hörður. Er ging auf dem Parkplatz umher und fotografierte. »Auf dem Schotter ist das aber schwer zu sagen.«

Sævar sah sich die Stelle genau an. Hörður hatte recht. Die Spuren befanden sich ein wenig abseits der Schotterpiste, als wäre jemand vom Weg abgekommen und hätte schlagartig gebremst. Seit die Spurensicherung am Sonntagabend in dem Gebiet gearbeitet hatte, war es abgesperrt und bewacht gewesen, also waren die Bremsspuren vermutlich nicht erst danach entstanden. Andererseits konnte man unmöglich sagen, wie alt sie waren.

Hörður machte noch mehr Bilder. »Vielleicht liegen hier auch noch Autoteile herum. Die Spurensicherung hat das Gelände um die Felsen, wo die Leiche gefunden wurde, ganz genau untersucht, aber ich bin nicht sicher, wie genau sie sich den Parkplatz angesehen haben.«

»Das Suchgebiet wurde ganz schön ausgeweitet«, sagte Sævar. Er richtete sich auf und sah sich um. Die Spurensicherung hatte ein großes Gebiet abgesichert, weit die Schotterstraße hinauf und runter bis hin zur felsigen Küste um die beiden Leuchttürme herum. Sie mussten bis spät in die Nacht gearbeitet haben.

Hörður und Sævar gingen eine Weile schweigend den Parkplatz ab und suchten auf dem Boden nach Hinweisen, fanden aber nichts. Hörður sammelte nur eine leere Bierdose auf. Die Wintersonne schien, kam aber kaum gegen den kalten Nordwind an. Da fuhr ein Auto auf sie zu. Sævar hob die Hand an die Stirn, um nicht von der tief stehenden Sonne geblendet zu werden. Es war ein grauer Jeep. Ein Mann und eine Frau saßen vorne, zwei Kinder auf dem Rücksitz.

»Heute finden wir hier nichts«, sagte Hörður. »Lass uns gehen.«

Sævar nickte und setzte sich ins Auto. Er sah noch einmal rüber zu den beiden Leuchttürmen. Die Leute waren aus dem Jeep gestiegen und beäugten neugierig das abgesperrte Gebiet. Der Mann hatte eine große Kamera dabei, und die Frau hielt beide Kinder, vermutlich sechs oder sieben Jahre alt, an der Hand. Im Tageslicht war es eine schöne und unverfängliche Gegend, aber Sævar wusste nur zu gut, dass die Fantasie in der Dunkelheit schnell überhandnehmen konnte. Auch wenn die Gefahr bei ihm eher gering war. Er glaubte nur an das, was er mit eigenen Augen sehen konnte, und sonst nichts. Und dennoch hatte er bei jedem Blick in Richtung der Felsen das Gesicht der Frau vor sich.

* * *

Elma hatte sich an den Computer gesetzt und alles rausgesucht, was sie über Elísabet Hölludóttir finden konnte. Aus den Informationen ließ sich schließen, dass Elísabet in Akranes geboren wurde und als Kind dort gelebt hatte. 1992 war sie mit ihrer Mutter, Halla Snæbjörnsdóttir, nach Reykjavík gezogen. Halla starb noch im selben Jahr an Krebs und übertrug das Sorgerecht an ihre Schwester, Guðrún Snæbjörnsdóttir. Elma suchte im Telefonbuch nach Elísabets Tante und fand heraus, dass sie in Breiðholt, einem Außenbezirk von Reykjavík, lebte. Sie notierte sich die Nummer.

Dann rief sie bei der Grundschule Brekkubæjarskóli an, Elísabets ehemaliger Schule in Akranes, und bat um eine Namensliste ihrer damaligen Klasse. Wenige Minuten später schickte die hilfsbereite Sekretärin ein eingescanntes Dokument. Die Klasse hieß 1. IG nach den Initialen des Klassenlehrers, Ingibjörn Grétarsson, der sie während Elísabets gesamter Schullaufbahn unterrichtet hatte. Sie gab 1. IG in die Suchmaske des Fotomuseums von Akranes ein und stieß auf einige Bilder, darunter ein Gruppenfoto der ganzen Klasse und Aufnahmen von Kindern bei diversen Aktivitäten, aber unter den wenigsten Bildern standen auch Namen. Zu sehen waren aufgeregte Kinder auf dem Weg zur Schule, in weiten Jacken und mit großen Schultaschen. Sitzende Kinder, die einen Turm aus Holzklötzen bauten. Auf einem Bild saßen zwei Mädchen an einem rechteckigen Tisch und malten. Unter dem Bild stand: *Schüler in Brekkubæjarskóli, 1989.* Eine der beiden schaute direkt in die Linse der Kamera und lächelte fröhlich. Die andere hatte dunkle Haare und braune Augen, und ihre Miene war ernster.

Elma hielt ein Bild von Elísabet als Erwachsene an den Bildschirm und verglich die beiden Aufnahmen. Nicht etwa das Bild des Rechtsmediziners, sondern eines von Eiríkur. Ein Passfoto, das sie wahrscheinlich irgendwann mal für einen Reisepass oder einen Ausweis gemacht hatte. Es bestand kein Zweifel: Das kleine Mädchen auf dem Bildschirm und die Frau auf dem Foto waren ein und dieselbe Person. Zweimal dasselbe Paar dunkelbrauner Augen, das Elma anblickte.

Sie fand noch zwei weitere Bilder von Elísabet. Eins war ein Klassenfoto, auf dem die Kinder im Klassenzimmer posierten, der Lehrer stand daneben. Das andere zeigte ein paar Kinder in Schürzen beim Backen. Sie standen zu viert und hielten die mehligen Finger in die Kamera. Es war das einzige Bild, auf dem Elísabet lächelte.

Elma musste an den kleinen Jungen denken, der aus seinem Zimmer gekommen war, um aufs Klo zu gehen. Er war seiner Mutter wie aus dem Gesicht geschnitten, mit seinen dunklen Haaren und den dunklen Augenbrauen. Aber er hatte nicht diesen ernsten Gesichtsausdruck der Mutter. Elísabet schien kein besonders fröhliches Kind gewesen zu sein, aber von ein paar Bildern allein konnte man das vermutlich auch nicht schließen. Vielleicht war der Fotograf ein Unbekannter, jemand, vor dem sie Angst hatte. Viele Kinder mochten es nicht, fotografiert zu werden. Sie erinnerte sich, dass sie es selbst auch nie besonders toll gefunden hatte. Auf den Bildern, die ihre Eltern in dicken

Fotoalben aufbewahrten, zog sie meist eine Schnute, während ihre Schwester daneben lächelte wie ein kleines Model. Elma lächelte nur auf den ungestellten Fotos. Wenn sie nicht wusste, dass ein Bild gemacht wurde, und keine Gelegenheit hatte, das Gesicht zu verziehen.

Elma überlegte, ob sie versuchen sollte, den Lehrer zu kontaktieren, beschloss aber, noch ein wenig damit zu warten. Es wäre besser, erst mit dem Ehemann und Elísabets Bezugspersonen zu sprechen, bevor sie sich mit Leuten aus ihrer Vergangenheit unterhielt. Die Reaktion des Ehemannes wirkte zwar aufrichtig, aber Morde gingen nun mal oft auf Partner oder nahe Verwandte zurück, und da war die Auswahl bei Elísabet nicht gerade groß. Außer ihrer Tante Guðrún hatte sie niemanden, und laut Eiríkur sprachen die beiden kaum miteinander. Auf weitere Familienmitglieder waren sie noch nicht gestoßen.

Elma griff zum Hörer und wählte Guðrúns Nummer. Beinahe umgehend antwortete eine heisere Stimme. »Guten Tag, spreche ich mit Guðrún Snæbjörnsdóttir?«, fragte Elma.

»Ja, das ist sie?« Die Antwort klang fast wie eine Frage.

»Hallo, Elma mein Name, ich bin von der Polizei in Akranes. Ich wollte fragen, ob wir uns morgen treffen könnten, um uns ein wenig zu unterhalten?«

Am anderen Ende der Leitung wurde es kurz still. »Falls es um Elísabet geht, kann ich dazu nicht viel sagen«, antwortete Guðrún. »Ich habe sie seit Jahren nicht gesehen, nicht seit sie hier davongelaufen ist wie die Sau vom Trog.«

»Mein herzliches Beileid, es tut mir leid, was mit deiner Nichte passiert ist«, sagte Elma, obwohl Guðrún so kalt und emotionslos klang. Sie zögerte einen Moment, dann fragte sie: »Wie kommst du darauf, dass es um Elísabet geht? Wie du schon sagtest, hattet ihr doch in den letzten Jahren nicht viel Kontakt?«

»Nein, das sicher nicht«, sagte Guðrún laut. »Aber ihr Ehemann hatte den Geistesblitz, mich anzurufen und mir Bescheid zu sagen. Eine gute Partie hat sie da zumindest erwischt, meine Nichte. Dieser Eiríkur scheint mir ein guter Kerl zu sein. Aber mir leuchtet nicht so recht ein, warum du mich treffen willst, ich habe nichts zu sagen.«

Elma zögerte. »Nichtsdestotrotz wäre es hilfreich, wenn ich vorbeikommen könnte. Nur kurz. Morgen um elf?«

Wieder Stille.

»Ja gut, ich weiß nicht, was es bringen soll, aber dann komm halt vorbei. Bis um zwei bin ich beschäftigt, aber danach kannst du kommen«, sagte sie schließlich und hustete röchelnd in den Hörer.

Elma bedankte und verabschiedete sich. Wie der Ehemann schon angedeutet hatte, wirkte es nicht so, als hätten die beiden ein gutes Verhältnis gehabt. Dann wählte sie die zweite Nummer, die Eiríkur ihr gegeben hatte. Es war die von Aldís Helgadóttir, der einzigen Freundin, zu der Elísabet regelmäßig Kontakt hatte. Elma war kurz davor, wieder aufzulegen, als jemand außer Atem ranging.

»Ja«, sagte Aldís, anscheinend hatte Elma sie bei etwas Wichtigem gestört. Der Tonfall änderte sich aber sofort, als sie den Grund für den Anruf offenlegte. »Natürlich kann ich dich und deinen Kollegen treffen. Meine Güte, wenn ich irgendetwas tun kann ...« Sie verstummte mitten im Satz, und Elma vernahm ein leises Schluchzen.

»Morgen, so gegen Mittag?«, fragte sie, als die Freundin weiter schwieg.

»Ich habe um eins eine Besprechung, also passt es mittags gut.«

Elma verabschiedete sich und hielt noch eine Weile nachdenklich den Hörer in der Hand, bevor sie beim Meldeamt anrief. Ein automatischer Anrufbeantworter teilte ihr mit, sie würde so früh wie möglich mit einem Mitarbeiter verbunden werden. Sie wartete einige Minuten, bis jemand ranging, der sie schließlich an eine Frau weiterleitete, die sich als Auður vorstellte.

»Lass mich mal nachsehen«, sagte Auður, und Elma hörte sie

etwas auf der Tastatur tippen. »Ja, hier ist es doch. Mutter und Tochter waren während ihrer Zeit in Akranes in Krókatún 8 gemeldet.«

»Vielen Dank«, sagte Elma. »Und dann hätte ich noch eine Frage, kannst du sehen, ob sie jemals nach dem Vater benannt war, und falls ja, wann es zum Metronym geändert wurde?«

»Lass mich nachsehen.« Wieder war das Tippen zu hören. »Elísabet Hölludóttir hat nie ihren Namen geändert. Sie hieß von Geburt an Hölludóttir, aber der Name ihres Vaters war Arnar Helgi Árnason. Er starb 1989.«

»Gibt es etwas darüber, wie er gestorben ist?«

»Hier steht nur, dass es ein Unfall war, aber das findet man bestimmt auf anderen Wegen schnell raus.«

Elma bedankte sich und legte auf. Dann rief sie eine Website auf, auf der man in Zeitungsarchiven stöbern konnte, und suchte nach Elísabets Vater. Sie fand sofort einen Artikel aus dem Jahr 1989. Nach einem Unwetter wurden zwei Männer vermisst, als ein kleines Fischerboot abends am 16. Februar kurz vor der Einfahrt zum Hafen von Akranes versank. Man vermutete, dass eine Welle mit aller Wucht gegen das fünf Tonnen schwere Boot geknallt war und es mit beiden Männern an Bord zum Kentern gebracht hatte. Im Artikel wurde betont, dass es sich um ein ausgesprochen kräftiges und plötzliches Sturmtief gehandelt habe, das in Küstennähe und in Faxaflói, der großen Bucht zwischen Reykjavík und Akranes, besonders schlimm gewesen sei. Außerdem wurde noch erwähnt, dass Arnar eine Lebensgefährtin und eine Tochter hinterlassen habe.

Elma notierte sich alles auf einem Notizblock und lehnte sich dann zurück. Elísabet war damals erst sechs Jahre alt gewesen, und es klang so, als hätten ihre Eltern zusammengelebt. Warum hieß sie dann Hölludóttir, nach ihrer Mutter Halla, und nicht Arnarsdóttir, nach dem Vater Arnar, wie es eigentlich üblich gewesen wäre?

Frost knabberte an ihren Wangen, als sie durch den Schnee stapfte und versuchte, mit Mama Schritt zu halten. Wenn sie runterschaute, blendete es fast. Der Schnee war unfassbar weiß und funkelte in der Sonne. Wie Glitzer. Aber er war auch kalt. Er sammelte sich in ihren Stiefeln und schmolz, sodass ihre Strumpfhose ganz nass wurde. Sie sah in den Himmel und streckte die Zunge raus. Versuchte, die großen Schneeflocken, die in der Windstille leise und ruhig herabfielen, mit dem Mund aufzufangen.

»Was machst du da? Komm schon!«, rief Mama.

Mama hatte keine gute Laune. Ihre Augen waren klein und rot. Elísabet versuchte, sie schnell einzuholen. Einige Schneeflocken fielen in ihren Kragen, und sie spürte, wie sie ihr den Rücken runterliefen.

»Mama, mir ist kalt«, sagte sie, bereute es aber sofort. Mama hatte keine Geduld für ihr Gejammer. Sie packte Elísabet am Handgelenk und zog sie weiter. Da fiel sie hin, aber Mama zog nur fester an ihrem Arm und ging weiter, sodass sie im Schnee hinter ihr her schleifte. Ihr kamen die Tränen, aber sie wollte tapfer bleiben. Sie traute sich nicht, zu weinen. Mama war in letzter Zeit ziemlich schlecht gelaunt gewesen. Oft wusste sie nicht einmal, was sie falsch gemacht hatte. Die Standpauken kamen völlig unerwartet.

Sie spürte den Rotz aus der Nase tropfen und versuchte, ihn mit dem losen Ärmel wegzuwischen. Hoffentlich sah es niemand. Was würden ihre Klassenkameraden sagen, wenn sie mitbekämen, wie sie so völlig durchnässt mit laufender Nase durch die Gegend rannte? Das war allein Papas Schuld, dachte sie. Wenn er nicht mit dem Boot hinausgefahren wäre, dann wäre alles besser. Dann wäre Mama nicht so wütend.

Vor einem weiß-blauen Wohnblock blieben sie stehen, gingen zum mittleren Eingang, und Mama klingelte. Keine Antwort. Mama überlegte nicht lange und klingelte noch mal, diesmal hielt sie den Knopf eine ganze Weile gedrückt. Wasser tropfte aus Elísabets Haaren und rann die rote Jacke runter.

»Ja«, antwortete eine heisere Männerstimme.

»Ich bin's«, sagte Mama leise.

Anscheinend kannte der Mann sie, denn kurz darauf erklang ein Surren. Mama öffnete die Tür, blieb aber im Türrahmen stehen und sah Elísabet an. Dann beugte sie sich zu ihr herunter und sah ihr in die Augen.

»Du wartest hier«, sagte sie bestimmt. Elísabet nickte gehorsam und schniefte. Die Tür knallte zu, und schon war Mama weg. Dann setzte sie sich hin und wartete.

Nach einer Weile sah sie Magnea zusammen mit ihrer Mutter aus dem Treppenhaus nebenan kommen. Magnea ging in ihre Klasse, aber sie waren keine Freundinnen. Elísabet zog kräftig die Nase hoch und bewegte die Zehen, um sie zu durchbluten. Magnea und ihre Mutter gingen auf direktem Weg zu einem großen, neuen Jeep. Magnea musste also nicht durch große Schneewehen stapfen. Sie hatte auch sicher nie kalte Zehen. Neidisch beobachtete Elísabet, wie Magnea den Gurt anlegte und eine blonde Puppe umarmte.

Sie nahm sich fest vor, dass sie auch einen Jeep haben würde, wenn sie einmal groß war, damit ihre Kinder keine kalten Zehen haben müssten.

Der Tag war bisher ausgesprochen langsam vergangen. Magnea starrte auf die Wanduhr und wartete darauf, dass die Zeiger sich bewegten. Die Kinder schienen ihre Geistesträgheit mitzubekommen. Sie redeten etwas lauter als sonst, lernten etwas weniger. Sie hatte keine Lust, ihre Stimme zu erheben und für Disziplin in der Klasse zu sorgen, sondern blieb einfach am Tisch sitzen und starrte aus dem Fenster. Von ihrem Schreibtisch aus sah sie den Sportplatz und die Sporthalle, wo beim Bau etwas schiefgegangen war, denn die Dachplatten hatten unterschiedliche Farben. Sie sah auch das Meer, das die Halbinsel umgab, aber die Hauptstadt auf der anderen Seite der großen Bucht war an dem Tag nicht erkennbar. Dafür war die Sicht zu schlecht. Sie warf immer wieder einen Blick auf die Zettel vor sich, las die einfachen Antworten und markierte sie als richtig oder falsch.

Sie legte die Hand auf den Bauch. Noch war er flach. Niemand käme auf die Idee, dass sich darin ein Leben entwickelte, es war ja auch noch sehr klein. Eine kleine Bohne. Sie lächelte in sich hinein. Sie hatten es so lange versucht, und auf einmal, wie von Zauberhand, war es passiert. Das konnte kein Zufall sein. Sie hatte etwas richtig gemacht. Irgendetwas musste sie richtig gemacht haben.

»Magnea, ich bin fertig.« Agla stand mit einem lieben Lächeln vor ihr und reichte ihr das weiße Heft. Agla war die Bravste und Stillste in der Klasse, befolgte alle Anweisungen und erledigte die Aufgaben, ohne sich jemals zu beklagen. Magnea nahm das

Heft und lächelte flüchtig. »Was soll ich jetzt machen?«, fragte das Mädchen nach einer Weile, als von der Lehrerin keine weiteren Anweisungen kamen.

Magnea seufzte leise. »Setz dich einfach hin und lies etwas, während die anderen die Aufgabe fertig machen«, sagte sie. Agla nickte brav und ging zurück auf ihren Platz, zog ein Buch hervor, das viel zu dick für eine Neunjährige war, und begann zu lesen. Magnea schüttelte den Kopf. So würde ihre Tochter vermutlich nicht werden, wenn sie nach ihren Eltern geriet. Sie wusste noch nicht das Geschlecht, war aber überzeugt, dass es ein Mädchen war. Wahrscheinlich würde sie eher so werden wie Gréta oder Anna. Die beiden saßen nebeneinander und quasselten, wenn sie dachten, die Lehrerin würde es nicht merken.

Magnea ließ den Blick über die Klasse wandern. Es lag in der Natur der Sache, dass sich in solchen Gruppen schnell eine gewisse Rangordnung etablierte. Es gab ein paar Kinder, zu denen der Rest der Gruppe aufblickte, die Anführer. Und die bestimmten, wo es langging und was cool war. Die meisten gehörten zu den Mitläufern, die voller Bewunderung für die Anführer waren. Und dann gab es noch die Außenseiter, mit denen sich keiner blicken lassen wollte und die oft gehänselt und als Erste beschuldigt wurden. Wie Þórður, der aus dem Fenster starrte und so kurze Hosen trug, dass die dünnen Waden hervorblitzten. Und Agla, die entweder in ihrem Buch las oder mit Blicken versuchte, Magneas Aufmerksamkeit auf sich zu lenken.

Ja, es war eine grausame Welt, auch für neunjährige Kinder. Sie wusste genau, wo sie zu ihrer Schulzeit in der Rangordnung gestanden hatte. Ganz oben. Sie hatte an der Spitze gethront und es genossen zu bestimmen. Sie vermisste diese Macht, mit den Jahren war ihr Leben immer komplizierter geworden. Als wäre ihr die Macht im Laufe der Jahre entglitten. Den Leuten schien es immer gleichgültiger zu sein, wer sie einmal gewesen war. Wozu sie fähig war.

Sie blickte wieder auf die Uhr. Der Unterricht würde bald enden, und nach der Arbeit hatte sie noch etwas vor, auf das sie sich schon lange gefreut hatte.

* * *

Hörður saß am Schreibtisch und trug seine Kopfhörer. Er hörte aber nicht Radio, sondern The Doors. Und David Bowie und Dire Straits. Sein Musikgeschmack hatte sich seit Jahrzehnten nicht verändert, und er kannte fast alle Lieder auswendig. Er besaß richtig gute Kopfhörer, die hatte er letztes Jahr von seiner Familie zu Weihnachten bekommen. Davor hatte er sich mit alten Kopfhörern seines Sohnes zufriedengegeben. Er hatte freilich nicht viel Ahnung von Technik, aber die neuen Kopfhörer hatten eine schöne Verpackung gehabt, und sein Sohn hatte ihm erklärt, dass sie zu den allerbesten auf dem Markt gehörten.

Draußen wurde es langsam dunkel, und der Verkehr nahm zu. Leute auf dem Heimweg von der Arbeit, die Kinder vom Kindergarten abholten und noch Einkäufe erledigten. Alles wie immer. Aber er wusste, dass die Neuigkeit schon die Runde machte. Vermutlich war der Leichenfund an den meisten Arbeitsplätzen in Akranes heute das Gesprächsthema Nummer eins gewesen.

Er lehnte sich zurück und lauschte der Stimme von Mark Knopfler. Normalerweise konnte er sich auf diese Art entspannen. Das war seine Form der Meditation, sein Weg, die Batterien aufzuladen. Aber jetzt schien nicht einmal die Musik ihn beruhigen zu können. In Gedanken war er ganz bei der Frau, die man in der Nähe des Leuchtturms tot aufgefunden hatte. Wie konnte Derartiges in dem Ort passieren, der ihm so sehr am Herzen lag? Er fand den Gedanken äußerst unangenehm.

Nachdem sie vorhin das Gebiet um den Leuchtturm abgegangen waren, schien der Abend, an dem sie dort gestanden und Elísabets Leiche begutachtet hatten, bereits in weiter Ferne. Die

Gegend gehörte zu den schönsten Ecken Islands, davon war er überzeugt. Zurück im Büro hatte er ein paar Anrufe erledigt. Der Chef von Eiríkur bestätigte, dass er um zehn vor neun zur Arbeit gekommen und gegen halb fünf wieder nach Hause gefahren war. Außerdem meinte er, dass Eiríkur ein fleißiger Mitarbeiter sei, als Hörður ihn danach fragte. Und trotzdem hatte Hörður das Gefühl, dass er Eiríkur nicht besonders mochte. Er sagte es zwar nicht direkt, aber es waren die Dinge, die er eben nicht sagte. Der Chef wollte jedenfalls nicht viel über Eiríkur reden.

Hörður trommelte mit den Fingern auf dem Tisch, während er nachdachte. Er hatte alle Werkstätten in Akranes und im nahe gelegenen Borgarnes angerufen, aber nichts herausgefunden. Niemand hatte nach dem Wochenende ein verbeultes Auto vorbeigebracht, das auf die Beschreibung gepasst hätte. Noch sei es nicht so glatt auf den Straßen, sagten sie, und Hörður fragte sich, ob sie das im positiven Sinne meinten. Die glatten Straßen waren sicher gut fürs Geschäft.

Er las noch einmal über den Text, den er soeben fertig getippt hatte. Es war eine kurze Pressemitteilung. Gerade wollte er die Nachricht abschicken, da klingelte das Telefon. Er erkannte die Nummer sofort und räusperte sich, bevor er ranging. Es war wichtig, einen guten Eindruck zu machen.

* * *

In der Mitte des langen Tisches standen Tassen und eine Kaffeekanne. Zwei Sorten Kekse lagen sorgfältig platziert auf einer roten Serviette in einem Körbchen, was Elma daran erinnerte, dass die Weihnachtszeit vor der Tür stand. In den USA sind es Donuts, hier sind es Doppelkekse, dachte Elma und ließ sich einen davon mit dem heißen Kaffee im Mund zergehen. Sie hatte sich keine Zeit für ein Mittagessen genommen, also war sie immer noch hungrig, und ausgerechnet dann stand einmal kein

Gebäck auf dem Tisch in der Kaffeeküche. Obwohl es schon fast fünf war, ließ Hörður noch auf sich warten. Elma beschlich langsam das Gefühl, dass der neue Chef zwar viele gute Eigenschaften hatte, Pünktlichkeit aber nicht dazugehörte.

»Entschuldigt bitte die Verspätung«, sagte Hörður, als er endlich kam. »Ein paar Journalisten haben noch angerufen«, fügte er hinzu. Elma sah, wie Sævar versuchte, ein Grinsen zu verbergen. Hörður schien nichts zu merken und fuhr fort. »Eiríkurs Arbeitgeber hat bestätigt, dass er um neun gekommen und um halb fünf gegangen ist. Es gibt also keinen Grund zur Annahme, dass er in dem Fall nicht die Wahrheit gesagt hat.«

»Aber das ist natürlich nur der Freitag«, rief Sævar dazwischen. »Was ist, wenn er vielleicht später an dem Tag oder am Wochenende erst erfahren hat, dass Elísabet sich mit einem anderen getroffen hat ...«

»Ganz genau«, sagte Hörður und fuhr fort. Elma sah, dass er sich vor der Besprechung ausführliche Notizen gemacht hatte. »Keine der Autowerkstätten in Akranes und Umgebung weiß etwas von einem Wagen mit verdächtigen Schäden, weder vorne noch hinten. Aber da Sævar und ich tiefe Bremsspuren auf dem Schotterweg vor dem Leuchtturm entdeckten, habe ich der Spurensicherung in Reykjavík Bescheid gesagt, und sie werden die Gegend gleich morgen früh noch einmal besser absuchen. Das Gebiet bleibt weiterhin abgesperrt, und Polizisten wechseln sich schichtweise bei der Bewachung ab, damit wir sicherstellen können, dass sich niemand dort rumtreibt.«

»Gehen wir also davon aus, dass Elísabet beim Leuchtturm angefahren wurde?«, fragte Elma.

»Nein, das sollten wir nicht tun«, sagte Hörður. »Wir besprechen das noch mal, wenn die Spurensicherung das Gebiet erneut untersucht hat. Wenn wir Glück haben, finden sie irgendwelche Hinweise darauf, was da passiert ist.«

Elma nickte und warf Sævar einen Blick zu. Er lächelte sie an, und aus irgendeinem Grund wurde sie verlegen. Sie sah schnell weg, und ihr fiel trotzdem auf, dass er braune Augen hatte. Davíðs Augen waren auch braun gewesen.

»Ich habe die Daten von Elísabets Handy für euch ausgedruckt, lasst uns die zusammen durchgehen.« Hörður nahm einen kleinen Stapel Papiere und legte sie auf den Tisch. »Hier sehen wir alle ein- und ausgehenden Anrufe der letzten Wochen.«

Elma lehnte sich nach vorne und versuchte, aus den Zahlen und Uhrzeiten auf dem Papier etwas herauszulesen. Es schienen ihr nicht viele Telefonnummern zu sein; Elísabet hatte jedenfalls in den letzten Tagen ihres Lebens nicht viel telefoniert. Als Elma auch den Rest der Übersicht sah, fiel ihr aber auf, dass Elísabet ihr Handy auch davor schon nicht viel benutzt hatte. Zwei Nummern tauchten oft auf, Handynummern. Elma nahm an, dass eine der beiden von Eiríkur war. Die andere könnte von der Arbeit sein.

Sævar saß neben Elma, und sie spürte seine Wärme, als er sich über sie lehnte und nach den Zetteln mit den Handydaten griff. »Wir brauchen einen Computer«, sagte er und verschwand, tauchte aber wenige Augenblicke später mit einem Laptop wieder auf.

»Such erst nach diesen beiden Nummern«, sagte Elma und deutete auf das Blatt. Sævar gab die beiden Nummern in die Suchmaschine ein. Bei der ersten kam nichts auf, aber bei der zweiten erschien Eiríkurs Name. Elma notierte es auf dem Zettel.

»Könnte die andere Nummer nicht von der Arbeit sein?«, fragte Elma. »Wenn es eine interne Nummer ist, die nur für Mitarbeiter gedacht ist, taucht sie wahrscheinlich nicht im Telefonbuch auf.«

»Dann überprüfen wir das doch schnell«, sagte Hörður, tippte die Nummer in sein Handy ein und lächelte Elma zu.

»Verzeihung, ich habe mich verwählt«, sagte er, als jemand ranging, und legte auf. »Ja, das war die Arbeit.«

»Okay«, sagte Elma und notierte es ebenfalls auf der Liste. »Also geht hieraus hervor, dass sie am Freitag um neun Uhr morgens bei der Airline angerufen hat. Das ist kurz nachdem

Eiríkur zur Arbeit gefahren ist und die Jungs sich auf den Weg zur Schule gemacht haben.«

»Danach hat sie niemanden mehr angerufen«, sagte Sævar. Er lehnte immer noch so nah an Elma, dass sie den schalen Geruch seines Aftershaves vernahm. »Anscheinend hat sie das Handy seit dem Freitag nicht mehr benutzt.«

Elma seufzte. Es wäre auch zu einfach gewesen, wenn die Handydaten die Nummer des Täters offenbart hätten. Wenn Elísabet mit jemandem telefoniert hatte, dann jedenfalls nicht über dieses Handy. Sie blätterte durch die Daten und sah sich die älteren Anrufe an, fand aber nichts Auffälliges. Da waren auch ein paar SMS, sowohl empfangene als auch gesendete.

»Hier sind ein paar alte SMS«, sagte sie. »Die meisten ganz gewöhnliche; Erinnerungen an Zahnarzttermine, eine Nachricht von Elísabets Freundin, eine von Eiríkur. Nichts Unnormales.«

»Worüber haben sie geschrieben?«, fragte Hörður.

»Ganz alltägliche Dinge: Kannst du die Jungs abholen? Wann kommst du nach Hause? Ich hol auf dem Heimweg was zu essen. Nichts allzu Intimes. Keine Liebesgeständnisse oder auffallend herzliche Grüße«, sagte Elma.

»SMS sagen nicht viel über eine Beziehung aus«, meinte Sævar. Seit Monaten schickte er Telma nur noch knappe, unpersönliche Nachrichten. »Vor allem nach einer jahrelangen Beziehung«, fügte er hinzu und überlegte aber, ob da nicht vielleicht doch etwas dran war. Er konnte schließlich nicht behaupten, dass in seiner Beziehung zu Telma alles bestens lief.

»Warte, hier ist noch was«, sagte Elma. »Eine Nachricht von Eiríkur. Hört euch das an: Ich liebe dich viel mehr, als dir klar ist. Ich bezweifle, dass du mich überhaupt liebst.«

»So sieht's also aus«, sagte Sævar und pfiff leise.

Dann las er laut vor: »Wenn du gehst, dann alleine. Die Jungs bleiben bei mir.«

Sie sahen einander an.

»Sie wollte ihn also verlassen«, sagte Elma. »Aber am Datum siehst du, dass die Nachrichten schon mindestens ein halbes Jahr alt sind.«

»Vielleicht hat sie es erst jetzt durchgezogen«, sagte Hörður. »Womöglich ist etwas vorgefallen, das ihr die Entscheidung erleichtert hat. Die Frage ist nur, ob Eiríkur davon wusste.«

»Trotzdem deutet nichts darauf hin, dass Eiríkur und Elísabet sich an dem Tag getroffen haben«, sagte Sævar. »Die Option haben wir uns bereits angesehen, und es gibt keine Hinweise darauf, dass er Elísabet nach Akranes gefolgt ist. Ganz im Gegenteil, er hat für den ganzen Tag ein relativ sicheres Alibi.«

Hörður seufzte und wirkte in Gedanken vertieft. »Wir wissen nicht, was am Freitagabend oder am Samstag passiert ist. Das müssen wir uns noch genauer ansehen und uns versichern, dass sein Alibi wasserdicht ist.«

Er sah Elma an und bat sie, von ihrer Recherche zu berichten.

Elma räusperte sich und warf einen Blick auf ihre Notizen. »Ja, die Aussagen von Eiríkur ließen sich größtenteils bestätigen. Während ihrer Kindheit in Akranes ging Elísabet in die Grundschule Brekkubæjarskóli, und sie und ihre Mutter waren in Krókatún 8 gemeldet. Aber in den sozialen Netzwerken war nicht viel über Elísabet zu finden. Sie hatte jedenfalls keine Profile bei den gängigen Plattformen, Facebook, Twitter und so weiter. Andererseits passt das eigentlich ganz gut auf ihre Beschreibung. Was soziale Kontakte betrifft, war sie wohl eher zurückhaltend. Ich habe auch mit ihrer Tante Guðrún gesprochen, und sie hat eingewilligt, mich morgen zu treffen. Und dann habe ich noch mit ihrer Freundin Aldís Helgadóttir telefoniert. Elísabet hatte offenbar nicht viele Freunde, aber den Kontakt zu Aldís hat sie gepflegt, seit die beiden zusammen im Gymnasium waren. Ich habe überlegt, morgen nach Reykjavík zu fahren und mich mit der Tante und der Freundin zu treffen. Vielleicht haben sie eine Idee, was Elísabet am Freitag vorgehabt haben könnte.« Sie blickte von ihren Notizen auf und fügte hinzu: »Irgendjemanden hat sie ja schließlich getroffen.«

»Ist gut, aber hatte sie den Kontakt zu ihrer Tante nicht völlig abgebrochen?«, fragte Hörður.

»Doch, das stimmt, das hat zumindest Eiríkur gesagt. Aber vielleicht kann sie uns mehr über Elísabet erzählen, über ihre Kindheit. Ich denke, es wäre wichtig, mehr Perspektiven als die des Ehemannes zu bekommen, und so viel Auswahl gibt es nicht. Eiríkur schien nicht viel über Elísabets Kindheit in Akranes zu wissen. Vielleicht weiß Guðrún ja mehr.«

»Ja, da könnte was dran sein«, sagte Hörður, obwohl er nicht überzeugt wirkte. »Dann sprich doch morgen mit dieser Guðrún und der Freundin. Du und Sævar, ihr könnt zusammen fahren und auf dem Weg Eiríkur noch einmal befragen. Versucht, etwas aus ihm herauszubekommen, fragt, wie der Zustand ihrer Ehe war. Der Mann weiß sicher noch mehr, als er bisher preisgegeben hat.«

»Und da war noch was«, sagte Elma, »ich habe herausgefunden, wer Elísabets Vater war. Er hieß Arnar Helgi Árnason und ist verunglückt, als bei einem Unwetter 1989 ein Fischerboot gekentert ist.«

»1989 sagst du?« Hörður lehnte sich vor. »An das Bootsunglück erinnere ich mich noch gut. Der ganze Ort hat getrauert. Ich wusste, dass einer der Männer ein Kind hatte, aber der andere war zum Glück alleinstehend und schon in hohem Alter. Komisch.« Hörður verstummte für eine Weile und sagte dann: »Ich erinnere mich, dass Arnars Lebensgefährtin hochschwanger war. Stand da nichts darüber, dass Elísabet Geschwister hatte?«

* * *

Zu Hause angekommen, sah Magnea, dass kein Licht brannte. Bjarni war noch nicht wieder von der Arbeit zurück, und ihr großes Haus wirkte wie ausgestorben. Sie parkte in der Einfahrt und ging schnell hinein. Es war immer noch ungewohnt, in einem großen Einfamilienhaus zu wohnen. Davor hatten sie ein Reihenhaus bewohnt, und es hatte ihr eine gewisse Sicherheit gegeben, von den Nachbarn an der anderen Seite der Wand zu wissen, wenn sie abends allein zu Hause war. Ein eigenes Haus zu bauen, war lange ein Traum von Bjarni und ihr gewesen, und vergangenen Sommer hatten sie ihn sich erfüllt. Das Haus war genau so, wie sie es haben wollten: groß und offen, mit riesigen Fenstern und hohen Decken. Die Einrichtung war weiß und geschmackvoll, die Möbel teuer und qualitativ hochwertig. Im Sommer hatte sie nicht so stark gemerkt, wie isoliert sie darin war, doch jetzt, wo es nachts wieder dunkel wurde, war das Haus plötzlich bedrohlich groß. Es hallte wider, als sie die Schlüssel auf die Kommode legte und schnell das Licht anmachte, um das unbehagliche Gefühl loszuwerden. Sie ging zu den hohen Fenstern und zog schnell die Vorhänge zu. Für einen Moment bereute sie, die großen Fenster gewählt zu haben. Draußen standen keine Bäume, um neugierigen Passanten die Sicht zu versperren, und sie hatte immer das Gefühl, dass sie von draußen jemand beobachtete.

Als Nächstes machte sie den Fernseher an, um etwas gegen die überwältigende Stille im Haus zu unternehmen. Danach ging sie in den begehbaren Schrank im Schlafzimmer und strich mit dem Zeigefinger über die Kleider, die dort aufgereiht hingen. Sie entschied sich für ein rotes. Ein Negligé mit schwarzer Spitze am Saum und im Dekolleté. Außerdem wählte sie einen schwarzen Hausmantel aus Seide, den sie zusammen mit dem Negligé an einen Haken im Badezimmer hängte. Während sie Wasser in die Badewanne laufen ließ, sah sie sich im Spiegel an. Ihr Gesicht hatte sich in den letzten zehn Jahren verändert. Die Augen waren immer noch schön, aber an den Rändern bildeten sich kleine Falten. Sie fielen nicht sofort auf, doch mit den Jahren waren sie tiefer geworden. Die Oberlippe stand immer noch ein wenig hervor, etwas weiter als die Unterlippe. Die Haare waren lang und blond, kein graues Haar in Sicht, schließlich färbte sie regelmäßig. Auf ihr Aussehen legte sie viel Wert und wusste, dass Bjarni das mochte. Sie liebte es, wenn er den Arm um ihre Hüfte legte und sie neuen Leuten vorstellte. Wenn sie merkte, wie stolz er darauf war, so eine schöne Frau zu haben.

Sie wickelte die Haare zu einem hohen Knoten und befestigte ihn mit einer Spange. Dann tauchte sie die Zehen vorsichtig in das heiße, schaumige Wasser. Magnea schloss langsam die Augen und versuchte, nicht daran zu denken, wie allein sie in diesem großen Haus war. Manchmal stellte sie sich vor, jemand würde hereinkommen und sie packen und festhalten. Sie stellte sich eine ganze Szene vor und spürte, wie jeder Nerv in ihrem Körper sich anspannte. Mitunter ging sie vor lauter Angst durchs ganze Haus, um sich zu vergewissern, dass alle Türen und Fenster verschlossen waren, auch wenn so ein Schloss nur falsche Sicherheit gab. Wenn jemand einbrechen wollte, wäre es nicht schwer, ein Fenster aufzuknacken. Niemand außer ihr würde es hören. Im nächsten Haus käme das Geräusch schon nicht mehr an. Aber den Gedanken verdrängte sie.

Nach einer Weile hörte sie das Schloss der Eingangstür aufgehen. Schritte. Als sie die Augen öffnete, stand Bjarni vor ihr. Er beugte sich zu ihr herunter und gab ihr einen zärtlichen Kuss. Sie griff um seinen Hals, zog ihn näher. Dann drückte sie ihn liebevoll weg und betrachtete sein Gesicht. Er war immer noch genauso schön wie zur Schulzeit. Derselbe spitzbübische Gesichtsausdruck, dieselben unschuldigen Augen.

»Ich hab hier was für dich«, sagte sie und zeigte zum Waschbecken.

Dort lag ein weißes Plastikstäbchen. In der Mitte waren zwei blaue Striche.

»Heißt das etwa ...«, er hielt mitten im Satz inne und sah sie an. Ein kleines Lächeln huschte über ihre Lippen, und sie nickte langsam. Mit diesen beiden dunkelblauen Strichen würde alles anders werden. Sie hörte schon das Kindergelächter durchs Haus schallen.

* * *

Es hatte etwas seltsam Friedliches, zwischen den Gräbern auf dem Friedhof zu spazieren. Die Luft war feucht und es war neblig, aber absolut windstill. Der Friedhof in Akranes lag weit von der Kirche entfernt, fast am anderen Ende des Ortes, wo ein rotbrauner Uhrturm zum Himmel zeigte. Spitze, dreieckige Mansardenfenster ragten an allen vier Seiten hervor, und direkt darunter lagen drei kleinere Fenster mit weißen Fenstersprossen. Auf zwei Seiten waren unten schmale Spalte, und als Elma klein war, konnte sie sich dazwischen hineinzwängen. Der Turm stand im oberen Teil des Friedhofs, wo vereinzelt Bäume auf dem ansonsten freien Stück Land wuchsen. Um ihn herum sahen die Grabsteine mitgenommener aus, und die Jahreszahlen waren älter. Die Witterung hatte ihre Spuren hinterlassen, und manche Namen waren nur noch schwer zu entziffern. Die Gräber waren so alt, dass die nahen Verwandten der Verstorbenen wahrscheinlich ebenfalls nicht mehr am Leben waren und kaum jemand sie pflegte.

»Das sollte man öfter machen«, seufzte Aðalheiður, die neben ihr ging. Sie trug eine weiße Regenjacke und eine schwarze Mütze mit dem Logo des Sportvereins von Akranes. Elma hatte sich noch nie für Fußball interessiert, aber ihre Eltern dafür umso mehr. Sie gingen immer noch zu allen Heimspielen und trugen gelb-schwarze Schals und Mützen, obwohl das goldene Zeitalter der Mannschaft definitiv vorbei war und sie seit Jahren versuchte, ein langes Tief zu überwinden.

»Ja, man bekommt den Kopf frei«, sagte Elma und lächelte. Sie wollte nach etwas Bestimmtem suchen, und ursprünglich hatte sie vorgehabt, allein rauszugehen, aber ihre Mutter war ihr auf der Treppe entgegengekommen, also gingen sie eben zusammen auf den Friedhof.

»Wie laufen die Ermittlungen?«, fragte Aðalheiður ein wenig außer Atem. Sie waren in einem ordentlichen Tempo spaziert.

»Sie laufen nicht wirklich«, antwortete Elma. Die Fortschritte bei dem Fall ließen zu wünschen übrig, also drehten sich ihre Gedanken ständig im Kreis. Sie ging die Dinge immer und immer wieder im Kopf durch, kam aber zu keinem Ergebnis.

»Komisch, dass nicht schon früher jemand sie als vermisst gemeldet hat. War die Frau irgendwie besonders? Also hatte sie irgendwelche psychischen Störungen?«

»Nein, nicht dass wir wüssten. Sie war Pilotin. Hätte fliegen sollen, hat sich aber krankgemeldet.«

»Echt?«, fragte Aðalheiður. »War es vielleicht ihr Mann? Es gibt leider immer wieder welche, die ihren Frauen gegenüber gewalttätig werden. Hast du schon gehört, was Tómas Bjarnason getan hat? Was frage ich, natürlich weißt du davon. Der hat seine Freundin grün und blau geschlagen. Das kann man doch nicht machen.«

Elma schüttelte den Kopf. Natürlich hatten die Geschehnisse sich schon überall herumgesprochen, das wunderte sie nicht.

»Aber was gab es anderes zu erwarten«, fuhr Aðalheiður fort, »völlig wahnsinnig, diese Leute. Tómas hat schon mindestens drei Familien aus dem Haus verjagt, in dem sie wohnen. Neben ihm hält es niemand lange aus. Diese Unordnung, und dann auch noch sein ganzes Gehabe. Mich wundert ja, dass Hendrik nicht schon lange was unternommen hat.«

»Hendrik? Warum sollte der etwas unternehmen?«

»Na, weil er sein Bruder ist. Wusstest du das nicht? Die Firma gehört ihnen zusammen, also das Immobilienunternehmen. Ich bezweifle aber, dass Tómas etwas mit dem tagtäglichen Geschäft zu tun hat, zumindest nicht direkt. Er war nur dafür zuständig, Mieten einzutreiben – auf seine grauenvolle Art.«

»Das wusste ich nicht. Ich erinnere mich gar nicht an diesen Tómas«, sagte Elma und musste an Ásdís denken, die sie wenige Tage zuvor bei ihrer Großmutter getroffen hatte. Davon erzählte sie ihrer Mutter aber lieber nichts, sie hatte sich angewöhnt, so wenig wie möglich über die Arbeit zu reden, um die Schweigepflicht nicht zu verletzen, die zu ihrem Beruf nun mal dazugehörte.

»Du erinnerst dich sicher, wenn du ihn siehst. Er ist seinem Bruder sehr ähnlich«, sagte Aðalheiður. Elma nickte, doch mit den Gedanken war sie bereits woanders. Sie hatte die Stelle gefunden, nach der sie gesucht hatte. Dort war es, das Grab von Elísabets kleinem Bruder. Eine einfache Suche hatte Hörðurs Vermutung bestätigt. Elísabets Mutter war schwanger gewesen, als der Vater bei einem Seeunglück starb. Wenige Monate darauf brachte sie einen Jungen zur Welt, der aber nicht lange überlebte. Das stand alles auf der Friedhofs-Website. Arnar Arnarsson war sein Name, und er wurde nur zwei Wochen alt.

»Es ist immer wieder traurig«, sagte ihre Mutter. »Aber zum Glück ist die Kindersterblichkeitsrate heutzutage niedriger.«

Elma antwortete nicht. Sie beugte sich runter zu einer kleinen schwarzen Laterne, die neben dem weißen Kreuz stand. Sie sah neu aus. Das Glas war noch sauber und durchsichtig. »Er wurde nur zwei Wochen alt«, sagte sie, eher zu sich selbst.

»Ist das jemand, den du kennst?«, fragte Aðalheiður.

Elma schüttelte den Kopf und stand auf. Sie gingen zu dem Schotterweg, der oberhalb des Friedhofs lag. Dort stand immer noch das alte gelbe Pfarrhaus, zu seiner Zeit Islands erstes Wohnhaus aus Beton. Daneben befand sich ein großes rotes Haus, das erste Holzhaus in Akranes. Man nannte es den Glaspalast, weil in den Fenstern ungewöhnlich viel Glas war. Es hatte etwas Ironisches, dieses kleine Häuschen einen Palast zu nennen, aber schön war es allemal. Sie gingen weiter Richtung Golfplatz und durch einen Ortsteil namens Jörundarholt.

»Erinnerst du dich noch daran, dass wir mal hier gewohnt haben?«, fragte Aðalheiður, als sie an einem Reihenhaus vorbeigingen, und beantwortete sich die Frage dann selbst: »Nein, sicher nicht, du warst ja noch so klein, erst zwei Jahre alt.«

»Und sieben, als wir weggezogen sind.« Elma lächelte ihre Mutter an. Sie hatte schöne Erinnerungen an die Gegend, in die sie auch nach dem Umzug noch oft zum Spielen gekommen war. Sie waren nicht weit weggezogen, und in Jörundarholt trafen sich immer viele Kinder, um draußen Verstecken und Brennball zu spielen. Bis sie es irgendwann doof fanden und lieber durch den Ort zogen und in den Geschäften rumhingen. Aber die letzten Jahre ihrer unbeschwerten Kindheit hatte Elma in Jörundarholt verbracht.

Es war, als könnte ihre Mutter Gedanken lesen. »Hier hatten wir es gut«, sagte sie und lächelte ihrer Tochter zu. Elma nickte. »Bald beginnt ein neues Jahr, mein Schatz«, sagte sie dann in etwas ernsterem Tonfall. »Es wird langsam Zeit, die Vergangenheit hinter sich zu lassen.«

Elma nickte und wusste genau, was ihre Mutter damit meinte. Es wäre so viel einfacher, wenn sie nur alles vergessen könnte. Aber so leicht war das nicht. Vor ihrer Mutter wollte sie es nicht aussprechen, aber sie bezweifelte, dass sie jemals wieder glücklich sein würde.

»Vielleicht kann ich mal bei dir übernachten?«, sagte sie eines Tages zu Sara. Sie spielten in Saras Zimmer mit Puppen. Vor ihnen stand eine große Schüssel Popcorn.

Sara lächelte und nickte eifrig. »Ich muss aber erst noch Mama fragen«, sagte sie und lief aus dem Zimmer. Ein paar Minuten später kam Saras Mutter herein. Sie war klein und lieb und viel älter als ihre eigene Mama. Saras Mutter könnte fast ihre Oma sein, überlegte Elísabet. Sie musste mindestens vierzig Jahre alt sein.

»Denkst du denn, dass deine Mutter dir erlaubt, hier zu übernachten?«, fragte Saras Mutter.

Elísabet nickte. »Sie hat bestimmt nichts dagegen.« Da war sie sich sogar sicher, und das machte sie kurz traurig.

»Dann rufe ich sie am besten an«, sagte Saras Mutter und fragte sie nach der Nummer.

»Wir haben kein Telefon«, sagte Elísabet schnell. »Ich frag sie einfach.«

Saras Mutter schien mit der Lösung nicht ganz zufrieden. »Ich würde am liebsten selbst mit ihr sprechen«, sagte sie und lächelte bestimmt. Widerrede war zwecklos, das wusste Elísabet. Saras Mama war streng. Sie bestand darauf, dass Sara immer rechtzeitig zu Hause war und erst noch die Hausaufgaben machte, bevor sie zum Spielen rausging. Eigentlich war Sara ja neidisch auf Elísabet, weil sie nie um Erlaubnis fragen und nicht zu einer bestimmten Zeit zu Hause sein musste. Aber wenn sie das ansprach, lächelte Elísabet nur und tat so, als wäre es tatsächlich etwas Beneidenswertes.

»Aber ...«, setzte sie an, doch Saras Mutter unterbrach sie: »Sollen wir nicht einfach zusammen zu dir rübergehen?«, schlug sie vor, und Elisabet nickte zögerlich. Eigentlich würde sie lieber nicht mit Sara zu sich nach Hause gehen.

Aber dann zogen sie sich an und machten sich auf den Weg. Sara und ihre Mutter gingen voran, und sie ging mit ein paar Schritten Abstand hinter ihnen her. Elisabet war gar nicht sicher, ob ihre Mama überhaupt zu Hause war. Oder wer vielleicht bei ihr war.

»Was für ein schönes Haus«, sagte Saras Mutter, als sie ankamen.

Es stimmte, das Haus war wirklich schön. Fand sie zumindest. Groß, mit drei Stockwerken, und in ihrem Zimmer, ganz oben unterm Dach, gab es ein dreieckiges Fenster. Außerdem lag das Haus in einem schönen Garten mit Bäumen, rosaroten Rosen und einer Schaukel, wo sie im Sommer oft spielte.

»Ich laufe schnell rein und schaue, ob Mama zu Hause ist«, sagte sie und hüpfte die Treppe rauf.

»Ich möchte auch kurz mit ihr sprechen«, sagte Saras Mama und folgte ihr mit ein wenig Abstand.

Elisabet seufzte. Sie öffnete die Tür, und die stickige Luft trat ihr entgegen. Den Geruch war sie eigentlich gewöhnt, meist nahm sie ihn kaum noch wahr, aber sie hatte gerade den ganzen Tag bei Sara verbracht, und dort roch es ganz anders, irgendwie nach Seife.

»Mama«, rief sie zögerlich, als sie das Haus betrat. Keine Antwort. Sara und ihre Mutter standen im Eingang und sahen sich um. Elisabet wusste genau, was sie dachten. Warum musste es bei ihr zu Hause auch immer so unordentlich sein?

Sie ging zu Mamas Schlafzimmer und klopfte leise. Als sie keine Antwort hörte, machte sie die Tür auf und ging hinein. Dort lag sie. Friedlich schlafend. Ihr Brustkorb hob und senkte sich leicht, und die Haare lagen verwuschelt auf dem weißen Kissen.

»Mama«, flüsterte sie und stupste sie vorsichtig an der Schulter an. Mama öffnete im Halbschlaf die Augen. »Darf ich bei Sara übernachten?«, fragte sie.

Mama scheuchte sie weg und drehte sich auf die andere Seite. Elisabet blieb kurz stehen und sah ihre Mutter an, bevor sie wieder rausschlich und die Tür hinter sich zumachte.

»Mama schläft, aber sie hat es erlaubt«, teilte sie im Flur mit.

»Bist du sicher?«, fragte Saras Mama. »Ich würde trotzdem gern einmal selbst mit ihr sprechen.«

»Aber sie schläft«, sagte Elísabet bestimmt. »Sie will nicht geweckt werden.«

»Verstehe«, sagte Saras Mama und runzelte die Stirn. Erst zauderte sie einen Moment, aber dann lächelte sie. »Na gut, lasst uns gehen. Wir könnten uns auf dem Heimweg noch ein Eis holen. Wie wäre das?«

»Schläfst du schon?«, flüsterte Sara am Abend. Sie lagen beide auf einer Matratze auf dem Boden von Saras Zimmer. Eigentlich war die Matratze für Elísabet gedacht gewesen, aber für Sara kam nichts anderes infrage, als sich zu ihr zu legen.

»Nein«, flüsterte Elísabet und kicherte. Die Bettdecke roch so gut, und Elísabet zog sie über die Nase, bis nur noch ihre dunklen Haare und braunen Augen zu sehen waren.

Sara hörte auf zu lachen und sah sie mit ihren großen blauen Augen an. »Warum riecht es bei dir zu Hause so komisch?«, fragte sie.

»Ich weiß nicht«, antwortete Elísabet. Sie wusste nicht, warum ihre Mama nie putzte und nur so selten lüftete oder weshalb sie so viel rauchte.

»Wo ist dein Papa?«, fragte Sara dann.

»Er ist im Meer«, antwortete sie. »Er war mit einem Boot auf dem Meer draußen, und da ist ein Sturm gekommen.«

Sara schwieg und starrte nachdenklich in die Luft. »Ich wünschte, er wäre auch auf diesem Boot gewesen«, sagte sie, als Elísabet gerade fast eingeschlafen war. »Ich wünschte, er wäre dort gestorben und nicht dein Papa.«

Sie sah ihre Freundin verwundert an. Wen meinte sie? Warum sagte sie so etwas? Erst wollte sie etwas sagen, aber dann drehte Sara sich weg und deckte sich besser zu. Kurz darauf schliefen sie beide ein.

Eiríkur sah aus, als hätte er nicht viel geschlafen, die dicken rot-violetten Ringe unter seinen Augen waren deutlich zu erkennen. Trotzdem hatte er seine Haare mit Gel frisiert, und er war ordentlich angezogen, in Jeans und T-Shirt. Fast schon zu ordentlich, dachte Elma. Sie konnte sich nicht vorstellen, dass sie in seiner Situation auf die Idee gekommen wäre, sich vor den Spiegel zu stellen und ihre Haare zu kämmen. Unter den Umständen wäre ihr das eigene Aussehen völlig egal. Und jetzt, wo sie ihn zum ersten Mal im Tageslicht sah, war sie sich außerdem relativ sicher, dass er im Gesicht Bräunungscreme benutzte, denn am Kinn war deutlich eine gelbbraune Linie zu erkennen.

Eiríkur bat sie in die Küche, wo der ältere Junge beim Frühstück saß. Die Ähnlichkeit mit seiner Mutter fiel Elma noch stärker auf. Er hatte ihre dunklen Augen und das gleiche dunkle Haar. Ganz anders als sein Vater, der eher ein heller Typ mit kaum sichtbaren Wimpern und Augenbrauen war.

»Fjalar bleibt heute zu Hause«, sagte Eiríkur. »Ich weiß, dass beide Jungs vermutlich besser zu Hause geblieben wären, aber Ernir wollte zur Schule, und es tut ihm sicher gut, ein wenig rauszukommen. Vielleicht bringt ihn das auf andere Gedanken. Sonst hängen sie beide den ganzen Tag mit mir rum, und ich bin momentan nicht gerade der lustigste Papa.« Sein Lächeln sah beinahe aus wie eine Grimasse. »Der Jüngere versteht noch nicht wirklich, was passiert ist«, fügte er hinzu. Fjalar hob den Kopf und sah Elma und Sævar abwechselnd misstrauisch an. Elma versuchte ihm tröstend zuzulächeln, aber er wandte den Blick ab und starrte auf die Cornflakes-Packung vor sich.

Sie setzten sich an den hohen Bartisch in der Küche, und Eiríkur bot ihnen Kaffee an, was Elma annahm, doch Sævar fragte stattdessen nach einem Glas Wasser. Als er ihnen die Getränke gereicht hatte, lehnte er sich zu Fjalar: »Geh doch und zieh dich an, mein Junge.« Fjalar legte den Löffel weg, stand auf und ging langsam in sein Zimmer, ohne sie weiter zu beachten.

»Sie haben beide ihre eigene Art, damit umzugehen«, sagte Eiríkur, als der Junge weg war. »Fjalar ist so still, fast, als hätte man ihn mit einem Knopfdruck ausgemacht. Ernir fragt ständig nach: Wo ist Mama jetzt, warum kommt sie nicht nach Hause?« Er sah aus dem Fenster und dann wieder zu den beiden. »Ich weiß auch nicht, was besser ist.«

»Es wäre sicher gut für die beiden, mit jemandem zu sprechen. Einem Experten«, sagte Elma.

»Wir haben uns mit dem Pfarrer unterhalten, und da war es nicht anders. Ernir fragt und Fjalar schweigt wie ein Grab. Ich mache mir eigentlich mehr Sorgen um Fjalar. Er und Elísabet hatten einen besonderen Draht zueinander, den ich nie so recht verstanden hab. Sie hat natürlich den einen Sohn genauso sehr geliebt wie den anderen, aber Fjalar und sie waren sich einfach so ähnlich. Die gleiche ruhige Art, die vielleicht etwas kühl rüberkommt, wenn man sie nicht kennt.«

»Habt ihr Verwandte, die euch unterstützen können? Ich weiß, dass einem auch die alltäglichen Dinge in solchen Zeiten sehr schwerfallen können; einkaufen, die Kinder von der Schule abholen …«

»Ja, meine Eltern sind in den letzten Tagen regelmäßig vorbeigekommen. Meine Mutter scheint zu denken, dass man die Trauer wegessen kann.« Eiríkur lächelte flüchtig.

Sævar zog ein kleines Notizbuch hervor und räusperte sich.

»Wir haben trotzdem noch ein paar Fragen zu Elísabet, wenn das in Ordnung ist«, sagte er, und als Eiríkur nickte, fuhr er fort. »Hatte sie noch Kontakt zu ihrer Tante? Oder Cousins und Cousinen?«

Eiríkur schnaubte. »Nein, sie hatten keinen Kontakt. Ihre Tante Guðrún ist eine launische Zicke. Ich hab sie trotzdem angerufen und ihr erzählt, was passiert ist, weil ich das Gefühl hatte, ich sollte Elísabets Verwandtschaft Bescheid sagen. Aber sie hat sich nie um Elísabet gekümmert, hat sie damals nur aufgenommen, weil sie sich verpflichtet gefühlt hat. Ich weiß nicht, ob sie Kinder hat. Elísabet hat nie welche erwähnt.«

»Stimmt es, dass Elísabet nach dem Tod ihrer Mutter bei Guðrún eingezogen ist?«

»Ja. Elísabet war neun oder zehn, als sie starb.«

»Krebs, richtig?«

»Ja«, antwortete Eiríkur und verzog das Gesicht. »Eine schreckliche Krankheit, aber Halla hatte nicht gerade einen gesunden Lebensstil, hat viel geraucht und getrunken. Sie war gerade mal um die dreißig, als der Krebs diagnostiziert wurde.«

»Ist Halla deshalb nach Reykjavík gezogen? Um näher bei der Familie zu sein, als sie schon so krank war?«, fragte Elma.

»Ja, das war wohl der Grund.« Eiríkur kratzte sich am Kopf. »Ich weiß aber nicht viel darüber. Vielleicht kann Guðrún mehr erzählen. Wahrscheinlich wollte Halla, dass Elísabet und Guðrún sich vor ihrem Tod ein wenig kennenlernten. Elísabet war nicht besonders gesprächig, was diese Dinge angeht.«

Aus dem Zimmer erklang plötzlich Musik, und Eiríkur sprach erst etwas lauter. Doch dann seufzte er, stand auf und ging ins Zimmer. Die Musik wurde leiser, und Eiríkur kehrte an den Tisch zurück.

»Hatte Elísabet noch Kontakt zu jemandem in Akranes?«, fragte Sævar.

»Nein, nicht viel jedenfalls«, meinte Eiríkur. »Wie gesagt, sie wollte nie nach Akranes fahren. Sie war nur ab und zu da, um irgendeine Frau zu treffen, aber das kam äußerst selten vor.«

»Irgendeine Frau?«, wiederholte Elma. »Weißt du, wie sie heißt?«

»Nein, an ihren Namen erinnere ich mich nicht.« Eiríkur schüttelte den Kopf. »Ehrlich gesagt glaube ich, dass Elísabet ihn nie erwähnt hat.«

»Weißt du, wie sie zu dieser Frau stand?«

»Nein, ich habe sie mal gefragt, aber sie wollte es nicht so recht erklären, hat nur gesagt, sie sei eine Freundin der Familie. Mehr nicht.« Eiríkur hielt einen Moment inne und fügte dann hinzu: »Ich verstehe es einfach nicht. Ich verstehe nicht, wer imstande gewesen sein sollte, ihr so etwas anzutun.« Er sah die beiden abwechselnd an. »Ich habe mir den Kopf darüber zerbrochen, ob es jemanden gab, der ein Problem mit ihr gehabt haben könnte. Wer ihr vielleicht etwas antun wollte. Mir fällt niemand ein. Absolut niemand. Abgesehen von Guðrún fällt mir niemand ein, den sie nicht mochte, und die kann es kaum gewesen sein, so alt und schwach wie sie ist.«

»Wir werden unser Bestes geben, um herauszufinden, was passiert ist«, sagte Sævar.

»Wie war eure Beziehung?«, fragte Elma. »Hattet ihr in letzter Zeit irgendwelche Probleme?«

Eiríkur wirkte verwundert, und seine Stimme klang leicht irritiert, als er antwortete: »Wir hatten eine völlig normale Beziehung. Natürlich waren wir uns ab und zu uneinig, aber das waren Kleinigkeiten.«

»Wir haben eine Nachricht von dir an sie gelesen. Von vor etwa einem halben Jahr. Sie weckte den Anschein, eure Probleme wären doch etwas mehr als Kleinigkeiten gewesen«, sagte Sævar und sah Eiríkur bestimmt an.

Eiríkur warf einen Blick Richtung Kinderzimmer, bevor er die Stimme senkte: »Das war ein Streit, verdammt noch mal. Danach war alles wieder gut.«

»Und du bist ganz sicher, dass Elísabet keine Beziehung zu einem anderen hatte?«, fragte Elma und sah Eiríkur in die Augen.

Er öffnete den Mund, um etwas zu sagen, machte ihn dann aber wieder zu. Als er antwortete, klang er resigniert. »Offen gestanden weiß ich es nicht genau«, sagte er. »Ich wusste nie so richtig, wie Elísabet zu mir stand. Wir waren neun Jahre zusammen, und manchmal hatte ich das Gefühl, sie überhaupt nicht zu kennen.«

Elísabets Freundin Aldís war groß und korpulent. Ihre Lippen waren knallrot geschminkt, und die dunklen Haare hatte sie zu einem hohen Knoten zusammengebunden. Sie saß Elma und Sævar aufrecht in ihrem schwarzen Hosenanzug gegenüber und sah sie mit großen Augen an.

»Als ich erfahren habe, dass es Beta war ...«, sie schüttelte langsam den Kopf und schloss die Augen. »Ich bin richtig erstarrt, war völlig im Schock und musste aber noch einen Termin durchstehen, den ich nicht verschieben konnte. Ich erinnere mich an nichts von diesem Treffen, habe kein Wort mitbekommen.« Sie lehnte sich vor, und Elma roch das starke Parfüm. »Ich meine, wer macht so was? Man kennt das vielleicht aus den Nachrichten, im Ausland passieren ständig solche schrecklichen Dinge, aber das ist alles so weit weg, so irreal.« Sie presste die Lippen aufeinander und straffte die Schultern. Ihr Blick war starr.

»Also kanntet ihr euch gut?«, fragte Elma.

»Ja. Wir kennen uns aus dem Gymnasium und haben danach den Kontakt gehalten, auch wenn er im Laufe der Jahre etwas abgenommen hat.«

»Habt ihr euch oft getroffen?«

»Nein, das kann man nicht behaupten. Elísabet hatte ja eine Familie und wohnte so weit weg, da draußen im Nirgendwo. Dafür hat mir bisher die Zeit gefehlt ... also, um eine Familie zu gründen und das alles. Ich arbeite zu viel«, sagte sie und lächelte kurz.

»Weißt du, wann ihr euch zum letzten Mal gesehen habt?«

»Lass mich überlegen.« Sie dachte nach. »Ja, das war vor ein paar Wochen, es müsste so drei Wochen her sein, da habe ich sie an einem Abend besucht. Wir haben Weißwein getrunken und gequatscht. Nichts Besonderes.«

»Weißt du, wie es um ihre Ehe mit Eiríkur stand?«

»Ach, ich hatte immer das Gefühl, dass da nicht viel Liebe war. Als wäre Beta nie wirklich verliebt in ihn gewesen. Ich meine, schau sie dir an; Beta war wunderschön, sie hätte jeden haben können, aber hat sich für Eiríkur entschieden, einen absoluten Durchschnittsmann. Ich habe nie verstanden, was sie an ihm fand.«

»Hat sie darüber nachgedacht, ihn zu verlassen?«

»Nein, darüber hat sie mit mir nie gesprochen.« Aldís starrte auf ihre Fingernägel, blickte dann auf und sah die beiden eindringlich an. »Eins müsst ihr über Beta wissen. Sie war sehr verschlossen, sie hat niemanden an sich rangelassen. Das kam manchmal fast schon arrogant rüber. Ich glaube, sie wurde oft missverstanden und war deshalb auch nicht sonderlich beliebt. Das Problem war nicht, dass Leute sie nicht mochten – es war einfach schwer, sie kennenzulernen. Mit Beta befreundet zu sein, war nicht leicht, sie hat sich nie so richtig geöffnet. Man hatte immer das Gefühl, viel mehr von sich selbst preiszugeben als sie.«

»Weißt du, warum das so war?«

»Warum? Keine Ahnung. Die Menschen sind nun mal nicht alle gleich.« Sie zuckte mit den Schultern. »Beta gehörte zu den Leuten, die gerne allein sind. Sie hatte kein Bedürfnis, Teil des sozialen Lebens zu sein. Hatte die Bestätigung anderer nicht nötig.«

»Denkst du, Eiríkur ist auch so?«

»Ich glaube, Eiríkur hat sich einfach gefreut, dass eine so schöne Frau wie Beta ihm ihre Aufmerksamkeit geschenkt hat«, sagte sie etwas spitz, fügte aber dann hinzu: »Also, ich will damit nicht sagen, dass Eiríkur ein schlechter Mensch ist. Ich habe diese Beziehung nur nie verstanden. Sie hatte einfach überhaupt keine romantische Spannung. Wenn man es nicht besser wüsste, könnte man denken, die Ehe wäre von den Eltern arrangiert worden, so wie bei den Muslimen.«

»So wie bei den Muslimen?«, wiederholte Elma, aber Aldís winkte ab und lachte entschuldigend. »Nein, so meine ich das natürlich nicht. Ich will nur sagen, dass es wie eine Zweckehe war. Sie hat nie über ihn geredet, von einem Tag auf den anderen waren sie zusammen, und im nächsten Moment waren sie verheiratet und sie schwanger.« Aldís schüttelte entrüstet den Kopf. »Es gab nicht einmal eine Feier, nur das Standesamt und aus.«

Elma nickte. »Also hat sie auch nichts Ungewöhnliches erzählt, als ihr das letzte Mal miteinander gesprochen habt? Nichts, was auf Eheprobleme schließen lassen könnte?«

Sie überlegte noch einmal. »Nein, nichts dergleichen. Es war einfach so wie immer.«

»Weißt du, ob sie jemanden in Akranes kannte?«

»Nein, aber sie hat natürlich viele Jahre dort gewohnt. Wusstet ihr das nicht?«, sagte sie und sah sie verwundert an. Als sie nickten, fuhr sie fort. »Sie hat nicht oft über Akranes geredet. Hat nur gesagt, sie habe kein Bedürfnis, dahin zurückzuziehen. Wobei sie einmal erwähnt hat, dass sie hinfahren und sich das Haus ansehen wolle, in dem sie damals gewohnt haben, das stand neulich zum Verkauf.«

»Denkst du, dass sie deshalb nach Akranes gefahren ist? Um sich das Haus anzusehen?«

»Ich weiß nicht, was sie in Akranes vorhatte. Vielleicht wollte sie sich das Haus ansehen. Kann sein. Ich weiß nur, dass sie dort niemanden mehr kannte. Sie hatte nur wenige Freunde, das war immer schon so«, sagte sie ungeduldig, warf einen Blick auf die Uhr und sagte, sie müsse los zu ihrem nächsten Termin. Sie war schon aufgestanden und hatte mit den rot lackierten Fingern nach der Handtasche gegriffen, als sie zögerte. »Aber ...«, sagte sie, »wenn ich ganz ehrlich sein soll, würde es mich nicht überraschen, wenn sie einen anderen hatte. Das könnte ich durchaus nachvollziehen.« Sie lächelte kurz und ging mit schnellen Schritten hinaus.

Schweigend ließen sie die Stadt hinter sich. Es war schon nach vier Uhr und dementsprechend viel Verkehr, Auto um Auto, so weit das Auge reichte. Elma schloss die Augen und spürte eine innere Müdigkeit aufkommen.

Das Gespräch mit Elísabets Tante Guðrún hatte nicht viel gebracht. Die alte Frau hatte sie in einer gepflegten Wohnung empfangen, in einem betreuten Wohnheim in Breiðholt, mit Aussicht über die ganze Stadt. Die Wohnung war mit schweren, dunklen Möbeln eingerichtet, und Stickereien zierten die Wände. Holzstatuetten von Katzen in allen Formen und Größen standen überall herum. Darum hätte es Elma nicht überraschen sollen, als eine schwarz-getigerte Katze plötzlich von einem Schrank hüpfte und vor ihr landete.

Guðrún hatte nicht viel über Elísabet zu sagen und beschrieb sie als ziemliche Einzelgängerin, die ihre Zeit lieber allein in ihrem Zimmer als mit der Familie verbrachte. Guðrún hatte selbst zwei Söhne. Sie waren etwas älter als Elísabet und interessierten sich kaum für die kleine Cousine, die von einem Tag auf den anderen bei ihnen eingezogen war. »Und ich nehme es ihnen nicht übel, das Mädchen war nicht gerade zugänglich. Redete nicht viel und distanzierte sich, verbrachte die meiste Zeit mit Lesen. Einfach nur faul, wenn du mich fragst, anders kann man es nicht sagen.« Den letzten Satz flüsterte die alte Frau, als hätte sie Angst, Elísabet könnte sie aus dem Jenseits hören. Elma hatte das Gefühl, dass der verfrühte Tod ihrer Nichte sie kaum bekümmerte. Sie sprach über Elísabets Ableben wie über jeden anderen Todesfall. Als würde es sie nicht im Geringsten betreffen.

»Und wie war das Verhältnis zwischen Elísabet und Halla?«,

fragte Elma. »Weißt du, warum sie nach der Mutter benannt ist und nicht nach dem Vater?«

Guðrún seufzte. »Ja, das war auch so eine Sache. Sie wollten nie heiraten und hatten keine Partnerschaft eingetragen, soweit ich weiß. Hatte wohl mit Sozialleistungen zu tun, dass Halla immer als alleinerziehende Mutter eingetragen war. Aber das sollte sich natürlich rächen, als der Mann starb.« Der Hauch von Schadenfreude bei Guðrúns letztem Satz ging nicht an Elma vorbei.

Guðrún hatte bei ihrer Ankunft schon Kaffee gekocht und den Tisch gedeckt, also konnten sie nicht anders, als sich zu setzen und ein Stück Randalína, einen traditionellen Kuchen mit dicken Marmeladeschichten, zu probieren. Als sie Guðrún fragten, ob sie sich vorstellen könnte, dass jemand ein Problem mit Elísabet hatte oder ihr gar etwas antun wollte, blickte sie verdutzt auf und fragte verwundert: »Ihr etwas antun? Nein, wie meinst du das? Niemand wollte ihr etwas antun, höchstens sie selbst.« Als sie Guðrún baten, genauer darauf einzugehen, plapperte sie los, über Elísabets unsoziale Verhaltensweisen und wie manche Leute sich bewusst abschotteten.

»Und dann zu behaupten, dass es irgendeine Krankheit ist, sich tagelang im Zimmer einzuschließen, und nicht einfach nur träge und faul, das ist doch die Höhe!«, sagte sie und wurde plötzlich laut. »Nein, so wie ich Elísabet kenne, hat sie einfach aufgegeben. Das würde so zu ihr passen. Ich hab immer geahnt, dass sie sich eines Tages einfach geschlagen geben würde. Es war, als würde ihr gar nichts Freude bereiten. Wie sie diese Ausbildung abgeschlossen hat, geht mir nicht ein«, sagte sie und schlürfte einen Schluck Kaffee, ohne den Blick von ihnen zu lassen.

Elma war mit einem komischen Geschmack im Mund rausgegangen, was sicher nicht nur an dem altbackenen Kuchen gelegen hatte. Immer wieder musste sie tief einatmen und sich davon abhalten, Guðrúns vorurteilsbehafteten Kommentaren über Depressionen und eine Frau im Pilotensessel zu widersprechen.

Guðrún hatte ihnen nicht wirklich weitergeholfen, und Elma konnte sich nicht einmal dazu bringen, sie darauf hinzuweisen, dass Elísabets Verletzungen eindeutig ihre Theorie widerlegten, Elísabet hätte Selbstmord begangen.

Die Schwestern Guðrún und Halla waren auf dem Bauernhof ihrer Eltern, Snæbjörn und Gerða, in den Ostfjorden aufgewachsen. Sie waren nur ein Jahr auseinander, und als Jugendliche zogen sie beide nach Reykjavík, um dort zur Schule zu gehen. Danach kehrten sie nie mehr zurück. Guðrún lernte einen Mann kennen, den sie heiratete und mit dem sie die beiden Söhne bekam, und Halla brachte Elísabet zur Welt. Sowie den kleinen Jungen, der nicht länger als zwei Wochen lebte. Halla arbeitete bei *Haraldur Böðvarsson und Co.* in der Fischverarbeitung, bis ihr Kindsvater, Arnar, bei einem Unfall starb. Nach dem Tod des Jungen ging Halla nicht wieder arbeiten, und Guðrún vermutete, dass sie von Sozialleistungen lebte. Kurz nachdem sie in die Stadt gezogen waren, hatten die Schwestern den Kontakt zueinander verloren, und Guðrún weigerte sich vehement, genauer darauf einzugehen. Sagte, es habe mit der Sache nichts zu tun und sie sähe keinen Sinn darin, Salz in alte Wunden zu streuen.

Elma war so in Gedanken vertieft, dass sie nicht hörte, was Sævar sagte, bis er das Radio leiser machte.

»Ob du Hunger hast, hab ich gefragt.« Er sah sie an. »Oder bist du einfach müde?«

»Darf ich beides sagen?«, fragte Elma und gähnte.

Sævar lächelte. »Was hältst du davon, wenn du jetzt ein Nickerchen machst, während ich nach Akranes fahre, und wenn wir da sind, holen wir uns was zu essen?«

»Nach der Besprechung?«

»Ja, natürlich, nach der Besprechung«, sagte Sævar. »Hältst du es so lange aus?«

»Ja, ja.« Elma gähnte erneut und schloss die Augen.

Sie wachte erst wieder auf, als das Auto vor der Polizeistation in Akranes anhielt und kalte Luft durch das Fenster ins Auto strömte. »Was machst du?«, fragte sie gähnend und zog die Jacke enger um sich.

»Aufwachen, wir sind da«, sagte Sævar.

»Warum schläft man im Auto immer so gut?« Elma rieb sich die Augen und versuchte, sich im engen Wagen zu strecken.

»Es sind die Geräusche«, antwortete Sævar. »Deswegen schläft man auch in Flugzeugen so gut. Die Geräusche haben dieselbe Frequenz wie der Herzschlag deiner Mutter, als du in ihrem Bauch geschlafen hast.«

Elma sah ihn überrascht an und lachte auf. »Ich habe gar nicht mit einer richtigen Antwort gerechnet, aber gut zu wissen, dass es dafür eine Erklärung gibt.«

»Also gut, die vorläufigen Befunde des Rechtsmediziners liegen vor. Der Fall wurde überall vorrangig behandelt.« Hörður sah Sævar und Elma abwechselnd an. Im gelblichen Licht der Deckenlampe waren die tiefen Falten in seinem Gesicht deutlich erkennbar. Die blauen Augen schienen im Gesicht zu versinken. Bevor er fortfuhr, strich er durch seine Haare, die sich danach sofort wieder aufrichteten.

»Elísabet war bereits tot, als sie ins Meer gelegt wurde. Laut Bericht des Rechtsmediziners war die Todesursache ein heftiger Schlag gegen den Kopf irgendwann zwischen zehn und zwölf am Samstagabend. Es gab einen Versuch, ihre Atemwege zu verengen, was aber letztendlich keine große Rolle gespielt hat. Die Verletzungen bestätigen, dass sie mit viel Wucht angefahren wurde, was auch die Bremsspuren erklären würde, die Sævar und ich gestern entdeckt haben und die heute Morgen von der Spurensicherung untersucht wurden. Das linke Bein war völlig zertrümmert, und wenn man bedenkt, wo die Stoßstange die Beine traf, könnte die Hüfte eine Delle am Auto hinterlassen haben. Wahrscheinlich kommt die Kopfverletzung nicht von dem Auto selbst, sondern von dem Aufprall auf den Boden, als der Körper vom Auto herunterfiel. Das führte zu einem Schädelbruch und einer Gehirnblutung.« Hörður nahm die Brille ab und rieb sich die Augen, bevor er weiterredete. »Ansonsten waren keine Verletzungen an der Leiche, abgesehen von den Spuren am Hals. Der Rechtsmediziner bestätigt die Aussagen der Spurensicherung; die Leiche lag nicht lange im Meer. Darum kann es nicht sein, dass sie woanders als am Fundort ins Meer gelegt wurde. Laut der Experten hätte es mehrere Tage gedauert, bis die Meeresströmungen sie an Land gespült hätten, wenn sie woanders ins Meer gelegt worden wäre, also ... im Hvalfjörður zum Beispiel oder bei Langisandur.«

»Also gehen wir davon aus, dass sie beim Leuchtturm angefahren wurde?«, fragte Sævar.

Hörður nickte. »Sieht so aus. Die Spurensicherung hat Proben von Blut und einem Haar, das sie gefunden haben, zur Untersuchung eingeschickt. Allerdings haben sie keine Scherben gefunden, also sind die Scheinwerfer des Autos vermutlich noch heil.«

»Und nachdem sie angefahren wurde, hat man sie Richtung Meer gezogen?«, fragte Elma und dachte an die glitschigen Felsen. »Das kann nicht leicht gewesen sein.«

»Nein«, sagte Hörður.

»Aber warum soll der Täter versucht haben, sie zu erwürgen, wenn der Aufprall mit dem Kopf sie getötet hat? Könnte das passiert sein, bevor sie angefahren wurde?«, fragte Elma.

»Vielleicht war sie nicht sofort tot, sondern hat nach dem Aufprall noch Lebenszeichen von sich gegeben«, sagte Hörður.

Im Raum wurde es kurz still.

»Konntet ihr das Handy zurückverfolgen?«, fragte Elma schließlich und öffnete den Reißverschluss der Jacke, die sie immer noch trug. Nach dem Nickerchen im Auto war sie jetzt hellwach und hörte sich aufmerksam an, was Hörður zu sagen hatte.

Im Prinzip waren die Informationen nicht überraschend. Sie waren wie eine Bestätigung ihrer bisherigen Annahmen.

»Das Handy war bis um elf Uhr am Samstagabend an. Danach hat es keine Signale mehr ausgesendet«, antwortete Hörður.

»Kann es sein, dass der Täter das Handy an sich genommen hat?«

»Ja, das habe ich auch überlegt«, sagte Hörður, »und deshalb werden wir weiter im Auge behalten, ob es irgendwann wieder angemacht wird. Aber ich vermute, dass es am Meeresgrund liegt. Ja, oder in ihrem Auto. Momentan wird ihr Laptop untersucht, und wir hoffen, dass dabei etwas rauskommt. Ansonsten werden wir in den nächsten Tagen alles daransetzen, das Auto zu finden. Ein Auto verschwindet nicht einfach so, es muss doch verdammt noch mal irgendwo sein.« Hörður strich über sein Kinn und blickte runter auf die Zettel, die er vor sich auf dem Tisch liegen hatte. »Die Spur an ihrem Hals deutet auf kleine Hände hin.«

»Frauenhände?«, fragte Sævar verwundert.

»Oder ein Mann mit kleinen Händen«, sagte Hörður. »Sind euch die Hände des Ehemannes aufgefallen?« Sie schüttelten beide den Kopf. »Nein, das hatte ich auch nicht erwartet.«

Am Ende der Besprechung drängte sich Elma der Gedanke auf, dass dabei nicht viel herausgekommen war. Jemand hatte Elísabet angefahren, danach versucht, sie zu erwürgen, und sie dann im Meer sterben lassen. Wer wollte ihr so etwas Schlimmes antun?

»Ich kann auch einfach nach Hause laufen«, sagte Elma auf dem Weg nach draußen zu Sævar. »Musst du nicht in die andere Richtung?«

»Ach Quatsch, kommt gar nicht infrage, ich habe dir versprochen, dass wir essen gehen.« Sævar signalisierte ihr sehr bestimmt, sie solle sich doch bitte ins Auto setzen. Elma trat auf dem Gehsteig von einem Fuß auf den anderen. Sie wusste, dass sie vermutlich gar nichts mehr essen würde, wenn sie jetzt nach Hause ging. Der letzte Einkauf war lange her, und in ihrem Kühlschrank lagen nur ein paar wenige längst abgelaufene Sachen. »Na gut, ich komme«, sagte sie schließlich. »Gibt es nicht irgendwo etwas Schnelles, das wir zum Mitnehmen haben können?«

»Dir ist klar, dass das beste Fast-Food-Restaurant gleich nebenan liegt.« Sævar deutete mit dem Kopf zum Kiosk neben der Polizeistation. »Das berühmte Akraneser Hotdog-Boot ruft schon nach mir. Hörst du es nicht?«

Elma lachte. »So ein Hotdog-Boot hab ich schon seit ... Weißt du was? Ich kann mich gar nicht daran erinnern, wann ich das zum letzten Mal gegessen habe. Wahrscheinlich als Teenager.«

»Elma, Elma. Du lässt dir die besten Dinge im Leben entgehen.« Sævar schüttelte den Kopf. »Wie gut, dass ich hier bin, um dir zu helfen.« Elma grinste, setzte sich dann aber ins Auto.

Das frittierte Würstchen schmeckte genau wie in ihrer Erinnerung. Der geschmolzene Käse, die Pommes und die Hamburgersoße stillten ihren Heißhunger auf Fast Food, und sie war danach satt und zufrieden. Kurz darauf parkte Sævar vor ihrer Wohnung.

»Na dann, danke«, sagte sie und wischte sich die Soße aus den Mundwinkeln.

»Nicht dafür. Danke, dass ich dir in deinem Leben mit gutem Rat zur Seite stehen darf«, sagte Sævar feierlich.

Elma zögerte kurz, bevor sie aus dem Auto stieg. »Ich habe zwei Bier im Kühlschrank, falls du vor dem Einschlafen noch was trinken möchtest.« Sie versuchte, gleichgültig zu klingen, aber spürte, wie sie rot wurde. Sie wusste auch nicht so recht, was sie mit der Einladung wollte. Redete sich ein, dass sie einfach gerne ein wenig Gesellschaft hätte. Sie war immer allein in der Wohnung. Höchstens ihre Eltern kamen mal zu Besuch. Es war nicht so, als hätte sie keine Freunde. In den letzten Wochen hatte sie viel an die Mädels denken müssen, die einmal so eine wichtige Rolle in ihrem Leben gespielt hatten. Freundinnen von der Uni und der Polizeiakademie. Ihr war klar geworden, dass sie die Freundschaften in den letzten Jahren besser hätte pflegen sollen, aber die meisten ihrer Freundinnen waren so beschäftigt mit Ehemännern und Kindern, dass sie kaum Zeit für sie hatten. Seit Davíð weg war, hatte sie natürlich mit ein paar von ihnen gesprochen, aber so ganz ohne Anlass riefen sie nicht an. Vielleicht dachten sie, sie wollte in Ruhe gelassen werden, schließlich war sie ja sogar nach Akranes gezogen. Elma wusste aber, dass es nicht nur daran lag. Die Freundschaften hatten sich verändert, seit sie keine zwanzig mehr waren und sich nicht mehr jedes Wochenende trafen und jeden Tag telefonierten, um über Gott und die Welt zu reden. Mit der Zeit war das Verhältnis unpersönlicher geworden, ab und zu mal ein Treffen zum Kaffee oder ein Essen mit den Partnern. Sie erzählte ihnen keine Geheimnisse mehr, und bis jetzt hatte sie das auch nicht gestört, sie hatte ja Davíð gehabt. Aber der war nun weg, und sie fühlte sich manchmal, als müsste sie platzen vor lauter Redebedarf. Oft wollte sie ihn anrufen und ihm alles erzählen; was passiert war, wie es ihr ging und wie sehr sie ihn vermisste. Aber dann fiel ihr ein, dass er ihre Anrufe nicht mehr beantwortete.

Sie sah, dass Sævar zögerte, aber dann stellte er den Motor ab und stieg aus dem Auto.

»Hier wohnst du also«, sagte er, als sie schon drinnen waren. Elma war froh, dass die Wohnung einigermaßen gut roch und keine Unterwäsche auf dem Boden herumlag. Manchmal kam sie nach der Arbeit nach Hause und wurde vom Gestank des vergessenen Mülls und der ranzigen Milch empfangen. Zur Sicherheit ging sie kurz ins Bad und warf die Klamotten, die dort noch rumlagen, ins Schlafzimmer.

Sævar sah sich in der Wohnung um. »Du hast es dir schön eingerichtet. Ist noch nicht lange her, dass du eingezogen bist, oder?«

»Nein, erst ein paar Wochen«, sagte sie und holte das Bier.

»Du müsstest mal meine Wohnung sehen.« Sævar strich über die Kiste mit dem Schnitzmuster. »Ich wohne seit drei Jahren da, aber ich habe es nie geschafft, es so heimelig einzurichten wie du.«

Er setzte sich aufs Sofa und trank einen Schluck Bier. Die dunklen Haare waren zerzaust und die beiden Augenbrauen beinahe zu einer zusammengewachsen.

»Wir sind uns doch sicher irgendwann schon mal begegnet«, sagte sie plötzlich. »Es gibt bestimmt keine Leute in Akranes, denen man nicht schon irgendwann mal über den Weg gelaufen ist, und ich kann mir Gesichter eigentlich ganz gut merken«, fügte sie hinzu, als er sie verwundert ansah.

»Darin bin ich gar nicht gut«, sagte Sævar und grinste. »Gesichter kann ich mir nicht merken, selbst wenn ich dafür bezahlt würde. Ich hatte einmal ein Bewerbungsgespräch, das fast eine Stunde ging und ganz gut lief. Nach dem Gespräch traf ich vor dem Haus einen Mann und fragte ihn nach einer Wegbeschreibung, ohne zu kapieren, dass es derselbe Mann war, der mich fünf Minuten zuvor noch befragt hatte. Du hättest seinen Blick sehen müssen.«

Elma lachte laut auf.

»Ich muss sicher nicht dazusagen, dass ich nie wieder von ihm gehört habe.«

Sie lachte noch mehr.

»Es muss komisch sein«, sagte Sævar, als sie wieder still wurde.

»Was?«, fragte sie.

»Wieder hier zu sein«, sagte Sævar.

»Ein bisschen vielleicht.« Elma zuckte mit den Schultern. »Eigentlich weniger komisch, als ich dachte.«

»Du kannst mir nicht vormachen, dass du Akranes so wahnsinnig vermisst hast«, sagte Sævar. Er lächelte sie an, und Elma musste einfach zurücklächeln.

»Was glaubst du denn? Vielleicht hab ich ja die flache Landschaft vermisst, die Risse in den Gehsteigen, die Schlaglöcher in den Straßen und diesen wundervollen Fischgeruch?«, sagte Elma in gespielt schockiertem Tonfall.

»Wenn du es so sagst ...«

»Nein, du hast schon recht«, sagte Elma und starrte runter aufs Sofa. Sævar wartete. Sie war hin- und hergerissen. Seit sie angekommen war, hatte sie es noch immer nicht laut ausgesprochen. Nicht einmal mit ihren Eltern hatte sie darüber geredet. Das Herz pochte in ihrem Brustkorb, und sie fing an zu schwitzen. Die roten Flecke breiteten sich bestimmt gerade unter ihrem Pulli aus. Und dann kniff sie doch. »Ich ... meine Beziehung ging auseinander«, sagte sie und zuckte nur mit den Schultern, als wäre es keine große Sache.

»Verstehe«, sagte Sævar.

Bevor er mehr sagen konnte, schnitt Elma ihm das Wort ab. »Was ist mit dir? Irgendwelche Leichen im Keller?«

»Nein, ich habe keine dunklen Geheimnisse. Ich fühle mich wohl in Akranes, hier kenne ich die Leute, und die Leute kennen mich. Ich glaube, woanders wäre ich schnell verloren.«

»Lebt deine Familie hier?«, fragte Elma.

»Mein Bruder«, antwortete Sævar und trank einen Schluck Bier. Er wirkte abgelenkt und sah auf die Uhr. »Aber gut, ich sollte wohl langsam los, großer Tag morgen und so. Mit dem Auto kannst du morgen einfach zur Arbeit fahren, oder?«

Elma nahm den Schlüssel entgegen. Als er die Terrassentür öffnete, fegte ein kalter Wind herein, und Sævar schnitt eine Grimasse. Er zog den Reißverschluss seiner Jacke hoch, setzte sorgfältig die Kapuze auf und hob zum Abschied die Hand. Elma stand auf, um die Terrassentür wieder zuzumachen, und sah ihm hinterher, während er schnell die Straße überquerte und hinter den Häusern verschwand.

* * *

Die Torte sah schön aus, schmeckte aber nach Pappe. Magnea lutschte auf der butterigen Creme herum und spürte, wie ihr schlecht wurde. Sie legte die Gabel beiseite und rückte den Teller ein Stück von sich weg. Das Mineralwasser konnte den Buttergeschmack nicht wegspülen.

»Wie läuft das Studium, Karen?«, fragte Sigrún, goss etwas Milch in den Tee und rührte um. Die vier Schulfreundinnen saßen an Karens weiß lackiertem Küchentisch beisammen. Aus dem Wohnzimmer war zu hören, dass ein Fußballspiel lief, und ab und zu erklangen Jubel oder wütende Aufschreie ihres Mannes.

»Ach, erinnere mich nicht daran«, sagte sie und verdrehte die Augen. Sie hatte sich im Herbst an der Privatuni Bifröst für BWL im Fernstudium eingeschrieben. »Ich sollte heute Abend eigentlich eine Aufgabe fertig machen. Ich hatte schon vergessen, wie nervig so ein Studium ist, ständig hat man diesen Druck. Vor allem, wenn man nebenbei mehr oder weniger Vollzeit arbeitet und auch noch Kinder hat.«

»Ich kann dich so gut verstehen«, sagte Brynja. »Ich finde es ja schon beeindruckend, dass du dir das überhaupt vorgenommen hast.«

»Noch habe ich nicht aufgegeben«, sagte Karen ein kleines bisschen hochmütig. »Ich bitte für die Aufgabe einfach um eine Fristverlängerung. Wenigstens sind die Dozenten dort sehr flexibel. Vor allem, wenn man kranke Kinder zu Hause hat, so wie heute Abend.« Sie zwinkerte mit einem Auge und alle lachten. »Genau das habe ich gebraucht«, fuhr sie fort. »Diese Woche hat alles übertroffen. Wir haben am Montag Silberfische im Bad entdeckt.« Die Freundinnen schnappten nach Luft. »Ich meine, wir haben das Bad gerade erst renoviert, und dann so was. Wir hätten doch einfach neu bauen sollen, statt dieses alte Haus herzurichten.«

»Aber es ist so schön, was ihr daraus macht«, sagte Brynja. »Und außerdem sind diese Viecher völlig harmlos, einfach vergiften und die Sache hat sich.«

»Vergiften bringt gar nichts.« Sigrún trank den Tee in einem Zug aus. »Sie kommen, wenn es feucht ist, und ziehen erst ab, wenn die Feuchtigkeit wieder weg ist.«

»Wir hätten einfach neu bauen sollen, so wie ihr, Magnea.« Karen seufzte. »Ihr habt doch sicher keine Probleme mit Insekten und dergleichen?«

Magnea nickte gedankenverloren.

»Alles in Ordnung, Magnea, du bist irgendwie so still?« Karen sah sie prüfend an.

»Ja, mir geht's gut«, sagte sie und lächelte. »Wirklich«, fügte sie hinzu, als die Freundinnen nicht überzeugt schienen.

»Anscheinend geht gerade eine richtig schlimme Grippe um«, sagte Brynja.

»Irgendwas geht immer um«, antwortete Sigrún sofort.

Aus dem Wohnzimmer erklangen Jubelschreie, die sich sofort in Fluchen wandelten, gefolgt von lautstarken Erklärungen, dass es doch bestimmt kein verdammtes Abseits war. Die Frauen grinsten einander zu.

»Meine Güte, mit dem Geschrei weckt er noch die Kinder.« Karen sah besorgt in Richtung der Kinderzimmer. »Dann muss er sich aber selbst darum kümmern.« Die Freundinnen wussten alle, dass das nicht stimmte. Karen sorgte für die Kinder und schmiss den Haushalt, während ihr Mann Guðmundur sich um kaum etwas anderes kümmerte als sich selbst. Das hatten sie über die Jahre bei gemeinsamen Sommerhausfahrten und Campingausflügen mit eigenen Augen gesehen. Meist saß Guðmundur entspannt mit einem Bier in der Hand da, während Karen schreienden und weinenden Kindern hinterherjagte.

»Ich habe noch nie verstanden, wie man sich bei Fußball so emotional in alles hineinsteigern kann. Es ist doch nur ein Spiel«, sagte Sigrún empört und schüttelte den Kopf.

»Lass das nicht Gummi hören. Im Ernst, ich habe es mal getan, und den Fehler mach ich nie wieder.« Sie lachten.

»Habt ihr eigentlich von dem Leichenfund draußen beim Leuchtturm gehört?« Karen blickte in die Runde. Ihre Stimme klang aufgebracht und erwartungsvoll zugleich. »Sie haben schon den Namen der Frau, es war eine von hier. Also sie hat hier gewohnt, als sie klein war.«

»Was, echt?« Die Frauen lehnten sich neugierig vor, um besser zu hören. »Wer war sie denn? Das ist so unheimlich. Ich hab gehört, sie wurde ermordet, kann das sein? Das ist irgendwie so unfassbar.«

Magnea merkte, dass sie anfing zu schwitzen. Sie trank noch einen Schluck Wasser und steckte sich ein paar Schokorosinen in den Mund, aber danach ging es ihr auch nicht besser.

»Ja, anscheinend. Sie heißt ... oder hieß Elísabet. War als Kind in Brekkubæjarskóli. In den letzten Jahren hat sie auf der Nordseite des Hvalfjörður gelebt, mit einem Mann und zwei Kindern. Zwei Jungs.«

»Elísabet ...« Sigrún sagte den Namen vor sich hin. »Bei dem Namen klingelt es nicht. War sie in unserem Alter?«

»Ja, genauso alt wie wir. Ich habe ein Bild von ihr gefunden, und das Gesicht kam mir bekannt vor, aber ich kann mich nicht wirklich an sie erinnern. Sie ist ziemlich jung weggezogen.« Karen sah auf die Uhr, und der Lärm im Wohnzimmer hörte schlagartig auf. Das Spiel war zu Ende, und der Fernseher wurde ausgeschaltet. Kurz darauf hörten sie das Wasser in der Dusche.

»Es ist entsetzlich. Ihre armen Kinder.« Sigrún stützte sich mit der Hand am Kinn ab. »Ich kann einfach nicht verstehen, wie jemand so etwas tun kann. War es vielleicht ihr Mann? Ist das nicht oft so?«

»Ja, aber wäre es dann da draußen passiert?« Karen zuckte mit den Schultern. »Ich verstehe nicht, warum ausgerechnet dort, was wollte sie denn überhaupt beim Leuchtturm?«

»Vielleicht war sie betrunken und ist da draußen herumgeirrt.

War zur falschen Zeit am falschen Ort und ist zufällig dem Täter über den Weg gelaufen.« Brynja gähnte.

»Aber wer könnte das gewesen sein? Wüsste man das nicht, wenn hier im Ort jemand wohnt, der zu so etwas fähig ist?«, fragte Karen.

»Ist das so? Wüsste man das?« Sigrún sah sie zweifelnd an. »Wir wissen alle, dass hier in Akranes auch ein paar ziemlich seltsame Leute wohnen.«

»Ja, seltsam schon. Aber Mörder ... das bezweifle ich stark«, sagte Karen bestimmt.

Magnea lehnte sich vor und atmete tief ein.

»Bist du sicher, dass alles in Ordnung ist, Magnea?« Karen sah sie besorgt an.

Magnea hob den Blick. Ihr Atem war schnell, und ihr wurde schwindlig. Sie roch den eigenen Schweiß durch das Parfüm.

»Nein«, sagte sie schließlich. »Nein, mir geht es nicht so gut.« Sie hoffte, ihre Freundinnen würden nicht merken, dass sie beim Aufstehen etwas ins Wanken geriet. Sie verabschiedete sich kurz und ging zielstrebig zur Haustür. Karen folgte ihr mit etwas Abstand.

»Du hast dir wahrscheinlich irgendwas eingefangen, meine Liebe. Du bist ja ganz blass«, sagte sie und holte ihre Jacke aus dem Schrank. »Soll ich dich nach Hause fahren?«

»Nein, das ist nicht nötig«, antwortete Magnea und lächelte flüchtig. Sie sagte schnell Tschüs und vermied es, Karen in die Augen zu sehen, als sie die Haustür zumachte.

Draußen an der kalten, feuchten Luft ging es ihr sofort besser. Mit jedem Schritt, den sie sich vom Haus entfernte, verging die Übelkeit. Sie atmete ein paar Mal tief durch und streichelte dann über ihren Bauch. Das war schon zur Gewohnheit geworden, obwohl er immer noch flach war. Es hatte etwas so Beruhigendes zu wissen, dass in ihr ein Leben heranwuchs. Sie war nicht mehr allein. Aber als sie jetzt über den Bauch strich, hatte sie das Gefühl, da wäre nichts. Auf einmal war sie sicher, dass alles schiefgehen würde. Dass das Kind für ihre Taten bezahlen müsste.

* * *

»Wo warst du?« Telma saß auf dem Sofa. Der Fernseher war aus, und das einzige Licht in der Wohnung kam von einer Stehlampe im Wohnzimmer.

»Auf der Arbeit«, antwortete Sævar und sah Telma verwundert an. Sie hatte rote Augen und schniefte. »Ist alles in Ordnung?«

»Du bist nicht an dein Handy gegangen.« Ihre Stimme klang heiser und kränklich. Auf dem Sofa, mit den Armen um die Knie, wirkte sie noch kleiner, als sie ohnehin schon war. Das geschrumpfte Abbild einer Person.

Sævar nahm sein Handy und sah, dass es nicht eingeschaltet war. Ihm war gar nicht aufgefallen, dass der Akku sich entleert hatte. Er setzte sich neben Telma und legte die Hand auf ihre Schulter. Komisch, wie steif diese kleinen Zärtlichkeiten bereits waren. Sie merkte es auch. Wusste, dass er vor einigen Monaten nicht gezögert hätte, sie in den Arm zu nehmen. Jetzt war es, als würde er eine Unbekannte trösten. Er war nicht sicher, wie er sich verhalten sollte, bewegte sich umständlich und wusste nicht, wohin mit Armen und Beinen.

»Ist was passiert?«, fragte er. Telma legte den Kopf auf seine Schulter und begann zu schluchzen. »Es ... es ist Mama. Sie ist krank.«

»Etwas Ernstes?«, fragte Sævar und wusste, wie doof er klang. Natürlich war es ernst. Sie würde nicht weinend hier sitzen, wenn es eine Grippe oder Halsschmerzen wären.

»Sie hat Krebs«, sagte Telma. »Es sieht nicht gut aus. Sie wissen schon seit einer Weile davon, aber wollten es uns erst nicht sagen, und jetzt ... jetzt ist er im Endstadium.« Das Weinen wurde stärker, und Sævar zog sie näher und umarmte sie. Er konnte sie nicht weinen lassen, egal, wie es um ihre Beziehung stand.

Auf dem Weg von Elma nach Hause hatte er den Entschluss gefasst. Er wollte es sofort beenden. Er hatte schon viel zu lange gewartet und wusste, dass es höchste Zeit war. Das Bier hatte ihn allenfalls noch ermutigt, und auf dem Weg übte er, was er sagen wollte. Er wusste genau, wie er es formulieren würde. Er wollte die Schuld auf sich nehmen. Sagen, er habe sich mit der Zeit verändert. Er sei nicht sicher, dass er noch dieselben Dinge wolle wie früher, und im Allgemeinen nicht sicher, was er überhaupt wolle. Sie hätte viel Besseres verdient. Lauter Klischees, aber er wusste nicht, was er sonst sagen sollte. Als er die Treppe zur Wohnung hinaufging, fühlte er sich erleichtert. Endlich, endlich ging es dem Ende zu. Er wusste, dass ein schwieriger Abend bevorstand, freute sich aber, am Tag darauf allein im Bett aufzuwachen. Nach der Arbeit in eine leere Wohnung heimzukommen.

Aber statt auszusprechen, was er sich so gut überlegt hatte, sagte er kein Wort. Er tat nichts anderes, als Telma ruhig hin und her zu wiegen und zu spüren, wie sich eine Leere in ihm ausbreitete.

Sie ahnte schon etwas, noch bevor sie überhaupt ankam. Mit jedem Schritt von der Schule nach Hause war dieses Gefühl stärker geworden. Vielleicht schien die Sonne deshalb so grell, obwohl erst April war. Der Wind strich sanft über ihre Wangen, und ein Duft lag in der Luft. Von Gras, das aus der Erde spross. Aber es war ihr egal. Die Geräusche um sie herum verschwammen zu einem entfernten Rauschen. Sie hörte weder Autos noch Leute, Türen, die auf- und zugingen, oder Vögel. In ihr war eine dumpfe Leere, und sie spürte, dass etwas bevorstand.

Die Betontreppe vor ihrem Haus war voller Risse. Moos spross durch die Ritzen. Sie setzte sich und kratzte mit den Fingern in ihnen herum. Schabte das Moos heraus, bis die Fingerkuppen zu bluten begannen. Die Haare fielen nach vorne und verdeckten fast ihr ganzes Gesicht. Sie trug ihre braune Jacke und die rot-weißen Sneaker. Beides hatte sie von den Frauen bekommen, die manchmal zu Mama auf Besuch kamen.

Die Frauen waren nett. Sie kamen mit Anziehsachen und sahen ihr in die Augen, wenn sie mit ihr redeten. Wie geht es dir?, fragten sie. Wie läuft's in der Schule? Hast du viele Freunde? Was ist mit deinen Händen? Alles Fragen, die sie beantworten konnte. Gut, es geht mir gut, ich habe eine Freundin namens Sara, ich bin beim Spielen hingefallen. Ja, Mama ist gut zu mir. Sie nahmen ihre Hände und wirkten besorgt, als sie die Nägel sahen. Oder das, was von ihnen übrig war. Meist fiel es Elísabet erst auf, wenn sie schon bluteten. Sie hatte an den Nägeln gekaut, seit sie denken konnte. Und sie kratzte.

Scharrte auf Steinen und Beton, bis die Finger aufrissen und noch mehr bluteten.

So wie jetzt. Das Blut vermischte sich mit Erde und dem Moos der Treppe. Die Wunden an den Fingern waren geschwollen und hässlich. Manchmal waren sie fast weiß oder grün. In der Schule hielt sie die Fäuste geballt, damit niemand sah, was sie getan hatte. Sie konnte die Gesichter der anderen Kinder nicht ertragen, wenn sie ihre Hände sahen. Nach dem ersten Schultag hatte sie immer darauf geachtet, die Finger zu verstecken, aber manchmal ging es einfach nicht. Wie eklig!, sah sie in den Blicken der anderen Kinder. Aber die Gesichter der Erwachsenen waren noch schlimmer. Sie waren voller Mitleid. Sorgen.

Elisabet hatte keine Wahl. Sie öffnete die Tür zu ihrem Zuhause und war froh, dass niemand da war. Die Diele knarrte, als sie in die Küche ging. Das Haus war alt. Bevor sie Saras Haus gesehen hatte, war ihr das gar nicht bewusst gewesen. Sie hatte irgendwann nicht mehr bemerkt, wie dreckig alles war. Vielleicht war es ihr irgendwann einfach nicht mehr aufgefallen. So war es immer schon gewesen, seit sie ein kleines Mädchen war. Aber sie sah sich nicht mehr als kleines Mädchen. Bald war ihr siebter Geburtstag, und sie fühlte sich seit Langem nicht mehr wie ein kleines Kind.

Das Haus war auch groß. Zu zweit hatten sie alle drei Stockwerke ganz für sich allein. Sie hatte nie darüber nachgedacht, wie sie es sich leisten konnten, in so einem großen Haus zu wohnen, bis Mama eines Abends sagte, dass sie ausziehen müssten. Die Miete sei zu hoch. Aber irgendeine Lösung musste sie gefunden haben, denn sie lebten trotzdem noch in dem Haus, obwohl Mama nicht arbeitete und nie Geld hatte.

Im Kühlschrank fand sie Joghurt. Sie gab noch ein paar Cornflakes dazu in eine Schüssel und streute braunen Zucker darüber. Jede Menge Zucker. Dann setzte sie sich an den Küchentisch und starrte beim Essen aus dem Fenster. Das Meer war still, und die Sonne bildete weißgelbe Streifen auf der blauen Oberfläche. Wie immer, wenn sie aufs Meer blickte, dachte sie an Papa.

Sie dachte immer noch an Papa, als die Tür aufging, und kurz darauf hörte sie die Stimme ihrer Mutter. Die Stimme war schrill, und sie lachte laut. Zu laut. Es folgte eine Männerstimme, und Elísabet fing sofort an, sich nach möglichen Verstecken umzusehen. Die Vorratskammer war gleich neben der Küche, und sie wollte sich darin verkriechen, doch da standen die beiden schon vor ihr.

»Elísabet«, sagte Mama. Der Blick war zerstreut. Die Augen klar. Sie war so dünn, dass die Jeans nur lose an ihr hing. »Geh auf dein Zimmer. Jetzt sofort.« Neben Mama stand ein Mann. Im Gegensatz zu den anderen Männern, die Mama manchmal besuchten, war dieser ordentlich gekleidet, hatte ein Hemd mit Krawatte an.

»Wie heißt du?«, fragte er. Die Augen waren grau wie Stein und die Haare hell.

»Das ist Elísabet«, sagte Mama. Sie nahm seine Hand und versuchte, ihn wegzuzerren. »Und sie soll auf ihr Zimmer gehen«, fügte sie streng hinzu und kniff die Augen zusammen.

»Du bist ein hübsches Mädchen, Elísabet«, sagte der Mann. Er roch gut und lächelte ihr zu.

»Bedanke dich«, sagte Mama.

»Danke«, sagte Elísabet und senkte den Kopf.

»Diesem Mann gehört unser Haus«, sagte Mama und lächelte dem Mann zu. »Du musst lieb zu ihm sein.«

Elísabet nickte und spürte die Augen des Mannes auf sich, als sie die Treppe hochging.

Am nächsten Tag ging Elma früh zur Arbeit. Sie hatte in der Nacht davor lange wach gelegen, während ihre Gedanken wild herumschwirrten. Gedanken an den Fall, an die Menschen, die sie getroffen hatte, und an Sævar. Zugleich quälte sie ein schlechtes Gewissen wegen Davíð. Die Sache war noch so frisch. Noch war es nicht an der Zeit, über einen anderen nachzudenken. Trotzdem schweiften ihre Gedanken immer wieder zu Sævar ab. Sie stand auf, holte sich Kaffee und versuchte, den Kopf freizubekommen. Dann starrte sie in die Luft und kaute auf der Kappe ihres Stiftes, während sie die Gespräche des vorigen Tages im Kopf durchging.

Guðrún hatte im Grunde nicht viel mehr getan, als Eiríkurs Aussagen zu bestätigen. Aber bei ihrem Gespräch war nichts aufgekommen, was erklären konnte, warum man Elísabet tot beim alten Leuchtturm in Akranes aufgefunden hatte.

Elma wurde aus Elísabet nicht schlau. Sie war schön, mit diesen dunklen, beinahe schwarzen Haaren und der hellen Haut. Aber sie wirkte sehr ernst. Warum war sie so ernst gewesen? War das einfach ihr Gesichtsausdruck? Manche Menschen wirkten ja auch so, als würden sie ohne sichtbaren Grund ständig lächeln, so in der Art könnte es doch auch bei ihr sein? Nur eben umgekehrt. Sie hatte anscheinend ein gutes Leben – zwei Kinder, ein Mann, beide mit guten Jobs –, und alle Verbindungen zu Akranes hatte sie schon vor langer Zeit abgebrochen. Außer die zu einer alten Frau, von der sie noch nicht wussten, wer sie war. Aber ansonsten hatte sie zu niemandem im Ort mehr Kontakt. Und trotzdem war sie hier aufgefunden worden. Fast dreißig Jahre nachdem sie in einem Klassenzimmer in Akranes gesessen und mit ernstem Blick in die Kamera geschaut hatte, wurde sie tot am Meer aufgefunden. Ermordet.

Hatte sie sich mit irgendeinem Mann getroffen? Und Eiríkur hatte davon erfahren? Für gewöhnlich waren Mordopfer in Island keine zweifachen Mütter Mitte dreißig. Seit dem Jahr 2000 waren etwa zwanzig Männer ermordet worden und nur zehn Frauen. Meistens war Alkohol im Spiel, und für gewöhnlich griff ein Mann einen anderen Mann an. Wenn Frauen ermordet wurden, war es meist ein Fall von häuslicher Gewalt. Elma wusste, dass die Spuren häuslicher Gewalt nicht immer offensichtlich waren, manchmal versteckte sie sich auch in schick eingerichteten Wohnräumen, hinter teuren Designermöbeln. Deshalb war es naheliegend, Eiríkur genauer zu überprüfen.

Elma sah Eiríkurs Gesichtsausdruck bei ihrem Abschied vor sich. Sie zweifelte seine ehrliche Trauer nicht an, aber irgendwie hatte sie auch noch etwas anderes in seinem Blick gesehen. Wut. Ja, das war es, was sie gesehen hatte. Aus irgendeinem Grund war er wütend.

Eiríkur hatte keinen besonders guten Eindruck auf sie gemacht. Er war so zurechtgemacht, viel zu sehr auf das eigene Aussehen und Auftreten bedacht. Wirkte nicht authentisch. Es schien, als wären alle seine Bewegungen im Voraus geplant. Als würde er eine Rolle spielen. Und trotzdem deutete nichts darauf hin, dass er Elísabet etwas antun wollte. Ganz im Gegenteil, er war immer noch verliebt in sie gewesen. Aber was, wenn sie vorhatte, ihn zu verlassen? Außer ein paar SMS hatten sie keine Hinweise darauf gefunden, schließlich schien Elísabet außer ihrer Freundin Aldís niemanden zu haben, dem sie sich anvertraute. Sie hatten ihren Laptop bekommen, und die Techniker untersuchten ihn gerade auf weitere Anhaltspunkte. Vielleicht verbargen sich in ihrem Suchverlauf irgendwelche Hinweise darauf, dass sie geplant hatte, Eiríkur zu verlassen.

Und dann war da dieses Haus. Aldís hatte erwähnt, dass Elísabet sich ihr ehemaliges Zuhause in Krókatún 8 ansehen wollte, also war Elísabet womöglich deshalb nach Akranes gekommen. Vielleicht in irgendeinem Bestreben, mit der Vergangenheit abzuschließen. Die Erzählungen anderer deuteten darauf hin, dass etwas sie bedrückt haben musste. Vielleicht etwas, das in der Schule passiert war oder zu Hause, was dazu geführt haben könnte, dass sie so verschlossen war und kaum Freunde hatte.

Elma schloss die Augen und versuchte, einen klaren Gedanken zu fassen. Es half nicht, dass der ganze Ort seit dem Leichenfund ungeduldig darauf wartete, mehr zu erfahren. Leute kamen unangekündigt in der Polizeistation vorbei und wollten mehr wissen, auch wenn sie es nicht immer direkt sagten. Und immer wieder riefen Journalisten an, um sich zu erkundigen. Es machte auf Dauer keinen guten Eindruck, wenn die Polizei keine Auskünfte geben konnte. Anfangs war es noch verständlich gewesen, aber irgendwann sah es so aus, als wüssten sie gar nichts. Was ja auch stimmte. Seit dem Leichenfund waren schon drei Tage vergangen, und sie hatten immer noch keine Spur.

Außer dem Bericht des Rechtsmediziners hatten sie nichts in den Händen, und im Prinzip gab es auch noch keine Verdächtigen. In wenigen Minuten würde die nächste Besprechung beginnen, und Elma machte sich kaum Hoffnung, dass dabei etwas Gewichtiges herauskommen würde.

Hörður grau melierte Haare standen von seinem Kopf ab. Die Brille hing an der Nasenspitze, und er sah sie mit müden Augen an.

»Sie haben ihren Computer jetzt fertig untersucht. Der Browserverlauf zeigt keine Auffälligkeiten. Nur ganz normale Seiten, keine komischen Suchbegriffe oder etwas dergleichen. Sie scheint den PC nicht viel benutzt zu haben.« Er hielt inne und blickte auf seine Notizen. »Es gab aber eine Mail, die besagt, dass sie vergangene Woche einen Termin mit einem Anwalt hatte. Sigurpáll G. Hannesson ist sein Name, er arbeitet für eine Kanzlei in Reykjavík. Wir müssen ihn kontaktieren und herausfinden, was sie von ihm wollte.«

»Vielleicht wollte sie die Scheidung beantragen«, sagte Sævar und straffte die Schultern in der Hoffnung, die Versteifungen in seinem Rücken zu lösen. Er war müde und verspannt, nachdem er Telma im Arm gehalten hatte, bis sie spät nachts endlich eingeschlafen war. Er hatte sich nicht getraut, die Position zu wechseln, obwohl sie für ihn sehr unbequem war. Mitten in der Nacht war er dann mit einem tauben Arm und einem steifen Nacken aufgewacht. Da hatte er aufgegeben und sie ins Bett gebracht, wo sie eng an ihn gekuschelt eingeschlafen war. Auch danach hatte sie weiter geschluchzt und ihn damit wachgehalten.

»Ja, das habe ich auch schon überlegt«, sagte Hörður. »Eiríkur könnte von der Affäre erfahren haben. Oder auch einfach nur herausgefunden haben, dass sie die Scheidung beantragt hatte. Es muss ja nicht unbedingt noch ein anderer Mann im Spiel gewesen sein.«

»Bei unserem Gespräch hat Eiríkur beteuert, dass es in ihrer Ehe keine Probleme gegeben hätte«, sagte Elma.

»Natürlich hat er das behauptet«, sagte Sævar.

»Was hat Elísabets Tante Guðrún gesagt? Wusste sie mehr, als der Ehemann sich den Anschein geben wollte?«, fragte Hörður.

»Guðrún wusste nicht besonders viel«, sagte Elma und sah die zusammengeschrumpfte Frau vor sich, die anscheinend weder Gefühle noch Mitgefühl hatte. »Sie war seinerzeit offenbar nicht besonders erfreut darüber gewesen, Elísabet aufnehmen zu müssen; nannte sie undankbar und behauptete, sie sei asozial und faul – ihre Worte, nicht meine. Sie hatten seit Jahren nicht miteinander gesprochen, also konnte sie kaum etwas über ihre Situation in der jüngeren Vergangenheit sagen. Elísabets Freundin

Aldís meinte, Eiríkur sei fast wie besessen von ihr gewesen. Viel verliebter in sie als sie in ihn, wie sie es ausdrückte«, sagte Elma. »Ich weiß nicht, ob da was dran ist, aber ich finde, wir sollten ihn genauer überprüfen.«

»Sieht so aus, als hätte er ein Alibi, wenn man den Kindern glauben kann.«

»Ja, aber ist das Alibi überhaupt sicher? Wie lange braucht er nach Akranes? Eine Viertelstunde, zwanzig Minuten? Die Jungs könnten geschlafen und nichts bemerkt haben«, sagte Sævar.

»Aber gibt es Hinweise darauf, dass sie ihn verlassen wollte?«, sagte Hörður. »Eigentlich haben wir kaum etwas, das diese These untermauert.«

»Fakt ist natürlich, dass sie sich krankgemeldet hat, ohne Eiríkur Bescheid zu sagen, und die ganze Nacht weg war. Wir wissen nicht, wo sie übernachtet hat. Und dann ist da noch der Termin mit dem Anwalt«, sagte Elma. »Ich glaube aber, das alles könnte auch noch mit etwas ganz anderem zusammenhängen. Ihrer Kindheit vielleicht oder jemandem, den sie noch von früher kannte. Laut Elísabets Freundin wollte sie das Haus besichtigen, in dem sie als Kind gelebt hat, das stand nämlich neulich zum Verkauf.«

»Das Haus in Krókatún?«

»Genau. Es ist mittlerweile verkauft, aber ich denke, wir sollten den neuen Eigentümern einen Besuch abstatten. Sie fragen, ob am Wochenende irgendjemand vorbeigekommen ist.«

Hörður nickte. »Dann schau du dir doch das Haus an, Elma. Sævar, du überprüfst, welches Auto Eiríkur fährt, und versuchst herauszufinden, ob sein Alibi wirklich wasserdicht ist. Vielleicht taucht er ja auf irgendwelchen Überwachungskameras auf.«

Elma stand auf und warf Sævar einen Blick zu. Er lächelte kurz. Sie hatte das Gefühl, dass er die ganze Zeit versucht hatte, sie nicht anzusehen. Ihr fiel auch auf, wie müde er aussah. Am Abend davor war er so plötzlich gegangen, und sie hoffte, ihn nicht aus irgendeinem Grund verjagt zu haben.

Elma fuhr zu einem Haus im Westen des Ortes. Der Rasen davor war kaputt. Kein Zaun, keine Bäume, nur eine einzelne Schaukel, die sich ruhig im Wind bewegte. Die zur Straße gewandte Hauswand hatte eine weiße Holztäfelung, und die Fenster waren dreigeteilt. Von der anderen Seite blickte man direkt über die Bucht, und bei guter Sicht hatte man sicher eine schöne Aussicht auf den Gletscher der Halbinsel Snæfellsnes. Außen benötigte das Haus einige Reparaturen, der Beton bröckelte, und an manchen Stellen waren Spuren von Rost zu erkennen.

Sie ging über die Betontreppe zum Eingang. Elma musste daran denken, dass Davíð in diesem Haus bestimmt etwas Schönes gesehen hätte. Sie klopfte an. Kurz darauf ging die Tür auf, und eine Frau in weiter hellblauer Bluse und löchrigen Jeans lächelte sie freundlich an. Die blonden Haare waren zu einem Pferdeschwanz gebunden, und ein paar lose Strähnen umrahmten ihr Gesicht.

»Komm doch rein«, sagte die Frau, nachdem Elma ihr Anliegen vorgebracht hatte. Sie stellte sich als Gréta vor, und Elma folgte ihr in die Küche, während sie weiterredete. Überall standen Pappkartons, manche offen, andere noch unberührt. »Wir sind ganz frisch eingezogen. Wollen das Haus herrichten und so Airbnb-Übernachtungen anbieten. Für uns allein ist es viel zu groß, wir sind ja nur zu zweit, aber ich habe schon immer davon geträumt, mal eine kleine Pension zu eröffnen, also habe ich beschlossen, endlich Nägel mit Köpfen zu machen«, sagte Gréta und bat sie, am Küchentisch Platz zu nehmen. »Ich bin frisch geschieden«, fügte sie wie zur Erklärung hinzu.

»Man hört, dass Akranes bei Touristen immer beliebter wird«, sagte Elma und nahm dankend eine Tasse Kaffee entgegen, die Gréta ihr reichte.

»Ja, genau«, sagte Gréta. »Aber genug über mich, du wolltest wissen, ob jemand zu Besuch gekommen ist, nicht wahr?«

»Ja, es geht um einen Fall, in dem wir ermitteln«, sagte Elma.

»Es klingt vielleicht etwas komisch, aber bei dir ist nicht zufällig am Wochenende eine Frau vorbeigekommen, die als Kind in diesem Haus gewohnt hat?«

»Ja, doch«, sagte Gréta und nickte kräftig. »Eine sympathische Frau, überhaupt nicht anmaßend. Sie hat nur höflich darum gebeten, sich ein wenig umsehen zu dürfen. Eigentlich hatte sie schon früher kommen wollen, während das Haus noch zum Verkauf stand, hat es aber aus irgendeinem Grund nicht geschafft.«

»War sie allein unterwegs?«

»Ja, sie war allein. Ich habe sie schon vorher vom Fenster aus gesehen. Das war ziemlich seltsam, muss ich gestehen«, sagte Gréta und lachte. »Ich bin gerade aus der Dusche gekommen und hab sie gesehen, sie stand hinter dem Haus, da, auf der freien Fläche zum Meer hin, und starrte vor sich hin. Als ich rausgegangen bin und sie begrüßt habe, war sie fast peinlich berührt und hat sich entschuldigt. Aber als sie mir erklärt hat, was sie wollte, konnte ich das gut nachvollziehen. Man hat so eine starke Verbindung zum Elternhaus. Ich bin in einem hellblauen Haus in Hafnarfjörður aufgewachsen und fahre manchmal einen Umweg, nur um es kurz zu sehen.«

»Was hat sie gesagt?«, warf Elma ein, bevor Gréta weiter von ihrem Elternhaus erzählen konnte. Sie war offensichtlich sehr gesprächig.

»Tja, viel hat sie nicht gesagt. Sie hat erzählt, dass sie hier mit ihrer Mutter gelebt hat und schon immer noch einmal in das Haus zurückkehren wollte. Sie bat darum, eine Weile allein in ihrem alten Zimmer sein zu dürfen, oben unter dem Dach, wo jetzt Nói eingezogen ist. Das habe ich ihr natürlich erlaubt. Du hättest Nóis Blick sehen müssen, als er kurz von seinem Computer aufstehen musste. Aber dann ging sie einfach durchs Haus, wollte auch keinen Kaffee trinken. Sie war begeistert von den Ideen, die wir für die Renovierung haben. Vor allem ...« Sie verstummte, und Elma wartete geduldig darauf, dass sie fortfuhr.

Gréta räusperte sich und lachte verlegen. »Entschuldige bitte, es ist nur ... Als sie vom Dachgeschoss runterkam, war sie etwas wunderlich. Es muss irgendwelche schwierigen Erinnerungen bei ihr geweckt haben, sie war auf einmal so ... bedrückt. Ich habe sie gefragt, ob sie hier nicht glücklich war. Das betrifft uns ja auch irgendwie. Alle Bewohner hinterlassen was von sich, und so bekommt ein Haus eine gute Aura. Aber sie hat nicht darauf geantwortet, hat sich nur bedankt und ist wieder gegangen«, sagte Gréta.

Elma glaubte nicht wirklich daran, dass Häuser eine Aura oder Seele hatten, nickte aber. »Dürfte ich das Dachgeschoss vielleicht einmal sehen?«

Gréta zuckte mit den Schultern. »Ja, aber da gibt's momentan außer Nóis Sachen nicht viel. Er hat kaum einen Finger gerührt, seit wir eingezogen sind. Nur den Spielcomputer hat er ausgepackt«, sagte sie und verdrehte die Augen.

»Nói!«, rief sie dann plötzlich, sodass Elma erschrak. Sie sah zur Treppe rüber, die nach oben zum Dachgeschoss führte. Kurz darauf tauchte dort ein schlaksiger Teenager auf, in sehr engen Jeans und einem weiten Kapuzenpulli, der ihm bis zu den Knien reichte. Als seine Mutter ihn ungeduldig zu sich winkte, trottete er langsam nach unten.

»Nói, das ist Elma. Sie arbeitet für die Polizei und will sich kurz dein Zimmer ansehen«, sagte Gréta und legte die Hand auf seine Schulter. Nói sah die beiden Frauen abwechselnd an. Er öffnete leicht den Mund wie zum Protest, stöhnte dann aber nur leise und ließ sich auf das Sofa fallen.

Gréta ging nach oben und signalisierte Elma mit einer Handbewegung, sie solle ihr folgen. »Es ist so ein altes Haus, überall ist es eng, aber das ist Teil des Charmes«, sagte sie oben angekommen.

Elma blickte sich um. Sie wusste nicht so recht, was sie da oben wollte, aber nach irgendetwas musste sie ja suchen. Unter der

Dachschräge befand sich ein langer Schrank, und der alte Parkettboden war von Umzugskartons übersät. Am anderen Ende des Zimmers stand ein Bett und gegenüber davon ein Tisch mit einem Fernseher und einem Computer. Auf dem ungemachten Bett lagen Fernbedienungen, und auf einem Nachtkästchen stand ein Glas Cola. Gréta streckte sich zum Dachfenster hoch und riss es weit auf.

»Wie es hier stinkt«, sagte sie und seufzte. »Dieser Schrank eignet sich ganz gut als Abstellkammer, aber ich käme nicht auf die Idee, Nóis Klamotten darin zu lagern«, fuhr Gréta fort und öffnete den Schrank unter der Dachschräge. »Schau nur, wie dreckig der ist. Ich bin immer noch nicht dazu gekommen, ihn zu putzen.«

»Darf ich mal?«, fragte Elma.

Gréta zuckte mit den Schultern. »Da ist nichts. Das hoffe ich zumindest. Obwohl es mich nicht überraschen würde, wenn da eine tote Ratte rumliegt oder noch Schlimmeres.«

Elma leuchtete mit einer Taschenlampe, die sie am Schlüsselbund hatte, in den Schrank hinein. Sie musste sich nach vorne beugen, um besser zu sehen. Der Schrank war niedrig und wurde nach hinten enger. Die Innenwände waren dreckig und sahen beinahe fettig aus. Eine dünne Staubschicht lag auf dem Boden, und als der Staub aufwirbelte, konnte Elma im letzten Moment ein Niesen unterdrücken. In dem dunklen Schrank war gar nichts. Weder eine tote Ratte noch sonst irgendwas, das noch von den früheren Bewohnern des Hauses sein könnte. Sie wollte den Schrank gerade wieder schließen, als sie die Spuren an der Tür bemerkte. Mit dem Finger strich sie über das unebene Holz.

»Ja, das habe ich auch schon bemerkt«, sagte Gréta. »Wahrscheinlich war da eine Maus am Werk. Es wird seine Zeit dauern, das wieder schön zu machen.«

Elma nickte. Die Innenseite der Tür war übersät mit unregelmäßigen Kratzspuren. Kreise, Striche und etwas, das aussah wie ein Bild oder Buchstaben. Deshalb glaubte Elma auch nicht, dass die Spuren von einem Tier stammten. An manchen Stellen sah es aus, als wäre eine Flüssigkeit die Tür hinuntergeronnen. Die Kratzspuren waren nicht tief, aber auf dem hellen Holz ließen sich die dunklen Striche deutlich erkennen.

»Was denkst du könnte das sein?« Gréta beugte sich nach unten.

»Nichts Besonderes«, antwortete Elma, als sie wieder aufstand. Sie klopfte den Staub von ihrer Hose und lächelte Gréta an. »Wahrscheinlich war das einfach ein Kinderversteck.«

»Dann muss es schon älter sein. Das Paar, das vor uns hier gelebt hat, hatte keine Kinder.«

»Ja, wahrscheinlich ist das schon älter«, gab Elma ihr recht. Plötzlich fühlte sie sich überwältigt. Wahrscheinlich war es aufgrund der stickigen Luft, aber sie wollte so schnell wie möglich raus aus dem Zimmer.

* * *

Hendrik entschied, dass sie sich in seinem Büro treffen sollten. Das war dem Anlass irgendwie angemessener. Sein Bruder ließ wie gewöhnlich auf sich warten. Hendrik lehnte sich in seinem Stuhl zurück und wartete. Geduldig.

Er hatte schon immer das Gefühl gehabt, seinen kleinen Bruder beschützen zu müssen. Schon seit ihrer Kindheit war Tómas immer wieder in Schwierigkeiten geraten. Er suchte Streit und Raufereien, fühlte sich mitten im Gefecht am allerwohlsten. Hendrik war oft derjenige, der zu Hilfe kommen musste, wenn Tómas alle anderen gegen sich aufgehetzt hatte. Hendrik war beliebt und genoss das Ansehen der Gruppe. Davon profitierte Tómas. Wenn Hendrik nicht gewesen wäre, hätte Tómas es mit Sicherheit ganz schön schwer gehabt.

Ihr Vater kam aus Dänemark. Er war nach Island gezogen, nachdem er ihre Mutter an einer dänischen Volkshochschule kennengelernt hatte. Sie hatten sich in Akranes niedergelassen, aber als Hendrik zehn Jahre alt war, kehrte der Vater wieder nach Dänemark zurück, suchte sich eine dänische Frau und bekam mit ihr drei Kinder. Danach hatte er die Brüder nie mehr besucht. Tómas war damals erst sechs Jahre alt gewesen, und Hendrik wusste, dass der Verlust des Vaters seinen Bruder stärker getroffen hatte als ihn. Hendrik war immer der Liebling ihrer Mutter gewesen, aber Tómas kam ganz nach dem Vater. Sie verstanden einander. Ihre Mutter war nicht sonderlich überrascht, als der Vater wegzog. So war er nun einmal: impulsiv und eigensinnig. Und Tómas war genauso. Manchmal sah ihre Mutter Tómas müde an und meinte, es komme ihr vor, als wäre der Vater nie weggegangen; Tómas sei sein lebendiges Ebenbild.

Aber Hendrik wollte die Schuld für die Untugenden seines Bruders nicht allein dem Vater zuschreiben. Er kannte Tómas nicht anders als übermütig, impulsiv und unruhig. Der Vater hatte darauf keinen Einfluss genommen. Wenn er heute geboren wäre, hätte man bei Tómas wahrscheinlich irgendeine Verhaltensstörung diagnostiziert, aber damals hieß das einfach Ungezogenheit. Doch die Fehltritte seines Bruders ließen sich nicht einfach ignorieren, denn aus kindlichen Streichen wurden mit der Zeit deutlich schwerwiegendere Vergehen.

Hendrik fand den Dorftratsch der letzten Tage schwer zu ertragen. Anscheinend wussten alle, wie übel Tómas das Mädchen zugerichtet hatte. Hendrik hatte seinem Bruder über die Jahre hinweg viel durchgehen lassen. Hatte sogar geduldet, mit welchen Methoden er die Miete in ihren Wohnungen eintrieb. So kamen die Frauen immerhin davon und konnten das Geld für nützlichere Dinge ausgeben. Trotzdem plagte ihn lange Zeit ein schlechtes Gewissen, und irgendwann setzte er der Sache ein Ende. Da hatten die Leute auch schon angefangen zu reden. Die Gerüchte wurden damals nie bestätigt, aber jetzt sah die Sache anders aus. Die Verletzungen des Mädchens sprachen für sich.

»Grüß dich«, sagte Tómas und betrat das Büro, wie immer, ohne zu klopfen.

Hendrik antwortete nicht, nickte nur und signalisierte ihm, Platz zu nehmen.

»Was gibt's?«, fragte Tómas und sah ihn an. Er trug ein ungebügeltes Hemd und hatte sich nicht rasiert. Sogar bis über den Bürotisch konnte Hendrik den Schweiß riechen. Vor langer Zeit hatte Tómas das Unternehmen aktiv mitgeleitet. Eine Zeit lang war er jeden Tag ordentlich gekleidet zur Arbeit gekommen und hatte sich beteiligt. Aber das war lange her und endete bitter. Als es darauf ankam, hatte Tómas ihn im Stich gelassen. Er verschwand einfach, und Hendrik hatte das Gefühl, dass er danach nie mehr richtig wiederkam.

»Ich werde nicht lange um den heißen Brei herumreden«, sagte Hendrik und sah seinen Bruder mit einem eindringlichen Blick an. »Ich will dich rauskaufen.«

»Aus der Firma?«, fragte Tómas.

Hendrik nickte.

Tómas verstand sofort den Ernst der Lage, aber zu Hendriks Verwunderung lächelte er. Immer breiter, bis die gelben Zähne hervorblitzten. Dann brach er in schallendes Gelächter aus.

»Ich dachte schon, du fragst nie«, sagte Tómas, als er endlich mit dem Lachen aufhörte. »Ich rechne seit Jahren damit, dass du das mal ansprichst, aber du hast es nie getan. Du musst dich nicht mehr um mich kümmern, großer Bruder, ich kann selbst auf mich aufpassen.«

Hendrik wusste nicht, was er sagen sollte. Er hatte das Dokument schon vorbereitet und zeigte ihm die Summe, die ihm vorschwebte. Tómas nickte nur und unterschrieb, ohne den Vertrag zu lesen.

In der Tür, auf dem Weg hinaus, drehte er sich noch einmal um und seine Miene wurde ernst. »Hendrik«, sagte er. »Sind wir jetzt quitt, Bruderherz?«

»Was meinst du?« Hendrik sah seinen Bruder an, und plötzlich überkam ihn das Gefühl, sie wären wieder kleine Jungs. Wenn Tómas in Schwierigkeiten geriet, musste Hendrik ihm den Arsch retten. Er erinnerte sich noch immer an die unschuldigen Augen, wenn der kleine Bruder ihn ansah und um Vergebung bat. Bei den Opfern der Schlägereien entschuldigte er sich aber nie. Das musste Hendrik übernehmen.

Ohne weitere Erklärungen lächelte Tómas nur leicht und verschwand. Hendrik blieb im Büro zurück und starrte eine Weile auf die Tür, versunken in längst vergessenen Erinnerungen an zwei einst unzertrennliche Jungs.

* * *

Elma beschloss, einen Kaffee zu trinken, während sie auf die Rückkehr von Sævar und Hörður wartete. Begga und Kári saßen in der Kaffeeküche, zusammen mit Grétar, einem Polizisten, den Elma irgendwann schon einmal kurz getroffen hatte. Ihr fiel auf, dass Begga deutlich weniger lächelte als sonst. Sie starrte aus dem Fenster und reagierte kaum, als Elma eintrat. Elma dachte, es hätte mit dem Fall zu tun, bis Begga stöhnte und erzählte, ihre Katze wäre vor zwei Tagen entlaufen und noch nicht wieder aufgetaucht. »Hast du sie vielleicht gesehen?«, fragte sie und zeigte ihr auf dem Handy ein Bild von einer roten, grobknochigen Katze auf einem Ledersessel. Elma erinnerte sich noch gut an das Tier. Als sie bei Begga zu Besuch war, hatte die Katze sich an ihre Beine geschmiegt und war ungebeten auf ihren Schoß gesprungen. Elma hatte möglichst höflich versucht, sie wegzustoßen. Zu Hause hatte sie die haarigen Klamotten dann sofort in die Waschmaschine gesteckt.

Elma schüttelte den Kopf. »Nein, leider.« Sie war sich aber relativ sicher, dass sie die Katze nicht bemerkt hätte, auch wenn sie ihr auf dem Weg zur Arbeit begegnet wäre. Wenn Katzen ihren Weg kreuzten, schenkte sie ihnen für gewöhnlich keine Aufmerksamkeit. Aber das erzählte sie der besorgten Begga neben sich lieber nicht.

»Zeig mir mal das Bild, Begga.« Kári lehnte sich vor und streckte die Hand aus. Er betrachtete eingehend das Bild. »Ich glaube, so eine Katze habe ich gestern bei mir im Garten gesehen«, sagte er. »Wir wohnen beide auf der Vesturgata, also wäre das nicht unwahrscheinlich. An deiner Stelle würde ich in der Umgebung des Friseursalons schauen, hinter dem ich wohne.«

In Beggas Gesicht machte sich Erleichterung breit. »Ich geh schnell raus und rufe meinen Papa an. Er soll sich da mal umsehen. Danke, Kári.«

»Nichts zu danken«, sagte Kári und stopfte sich einen ganzen Keks auf einmal in den Mund.

»Das ist wirklich entsetzlich«, sagte Grétar nach einer kurzen Stille.

»Das mit Beggas Katze?«, fragte Elma und konnte sich nur schwer ein Grinsen verkneifen.

»Nein, das mit Elísabet«, sagte er und runzelte die Stirn. »Ich erinnere mich noch aus der Schule an sie, wir sind ungefähr gleich alt. Sie war eine Stufe unter mir. Ich wusste nicht einmal, dass sie hier ganz in der Nähe gewohnt hat, ich dachte, sie sei schon lange irgendwo weit weggezogen. Ehrlich gesagt hatte ich sie schon ganz vergessen, sie war nicht auf Facebook, also ist man kaum irgendwo auf sie gestoßen.«

»Warum hast du das nicht schon früher erwähnt?«, fragte Elma und sah Grétar an. Er war noch nicht lange bei der Polizei, obwohl er älter war als sie. Sie überlegte, warum er beschlossen hatte, Polizist zu werden, und was er davor gemacht hatte. Vielleicht würde sie ihn bei Gelegenheit mal fragen.

Grétar zuckte mit den Schultern. »Es ist mir erst später wieder eingefallen, außerdem spielt es keine Rolle. Ich kannte sie nicht wirklich.«

»Weißt du noch, wie sie in der Grundschule so war?«, fragte Elma. »Wer ihre Freunde waren und so?«

»Ich weiß kaum noch, wer meine eigenen Freunde waren«, sagte Grétar und lachte, wurde aber sofort wieder ernst, als er Elmas ungeduldigen Blick bemerkte. »Aber ich erinnere mich, dass Elísabet ziemlich eigenartig war.«

»Wie meinst du das?«

»Nur, dass sie nicht wie der Rest war. Sie war irgendwie anders.«

»Es ist nichts dabei, anders zu sein«, sagte Elma etwas forscher im Tonfall als beabsichtigt. »Wir vermuten, dass sie von zu Hause kaum Rückendeckung hatte.«

Grétar dachte nach. »Ich weiß noch, dass ihre Mutter völlig gaga war.«

»Gaga?«, fragte Elma und wunderte sich über den Ausdruck. Sie überlegte, warum er so über Elísabets Mutter sprach. Hatten alle in Akranes so über Halla gesprochen? Und wenn alle über ihre psychische Krankheit Bescheid wussten, warum hatte ihr dann niemand geholfen?

»Ja, sie war irgendwie verrückt«, sagte Grétar, und Elma hatte das Gefühl, dass ihm das Gespräch immer unangenehmer wurde. Er errötete ein wenig und fügte hinzu: »Manche Kinder bekommen einfach gar keine Chance.«

»Ja, das stimmt«, sagte Elma. Sie trank ihren Kaffee aus, ignorierte den knurrenden Magen und verließ nachdenklich die Kaffeeküche. Das Handy vibrierte in ihrer Tasche, als sie sich wieder an den Schreibtisch setzte. Sie erkannte die Nummer nicht. Elma ging trotzdem ran. Das Telefon hatte in den letzten Wochen kaum geklingelt, außer wenn ihre Eltern anriefen oder es um die Arbeit ging. Sie hatte das Gefühl, dass Leute ihr nach dem, was passiert war, tendenziell aus dem Weg gingen.

»Elma?«

Sie erkannte die Stimme sofort.

»Hallo, Lára. Was kann ich für dich tun?« Sie bemerkte selbst, wie kalt ihre Stimme klang. Distanziert, als würde jemand anderes statt ihr sprechen.

Für einen Augenblick herrschte Stille.

»Oh, Elma ... ich hätte schon früher anrufen sollen.«

»Ach was, bei mir ist doch alles gut«, sagte Elma fröhlich.

»Ich kann nicht glauben, dass es so gelaufen ist.« Lára zögerte. »Ich habe nur erfahren, dass du weggegangen bist, und wollte dir Zeit geben ... Das war vielleicht ein Fehler. Für mich war es auch schwer, ich wünschte, ich könnte etwas sagen ...«

Elma schwieg. Spürte den Knoten im Hals, wusste, dass ihre Stimme brechen würde, wenn sie was sagte. Sie war so verdammt empfindlich geworden.

»Du willst vielleicht nicht mit mir reden, aber ich bin da, wenn du bereit bist. Ruf diese Nummer an, Elma. Egal wann.« Sie klang aufrichtig. »Mir tut das alles so leid.«

Elma murmelte eine Antwort und legte dann auf.

Eiríkurs Auto war auf keiner der Überwachungskameras in der Umgebung von Akranes zu sehen, weder am Samstagabend noch an dem Abend davor. Es waren zwar nicht viele Kameras, aber es sah doch ganz danach aus, als hätte Eiríkur das Haus an dem Abend nicht verlassen. Sævar hatte auch versucht, den Anwalt zu erreichen, aber ohne Erfolg.

Schließlich hatte er genug davon gehabt, im Büro rumzusitzen, hatte eine Ausrede gefunden und war zum Hafen gefahren, wo er gedankenverloren auf die Boote starrte, die ruhig an der Anlegebrücke schaukelten. Er überlegte kurz, bei seinem Bruder vorbeizuschauen, sollte aber eigentlich nicht allzu lange vom Büro fernbleiben. Er bekam ein schlechtes Gewissen, wie immer, wenn er an seinen Bruder dachte. In den letzten Tagen hatte er ihn nicht oft genug besucht. Normalerweise sahen sie sich jeden Tag, aber in letzter Zeit war er einfach zu müde gewesen.

Die Ermittlungen gingen nur langsam voran, und er wusste nicht so recht, wonach er suchte. Der Leichenfund war bald fünf Tage her, und sie wussten nur, dass Elísabet anders als die meisten Leute war, aller Wahrscheinlichkeit nach eine schlimme Kindheit gehabt und sich bewusst abgeschottet hatte. Aber sie war immerhin verheiratet und Mutter zweier Kinder, die ihr irgendein Vergnügen gebracht haben mussten. Das war mehr, als er von sich selbst behaupten konnte. In fünf Jahren würde er vierzig werden, und er war weder verheiratet noch hatte er Kinder. Ganz im Gegenteil, vermutlich würde er bald wieder allein sein.

Er wählte noch einmal die Nummer des Anwalts und wartete.

»Guten Tag«, sagte eine Frauenstimme.

Sævar hatte nicht mit einer Antwort gerechnet und erschrak ein wenig. Er brauchte einen Moment, um sich zu erinnern, warum er überhaupt angerufen hatte.

»Könnte ich Sigurpáll Hannesson sprechen?«, fragte er schließlich.

»Ja, er sollte gerade einen Moment Zeit haben«, sagte die Frau mit einem seltsamen Singsang in der Stimme. Sævar sah sie vor sich, mit rot geschminkten Lippen und einer weißen Bluse. Die Haare in einem Knoten. Schrecklich aufgetakelt.

Der Mann, der danach am Telefon war, wirkte völlig anders, er war hilfsbereit und freundlich. »Ja, das mit Elísabet habe ich schon gehört«, sagte er. »Einfach nur schrecklich. Ich habe es in den Nachrichten mitverfolgt. Es ist nicht lange her, dass sie bei mir war, das macht es so ... ja, real, wenn ich so sagen darf.«

»Ich weiß, dass du an das Anwaltsgeheimnis gebunden bist«, sagte Sævar, »aber wir haben herausgefunden, dass sie vergangenen Freitag einen Termin bei dir hatte. Ich wollte fragen, ob sie den wahrgenommen hat.«

»Ja, sie war hier, das muss so gegen zehn gewesen sein.«

»Ist dir irgendetwas aufgefallen? War sie durcheinander?«

Der Anwalt dachte kurz nach. »Die Frage ist etwas schwer zu

beantworten. Durcheinander ist vermutlich nicht das richtige Wort ... Sie hatte natürlich was auf dem Herzen, aber ... Ja, ich kann nicht viel sagen, ohne die Schweigepflicht gegenüber meiner Mandantin zu verletzen.«

»Verstehe«, sagte Sævar. Er bedankte sich und verabschiedete sich von dem Anwalt. Es war noch nicht spät. Eigentlich hatte er noch ein wenig Zeit und könnte in der Wohngemeinschaft seines Bruders vorbeischauen, aber irgendwie war das der letzte Ort, an dem er jetzt sein wollte.

»Ich habe den Anwalt erreicht«, sagte Sævar. Elma blickte vom Schreibtisch auf. »Er konnte aufgrund der Schweigepflicht nicht viel sagen, hat aber immerhin erzählt, dass Elísabet etwas auf dem Herzen hatte, als sie bei ihm war.«

Elma nickte ruhig. »Dann wissen wir das. Sie verlässt also am Freitag ihr Haus, meldet sich krank und trifft einen Anwalt in Reykjavík.«

»Genau«, sagte Sævar. »Sie hat sich freiwillig krankgemeldet und ist zu dem Termin gegangen. Und da sie ihrem Mann nichts davon erzählt hat, könnte der Termin irgendwas mit ihm zu tun gehabt haben.«

»Ja.« Elma schwieg kurz. »Es sei denn, der Besuch beim Anwalt hatte einen anderen Hintergrund, etwas, das sie zwar für sich behalten hat, aber nicht unbedingt mit dem Ehemann zu tun hatte.« Sævar setzte sich ihr gegenüber und sah sie an. Elma sprach weiter und versuchte, nicht daran zu denken, dass sie ein wenig rot im Gesicht wurde. »Wir haben keine Ahnung, wo sie von Freitag auf Samstag übernachtet hat, aber ich habe herausgefunden, dass sie am Samstag beim Haus in Krókatún vorbeigesehen hat, in dem sie und ihre Mutter damals gelebt haben.«

»Hat sie das?«

»Ja, und laut der jetzigen Bewohnerin soll sie sich etwas seltsam verhalten haben. Vor allem, nachdem sie vom Dachboden zurückkam, in dem früher ihr Zimmer lag. Vielleicht ist im Haus etwas vorgefallen, das sie verstört hat.«

»Was meinst du?«

»In dem Zimmer waren auf der Innenseite des Schranks seltsame Ritzen. Ich bin mir nicht ganz sicher, aber sie sahen aus wie Kratzspuren. Die Streifen waren dunkel, so als ob ... ja, als ob Blut runtergeronnen wäre.«

Sævar runzelte die Stirn. »Das kann ...«, setzte er an, aber Elma fiel ihm ins Wort.

»Ich weiß, dass es viele mögliche Erklärungen dafür gibt, aber ich frage mich, ob wir uns nicht noch auf etwas anderes als den Ehemann konzentrieren sollten. Es gibt bisher keine Hinweise darauf, dass ihn eine Schuld trifft, und wir haben auch noch keine Beweise dafür gefunden, dass Elísabet sich mit einem anderen Mann getroffen hat. Aber es scheint, als hätte sie eine schwierige Kindheit gehabt, und sie hat nun mal dieses Haus besucht.« Elma verstummte. Ausgesprochen klang der Gedanke noch viel abwegiger als in ihrem Kopf. Vieles deutete darauf hin, dass Elísabet in der Kindheit irgendein Trauma erlitten hatte, Elma wusste aber nicht, ob das irgendwie mit ihrem Tod zusammenhing.

»Aber was wollte sie dann von dem Anwalt?«, fragte Sævar. »Das muss doch was mit ihrem Mann zu tun haben, oder?«

»Ich weiß es nicht«, sagte Elma. »Vielleicht wollte sie sich auch über die Rechtslage informieren zu etwas, das während ihrer Kindheit passiert ist.«

»Der Fall wäre vermutlich noch nicht verjährt. Aber es lebte kein Mann im Haus, der sie theoretisch missbraucht haben könnte.«

»Nein, das nicht«, antwortete Elma. »Aber wenn ihre Mutter Alkoholikerin war, lässt sich schwer sagen, wer in dem Haus alles ein und aus gegangen ist.«

Sævar seufzte. »Ja, wenn sie vorhatte, irgendwas auszupacken, wollte das womöglich jemand verhindern. Ich glaube nicht, dass sie einfach Pech hatte und zur falschen Zeit am falschen Ort war. Aber warum dann ausgerechnet jetzt, nach all den Jahren?«

Elma zuckte mit den Schultern. »Es kommt tatsächlich sehr häufig vor, dass Opfer von sexualisierter Gewalt erst viel später davon erzählen. Vor allem, wenn die Ereignisse in ihrer Kindheit stattgefunden haben. Ich würde gerne etwas tiefer in ihrer Kindheit graben, könnte mit Lehrern sprechen, Mitschülern oder den damaligen Nachbarn. Vielleicht finden wir auf dem Weg auch heraus, ob sie hier im Ort jemanden getroffen hat.«

»Denkst du, das könnte mit dem Fall zusammenhängen, oder bist du einfach nur neugierig?«, fragte Sævar und grinste.

»Ich bin neugierig«, gab Elma zu und lächelte. »Aber ich glaube auch, es könnte tatsächlich mit dem Fall zusammenhängen, sonst würde ich das hier nicht diskutieren. Findest du es nicht komisch, dass sie sich so lange von Akranes ferngehalten hat und dann ein einziges Mal vorbeikommt und kurz darauf tot aufgefunden wird? Hat sie den Ort oder jemandem im Ort gemieden?«

Sævar zuckte mit den Schultern.

»Ich bezweifle, dass der Mord geplant war«, fuhr Elma fort. »Dafür wurde er viel zu schlampig ausgeführt, er wirkt etwas amateurhaft. Aber ich denke auch, dass der Täter jemand war, den sie kannte. Die Gegend um den Leuchtturm liegt nicht gerade auf den üblichen Pfaden. Jemand wusste, dass sie dort sein würde.«

»Ja, da hast du schon recht. Es sah alles andere als sorgfältig geplant aus«, sagte Sævar. »Aber ...«

Bevor Sævar den Satz zu Ende sprechen konnte, steckte Hörður den Kopf durch die Bürotür. »Ich denke, wir haben das Auto«, sagte er nur.

Dem Mann gehörte ihr Haus, und Elísabet sollte lieb zu ihm sein. Das hatte Mama gesagt. Er kam regelmäßig vorbei und blieb nie lange. Was er tat, wusste Elísabet nicht, aber wenn er kam, schickte Mama sie immer auf ihr Zimmer. Oder nach draußen. Es wäre am besten, wenn sie einfach draußen bleiben könnte.

Mama machte sich immer zurecht, wenn er kam. Trug Lippenstift auf, trank aus einem Glas mit hohem Stiel und rauchte jede Menge Zigaretten. Elísabet beobachtete sie manchmal, aber das mochte Mama nicht. »Was glotzt du so?«, fragte sie und blies den Rauch in ihre Richtung.

Mit sieben Jahren war Elísabet klar geworden, dass ihre Mama sie nicht liebte. In den Büchern, die sie in der Schulbibliothek ausgeliehen hatte, las sie über Mütter. Sie wusste, wie sie sein sollten. Was sie zu tun hatten. Sie sollten so sein wie die Mama von Sara. Einem sagen, dass man die Hausaufgaben machen musste, darauf achten, dass man sich wusch, und einem die Haare kämmen. Eine Mama sollte lieb und gut sein. Das war ihre Mama nicht. Sie tat das alles nicht. Elísabet hatte nicht einmal eine Erinnerung daran, dass ihre Mama sie früher mal umarmt hätte. Papa hatte das immer gemacht. Mama nie.

Eines Tages Anfang Dezember hatte Mama schon zu viel getrunken. Elísabet fand sie auf dem Wohnzimmerboden. Sie lag neben einer zerbrochenen Glasflasche und einer großen Pfütze. Erst hatte Elísabet Angst, aber dann sah sie, dass sich der Brustkorb bewegte. Sie stand eine Weile da, sah sie an und überlegte, ob sie Solla holen oder

Mama einfach in Ruhe lassen sollte. Die Entscheidung fiel auf Letzteres, doch dann klingelte es an der Tür. Elisabet machte auf, und da stand er. Der Mann, der ab und zu vorbeikam. Der Mann, dem das Haus gehörte.

»Hallo, Elisabet«, sagte er.

Elisabet antwortete nicht. Sie wusste nicht, warum er Mama ständig besuchte, aber sie wusste, dass es nicht gut für sie war. Wenn er weg war, saß Mama noch lange da, rauchte weiter und starrte mit leerem Blick in die Luft. Ihre Augen und das Gesicht veränderten sich mit jedem Monat, der verging, und Elisabet war sicher, dass irgendwann nichts mehr übrig bleiben würde. Nichts, was an die Mama erinnerte, die sie einmal gehabt hatte.

»Ist deine Mama zu Hause?«, fragte der Mann und warf einen Blick ins Haus.

Elisabet schüttelte den Kopf und wollte die Tür wieder zumachen, aber der Mann hielt sie offen. Dann kam er rein und machte sie hinter sich zu.

»Elisabet«, sagte er mit sanfter Stimme und beugte sich runter. Er strich eine dunkle Strähne aus ihrem Gesicht und sah ihr in die Augen. »Du bist ein schönes Mädchen, weißt du das?«

Elisabet schwieg. Ihm gehörte das Haus. Sie musste lieb zu ihm sein.

Ich verstehe einfach nicht, wie das Auto hier reingekommen ist.« Der Mann stützte eine Hand auf die Hüfte und kratzte sich mit der anderen am Kopf. Seine Frau stand neben ihm, dunkelhaarig und braun gebrannt, in einer weißen Chiffonbluse und engen Jeans. Ihnen gehörte eine Boutique im Ort, und sie waren gerade aus Teneriffa zurückgekommen, wo sie oft am Anfang des Winters Urlaub machten, bevor im Geschäft der Weihnachtsrummel begann.

»War die Garage zu, als ihr gekommen seid?«, fragte Hörður.

»Zu und abgeschlossen. Da bin ich sicher«, sagte der Mann entschieden.

Die Frau presste die Lippen aufeinander und sah ihren Mann genervt an. »Du hast wahrscheinlich vergessen abzuschließen. Ich will mal hoffen, dass aus der Garage nichts weggekommen ist.«

Der Mann schnaubte. »Da sind jetzt auch keine großartigen Wertgegenstände. Ich denke nicht, dass Einbrecher gekommen sind, um etwas Werkzeug und alte Kinderklamotten zu klauen.«

»Hat noch jemand einen Schlüssel zum Haus?«, fragte Hörður.

»Nein«, sagte die Frau. »Außer den Kindern natürlich, aber ich bezweifle, dass die ein fremdes Auto hier geparkt haben.«

»Vielleicht sind sie vorbeigekommen und haben danach vergessen, wieder abzuschließen«, sagte Hörður.

»Kommt man von drinnen in die Garage?«

»Ja, aber die Tür war abgeschlossen, und wir haben keine Anzeichen gesehen, dass jemand versucht hat, ins Haus einzubrechen.«

Hörður nickte und sah sich in der Garage um. »Ist sonst noch etwas bewegt worden?«

»Nein, auf den ersten Blick nicht«, antwortete die Frau. Sie versuchte vergeblich, ein Gähnen zu unterdrücken. »Es ergibt einfach keinen Sinn. Wie kommt man auf die Idee, ein Auto in einer fremden Garage zu parken? War draußen Schnee, und die Person wollte nicht Eis kratzen?«

Hörður antwortete nicht. Er nahm ein Tuch und legte es auf den Türgriff, bevor er ihn anfasste.

»Wir haben schon versucht, das Auto aufzumachen. Es ist abgeschlossen«, sagte der Mann.

Hörður seufzte, sagte aber nichts. Woher sollten sie auch wissen, dass dieser Wagen womöglich Teil der Ermittlungen in einem Mordfall war. »Auf den Rädern ist Sand«, bemerkte Elma. Sævar und sie hatten etwas Abstand gehalten und Hörður das Reden überlassen. Der beugte sich nach unten und warf einen Blick unter das dreckige Auto.

»Können wir den Wagen nicht irgendwie bewegen?«, fragte der Mann. »Ich kann mit diesem Ding in meiner Garage nichts anfangen, und für die Nacht ist Frost angekündigt, also brauche ich Platz für den Jeep.«

Hörður richtete sich auf und sah den Mann an. »Wir müssen den Fall genauer untersuchen, der Jeep muss vorerst noch draußen bleiben.«

»Wie ... was untersuchen? Was soll das, Hörður? Könnt ihr dieses Auto nicht wegbringen?«, fragte der Mann genervt.

»Nein, leider nicht. Aber hoffentlich bald«, antwortete Hörður ohne weitere Erklärungen.

»Na gut«, sagte die Frau resigniert. »Dann lege ich mich erst mal aufs Ohr. Komm.« Sie nahm ihren Mann bei der Hand, der so aussah, als wollte er der Polizei noch etwas mitteilen, es sich aber dann doch noch anders überlegte.

»Die Nummernschilder passen«, sagte Hörður, als das Ehepaar

weg war. »Dieses Auto ist auf Elísabet registriert.« Er holte sein Handy raus, um die Spurensicherung anzurufen, und ging ein paar Schritte weg.

»Da liegt was im Auto«, sagte Elma. Sie lehnte sich an die Scheibe und warf einen Blick hinein. »Irgendwelche Klamotten, Müll und ein Zeitungsstapel. Sie war wohl nicht die Ordentlichste. Was etwas verwunderlich ist, denn in ihrem weißen Haus war weit und breit kein Staubkorn zu sehen.«

»Elísabet hatte keine Autoschlüssel dabei, als sie gefunden wurde«, sagte Sævar nachdenklich. »Irgendjemand hat das Auto hierhergebracht.«

»Aber warum ausgerechnet hierher? Es war ja klar, dass wir es früher oder später finden würden«, sagte Elma.

»Ja, aber es ist schwer, ein ganzes Auto zu verstecken. Wahrscheinlich wusste die Person, dass die Bewohner im Ausland waren.«

»Und hatte zufällig einen Schlüssel zur Garage?« Elma fand die Vorstellung etwas verwegen. War der Täter auf eine Galgenfrist aus? Zugegebenermaßen hatte der Plan aber ganz gut funktioniert und die Ermittlungen bereits verzögert. »Vielleicht ist der Täter in der Zwischenzeit verschwunden? Hat das Land verlassen?«

»Kann sein. Außer die Frau liegt mit ihrer Vermutung richtig, dass der Mann einfach vergessen hat abzuschließen.« Sævar zuckte mit den Schultern.

»Die Spurensicherung kommt in einer Stunde«, rief Hörður ihnen zu, als er das Telefonat beendet hatte, »dann können wir uns das Auto ansehen.«

Draußen fing es an zu regnen. Schwere Tropfen hämmerten auf das Dach, und das Geräusch hallte durch die ganze Garage.

»Wir müssen aber auch nicht alle hier warten«, sagte Hörður. Er zog den Reißverschluss seiner Jacke bis ganz nach oben und setzte seine Fellmütze auf. »Ich gehe noch mal kurz ins Büro, aber ruft mich an, wenn die Spurensicherung da ist.«

Als Hörður weg war, holte Elma einen kleinen Hocker in der Garage hervor. Sie gähnte und zog die Jacke enger um sich. »Was würde ich jetzt nicht alles für einen Kaffee geben ...«, sagte sie.

»Weißt du was, ich hole uns schnell welchen. Die Tankstelle ist nicht weit von hier«, sagte Sævar. Er setzte die Kapuze auf und lief durch den Regen zum Auto.

Elma blieb in der Garage zurück und lauschte dem Regen und der Fernwärmeheizung. Sævar war wieder ganz der Alte. Sie wunderte sich selbst, wie sie auf die Idee gekommen war, der gestrige Abend könnte etwas an ihrem Verhältnis ändern. Es war ja auch nichts passiert. Es gab keinen Grund zur Annahme, sein plötzliches Verschwinden hätte was mit ihr zu tun gehabt. Und es war schließlich auch nicht so, als wäre sie mit unwiderstehlichem Charme gesegnet und müsste ständig Männer abweisen. Nicht einmal annähernd.

Die Kälte drang unter der Garagentür hindurch, und der Wind legte einen Zahn zu. Auf ihrem Weg zur Arbeit am Morgen war es noch heiter und windstill gewesen. Dieser Tage gab es jedenfalls keinen Anlass, sich über eintöniges Wetter zu beschweren. Sie stand auf und ging in der Garage auf und ab, um sich warm zu halten.

Sie konnte keine systematische Ordnung erkennen. Anscheinend wurde alles einfach in die Regale, Schränke und Kisten gestopft und nie etwas weggeworfen. Die wenigsten Kisten waren beschriftet. Sie öffnete einen großen Schrank, in dem haufenweise Schuhe und Mäntel lagen. Darin war auch jede Menge Outdoor-Kram, Ski und Snowboards, Angelruten und Wathosen. Sie hatten kaum Gebrauchsspuren und sahen alle so aus, als wären sie schon lange nicht hervorgeholt worden.

Was das wohl alles gekostet hatte? Sicher einige Millionen Kronen. Sie wusste, dass die Familie gut betucht war. Die Boutique erfreute sich in Akranes großer Beliebtheit und war im Laufe der Jahre langsam, aber stetig gewachsen. Dort gab es nicht nur

Mode, sondern auch allerlei Designerstücke, Sportartikel und mehr. So war das oft auf dem Land. Die Geschäfte beschränkten sich nicht nur auf einen Bereich, schließlich war die Nachfrage nicht groß genug, um für jede Art von Waren ein eigenes Geschäft zu betreiben. Das Paar hatte zwei Kinder, der Sohn war in Elmas Alter, und sie kannte ihn noch aus der Grundschule. Aber die beiden Eheleute erkannten sie anscheinend nicht wieder, was sie auch nicht erwartete. Sie waren nicht wirklich Freunde gewesen, der Junge und sie. Er war einer der Beliebten gewesen, hatte immer die neuesten Klamotten, war braun gebrannt und oft auf Urlaub im Ausland. Diese Leute hatten keine Scheu davor, ihren Reichtum offen zu zeigen, aber sie hatte die leise Vermutung, dass sie in Wahrheit gar nicht so viel Geld hatten, wie sie vorgaben.

Der Junge hieß Hrafn, wurde aber immer Krummi genannt. Früher war sie in ihn verknallt gewesen, so wie die meisten Mädchen in der Klasse, aber mit der Zeit hatte sie ihn mit anderen Augen gesehen und fand ihn irgendwann nur noch arrogant. Außerdem verhielt er sich benachteiligten Menschen gegenüber völlig unmöglich. Einmal hatte er laut vor anderen über einen schüchternen und nicht besonders attraktiven Jungen gesprochen – wie hässlich er doch sei und wie doof. Währenddessen saß der Junge nur wenige Meter von ihm entfernt, und Elma sah ihn in seinem Sitz zusammensinken, bis er endlich ruckartig aufstand und schnell das Klassenzimmer verließ. Da lachten Krummi und seine Kumpels laut. Sie erinnerte sich auch daran, wie er sich mit Eyrún angefreundet hatte, einem Mädchen, das viele ein wenig seltsam fanden, und sie dazu gebracht hatte, vor der ganzen Klasse ein selbst geschriebenes Gedicht vorzutragen. Er hatte versprochen, mit ihr auf einen Ball zu gehen, was natürlich nie seine Absicht war. Alle brachen in Gelächter aus, als das Mädchen ihr Gedicht vortrug. Sogar der Lehrer konnte sich das Lachen kaum verkneifen. Sie erinnerte sich immer noch an den

Blick des Mädchens, als sie merkte, dass alle sie auslachten. Dass der Traumprinz nie im Leben mit ihr auf einen Ball gehen würde.

Als Sævar wiederkam, hatte Elma ein flaues Gefühl im Magen, und es kam ihr vor, als läge ein dichter Nebel über allem. So war es immer, wenn sie an diese Zeit dachte, die sie am liebsten aus ihrer Erinnerung löschen würde.

»Kaffee für die Dame«, sagte Sævar und reichte ihr einen Pappbecher. »Schwarz und ohne Zucker. Ich lerne langsam, was du so magst.«

Sie bedankte sich mit einem Lächeln und trank einen Schluck. Es gefiel ihr, mit Sævar in der Garage zu stehen, während draußen der Regen rauschte. Als sie jünger war, hatte sie davon geträumt, in einer Höhle zu leben. Sie hatte verträumt in Richtung der Berge zum Akrafjall geblickt und sich vorgestellt, sie würde allein leben und alles aus der Ferne beobachten. Nur sie ganz allein in ihrer dunklen Höhle.

»Warum glaubst du wollte Elísabet nicht hierherkommen?«, fragte sie, nachdem sie eine Weile still gesessen und Kaffee geschlürft hatten.

Sævar sah sie an. »Wohin genau?«

»Nach Akranes.«

»Ich weiß es nicht. Vielleicht hatte sie schlechte Erinnerungen an die Schule, wurde wegen ihrer Mutter gehänselt. Ja, oder sie hat zu Hause Gewalt erlebt, wie du schon meintest«, sagte Sævar. »Oder sie hatte einfach keinen Grund, hierherzukommen.«

»Ja, aber trotzdem ... Ihr Mann meinte, sie hätte Akranes gehasst. Was bringt einen dazu, einen ganzen Ort zu hassen? Das ist doch ganz schön heftig ausgedrückt.«

»Ja, doch, das ist es. Womöglich hat sie ein Erlebnis aus der Kindheit mit dem Ort in Verbindung gebracht. Vielleicht waren Leute hier, denen sie nicht über den Weg laufen wollte. Ich weiß es auch nicht, es könnte viele Gründe geben. Leute verbinden oft schreckliche Erlebnisse mit bestimmten Plätzen.«

Elma sah Sævar an und konnte nicht anders, als bei seinen Erklärungsversuchen zu grinsen.

»Ich meine das ernst«, sagte Sævar und lachte auf. »Das hat irgendeinen Namen. Was war das noch mal, irgendwas mit einem Kind oder einer Katze? Oder der Hund mit dem Speichel?«

»Das Kind und die Ratte?«

»Ja, vielleicht war es auch eine Ratte. Du hast Psychologie studiert, du solltest das wissen.«

»Du meinst wohl das Little-Albert-Experiment. Durch ein lautes Geräusch bei jeder Berührung der Ratte haben sie bewirkt, dass das Kind die Ratte mit Angst assoziiert hat. Irgendwann hat auch die Ratte allein das Kind zum Weinen gebracht. Das Kind hat das Angstgefühl mit dem Geräusch und der Ratte in Verbindung gebracht und hatte am Ende vor allen Tieren mit Fell Angst. Das nennt man klassische Konditionierung.«

»Genau. Sind das nicht oft genau diese Dinge, die solche Ängste bei Leuten auslösen?«

»Ja, kann sein. Aber Angst und der Hass auf einen ganzen Ort sind zwei unterschiedliche Paar Schuhe«, sagte Elma nachdenklich. Sævars Überlegung war aber keinesfalls abwegig. Sie musste an das Gefühl denken, das sie beim Vorbeifahren oder Betreten des Schulgebäudes bekam. Wie sie sich fühlte, wenn sie diese Leute traf. Krummi und seine Freunde. Und Sandra.

»Ja, das mag sein. Der Mensch ist oft ganz schön irrational, und diese Elísabet scheint sich mit einer Handvoll Problemen herumgeschlagen zu haben.« Sævar trank seinen Pappbecher leer und stellte ihn auf einem Regal ab. »Aber sie war nun mal hier, also muss sie hier jemanden gekannt haben. Irgendwo hat sie übernachtet, und es ist ganz schön verdächtig, dass sich noch niemand von sich aus bei uns gemeldet hat.«

Elma nickte. Das stimmte. Irgendjemand wusste mehr, aber hatte beschlossen, es für sich zu behalten. Durch den Regen hörten sie eine Autotür. Die Spurensicherung war angekommen.

Hörður hielt eine durchsichtige Plastiktüte zwischen Daumen und Zeigefinger und beäugte den Inhalt. Elma hatte der Spurensicherung eine Weile bei der Arbeit zugesehen. Ihr Magen hatte aufgehört zu knurren, und sie war überzeugt, dass sie sich mittlerweile von den eigenen Organen ernährte, aber das spielte jetzt keine Rolle. Wichtig war, dass Elísabets Auto aufgetaucht war und die Spurensicherung mit der Untersuchung gut vorankam. Wenn jemand mit Elísabet im Auto gewesen war, würden sie es vielleicht herausbekommen.

»Ich überlege trotzdem«, flüsterte ihr Sævar ins Ohr, »jemand muss gewusst haben, dass die Bewohner des Hauses im Ausland waren. Wer auch immer das Auto hierhergebracht hat, wusste genau, dass sie weg waren und wann sie wiederkommen würden.«

»Jemand, der sie gut kannte«, sagte Elma und wandte den Blick nicht von Hörður ab, der immer noch auf die Plastiktüte starrte. Es hatte aufgehört zu regnen, und das Garagentor stand offen. In der Straße befanden sich nur Einfamilienhäuser. Neubauten mit Doppelgaragen und großen Terrassen. Grauer Beton und dunkles Holz. Jetzt in der Dämmerung war gut zu sehen, dass viele Nachbarn die Szene von ihren Fenstern aus beobachteten. Manche von ihnen waren nach draußen gekommen, um mit Hörður ein paar Worte zu wechseln.

»Aber das ist das Problem mit Akranes – hier weiß jeder über jeden Bescheid«, fuhr Sævar fort. »Darum können wir uns nicht nur auf Nachbarn und enge Verwandte beschränken. Fast alle im Ort kennen diese Leute, viele kaufen in ihrem Laden ein und wissen, dass sie jedes Jahr um diese Zeit wegfahren. Der Mann spielt Golf, die Frau leitet Spinning-Kurse. Viele Leute wussten also, dass sie dieses Wochenende nicht zu Hause sein würden.«

Elma bezweifelte nicht, dass er damit recht hatte, aber es waren sicher nicht so viele, die obendrein noch einen Schlüssel zum Haus hatten. Es gab keine Hinweise auf einen Einbruch.

»Aber vielleicht spielt das alles keine Rolle«, sagte Sævar. »Irgendwas werden sie wohl im Auto finden.« Er wirkte jedoch nicht überzeugt, genauso wenig wie Elma.

»Hörður«, sagte Elma und ging zu ihm.

»Hmm.« Hörður blickte auf. Er war anscheinend in eigene Gedanken versunken gewesen. Elma nickte in Richtung der Tüte, die er in der Hand hielt.

»War was im Auto?«

»Puh, ja«, Hörður zögerte, »dieser Zettel. Ich weiß nicht so recht, wie ich ...« Hörður verstummte mitten im Satz, und sie blickten beide auf, als sie laute Musik hörten.

Die Musik kam von einem Auto, das auf dem Gehsteig geparkt hatte. Plötzlich wurde es wieder still, und ein Mann stieg aus. Elma erkannte Krummi sofort. Er hatte sich kaum verändert, fast so, als hätte die Zeit stillgestanden. Er war immer noch gleich jungenhaft, mit demselben unbekümmerten Gang und demselben stechenden Blick. Einzig die Kleidung und die Frisur waren anders. Er trug nicht mehr zerrissene Jeans, die auf den Hüften hingen, und die Haare hatten keine hellen Strähnen mehr. Stattdessen trug er ein schwarzes Hemd, dunkelblaue Hosen und einen schwarzen Mantel. Krummi warf Elma einen schnellen Blick zu, bevor er zu Hörður ging. Seinem Gesichtsausdruck zufolge erkannte er sie nicht, und sie atmete auf.

»Was geht hier vor?«, fragte er und gab Hörður einen leichten Klaps auf die Schulter. Sie kannten sich offensichtlich. »Man hört nur, dass die Polizei die Garage eingenommen hat.«

Hörður lächelte und steckte die Plastiktüte unauffällig weg. »Nichts, worüber du dir Sorgen machen müsstest. Dieses Auto hängt vielleicht mit Ermittlungen bei uns zusammen.«

»Dem Mordfall?«, fragte Krummi und beugte sich vor, um einen besseren Blick in die Garage zu bekommen.

Hörður nickte. »Sag mal, hast du einen Schlüssel zum Haus deiner Eltern?«

»Ja, klar«, sagte Krummi. »Aber ich war nicht hier, während sie weg waren. In letzter Zeit hatte ich viel zu tun.«

»Ja, klar, das glaube ich dir. Bist du nicht immer noch Fußballtrainer? Ich frage auch nur, weil es nicht nach einem Einbruch aussieht. Kann auch sein, dass die Garage gar nicht abgeschlossen war«, sagte Hörður. »Hast du den Schlüssel vielleicht verloren oder mal irgendwo vergessen?«

»Nein, der ist da, wo er sein sollte. Die Tür war vermutlich einfach nicht abgeschlossen«, sagte Krummi und runzelte die Stirn. »Andererseits würde mich das wundern, Mama achtet immer penibel darauf, dass ja alles abgeschlossen ist. Ist auch alles voller Kram da drinnen. Es gab mal Zeiten, da musste man nicht abschließen, aber die sind vorbei.«

»Ja, so war das früher immer. Die gute alte Zeit«, sagte Hörður und lächelte bei dem Gedanken daran. »Aber weißt du, ob sonst noch jemand einen Schlüssel zum Haus hat?«

»Nein, da musst du schon meine Alten fragen. Soweit ich weiß, haben nur wir Geschwister einen, also Hanna und ich«, sagte Krummi. »Wie auch immer, ich will euch nicht weiter stören, mein Freund. Wollte nur den Eltern kurz Hallo sagen.« Er winkte und ging ins Haus. Auf dem Weg dahin sah er Elma noch einmal an, und diesmal grinste er, sodass Elma ein ungutes Gefühl im Magen bekam. Gegen ihren Willen wich sie seinem Blick schnell aus und spürte, dass sie rot wurde.

Zurück auf der Polizeistation war Hörður nicht er selbst. Er wirkte in Gedanken vertieft und hatte eine ernste Miene. Davor hatte Elma nie erlebt, dass er eine Lage nicht unter Kontrolle hatte. Es wirkte immer so, als hätte er alles im Griff. Auch wenn sie sich in seiner Nähe manchmal wie ein schusseliger Teenager fühlte, wusste sie seine positive Einstellung und ruhige Art zu schätzen. Ihr Chef in Reykjavík war ganz anders gestrickt gewesen. Der schien zu denken, ein Mann in seiner Position müsse auf eine gewisse Distanz zu seinen Mitarbeitern achten. Er hatte ihr immer ein wenig Angst eingejagt, und sie war nie sicher, wie sie sich in seiner Gegenwart verhalten sollte. Aber genau darauf legte er es letztendlich auch an, das wusste sie. Ihn vermisste sie jedenfalls kein bisschen, die Kollegen aus Reykjavík aber schon.

»Gulla, sei so lieb und mach uns frischen Kaffee. Und bring gerne die ganze Kanne«, sagte Hörður zu Gulla, während er Sævar und Elma die Tür aufhielt. Als die Spurensicherung ihre Arbeit beendet hatte, waren sie sofort zurück zur Station gefahren, wo die diensthabenden Polizisten sie neugierig ausfragten. Vorerst beantwortete Hörður aber keine Fragen, teilte nur mit, er würde später alle zusammenrufen. Sie trafen sich im kleinen Besprechungsraum und stellten die Box der Spurensicherung in die Mitte des Tisches.

»Also gut«, sagte Hörður und strich sich übers Kinn, bevor er die kleine Plastiktüte hervorholte, die er sich vorhin so genau angesehen hatte. »Das wurde in Elísabets Auto gefunden.« Er legte die Tüte auf den Tisch, und Elma und Sævar lehnten sich vor, um besser zu sehen.

In der Tüte war ein kleiner Zettel. Auf ihm standen nur zwei Dinge, eine Adresse und eine Telefonnummer.

»Sollte uns das nicht weiterhelfen?«, fragte Sævar und warf Hörður einen Blick zu. »Das ist vermutlich jemand, den Elísabet treffen wollte.«

Hörður nickte, und irgendwie hatte Elma das Gefühl, die Information auf dem Zettel machte ihn nicht sonderlich glücklich. Es klopfte an der Tür, und Gulla kam mit einer großen Kaffeekanne und einer Schale Kekse rein. »Lasst euch von mir nicht stören«, sagte sie, aber sie sprachen trotzdem erst weiter, als Gulla wieder weg war.

»Das ist die Adresse von Bjarni Hendriksson und Magnea«, sagte Hörður, als die Tür zuging und sie wieder allein im Raum waren.

»Die Nummer auch. Sie ist von Bjarni«, sagte Elma, die auf

ihrem Handy im Telefonbuch nachgesehen hatte. »Was ist über Bjarni Hendriksson bekannt? Ich weiß nur, dass ihm und seinem Vater das Immobilienunternehmen hier in Akranes gehört. Er ging auf meine Schule, aber ist ein paar Jahre älter. Ich kenne ihn nicht wirklich.«

»Ja, die Firma gehört den beiden Brüdern, Tómas und Hendrik. Soweit ich weiß, soll Bjarni den Betrieb bald übernehmen«, sagte Hörður. »Bjarni Hendriksson kennst du bestimmt. Wie lange ist es eigentlich her, dass du hier gewohnt hast?«

»Schon eine ganze Weile.«

»Bjarni ist einer von den Leuten, die alle kennen«, erklärte Sævar. »Er engagiert sich in der Lokalpolitik, ist eine zentrale Figur der hiesigen Wirtschaft und war ein talentierter Fußballer.«

»Wie Hendrik«, warf Hörður ein.

»Er ist mit Magnea verheiratet, sie unterrichtet die jüngeren Stufen der Grundschule. Glücklich verheiratet, denke ich«, sagte Sævar.

»Wir sollten keine vorschnellen Schlüsse ziehen. Für die Sache gibt es sicher eine Erklärung. Etwas anderes kann ich mir kaum vorstellen«, sagte Hörður.

»Aber Elísabet hat Bjarni nicht angerufen«, sagte Elma. Bjarnis Nummer war nicht auf der Liste mit den Daten aus Elísabets Handy. Sie bezweifelte auch, dass Elísabet von einem anderen Handy als ihrem eigenen angerufen hatte.

»Aber sie hat Adresse und Telefonnummer notiert. Vielleicht ist sie zu ihm gefahren. Sollten wir Bjarni und Magnea nicht kontaktieren?« Sævar und Elma sahen Hörður an und er nickte.

»Doch, das sollten wir wohl«, sagte Hörður. Er räusperte sich, stand ohne weitere Erklärungen auf und ließ die beiden allein im Raum zurück.

Hörður hatte viele gute Eigenschaften. Er war einfallsreich, aufmerksam und besaß eine angenehme Ausstrahlung. Das waren nur einige von vielen Aspekten, die ihn dazu bewogen hatten, Polizist zu werden. In dem Beruf konnte er seine Stärken einsetzen. Er war gut darin, Leute zu durchschauen, erkannte, wenn sie nicht die Wahrheit sagten, wenn es ihnen schlecht ging oder ihnen etwas unangenehm war.

Mit zunehmendem Alter und immer höheren Dienstgraden innerhalb der Polizei wuchs auch sein Ansehen bei den Bewohnern des Ortes. Man kannte ihn, und er wurde bei verschiedensten Dingen nach seiner Meinung gefragt, ob vom Gemeinderat oder bei anderen politischen Fragen. Die Leute vertrauten darauf, dass er alle Probleme schnell und erfolgreich lösen würde.

Mit verschränkten Händen saß er in seinem Büro und sah hinaus in den Regen, der nicht mehr aufhören wollte. Er nahm den Telefonhörer und atmete tief durch. In seiner Tasche begann das Handy zu vibrieren, und er legte erleichtert den Hörer wieder weg und griff zum Handy.

»Ich wollte nur fragen, wann du nach Hause kommst.« Es war seine Frau Gígja. Sie war irgendwo unterwegs. Er sah auf die Uhr, kurz vor sechs. Wahrscheinlich war Gígja gerade einkaufen. »Ich bin nicht ganz sicher, vermutlich eher spät.« Der Anruf bei Bjarni hatte wohl auch bis morgen Zeit, dachte er dann. Er sehnte sich nach einer warmen Dusche zu Hause. Wollte einfach in Ruhe die Nachrichten schauen.

»Also kommst du nicht zum Essen«, sagte Gígja und rechnete nicht mit einer Antwort. »Du isst dann einfach die Reste, wenn du kommst.«

Er murmelte etwas zur Zustimmung und verabschiedete sich. Gígja und er waren schon als Teenager zusammengekommen, als er achtzehn und sie sechzehn war. Er schloss langsam die Augen und dachte an die Zeit zurück. Die Erinnerung war schon so fern, dass es ihm vorkam wie die Geschichte eines anderen, nicht seine eigene. War er einmal so jung und unbekümmert gewesen?

Mittlerweile konnte er sich das gar nicht mehr vorstellen. Aber beim Gedanken an früher wurde ihm warm ums Herz, und zugleich überkam ihn eine Sehnsucht.

Er konnte sich über sein Leben aber nicht beklagen. Seine Frau und er waren immer noch glücklich, und er konnte sich nicht vorstellen, dass sich das je ändern würde. Sie hatten zwei Kinder, einen Sohn und eine Tochter, die fußläufig von ihnen wohnten und selbst Partner und Kinder hatten. Ein Enkelkind war erst vor zwei Wochen zur Welt gekommen; ein kleines Mädchen mit vielen wuscheligen Haaren. So war die Zeit Jahr für Jahr vergangen, und er wusste, dass es die nächsten Jahre so weitergehen würde. Aber jetzt war das Leben so vorhersehbar geworden. Er wusste, dass er mit denselben Leuten leben und sterben würde, und das war zwar schön und gut, aber die Zukunft brachte kaum noch Spannung oder Geheimnisse mit sich.

Er seufzte. Was hatte er zu meckern? Ihm ging es besser als den meisten, das war ihm klar. Der Junge mit den großen Träumen war einem alten Mann gewichen, der alles erreicht hatte, was er wollte, und mehr. Vielleicht gar nicht einmal so alt, auch wenn die Rente langsam in greifbare Nähe rückte.

Hörður nahm noch einmal den Telefonhörer zur Hand und wählte die Nummer, die er auf einen Zettel gekritzelt hatte. Es klingelte nur kurz.

»Magnea«, sagte eine Frauenstimme am anderen Ende der Leitung.

Hörður verhaspelte sich ein wenig. Er hatte mit Bjarnis Stimme gerechnet. »Ist Bjarni da?«

»Warte, Bjarni ist hier irgendwo«, sagte Magnea. Er hörte ein Rascheln im Hörer und undeutliche Stimmen, bevor ein Mann mit tiefer Stimme antwortete.

»Bjarni«, sagte er.

»Hallo, Bjarni, Hörður hier.« Er wusste, dass Bjarni ihn sofort erkennen würde.

»Ach, hallo, Hörður. Wie geht's dir?« Die tiefe Stimme wurde heller.

»Gut. Mir geht es gut«, sagte Hörður zögerlich.

»Was macht die Enkeltochter? Ist doch ein Mädchen, nicht wahr? Magnea meinte, sie sei ein bisschen früh geboren«, sagte Bjarni.

»Ja, doch. Mutter und Kind sind wohlauf. Sie kam vier Wochen zu früh, aber es lief alles wunderbar.« Hörður räusperte sich. »Aber ich rufe wegen einer anderen Sache an. Am besten wäre, wenn du kurz auf die Station kommen könntest. Es geht um einen Fall, den wir hier bearbeiten. Bei den Ermittlungen ist dein Name aufgekommen.«

Am anderen Ende der Leitung wurde es still.

»Je früher, desto besser, das würde uns sehr helfen«, fügte Hörður hinzu.

»Selbstverständlich, wenn ich behilflich sein kann. Um welchen Fall geht es, wenn ich fragen darf?« Bjarni sprach in einem lockeren Tonfall, auch wenn eine gewisse Neugier durchklang.

»Ich erzähle dir alles, wenn du kommst«, sagte Hörður. »Aber mach dir keine Sorgen, das ist alles ganz zwanglos, ich könnte auch bei dir vorbeikommen, wenn das besser passt.«

»Nein, nein. Ich komme«, antwortete Bjarni schnell.

»Gut, dann bis gleich«, sagte Hörður und verabschiedete sich.

»Wäre der übliche Ablauf nicht eigentlich, dass wir zu ihm fahren?«, fragte Elma, als Hörður wiederkam.

»Nein, so ist es besser. Ich will da seine Frau lieber nicht mit reinziehen, falls sich herausstellen sollte, dass Elísabet und Bjarni etwas miteinander hatten, so unwahrscheinlich es auch ist«, sagte Hörður entschieden. »Davon hat niemand was.«

Elma schwieg und beschloss, nicht nachzufragen, warum Hörður das für so unwahrscheinlich hielt. Oder warum er Bjarni auf diese Weise beschützen wollte. Sie erinnerte sich daran, was ihre Mutter über Hörður gesagt hatte, wie viel Wert er auf sein Ansehen im Ort legte. Wahrscheinlich war das in den meisten kleinen Ortschaften so, überlegte sie. Die zwischenmenschlichen Beziehungen der Leute erschwerten Ermittlungen wie diese. Man musste aufpassen, nicht den Unmut der Bewohner auf sich zu ziehen.

Als Bjarni kam, sah Elma sofort, warum er so beliebt war. Er hatte eine gewinnende Art und war sehr attraktiv, groß und kräftig, mit blonden Haaren und kurzen Bartstoppeln im Gesicht. Die Augenbrauen waren dicht und wohlgeformt und der Blick gutmütig und entschlossen. Bei seiner Ankunft lächelte er Elma und Sævar höflich zu, Hörður aber begrüßte er wie einen alten Freund. Elma lächelte instinktiv zurück, als er ihr zur Begrüßung die Hand reichte und sich vorstellte.

»Also, was gibt's?«, fragte Bjarni, nachdem sie alle Platz genommen hatten. »Du hast mich ja richtig auf die Folter gespannt.«

Hörður lächelte ihn freundlich an. »Das ist deine Telefonnummer, nicht wahr?«, sagte er und las die Nummer vor.

»Nein, das ist Magneas Nummer«, sagte Bjarni und sah sie verwundert an. »Sie ist ja auch vorhin rangegangen, als du angerufen hast.«

»Aber ... die Nummer ist auf deinen Namen registriert«, sagte Hörður.

»Ja, das stimmt. Aber es ist das Handy, das Magnea benutzt. Wolltet ihr deshalb mit mir sprechen? Worum geht es?«

Hörður räusperte sich und blickte runter auf den Zettel in seiner Hand.

»Die Nummer kam bei Ermittlungen auf«, sagte er schließlich. »Und eure Adresse auch.«

»Dem Mord beim Leuchtturm?« Bjarni brauchte nicht lange, um die Verbindung herzustellen.

»Und ihr denkt ... was? Dass meine Frau etwas mit diesem Mord zu tun hat?« Bjarni lachte über den abwegigen Gedanken.

»Wir müssen natürlich mit allen sprechen, die in den Tagen vor ihrem Tod eventuell Kontakt zu ihr hatten«, sagte Elma mit einem Lächeln. Die Machtverhältnisse im Raum gefielen ihr nicht. Es war, als würde Hörður in Anwesenheit dieses Mannes ganz klein werden. Ihr hingegen war völlig egal, wer er in den Augen der anderen Einwohner war.

»Das sind ganz schön eigenartige Arbeitsweisen, Hörður. Es scheint ja fast so, als wäre man ein Verdächtiger«, sagte Bjarni und lachte wieder. »Ihr glaubt doch nicht, dass zwischen mir und der Frau etwas war?«

»Wir versuchen nur, die Zusammenhänge zu verstehen«, sagte Hörður.

Bjarni stand auf, ohne den Blick von Hörður zu nehmen. Das Lächeln hatte sich verändert, es war nicht mehr freundlich, sondern kühl.

»Tja, anscheinend ist bei der Polizei gerade Saure-Gurken-Zeit«, sagte er. »Ist das wirklich das Einzige, was ihr in der Hand habt?«

»Das ist nur eine der Spuren, denen wir nachgehen müssen«, antwortete Elma. »Mehr können wir dir darüber leider nicht sagen.«

Bjarni sah sie nicht an, sondern richtete sich weiter an Hörður. »Soll ich dann nicht Magnea zu euch schicken, oder wollt ihr mir nach Hause folgen und sie dort treffen?«

»Sævar und ich kommen mit dir mit«, sagte Hörður und wich Bjarnis stechendem Blick aus.

Elma hätte Hörður am liebsten gebeten, auf der Station zu bleiben, damit Sævar und sie allein mit Magnea sprechen könnten. Sie befürchtete, das Verhältnis zwischen Hörður und Bjarni könnte verhindern, dass die richtigen Fragen gestellt wurden. Sie wusste, dass Hörðurs Sohn gut mit Bjarni befreundet war. Sie war aber in keiner Position, solche Entscheidungen zu treffen, und bekam die Aufgabe, den Rest der Sachen durchzusehen, die man in Elísabets Auto gefunden hatte.

Sie zog Plastikhandschuhe an und öffnete geistesabwesend den Pappkarton. Sie musste an eine Nachricht denken, die sie vorhin bekommen hatte. Sie war so mit dem Auto beschäftigt gewesen, dass sie nur einen kurzen Blick darauf geworfen, aber noch gar nicht geantwortet hatte. Die Nachricht war von Sandra. Sie wollte wissen, ob sie zu dem Treffen am Samstag kommen würde.

Elma war nicht sicher, was sie antworten sollte. Sie war immer noch am Überlegen. Es war verlockend, die Arbeit als Vorwand zu nehmen, schließlich gab es tatsächlich genug zu tun. Sie hatte wenig Lust auf das Treffen. Dort müsste sie nur jeder Menge Leuten begegnen, die sie eigentlich nicht sonderlich gerne mochte. Leute, die sich seit dem Ende ihrer gemeinsamen Schulzeit nicht für sie interessiert hatten und die sie nicht mehr kannte. Sie fragte sich, ob Silja und Kristín da sein würden. Der Abend könnte ganz interessant werden, auch wenn sie bezweifelte, dass sie Spaß haben würde. Aber sie könnte sich ja kurz blicken lassen.

In der Schachtel war ein Sammelsurium von Papieren und allerlei Kleinkram aus dem Auto. Ganz oben lagen ein gestrickter Schal, ein schwarzer Kinderhandschuh und Wimperntusche. Sie blätterte durch den Papierstapel und überflog die Zettel. Rechnungen, irgendwelche Papiere, die zum Auto gehörten, der Bericht der letzten Hauptuntersuchung und ein Handbuch für Ölwechsel. Nur zwei Dinge weckten ihr Interesse. Zum einen ein großes Kuvert mit dem Stempel der Kanzlei von Sigurpáll G. Hannesson, an Eiríkur adressiert. Als sie das Kuvert öffnete, sah sie sofort, worum es sich handelte – das waren Scheidungspapiere. Sie hatten richtig vermutet. Wenn Elísabet wegen der Scheidung zu einem Anwalt gegangen war, dann wahrscheinlich, weil Eiríkur sich dagegen gewehrt hatte. Wenn die Ehepartner sich einig sind, reicht meist ein einfacher Gang zum Bezirksamtmann. Und vermutlich hatte sich Elísabet auch Sorgen um die Kinder gemacht. Konnte es sein, dass sie das Sorgerecht nicht mit Eiríkur teilen wollte? Oder hatte sie selbst Angst gehabt, das Sorgerecht zu verlieren?

Den anderen Umschlag hätte Elma beinahe vergessen. Er war weiß und unmarkiert, klein und dünn, schien leer zu sein. Sie öffnete ihn vorsichtig.

Darin war ein Bild. Ein zerknittertes, unscharfes und altes Bild, aufgenommen von einer Sofortbildkamera. Darauf war ein Mädchen zu sehen. Sie blickte nach unten, sodass die dunklen Haare das Gesicht verdeckten, also konnte man auch nicht sehen, wer es war. Das Bild war relativ dunkel, aber Elma erkannte das Zimmer trotzdem wieder. Es war derselbe Dachboden, den sie vorhin besucht hatte, das gleiche Parkett, und im Hintergrund stand der Schrank unter der Dachschräge. Das Mädchen war kaum älter als acht oder neun. Die Arme hingen am Körper herunter, und sie stand lediglich mit einer weißen Unterhose bekleidet da und blickte auf den Boden. Die Zehen zeigten ein kleines bisschen nach innen, und der Rücken war leicht gekrümmt, als wollte sie ja keine Aufmerksamkeit auf sich ziehen. Elma hatte das Gefühl, die Hilflosigkeit des Mädchens zu spüren. Wer auch immer das Bild gemacht hatte, war jemand, vor dem das Mädchen Angst hatte. Das schien Elma offensichtlich – dieses Mädchen hatte eine Heidenangst.

Es war nicht weit von der Station zu Bjarni und Magnea nach Hause. Sie wohnten in einem großen Einfamilienhaus in der Nähe von Garðalundur, dem Aufforstungsgebiet von Akranes. Das Viertel war eher dünn besiedelt und bestand aus unbebauten Flächen und vereinzelten Einfamilienhäusern auf erdigem Untergrund. Wahrscheinlich würde es aber schnell wachsen, jetzt, wo es mit der Wirtschaft wieder bergauf ging, überlegte Sævar. An manchen Stellen wurden schon Fundamente ausgehoben.

Bjarni war vorausgefahren und schon im Haus bei seiner Frau, als sie eintrafen. Sævar fand das nicht gut, aber er beschloss,

Hörður gegenüber nichts zu sagen. Ihm war eigentlich wichtig, bei einem Gespräch wie diesem die erste Reaktion zu sehen. Ausweichende Blicke, schneller Atem, zögerliche Antworten – all das sagte etwas über den Gemütszustand des Gesprächspartners aus. So aber bekam Magnea etwas Zeit, um sich zu fangen und vorzubereiten, was sie sagen wollte.

Noch bevor sie klopfen konnten, ging die Tür auf. Magnea stand in weitem Rollkragenpulli und schwarzen Leggings im Türrahmen und lächelte sie an. Die Haare trug sie in einem hohen Knoten und lose Strähnen umrahmten das Gesicht. Sævar war ihr schon ein paar Mal begegnet, aber jetzt sah sie ganz anders aus. Normalerweise war sie immer elegant gekleidet, fast als würde sie in einer Bank arbeiten, nicht in einer Grundschule.

Magnea begrüßte sie und bat sie rein. Sævar wischte die Schuhe auf der Fußmatte ab und folgte ihr durch den Vorraum. Das Haus hatte eine hohe Decke und roch nach frisch lackiertem Holz.

»Wir sind erst vor Kurzem eingezogen«, sagte Magnea, als könnte sie seine Gedanken lesen. »Deshalb ist noch nicht alles fertig. Ich nerve Bjarni ständig mit diesen Listen, aber ihr wisst ja, wie das ist. Er hat immer so viel zu tun, und irgendwie scheint es ihn nicht so sehr zu stören wie mich.« Sie lachte.

Sævar war nicht aufgefallen, dass etwas noch nicht fertig war, aber bei genauerem Hinsehen bemerkte er die fehlenden Sockelleisten in der Küche.

»Kaffee?« Magnea sah sie fragend an.

»Ja, ich würde einen nehmen, wenn es keine Umstände bereitet«, sagte Hörður. Sævar nickte ebenfalls. Für gewöhnlich trank er so spät keinen Kaffee mehr, aber der Tag schien kein Ende nehmen zu wollen.

Magnea streckte sich zu einem Glasschrank hoch und holte zwei Tassen. Sie schwiegen, während die Kaffeemaschine Bohnen mahlte und die beiden Tassen befüllte. Sie schenkte sich selbst ein Glas Wasser ein und setzte sich ihnen gegenüber. »Bjarni hat erzählt, dass meine Telefonnummer bei den Ermittlungen im Fall von Elísabet aufgetaucht ist.«

»Ja, also, wir haben heute Elísabets Auto gefunden. Offenbar hat sie eure Nummer und Adresse bei sich notiert«, sagte Hörður. »Ja, oder eben deine Handynummer, nicht wahr? Darum wollten wir fragen, ob Elísabet einmal versucht hat, mit dir Kontakt aufzunehmen.«

Magnea nickte ruhig. »Ja, in der Tat«, sagte sie. »Elísabet kam letzten Samstag hier vorbei. Sie hatte mir eine E-Mail geschrieben. Ich wollte eigentlich antworten, habe es aber einfach vergessen. Wir hatten seit Jahren keinen Kontakt.«

»Aber du kanntest sie?«, fragte Sævar. Er wunderte sich, warum diese E-Mail bei der Untersuchung von Elísabets Laptop nicht aufgefallen war. Hatte sie die Mail anders verschickt? Über eine andere Mailadresse als die, von der Eiríkur wusste?

Magnea zuckte mit den Schultern. »Man kann wohl kaum sagen, dass wir uns kannten. Wir gingen in der Grundschule in dieselbe Klasse, aber Freundinnen waren wir nie.«

»Warum hat sie dich nach all den Jahren kontaktiert?«

»Sie wollte mich treffen. Aus irgendeinem Grund hatte sie viel auf dem Herzen.« Magnea blickte Richtung Flur. Irgendwo im Haus war ein Fernseher an. »Ich hatte keine Zeit für sie. Wir erwarteten an dem Abend Freunde zum Essen« Magnea sah wieder die Polizisten an. »Aber dann kam sie einfach ungebeten vorbei.«

»Kam Elísabet am Samstagabend hierher?«

»Ja, wie schon gesagt, sie kam vorbei, kurz bevor die Gäste kommen sollten. Sie wollte über irgendetwas sprechen, ich weiß nicht, worüber. Ich war eigentlich ziemlich unhöflich zu ihr und bereue es jetzt, wo sie ... tot ist.« Magnea trank einen Schluck Wasser.

»Und ist sie danach einfach wieder gegangen?«

»Ja, ich meinte zu ihr, wir könnten uns später noch treffen. Sie schlug ausgerechnet den Leuchtturm vor.« Magnea schüttelte den Kopf und trank noch einen Schluck Wasser. »Die Gäste sollten jeden Moment kommen, also stimmte ich einfach zu.«

»Und hast du sie danach getroffen?«, fragte Sævar.

»Nein, natürlich nicht«, antwortete Magnea ein bisschen forsch. Sie lächelte, als ihr klar wurde, wie kratzbürstig sie klang. »Ich meine, ich hatte schon ein paar Gläser Wein getrunken und wollte danach nicht mehr Auto fahren. Das Essen hat lange gedauert, und ich habe unsere Verabredung völlig vergessen. Ich habe mich erst wieder daran erinnert, als ich erfahren habe, dass Elísabet tot aufgefunden wurde.«

»Verstehe«, sagte Hörður. »Und weißt du gar nicht, warum sie mit dir sprechen wollte?«

»Nein, keine Ahnung.«

»Wie war Elísabet in der Grundschule so?«, fragte Sævar.

»Das ist schon Ewigkeiten her, fast dreißig Jahre«, sagte Magnea. Sie atmete tief ein und sah nachdenklich aus dem Fenster. »Sie war ziemlich zurückhaltend. Ich erinnere mich nicht, dass sie mir je wirklich aufgefallen wäre. Höchstens noch, weil sie immer so schlecht gekleidet war. Und immer nach Rauch stank.«

»Zigaretten?«

»Ja, sie stank immer nach Zigaretten. Damals war es natürlich üblicher, dass Leute rauchten. Meine Eltern ja auch.« Magnea lächelte. »Aber sie haben immer darauf geachtet, es nicht drinnen zu tun. Ich kann mir vorstellen, dass Elísabets Eltern nicht einmal die Fenster aufgemacht haben, wenn sie geraucht haben. Das arme Mädchen stank zehn Meter gegen den Wind.«

»Die Zeiten haben sich gewiss verändert.« Hörður sah unruhig Richtung Flur, als der Fernseher plötzlich ausging.

»Was ist mit Freunden? Erinnerst du dich noch, ob Elísabet irgendwelche Freunde hatte?«, fragte Sævar.

»Nein. Keine. Sie war viel allein.« Magnea blickte ins Wasserglas, bevor sie antwortete. Sævar hatte das Gefühl, dass sie mehr wusste, als sie ihnen erzählte. Sie wich seinem Blick aus.

»Na, wie läuft's bei euch?« Bjarni kam in die Küche. »Ich hoffe, wir konnten euch ein wenig weiterhelfen.«

Hörður räusperte sich und stand auf. »Dann sind wir wohl so weit fertig«, sagte er und reichte Magnea und Bjarni die Hand. Sævar tat es ihm gleich.

»Nur eine Sache noch«, sagte Sævar, als sie schon im Vorraum standen. »Warum hast du nicht Bescheid gesagt? Du hast doch sicher von dem Fall gehört.«

»Ich dachte, das spielt keine Rolle«, antwortete Magnea und lachte ein wenig gezwungen. »Ich meine, ich habe nur zwei Minuten mit ihr gesprochen, und dann habe ich sie nicht mehr gesehen.«

Sævar nickte und verabschiedete sich. Er glaubte ihr kein Wort.

»Also gut, das hat nicht viel gebracht«, sagte Hörður, als sie wieder im Auto saßen.

»Ja, aber immerhin wissen wir jetzt, dass sie über etwas sprechen wollte, das sie beunruhigt hat.« Sævar schaute nachdenklich aus dem Fenster. »Ich glaube aber, Magnea weiß mehr, als sie uns gesagt hat. Elísabet war nicht ohne Grund bei ihr.«

»Na ja, da wäre ich mir nicht so sicher«, sagte Hörður und startete den Motor. »Elísabet war anscheinend nicht gerade eine ausgeglichene Person.«

Sævar murmelte etwas, aber auf dem Weg zurück wurde er den Gedanken nicht los, dass Elma vielleicht doch recht hatte. Vielleicht hatte der Fall gar nichts mit Eiríkur oder einer Affäre zu tun, sondern mit etwas ganz anderem.

Magnea fühlte sich nicht gut. Als die Polizisten weg waren, ging sie sofort ins Badezimmer, drehte die Dusche auf und übergab sich in die Toilette. Sie setzte sich auf den Boden und lehnte den Kopf an die kalte Fliesenwand, während der Raum sich mit Dampf füllte. Sie wünschte, sie hätte den Mut gehabt, der Polizei zu erzählen, was sie schon so lange jemandem erzählen wollte.

Aber sie hatte sich nicht getraut. Außerdem durfte sie nicht alles aufs Spiel setzen. Sie müsste umziehen, woanders ein neues Leben beginnen, wo niemand sie kannte.

Es war schwer genug gewesen, Bjarnis Fragen zu beantworten, denn der wusste ja noch gar nicht, dass Elísabet an dem Tag vorbeigekommen war. Sie hätte ihn nicht anlügen sollen, das machte es immer nur schlimmer. Warum musste sie auch immer lügen? Seit sie ein kleines Mädchen war, hatte sie sich mit irrelevanten kleinen Flunkereien in Schwierigkeiten gebracht. Sie schmückte ihre Geschichten aus, log ihre Freundinnen an, was sie am Wochenende gemacht hatte, erfand Geschichten über Leute, die sie nicht kannte. Und es war nicht, weil sie nicht genug Aufmerksamkeit bekam – das war nie ihr Problem gewesen. Die Worte platzten nun mal aus ihr heraus, bevor sie etwas dagegen tun konnte.

Aber da war auch noch diese eine Lüge, mit der sie leben musste und die sie nicht loswurde.

Sie strich über ihren schwangeren Bauch und spürte eine innere Wärme, wie immer, wenn sie an das Kind dachte. Jetzt konnte sie niemandem mehr davon erzählen. Sie wusste, dass ihr Bjarni nie verzeihen würde. Ása würde sie keines Blickes mehr würdigen, und sogar Hendrik würde nicht mehr mit ihr sprechen. Und alle anderen in Akranes auch nicht. Nein, sie konnte niemandem davon erzählen. Sie müsste das Geheimnis mit ins Grab nehmen. Und jetzt konnte auch niemand sonst etwas verraten, da musste sie sich keine Sorgen mehr machen. Die Einzige, die außer ihr das Geheimnis kannte, war tot. Und sie selbst würde nie etwas sagen.

Manchmal war sie böse. Sie wusste nicht, warum, und konnte es nicht erklären, aber in ihr steckte definitiv etwas Böses.

Das ging ihr durch den Kopf, während sie die Spinne beobachtete, die sich im Kies vor ihrem Haus aus einer dunklen Ecke traute und die Wand hochkroch. Sie nahm das Tier mit zwei Fingern auf und zupfte ihm vorsichtig die Beine aus. Dann legte sie die Überreste der Spinne auf die Treppe und sah ihr beim Sterben zu.

Es war Samstag, und sie wollte später zu Sara. Aber noch schliefen alle. Sie überlegte, ob es auch zu früh war, um zu Solla im Haus nebenan zu gehen. Ihr Magen knurrte schon, und an den Wochenenden gab's bei Solla oft etwas Gutes zu essen. Frisch gebackenes Brot oder Zimtschnecken mit viel Zucker. Sie mochte Solla. Was würde sie nur ohne Solla tun? Der Torso der Spinne bewegte sich nicht mehr, und Elísabet drückte ihn mit dem Zeigefinger auf die Betontreppe, sodass nur ein kleiner schwarzer Klecks übrig blieb.

Sara war so ein Glückspilz, fand sie. Ihr großes Haus stand nicht weit entfernt und hatte einen schönen Garten. Außerdem war ihre Mama immer zu Hause. Sie backte Kuchen und kochte gutes Essen und gab ihnen manchmal Geld für ein Eis. Dann liefen sie in den Laden oder zum Kiosk und kauften sich ein Eis am Stiel.

Sara hatte lange, glatte und blonde Haare, ganz anders als ihr Wuschelkopf, wo die Haare meist in alle Richtungen abstanden. Sie trug auch immer neue, saubere Sachen und brachte genug Pausenbrote für sie beide mit. Nach der Schule gingen sie fast jeden Tag zusammen nach Hause und spielten bis zum Abend. Manchmal gingen sie auch nach draußen, aber am lustigsten war es bei Sara zu Hause. Sie hatte ein schönes rosa Zimmer und ein riesiges Puppenhaus voller Möbel und Puppen, mit denen sie spielten und denen sie Puppenkleider anzogen. Alles, was Sara hatte, war rosa und roch gut. Ihr Bett, die Kleidung und das Zimmer. Sogar sie selbst duftete nach einer guten Seife, sodass Elísabet immer wieder heimlich an ihren Haaren roch.

Elísabet hatte noch nie eine Freundin gehabt, aber jetzt war alles anders. Sie war sich trotzdem sicher, wenn sie Sara erzählen würde, was sie tat und wie gemein sie manchmal war, würde Sara nicht mehr ihre Freundin sein wollen. Davor hatte sie große Angst. Deshalb sagte sie nichts und behielt das Geheimnis für sich. Obwohl sie ihr so sehr von allem erzählen wollte, dass sie das Gefühl hatte, sie würde eines Tages platzen.

Das Bild des Mädchens ging Elma seit dem Vorabend nicht mehr aus dem Kopf. Sie wollte herausfinden, wer es war. Beim Blick auf den hellen Bildschirm kniff sie die Augen zusammen. Laut Immobilienregister hatte das Haus in Krókatún seit 1980 viermal den Eigentümer gewechselt. Bis 1982 gehörte es Sighvatur Kristjánsson. Elma machte große Augen, als sie sah, dass dann Hendrik Bjarnason das Haus gekauft hatte, dem es bis 2006 gehörte. Das musste allerdings nichts heißen. Hendrik besaß viele Immobilien im Ort, die er vermietete. Und ihm gehörte natürlich das Immobilienunternehmen Fastnes GmbH. Er hatte aller Wahrscheinlichkeit nach nie selbst in dem Haus gelebt. Außerdem hatte er keine Tochter, nur den einen Sohn, Bjarni.

Andrea Fransdóttir und Tryggvi Traustason hatten das Haus 2006 gekauft und bis 2009 besessen, als der isländische Finanzierungsfonds für Hausbesitz es im Zuge einer Zwangsversteigerung erwarb. Elma konnte Sighvatur nicht im Melderegister finden, aber Andrea und Tryggvi schienen heute beide in Reykjavík zu wohnen, getrennt. Sie fragte sich, ob die finanziellen Probleme die Ehe zum Scheitern gebracht hatten, wie bei so vielen anderen auch. Elma sah sich ihre Facebook-Profile an und vermutete, dass sie keine gemeinsamen Kinder hatten. Alle Kinder auf den Bildern waren zu jung, um vor 2009 geboren zu sein.

Sie gab Sighvatur Kristjánsson in die Suchmaschine ein. Ein Nachruf erschien, und Elma erkannte sofort, dass es sich um denselben Mann handelte. Er war vor etwa zehn Jahren im

Altersheim Höfði in Akranes verstorben. Er wurde 1926 geboren, und laut Nachruf hat er sein ganzes Leben in Akranes gelebt und vier Kinder gehabt; drei Jungen und ein Mädchen. Alle von ihnen hatten Nachrufe verfasst, in denen sie ihren Vater priesen, ihn als fleißigen Mann und guten Opa bezeichneten. Im Sommer lud er sie ein, mit ihm aufs Meer rauszufahren, und sie warfen die Leinen aus und verkauften dann den Fang. Das Bild zeigte einen lächelnden, braun gebrannten Mann mittleren Alters in traditionellem Strickpulli, dem die Sonne ins Gesicht schien. Nicht gerade ein typisches Bild für einen Nachruf, offensichtlich lange vor seinem Tod aufgenommen, aber vielleicht das Bild, das ihn am besten einfing. Am Ende schrieben die Kinder noch, dass er jetzt bei ihrer Mutter wäre, auf der anderen Seite wieder vereint, was auch immer das heißen sollte. Elma suchte nach Sighvaturs Tochter und sah, dass sie auf keinen Fall das Mädchen auf dem Bild war.

Außer Elísabet kam niemand infrage. Sie lebte in dem Haus, als es Hendrik gehört hatte, also hatten Mutter und Tochter es wahrscheinlich von ihm gemietet. War es wirklich nur purer Zufall, dass der Name seines Sohnes im Zuge der Ermittlungen aufgekommen war?

Elma suchte auf Facebook nach Hendrik. Das Profilbild zeigte ihn beim Ausholen zu einem Golfschlag. Er trug eine helle Kakihose, ein dunkelblaues Poloshirt und eine Kappe. Hendrik war schon nicht mehr der Jüngste und braun gebrannt. Nach den Palmen im Hintergrund zu schließen, war das Bild irgendwo im Süden aufgenommen worden.

Sie scrollte auf der Seite herunter und entdeckte ein Familienfoto von einem feierlichen Anlass. Darauf war Hendrik im Anzug neben einer kleinen Frau zu sehen, die ernst in die Kamera blickte. Neben ihr stand eine wunderschöne Frau mit dichten blonden Haaren. Sie lächelte so herzlich, dass die weißen Zähne hervorblitzten. Magnea Arngrímsdóttir, stand unter dem Bild.

Die Frau, mit der Sævar und Hörður gerade sprachen. Bjarni hatte die Hand um ihre Taille gelegt. Er sah seinem Vater ähnlich, groß und braun gebrannt, mit demselben Lächeln. Elma erinnerte sich an Bjarni aus der Schulzeit. Er war ein paar Jahre älter als sie, aber sie wusste noch, wer er war.

Elma schloss die Seite und lehnte sich im Stuhl zurück. Sie musste an das Mädchen denken, das sie vor etwa einer Woche besucht hatten, sah das Gesicht vor sich, an dem ihr deutlich älterer Freund seine Wut ausgelassen hatte. Tómas, Hendriks Bruder, dem auch ein Teil der Firma gehörte. Der Firma, die Bjarni bald übernehmen würde.

Sie wandte sich wieder dem Computer zu, öffnete die Seite des Fotomuseums von Akranes und suchte noch einmal das Bild von Elísabet mit ihren Klassenkameraden aus dem Jahr 1989 raus. Doch, das war sie, auf beiden Bildern. Daran bestand kein Zweifel. Elma stützte das Kinn auf der Hand ab und starrte konzentriert auf das Bild von Elísabet in der Unterhose. Wer stand hinter der Kamera? Wer hatte sich an jenem Tag mit Elísabet in ihrem Zimmer befunden?

Elma wartete in der Kaffeeküche auf ihre Rückkehr. Sie hatte sich ein Knäckebrot zubereitet, schob es aber gedankenverloren vor sich her. Trotz leeren Magens hatte sie keinen Appetit. Sie hatte alles aus dem Auto fertig durchgesehen und außer dem Foto und den Scheidungspapieren nichts Wichtiges gefunden. Das Bild hatte sich jetzt in ihr Gehirn eingebrannt, und sie konnte kaum an etwas anderes denken als an dieses Mädchen und ihr Schicksal.

»Was ist das?«, fragte Sævar und nahm die Papiere, die sie ihnen reichte, als sie eintrafen.

»Ich glaube, das hängt mit dem Besuch beim Anwalt zusammen«, antwortete Elma. »Sie hat einen Antrag auf Scheidung bei Gericht gestellt.«

»Was heißt das?«, fragte Sævar.

»Das heißt einfach nur, dass es keine einvernehmliche Trennung beim Bezirksamtmann gab. Meist kommt das vor, wenn eine der Parteien die Scheidung nicht will«, erklärte Elma. »Vermutlich hat sie sich auch Sorgen wegen der Kinder gemacht.«

»Eiríkur wollte sich also nicht scheiden lassen, genau wie wir dachten«, sagte Hörður. »Sieht jedenfalls ganz danach aus.«

»Ich habe auch das hier gefunden«, sagte Elma, bevor sich Hörður zu sehr über die Neuigkeiten freuen konnte. Sie legte das Bild des Mädchens auf den Tisch.

»Ist das Elísabet?« Sævar setzte sich und betrachtete eingehend das Foto.

Elma nickte. »Ich glaube schon. Man kann es natürlich nicht mit absoluter Sicherheit sagen, aber sie sieht ihr jedenfalls sehr ähnlich. Schau, hier ist ein Bild von ihr aus der Schule, damals war sie sechs Jahre alt.« Elma zeigte ihnen das Bild auf dem Computer. »Das Mädchen auf dem Foto ist ein bisschen älter, aber für mich besteht kein Zweifel, dass es sich um Elísabet handelt.«

»Was denkst du, wer dieses Bild gemacht hat? Glaubst du, irgendwer hat ...?«

»Ich glaube, der Fotograf war jemand, vor dem das Mädchen Angst hatte«, sagte Elma. »Guck mal, wie sie dasteht. Es ist offensichtlich, dass sie sich nicht wohlfühlt. Ich glaube, wer auch immer das Bild aufgenommen hat, muss ihr etwas angetan haben.« Elma sah Hörður an. »Ich glaube, wir sollten die Möglichkeit ins Auge fassen, dass Elísabet deswegen nach Akranes gekommen ist. Dass sie gekommen ist, um sich mit dem Bild auseinanderzusetzen. Es muss einen Grund geben, warum sie es dabeihatte.«

»Kann es nicht einfach sein, dass ihre Mutter das Bild gemacht hat?«, fragte Hörður. Er lehnte sich vor und beäugte es.

»Nein, das glaube ich nicht«, sagte Elma. Die Option war ihr noch gar nicht in den Sinn gekommen. »Mütter machen keine solchen Bilder von ihren Kindern«, fügte sie hinzu, aber ihr kamen sofort Zweifel. Hatte Elísabet vielleicht tatsächlich Angst vor ihrer Mutter gehabt?

»Außerdem wissen wir nicht mit absoluter Sicherheit, dass es sich auf dem Bild um Elísabet handelt«, sagte Hörður.

Elma schwieg und legte das Bild wieder in den Umschlag. Sie war sich ihrer Sache sicher und beschloss herauszufinden, was Elísabet damals widerfahren war. Aber davon erzählte sie Hörður vorerst noch nichts. »Was habt ihr bei Magnea herausgefunden?«, fragte sie stattdessen.

Hörður erzählte von dem Besuch und was sie erfahren hatten.

»Und glaubt ihr, dass Magnea von nichts wusste? Sie muss doch eine Ahnung gehabt haben, worüber Elísabet reden wollte. Niemand schneit nach so vielen Jahren grundlos bei jemandem herein«, sagte Elma. »Und wenn nicht, warum wollte es Magnea nicht einmal herausfinden? Warum hat sie Elísabet weggeschickt? Ich würde vor Neugier platzen, wenn eine alte Schulkameradin plötzlich bei mir auftauchen würde, um etwas zu besprechen.«

»Ja, das sehe ich auch so«, sagte Sævar. »Ich hatte das Gefühl, sie sagt nicht die ganze Wahrheit.«

»Magnea wusste, dass Elísabet beim Leuchtturm war.« Elma sah Hörður an. »Vielleicht war sie die Einzige, die diese Information hatte.«

Hörður nickte ruhig. »Ja, das stimmt – unseren Informationen nach war sie die Einzige. Vielleicht ist ihr jemand gefolgt und hat eine Chance gewittert, als sie so allein da draußen war, weit weg von allem Geschehen.«

Elma seufzte. Entgegen allen Hoffnungen waren immer noch viele Fragen offen, selbst nachdem sie das Auto gefunden hatten. Sie wussten, wen sie getroffen hatte, kurz bevor sie zum Leuchtturm gefahren war, aber eine richtige Spur hatten sie immer noch nicht. Dieser Fall warf weiterhin mehr Fragen auf, als er Antworten gab. Ihr Magen knurrte in der Stille des Besprechungsraums vor sich hin, und sie überlegte, dem Knäckebrot doch noch eine Chance zu geben. Sie bildete sich ein, niemand hätte die Geräusche gehört, bis sie sah, dass Sævar versuchte, sich ein Grinsen zu verkneifen.

»Wir müssen auf jeden Fall mit den Freunden reden, um zu bestätigen, dass sie den Abend mit Bjarni und Magnea verbracht haben«, sagte Sævar.

»Ja, genau. Und dann lasst uns Eiríkur für morgen herbitten«, fügte Hörður hinzu. »Auch wenn es kaum Hinweise dafür gibt, dass er an dem Abend bei Elísabet war, scheint es in der Ehe mehr Probleme gegeben zu haben, als er zugeben will.«

Seit ihrer Rückkehr zur Station war Hörðurs Blick mit jeder Minute schwerer geworden. Er blätterte konzentriert in Unterlagen, hielt ab und zu inne und las etwas genauer, blätterte dann aber verzweifelt weiter. Doch plötzlich schien es, als würde er seine Fassung wieder zurückerlangen. Er machte die Mappe zu, richtete sich auf und lächelte gezwungen. »Ich glaube, uns ist bei Eiríkur irgendwas entgangen. Die Kinder sind sein einziges Alibi, und die haben zu der Zeit wahrscheinlich geschlafen. Er muss herausgefunden haben, dass sie sich von ihm scheiden lassen wollte. Ja, ich habe das Gefühl, wir stehen kurz davor, den Fall zu lösen.« Dann nahm er seine Jacke und verließ summend den Besprechungsraum. Elma und Sævar blieben zurück und sahen einander an. Keiner der beiden teilte Hörðurs Eindruck, dass die Lösung des Falles unmittelbar bevorstand.

Der Junge aus der Nachbarwohnung stieg aus dem Auto und ging gerade zum Haus, als Elma dort ankam. Elma hatte ihn noch nicht getroffen, obwohl ihr Einzug bereits einige Wochen her war. Auf der einen Schulter hing ein Rucksack, und er trug Sportkleidung. »Bist du neu eingezogen?«, fragte er und hielt ihr die Außentür auf.

»Ja«, antwortete Elma und lächelte. »Vor ein paar Wochen schon.« Er musste jünger als sie sein, kaum über dreißig.

»Entschuldige, dass ich dich nicht schon früher begrüßt habe, ich war in letzter Zeit so wenig zu Hause. Ich arbeite auf einem Frosttrawler, und wir sind meist mehrere Monate am Stück auf See.«

In diesem Haus lebten also doch nicht nur alte Leute, dachte Elma und war ein wenig erleichtert. Seit sie wieder nach Akranes und in diese Wohnung gezogen war, wusste sie nicht so recht, ob sie sich jung oder alt vorkommen sollte. Manchmal hatte sie das Gefühl, im gleichen Alter wie die Älteren im Haus zu sein. Sie schien jedenfalls einen ähnlichen Lebensrhythmus zu haben. Lange Abende allein zu Hause und Spaziergänge am Wochenende. Gleichzeitig fühlte sie sich wieder wie ein Teenager. Sie kochte fast nie, sondern ging zum Essen zu ihren Eltern, wo sie sich aufs Sofa legte und mit ihrem Vater zusammen die Nachrichten schaute, während ihre Mutter kochte. Genau wie vor fünfzehn Jahren.

»Bekommst du zwischen den Touren wenigstens ordentlich Urlaub?«, fragte sie, als sie drinnen waren.

»Ja, doch, jetzt bin ich einen Monat lang zu Hause. Aber ich nutze die Zeit zum Lernen, also hat es wenig von Urlaub.« Er lächelte und blieb im Treppenhaus stehen. »Was machst du? Kommst du etwa um diese Uhrzeit von der Arbeit?«

»Ja, tatsächlich, ich bin bei der Polizei. War ein langer Tag heute«, sagte sie und gähnte ein wenig, um zu betonen, wie müde sie war.

Der Junge nickte, und bevor er in der Wohnung am anderen Ende des Flurs verschwand, sagte er noch, sie solle einfach klopfen, wenn sie mal Eier oder Zucker brauche. Er habe zwar nichts davon da, aber es sei trotzdem immer nett, Besuch zu bekommen, fügte er noch grinsend hinzu.

In Elmas Wohnung war es völlig still. Bald darauf erklang ein Plätschern, als sie Wasser in die Badewanne laufen ließ. Sie zog sich aus und warf ihre Klamotten auf die dunklen Fliesen. Der Kleidungsstapel wuchs mit jedem Tag an, aber das störte sie nicht wirklich. In der Wohnung war ohnehin das reinste Chaos, also spielten ein paar Klamotten mehr oder weniger keine Rolle. Die Einkäufe aus dem Möbelhaus standen noch unberührt in der Küche. Die Milch im Kühlschrank war ungeöffnet und vor ein paar Tagen abgelaufen. Diese Woche hatte sie nicht viel Zeit gehabt, Ordnung in ihr Leben zu bringen.

Langsam glitt sie ins heiße Badewasser und entspannte sich. Sie hörte auf zu frösteln und konnte der Versuchung nicht widerstehen, den Kopf unter Wasser zu tauchen, bereute es aber danach sofort. Wenn sie mit nassen Haaren ins Bett ging, standen sie am nächsten Morgen in alle Richtungen ab wie ein schlecht gepflegtes Stück Rasen.

Am nächsten Tag würden sie mit Eiríkur sprechen. Hörður sah in den Scheidungspapieren die Bestätigung für Eiríkurs Schuld, aber Elma war sich da nicht so sicher. Sie hatten noch immer nicht geklärt, wie Eiríkur das Auto in die Garage bekommen hatte. Es gab keine Verbindung zwischen ihm und den Leuten, die dort lebten. Sie hoffte, die Spurensicherung würde noch weitere Hinweise im Auto finden. Das Bild von dem Mädchen, das ihrer Meinung nach mit Sicherheit Elísabet war, beherrschte ihre Gedanken. Wer hatte das Bild aufgenommen, und hatte Elísabet wegen dieser Person den Ort gemieden? Lebte sie noch in Akranes?

Ihre Lider wurden schwerer, und sie spürte, wie sich eine Trägheit in ihrem ganzen Körper ausbreitete. Der Atem wurde langsamer, und das warme Wasser war beinahe spiegelglatt.

Sie lag in einem weichen Bett. Der weiße Bettbezug mit Blumenstickereien lag eng an ihrem Körper. Die Hitze im dunklen Zimmer war erdrückend. Er saß mit dem Rücken zu ihr auf der Bettkante und starrte aus dem Fenster. Sah draußen nur die Finsternis und die Straßenlaternen, die auf den schwarzen Asphalt leuchteten. Sie richtete sich im Bett auf, streckte die Hand aus, um sie auf seinen Rücken zu legen. »Davíð«, flüsterte sie, griff aber ins Leere.

Sie erschrak und öffnete die Augen. Die weißen Fliesen an der Wand brüllten sie an. Das Wasser war kalt geworden. Sie stand auf und wickelte sich in den weichen Bademantel. Als sie endlich einschlief, ging der Traum nicht weiter, und am nächsten Morgen war die Sehnsucht nach ihm nur schwer zu ertragen.

* * *

Der gemeinsame Abend fing an wie immer. Ása folgte Hendrik zum dunkelblauen Haus, und die Tür ging auf, noch bevor sie klingelten. Þórný begrüßte sie mit einem breiten Lächeln. Wie schon so oft zuvor bekam Ása beim Anblick von Þórný Minderwertigkeitsgefühle. Sie war immer so elegant, die Bluse stand ihr so gut, und der Rock passte perfekt zu den hohen Absätzen. Ása selbst trug sündhaft teure Schuhe, aber das spielte keine Rolle; sie würde nie so schick sein wie Þórný. Sie wusste, dass Hendrik das auch so sah. Wie immer gaben sie sich Küsschen auf beide Wangen, gingen dann hinein und legten die Mäntel ab.

»Wie gut es hier riecht«, sagte Hendrik mit rauer Stimme und atmete tief ein. Er hatte vor dem Besuch ein Glas Whiskey getrunken, was seine Stimme meist tiefer und undeutlicher machte. Der Whiskey hielt ihn zwar nicht vom Autofahren ab, aber darauf ritt sie schon lange nicht mehr herum. Die Polizei käme ohnehin nicht auf die Idee, Hendrik Bjarnason anzuhalten. Nein, nie im Leben, behauptete er. Ása hoffte fast, die Polizei würde es einfach einmal tun. Immer wenn sie an dem weißen Polizeiwagen vorbeifuhren, warf sie einen entschlossenen Blick hinein. Und war dann wahnsinnig genervt, wenn die Polizeibeamten Hendrik nur zur Begrüßung zunickten. Er wurde nie angehalten.

»Haraldur ist in der Küche, Hendrik, geh doch zu ihm. Wir

Mädels müssen ein wenig quatschen«, sagte Þórný und zwinkerte Ása zu. Sie hakte sich bei ihr ein und führte sie ins Wohnzimmer. »Was gibt es Neues von der Familie?« Þórný holte zwei Kristallgläser aus einem großen Glasschrank und befüllte sie zur Hälfte mit Portwein. Dann setzte sie sich neben Ása und sah sie mit ihren graublauen Augen an.

»Nicht viel«, antwortete Ása und nippte an dem Portwein.

»Wie geht es Hendrik, seit er nicht mehr arbeitet? Er muss zu Hause völlig rastlos sein, der Mann hat doch sein Leben lang gearbeitet wie für drei.« Þórný schlug die Beine übereinander und zupfte den Rock ein wenig zurecht.

»Er spielt Golf. Ich sehe ihn daheim kaum. Er ist immer auf dem Golfplatz«, antwortete Ása und trank noch einen Schluck. Sie spürte, wie der Portwein sie von innen wärmte.

Þórný lachte vergnügt. »Meine Liebe, du musst dir ein Hobby suchen. Komm mit mir in die Walking-Gruppe. Es geht gar nicht nur um die Bewegung, auch wenn die uns keineswegs schadet. Es geht ums Zusammensein.«

Ása seufzte leise. Þórný versuchte seit Jahren, sie für diese Walking-Gruppe zu begeistern. Soweit sie wusste, bewegten sie sich nur die Hälfte der Zeit, die andere Hälfte verbrachten sie mit Kaffeetrinken und Kuchenessen. Das zählte wohl auch als Bewegung.

»Mal schauen«, antwortete Ása. Sie wusste aus langjähriger Erfahrung, dass es nichts brachte, Þórný zu widersprechen.

»Es würde dir guttun, Hobbys sind so wichtig«, sagte Þórný und lächelte Ása tröstend an. »Reich mir dein Glas, ich schenk dir noch mal ein.«

Ása blickte auf das Glas. Ihr war nicht aufgefallen, wie schnell sie es geleert hatte. Sie trank äußerst selten und immer nur in Maßen. Vielleicht war es einfach aus alter Gewohnheit. Sie hatte sich immer zurückgehalten, weil Hendrik so viel trank – irgendwer sollte im Haushalt ja zurechnungsfähig bleiben. Aber jetzt musste sie sich nur noch um sich selbst kümmern. Musste sich um keine Kinder mehr Sorgen machen, um nichts. Sie mochte, wie der Rausch sich über sie legte. Wie alles plötzlich unwirklich wurde. In letzter Zeit war die Welt etwas zu real gewesen. Sie wollte einfach kurz verschwinden. Für einen Augenblick alles vergessen.

»Es gab eine Zeit, da bin ich abends immer zu einer Handarbeitsgruppe gegangen«, sagte sie plötzlich. Sie erinnerte sich auf einmal lebendig daran. Die Stricknadeln. Die Stühle mit den braunen Bezügen. Das Geplauder der Frauen. »Jetzt stricke ich halt daheim.«

Sie erinnerte sich auch, warum sie irgendwann nicht mehr hingegangen war.

»Warum gehst du nicht mehr hin?«, fragte Þórný fröhlich.

»Damals war Hendrik abends zu Hause. Aber dann ging das irgendwann nicht mehr, und ich musste mich um die Kinder kümmern«, sagte Ása und lehnte sich auf dem Sofa zurück. Sie gähnte und ließ sich tiefer in das dunkelbraune Leder fallen. Sie dachte an die Abende, die sie außerhalb der eigenen vier Wände verbracht hatte. Die Wohnung, in der sie damals gelebt hatten, mit dem Teppichboden im Wohnzimmer und den Balken im Schlafzimmer unter dem Dach. Erinnerte sich an den schwarzen Sand und die Wellen im Meer. Sie sah die blonden Haare vor sich. Die blauen Augen. Für einen Moment dachte sie, ihr kämen gleich die Tränen. Sie hatte seit Jahren nicht geweint. Nicht seit dem Unfall. Damals hatte sie monatelang nur geweint, aber dann war es, als wäre nichts mehr übrig. Als wären alle Tanks leer. Als hätte sie die Tränen für ein ganzes Leben aufgebraucht. Und jetzt weinte sie auch nicht. Das war etwas anderes.

Das Gefühl begann wie eine Taubheit in den Fingern. Eine Taubheit, die ihre Arme hochwanderte bis zum Rücken. Sie spürte, wie sich die Haare aufstellten, und dann kam der Schmerz. Schnell, wie ein plötzlicher Schlag. Sie hörte, wie in der Ferne ihr Name gerufen wurde, bis die Stimme verstummte wie alles andere auch.

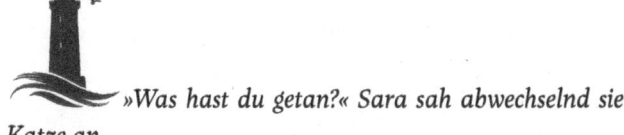

»Was hast du getan?« Sara sah abwechselnd sie und die Katze an.

»Das war nur ein Streuner, Sara«, antwortete Elísabet und stocherte mit dem Stock im Sand herum. »Den wird niemand vermissen.«

Sara antwortete nicht. Musste sie auch nicht.

Sie gingen schweigend weiter. Elísabet bereute ihre Tat mittlerweile. Nicht weil sie Mitleid mit der Katze hatte, nein, sie konnte nur den anschuldigenden Tonfall in Saras Stimme nicht ertragen. Dass Sara sie ansah, als wäre sie irgendwie sonderbar. Sie hatte auch Angst, dass Sara nicht mehr ihre Freundin sein wollte, jetzt, wo sie wusste, dass sie böse war. Wozu sie imstande war.

Als sie die Katze bei den Felsen am Meer entdeckt hatte, war sie ohnehin schon mehr tot als lebendig gewesen. Ein Bein zog sie hinter sich her, hatte eine große Wunde im Gesicht, ein Ohr war zur Hälfte abgerissen. Als sie Elísabet bemerkte, blieb die Katze stehen und fauchte sie an. Ein lautes, furchteinflößendes Fauchen, sodass die spitzen Zähne zu sehen waren.

Ohne darüber nachzudenken, nahm Elísabet einen Stein und traf das Tier direkt am Kopf. Elísabet ging langsam auf sie zu, und ihr fiel auf, wie schwach sie war. Als die Katze Elísabet näher kommen sah, versuchte sie vergeblich noch einmal zu fauchen. Elísabet nahm einen anderen Stein, zielte auf den Kopf und ließ ihn fallen. Danach bewegte sich die Katze gar nicht mehr.

Sie war stehen geblieben und hatte die Katze angesehen, als Sara plötzlich hinter ihr aufgetaucht war.

»Sollen wir sie begraben?«, fragte Elísabet und lächelte ihr lieblichstes Lächeln. »Dann kommt sie wenigstens in den Himmel.«

»Elísabet, du ... « Sara seufzte und sah Elísabet mütterlich an. »Du darfst solche Sachen nicht machen. Wenn die Leute wüssten ... «

Elísabet tat beschämt und senkte den Blick. Dann hob sie wieder den Kopf und nickte, als wäre sie einverstanden. Als wäre sie nicht wirklich böse. »Ich verspreche, ich werde das nie wieder tun«, sagte sie demütig.

Sara sah sie an. »Versprochen?«

Sie nickte entschlossen.

Kurz darauf lächelte Sara. »Also gut, alles in Ordnung. Wo sollen wir sie begraben?«

Elísabet atmete auf. Langsam merkte sie, dass sie manche ihrer Taten und Gedanken für sich behalten musste.

Eiríkur erschien pünktlich in der Polizeistation von Akranes. Kurz vor zehn fuhr der schwarze Lexus-SUV auf den Parkplatz ein. Elma beobachtete, wie Eiríkur eine Weile im Auto sitzen blieb, bevor er die Tür öffnete und rasch das Gebäude betrat.

Drinnen angekommen, reichte er allen zur Begrüßung die Hand und lächelte höflich. Hörður bat ihn, im Besprechungsraum gegenüber von ihnen Platz zu nehmen. Eiríkur setzte sich und wartete geduldig, bis jemand das Wort ergriff. Die scharfen Gesichtszüge wirkten im gelben Deckenlicht sanft. Elma fand, dass er für sein Alter sehr jung aussah. Wie schon in den vergangenen Tagen war er auch heute ordentlich gekleidet, trug ein hellblaues Hemd und dunkelblaue Hosen.

Hörður räusperte sich. »Erst möchte ich dich über den Lauf der Ermittlungen aufklären, denn wir haben gestern Elísabets Auto gefunden.«

»Wo war es?«, fragte Eiríkur und straffte die Schultern.

»Das Auto stand in der Garage eines Paares hier in Akranes. Es wurde gestern gefunden, als sie von einem Urlaub im Ausland zurückgekommen sind.«

Eiríkur riss die Augen auf. »In der Garage von irgendwelchen Leuten? Haben die denn was mit dem Fall zu tun?«

»Nein, wie gesagt, sie waren im Ausland, als Elísabet starb.« Hörður las die Namen der beiden vor. »Kennst du sie oder weißt du, ob Elísabet Kontakt zu ihnen hatte?«

Eiríkur schüttelte den Kopf. »Nein, die Namen habe ich noch

nie gehört. Ich kenne mich in Akranes nicht so gut aus, habe sogar das Navi gebraucht, um diese Polizeistation hier zu finden.«

»Ihr wart doch sicher ab und zu mal hier, oder etwa nicht?«, sagte Elma.

»Nein. Als Kind war ich einmal hier im Schwimmbad. Und irgendwann war ich bei einem Fußballturnier, glaube ich. Aber ich kann mich nicht erinnern, sonst einmal hier gewesen zu sein. Wurde im Auto etwas gefunden?«

Hörður warf einen Blick auf seine Notizen und sah dann Eiríkur ernst an. »Ich weiß, wir haben dich schon einmal gefragt, aber kannst du den Zustand eurer Ehe beschreiben?«

»Den Zustand unserer Ehe beschreiben?«, ahmte Eiríkur ihn nach. »Was meinst du? Wir waren halt verheiratet mit zwei Kindern und allem, was dazugehört. In guten wie in schlechten Tagen.« Er lächelte aufgesetzt.

Hörður antwortete nicht auf Eiríkurs Fragen, sondern legte die Scheidungspapiere vor ihn auf den Tisch. Eiríkur überflog sie und lehnte sich dann im Stuhl zurück. Sein Grinsen löste bei Elma ein unwohles Gefühl aus. »Ich hatte keine Ahnung, dass sie schon so weit gegangen war«, sagte er. »Sie meinte vor einer Weile, dass sie die Scheidung wolle. Aber dann ist nichts weiter passiert.«

»Hast du abgelehnt?«

Eiríkur schnaubte. »Abgelehnt? Ja und nein, ich wollte es weiter versuchen, aber ich hätte mich nicht quergestellt, wenn es wirklich ihr Ernst gewesen wäre. Aber ich wusste halt, dass dem nicht so war. Elísabet war ... na ja, es war manchmal so ein Auf und Ab mit ihr. Ihre Stimmung schwankte von Tag zu Tag.«

»Und wie war sie an den Tagen vor ihrem Verschwinden?«

»Ich habe nichts Auffälliges bemerkt, sonst hätte ich es erwähnt«, antwortete Eiríkur. »War's das dann?« Er stand auf und machte sich bereit zu gehen.

»Angesichts dieser Informationen müssen wir euer Verhältnis noch einmal genauer unter die Lupe nehmen«, sagte Elma und Eiríkur drehte sich um. »Wir müssen eventuell mit der Schulbehörde sprechen, euren Arbeitgebern und anderen in eurem Umfeld.«

»Um Gottes willen, ist das wirklich notwendig?« Eiríkur breitete die Arme aus.

»Wir tun alles in unserer Macht Stehende, um herauszufinden, wer deiner Frau das angetan hat«, sagte Elma und merkte, wie provokant sie klang. »Da wirst du wohl kaum etwas dagegen haben, oder etwa doch?«

Eiríkur trat unruhig von einem Fuß auf den anderen, setzte sich dann aber wieder. Es sah so aus, als würde er seine Optionen abwägen. Er starrte eine Weile auf den Tisch und traf dann offenbar eine Entscheidung. Erst zuckte er mit den Schultern, lehnte sich dann zurück und fuhr sich durch die Haare. »Also gut, ich gebe es zu. Unser Verhältnis hätte besser sein können. Aber ich weiß nicht, welche Rolle das spielen soll. Ich habe ihr nichts getan«, sagte er bestimmt.

»Hatte Elísabet eine Affäre?«, fragte Hörður.

Eiríkur schwieg und blickte auf die Unterlagen. Dann sah er auf und schüttelte den Kopf. »Nein, ich habe eine Affäre. Sie heißt Bergþóra«, sagte er. »Wir treffen uns seit einer Weile. Sie ist alleinerziehende Mutter, hat zwei Söhne, die ungefähr so alt sind wie Fjalar und Ernir.«

Das war nicht die Antwort, die Elma erwartet hatte. In Eiríkurs Stimme erklang nicht die geringste Reue, und er sah sie beim Erzählen mit kaltem Blick an.

»Geht die Affäre schon lange?«, fragte Elma.

Eiríkur zuckte mit den Schultern. »Ein Jahr. So in etwa ein Jahr. Ich weiß es nicht mehr so genau.«

»Wollte Elísabet deshalb die Scheidung? Hat sie von der Affäre erfahren?«, fragte Hörður.

»Nein, soweit ich weiß, hatte sie keine Ahnung. Und wenn doch, wäre es ihr wahrscheinlich egal gewesen, da bin ich relativ sicher.«

»Warum warst du gegen eine Scheidung?«, fragte Elma.

»Ich habe Elísabet geliebt«, sagte Eiríkur, und Elma hörte die Bitterkeit in seiner Stimme, als er hinzufügte: »Elísabet hat mich nie geliebt. Ich weiß nicht, ob sie überhaupt jemals einen anderen Menschen geliebt hat.«

»Viel zu tun?«, fragte Sævar und nahm den Blick kurz von der Straße, um Elma anzulächeln. Sie waren auf dem Weg zu Eiríkurs Freundin Bergþóra.

Elma war in ihr Handy vertieft gewesen, blickte auf und lächelte zurück. »Immer«, sagte sie. Die Sonne stand nah am Horizont und hüllte sie in ein goldenes Licht. Da bemerkte Sævar, dass Elmas graue Augen ein klein wenig grün schimmerten.

»Heute Abend schon was vor?«, fragte er.

Elma antwortete nicht sofort. »Weiß nicht«, sagte sie nach einer kurzen Pause. »Hängt wahrscheinlich davon ab, wie lange wir arbeiten müssen.«

Sævar hoffte, es würde lang sein. Am liebsten bis spätabends. Dann müsste er nicht zum Essen zu den Schwiegereltern und dort den oberflächlichen Gesprächen lauschen, während alle überlegten, ob es wohl die letzte Mahlzeit zusammen sein würde. Er fühlte sich in einer Zwickmühle. Seit Telma von der Krankheit ihrer Mutter erfahren hatte, gab es abends kein anderes Thema mehr; endlose Gedankenschleifen, Statistiken und Berichte über die Lebenserwartung von Brustkrebspatientinnen. Mittlerweile machte sich Telma auch um ihre eigene Gesundheit Sorgen. Sie sammelte alle Informationen zu Brustabnahmen und Teilmastektomien, die sie finden konnte. Wollte sich untersuchen lassen und herausfinden, wie hoch die Wahrscheinlichkeit war, dass sie selbst Brustkrebs bekommen könnte.

Sævar hatte Mitleid mit ihr und ihrer Familie und ein schlechtes Gewissen, weil er so distanziert war. Er hatte sich immer gut mit seinen Schwiegereltern verstanden, und sie hatten ihn von seinem ersten Besuch an immer mit offenen Armen empfangen. Aber er hatte trotzdem das Gefühl, dass er nur abwartete. Den richtigen Zeitpunkt abwartete, um die Beziehung zu beenden. Er hoffte, nicht mehr allzu lange warten zu müssen, ging aber davon aus, es könnte noch eine Weile dauern.

»Ich glaube, hier müssen wir abbiegen«, sagte Elma und zeigte nach links.

Sævar stieg so schnell auf die Bremse, dass Elma nach vorne geworfen wurde und nur dank des Sitzgurtes nicht mit der Stirn auf dem Handschuhfach aufprallte.

»'tschuldigung«, sagte Sævar und lächelte ihr zu.

»Kein Problem«, sagte Elma und rieb sich an der Stelle, wo der Gurt unangenehm gezogen hatte, die Brust. »Ich räche mich später.«

Sie parkten vor einem mit weißem Wellblech verkleideten Bungalow mit blauem Dach. Unweit des Hauses standen Schafställe, aber die eingezäunte Fläche stand leer. Als sie zum Haus gingen, kam ihnen ein bellender Islandhund entgegen.

»Man braucht gar keine Türklingel, wenn man so einen Hund hat«, hörten sie eine fröhliche Stimme rufen. Die Frau kam auf sie zu und hielt eine Hand an die Stirn, um nicht von der Sonne geblendet zu werden. Eine abgenutzte Jacke, große Gummistiefel und dreckige Arbeitshandschuhe deuteten darauf hin, dass sie gerade bei der Arbeit war. Sie zog einen Handschuh aus, stellte sich vor und begrüßte die beiden. »Kommt doch rein«, sagte sie und öffnete die Tür zum Haus. »Ich nehme an, ihr wollt mit mir sprechen.«

Bergþóra war blond und braun gebrannt, hatte rote Wangen und war kräftig gebaut. Eiríkur hätte keine Frau finden können, die Elísabet noch weniger ähnelte, dachte Elma im Stillen. Bergþóra wirkte ungezwungen und keinesfalls von ihrem Besuch überrascht. Sie begann sofort, Kaffee zu kochen und Zimtschnecken aufzutischen.

»Ist es nicht schwer, sich allein um Hof und Kinder zu kümmern?«, fragte Elma.

»Ja und nein«, antwortete Bergþóra, während sie Tassen und Teller auf den Tisch stellte. Sie sprach nicht besonders laut, aber ihre Stimme wirkte trotzdem ungewöhnlich kräftig. »Das sind hier eigentlich zwei Höfe, und wir teilen uns die Ställe, aber mir gehört nur ein kleiner Anteil der Schafe. Wir verstehen uns gut und machen alles zusammen.«

Elma nickte. Der andere Hof war ihr nicht aufgefallen, denn er versteckte sich am Fuß des Berges und war von der Straße aus nicht zu sehen, aber durchs Fenster konnte sie ihn gut erkennen.

»Es ist wirklich schön hier«, sagte sie. Die braunen, grauen und grüngrauen Hänge rundherum boten ein spektakuläres Naturschauspiel direkt vor den Fenstern des kleinen Hauses. Elma konnte sich gut vorstellen, hier auf dem Land zu wohnen, umgeben von dieser beeindruckenden Natur.

»Ja, der Hvalfjörður ist der schönste Ort auf der ganzen Welt, wenn ihr mich fragt«, sagte Bergþóra und lächelte. »Hier habe ich immer gelebt und werde es wahrscheinlich auch immer tun.«

»Wir sind gekommen, um mit dir über Eiríkur zu sprechen«, begann Sævar.

»Ja, einen kleinen Moment bitte«, sagte Bergþóra und stand ruckartig auf. »Ihr seid den ganzen Weg aus Akranes gekommen, und hier geht keiner weg, ohne einen Kaffee getrunken zu haben.« Sie schenkte ihnen ein und legte Zimtschnecken auf ihre Teller.

»Vielen Dank«, sagte Sævar und trank einen kleinen Schluck heißen Kaffee. »Also zu Eiríkur. Soweit ich weiß, seid ihr schon eine Weile zusammen.«

Bergþóra nickte ruhig. »Das ist nichts, worauf ich stolz bin«, sagte sie. »Vor allem, weil ich in so einer Situation selbst schon einmal das Opfer war. Mein Mann hatte eine Affäre, was einer der Gründe ist, weshalb ich ihn rausgeschmissen hab und jetzt mit den beiden Jungs auf dem Hof allein bin.« Sie lächelte und schien es nicht wirklich zu bedauern. »Eiríkur und ich haben uns über die Jungs kennengelernt. Sie spielen oft hier zusammen. Sie sind genau im selben Alter, also passt das sehr gut.«

»Du hast wahrscheinlich mitbekommen, dass die Mutter der beiden vergangenes Wochenende verstorben ist«, sagte Elma und beobachtete Bergþóras Reaktion.

»Ja, das wusste ich«, antwortete Bergþóra. »Furchtbar tragisch, und ich hoffe von ganzem Herzen, dass der Täter bald gefunden wird. Ich habe ihr bei Gott nichts Schlechtes gewünscht. Auch wenn es vielleicht nicht danach aussieht.«

»Wusstest du, dass Elísabet die Scheidung einreichen wollte?«

Bergþóra sah Elma verwundert an. »Nein, davon wusste ich nichts.«

»Überrascht es dich?«, fragte Elma, als sie Bergþóras Reaktion sah. Sie wirkte durcheinander, als hätte diese Information sie aus dem Gleichgewicht gebracht.

Bergþóra schwieg eine Weile und sagte dann entschieden: »Ja. Ja, ich muss sagen, das tut es.« Sie seufzte. »Wir haben oft darüber gesprochen zusammenzuziehen. Nägel mit Köpfen zu machen. Er war immer kurz davor ... der Sache ein Ende zu setzen. Aber er wollte ihr nicht wehtun, sagte, sie sei so verletzlich. Und ich konnte das auch nachvollziehen. Ich meine, ihr habt sie nie getroffen, aber sie wirkte ziemlich fragil. Deswegen habe ich ihn nicht allzu sehr gedrängt.« Ihr Blick wurde ernster, und sie schaute runter in ihre Kaffeetasse, die sie mit beiden Händen festhielt. »Wenn ich das gewusst hätte ...«, begann sie.

»Wenn du es gewusst hättest, was dann?«, fragte Elma und sah Bergþóra prüfend an.

»Wenn ich gewusst hätte, dass er derjenige war, der die Scheidung nicht wollte, hätte ich ihn gestern nicht reingelassen.«

Sævar und Elma sahen einander an. Elmas ohnehin schon sehr geringe Meinung von Eiríkur litt noch mehr. Sie sah Bergþóra genau an und konnte von ihr nicht das Gleiche behaupten. Sie wirkte völlig anders gestrickt als Eiríkur, und Elma wunderte sich, was sie in ihm sah. Sie schienen nicht viel gemeinsam zu haben.

»Wo warst du am Samstagabend?«, fragte Sævar.

»Ich war bei Freunden eingeladen. Wir treffen uns einmal im Jahr, der alte Jahrgang aus der Landwirtschaftsschule in Hólar«, antwortete Bergþóra. Ihre Stimme hätte kaum leiser sein können. »Ich habe dort übernachtet, dafür gibt es Zeugen.« Ohne darum gebeten zu werden, holte sie Stift und Papier, notierte eine Nummer und reichte sie ihnen. »Hier, ihr könnt anrufen und es bestätigen lassen.«

Elma nickte und nahm den Zettel. »Sag mal, hat Eiríkur jemals etwas gesagt, was darauf hindeuten könnte, dass er Elísabet etwas Böses wollte?«

Bergþóra hatte die meiste Zeit aus dem Fenster gestarrt und ihren Kaffee nicht angerührt, aber jetzt sah sie Elma direkt an. »Nicht, dass ich wüsste. Wir haben nie über Elísabet gesprochen. Er hat manchmal versucht, es anzusprechen, aber ich wollte das nicht. Es war irgendwie so unangenehm, an sie zu denken, wenn wir zusammen waren. Ich weiß, ich klinge wie ein schrecklicher Mensch, aber wenn wir zusammen waren, habe ich gerne so getan, als wäre alles normal.« Sie lächelte verlegen, und Elma bemerkte, dass sie ein wenig rot wurde.

Als sie den Kaffee ausgetrunken hatten, standen sie auf und verabschiedeten sich. Elma sah, dass das Gespräch Bergþóra sehr aus der Bahn geworfen hatte und ging davon aus, dass ihre Beziehung zu Eiríkur damit wohl zu Ende war.

»Es gibt noch eine Sache, die mir durch den Kopf geht, seit ich erfahren habe, dass Elísabet tot aufgefunden wurde«, sagte Bergþóra, als sie im Vorraum standen. »Es war nur ... Kinder plappern ständig irgendwas vor sich hin, aber ... ich frage mich jetzt, ob es was zu bedeuten hatte.«

»Was meinst du?«

»Nur so eine Sache, die Ernir gesagt hat, als er letztens zu Besuch war. Er sagte, dass seine Mama ihm erzählt habe, sie müsse irgendwo hinfahren, um etwas zu klären.« Bergþóra schienen fast die Tränen zu kommen, und sie fügte leise hinzu: »Ein paar Tage später war sie tot.«

* * *

Als Ása wieder wach wurde, lag sie in einem weißen Krankenbett mit Schläuchen an ihrem Handrücken. Sie wusste erst nicht, was passiert war, erinnerte sich aber an das Abendessen und hatte tief im Innersten ein ungutes Gefühl. Lag sie im Sterben? War ihre Zeit endlich gekommen? Sie versuchte, sich aufzurichten, aber spürte einen Schmerz am Kopf. Was war das auf ihrer Stirn? Schien eine Art Verband zu sein. War sie gestürzt, ohne sich daran zu erinnern? Das musste es gewesen sein. Ihre letzte Erinnerung war, dass sie mit Þórný zusammen im Wohnzimmer gesessen und Portwein getrunken hatte. War sie auf dem Weg nach Hause in einen Autounfall geraten?

Sie hatte einmal irgendwo gelesen, dass man nach einem derartigen Schock für Tage oder sogar Monate das Gedächtnis verlieren konnte. An das Gespräch mit Þórný erinnerte sie sich aber, also dürften die Verletzungen nicht allzu schlimm sein. Es sei denn, das Abendessen war Wochen her. Konnte das sein? Sie blickte sich nach Hinweisen auf das heutige Datum um. Draußen war es dunkel, aber das musste nicht viel heißen. Im Winter war es immer dunkel.

»Guten Tag.« Eine fröhliche blonde Krankenschwester betrat den Raum. »Wie geht es dir?«

»Ich ... mir geht es gut«, sagte Ása aus alter Gewohnheit. Eigentlich ging es ihr nie wirklich gut, aber es war nicht ihre Art, sich bemitleiden zu lassen. »Was ist passiert? Hatte ich einen Unfall?«

»Tja, so kann man es auch sagen. Du bist heute Abend ohnmächtig geworden.« Die Krankenschwester blickte auf die Uhr. »Du bist erst seit zwanzig Minuten hier. Wir haben eine Blutprobe genommen und zur Untersuchung geschickt, aber es sieht so aus, als wärst du einfach nur ordentlich unterzuckert gewesen.«

»Ach?« Mehr wusste Ása darauf nicht zu antworten.

»Deine Freundin hat sich ganz schön Sorgen gemacht. Sie wartet hier draußen.«

»Þórný?«, fragte Ása.

»Ja, und dein Mann ist auch hier. Soll ich die beiden reinlassen?«

Ása nickte, und die Krankenschwester verließ den Raum.

»Meine Liebe, wir haben uns Sorgen um dich gemacht.« Þórný umarmte sie. Sie trug immer noch denselben Rock wie vorhin. Ása war erleichtert, dass sie nicht lange ohnmächtig gewesen war. »Ich habe fast einen Herzinfarkt bekommen, als du zusammengebrochen bist. Wie fühlst du dich?«

»Müde«, sagte Ása, und es war die Wahrheit. Sie konnte nur mit Mühe die Augen offen halten.

»Ich habe mit dem Arzt gesprochen«, sagte Hendrik. »Er denkt nicht, dass es etwas Ernstes ist. Wahrscheinlich kannst du morgen schon wieder nach Hause.« Er lächelte ihr zu und griff nach ihrer gebrechlichen Hand. Ása zog die Hand aber zurück und schloss die Augen, um nicht Þórnýs und Hendriks verwunderte Blicke sehen zu müssen.

Ása wollte nicht nach Hause. Sie konnte sich nicht vorstellen, je wieder nach Hause zu gehen.

* * *

»Achtundzwanzig ... achtundzwanzig ...« Elma fuhr im Schritttempo und versuchte, die Hausnummern zu erkennen. Vor einem Einfamilienhaus hielt sie an und parkte auf dem Gehsteig. Das Haus war weiß mit blauer Dachkante, und in der Einfahrt standen zwei Autos, ein SUV-Geländewagen und ein kleinerer Pkw.

Nach einem kurzen Zwischenstopp bei der Polizeistation, wo Hörður sie schlecht gelaunt weggeschickt hatte, nachdem sie ihm von dem Treffen mit Bergþóra erzählt hatten, beschloss Elma, sich voll und ganz auf Elísabets Kindheit zu konzentrieren. Sie hatte die Adresse von Elísabets ehemaligem Klassenlehrer gefunden, der immer noch in Akranes lebte und mittlerweile im Gymnasium unterrichtete. Sævar hatte eingewilligt, Elma zu begleiten. Nach dem Besuch bei Bergþóra und dem Gespräch mit Eiríkur war er immer mehr von Elmas Theorie überzeugt. Schließlich gab es keine Hinweise darauf, dass Eiríkur seiner Frau etwas antun wollte. Außerdem war er sicher, dass Magnea irgendetwas mit dem Fall zu tun hatte.

Der Garten sah gepflegt aus, obwohl es schon Dezember war und das Gras langsam verdorrte. An der Hauswand lehnte ein Laubrechen, und auf dem Gehsteig lagen gelbe Gartenhandschuhe. Links vom Haus befand sich eine große und breite Terrasse, aber der Eingang war auf der rechten Seite, wo auch Einfahrt und Garage lagen. Elma drückte auf die Türklingel und hörte sie drinnen läuten. Kurz darauf ging die Tür auf. Vor ihnen stand eine große Frau mit kurzen Haaren in einer schwarzen Bluse. Sie grüßte und stellte sich als Björg vor.

Björg führte sie in die Küche, wo Ingibjörn Grétarsson am Tisch saß und konzentriert in der Lokalzeitung *Skessuhornið* las. Er schenkte ihnen erst keine Beachtung, als wollte er davor noch den Artikel zu Ende lesen, doch dann nahm er die dicke Brille von seiner kleinen Stupsnase und legte die Zeitung beiseite. Ingibjörn trug einen Pulli mit Karomuster, war stämmig und hatte gräuliche Haare. Elma wusste, dass er schon über sechzig war und Isländisch unterrichtete. Es fiel ihr aber schwer, sich Ingibjörn als Grundschullehrer vorzustellen. Er stand auf, grüßte höflich.

»Entschuldigt, dass wir euch so am Wochenende stören«, begann Elma.

»Ihr stört doch nicht, Liebes. Darf ich euch einen Kaffee anbieten?«, fragte Björg.

»Nein, danke. Aber vielleicht hast du einen Schluck Wasser ...«, antwortete Elma. Ihr war noch etwas übel von dem starken Kaffee bei Bergþóra.

»Für mich auch bitte ein Wasser«, sagte Sævar und lächelte.

»Selbstverständlich«, antwortete Björg und ließ den Hahn kurz laufen, bevor sie zwei Gläser mit Leitungswasser befüllte. »Seid ihr wegen der Frau da, die beim Leuchtturm gefunden wurde?«, fragte sie dann neugierig.

»Ja, so ist es«, antwortete Elma. »Soweit ich weiß, war sie vor vielen Jahren in deiner Klasse«, fügte sie an Ingibjörn gewandt hinzu.

Ingibjörn räusperte sich. »Ja, doch, das stimmt. Erst konnte ich mit dem Namen nichts anfangen, aber als ich ein Bild von ihr in der Zeitung gesehen habe, habe ich mich erinnert. Aber das ist viele Jahre her, ehrlich gesagt hatte ich sie schon völlig vergessen. Man hat über die Jahre mit so vielen Kindern zu tun. Einige bleiben für immer hier im Ort, andere gehen weg, und dann kann es schon einmal passieren, dass man sich irgendwann nicht mehr erinnert.«

»Verstehe«, sagte Elma und nickte. Bevor sie weiterreden konnte, fiel Björg ihr ins Wort. »Warte, ich kenne dich von irgendwoher. Bist du neu bei der Polizei?« Sie hatte sich neben Ingibjörn gesetzt und sah Elma an.

»Ja, ich habe vor Kurzem angefangen. Davor war ich in Reykjavík«, antwortete Elma.

»Ach, ist das so? Und du wolltest etwas Veränderung und hast beschlossen, zu uns aufs Land zu kommen?«, fragte sie weiter nach und legte die Hände auf den Tisch. Die Nägel waren lang und hellrosa lackiert.

»Ja ...« Elma zögerte. »Wobei ich hier auch aufgewachsen bin.«

»Oh? Wer sind deine Eltern?«

»Sie heißen Jón und Aðalheiður«, sagte sie schnell, als wäre es ein Verhör.

»Jón und Heiða? Heiða, die bei der Gemeinde arbeitet?«

»Genau«, bestätigte Elma und Björg nickte, offensichtlich erfreut, sie mit jemandem in Verbindung bringen zu können, den sie kannte. »Aber ich wollte fragen ...«, begann Elma, kam aber nicht weiter.

»Und wir beide kennen uns auch gut«, unterbrach Björg und lächelte Sævar vielsagend an. Sævar antwortete nicht, nickte nur. Elma sah, dass er sich nur schwer ein Grinsen verkneifen konnte. Ingibjörn schien nichts zu bemerken. Elma hustete höflich und fuhr fort: »Was Elísabet betrifft ... Soweit ich weiß, war sie eher eine Einzelgängerin. Hatte kaum Freunde. Stimmt das?«

»Uff, ich erinnere mich einfach nicht gut genug«, seufzte Ingibjörn. »Sie war für ein Kind ganz schön ernst, ja, doch, das kann man sagen.«

»Weißt du, ob es bei ihr zu Hause Probleme gab?«

»Ja, da klingelt was. Ich erinnere mich an ihre Mutter Halla. Meines Wissens war sie nicht ganz dicht, die Gute. Ihr Mann ist bei dem Seeunglück damals umgekommen. Das war ein schrecklicher Unfall. Niemand hatte den Sturm kommen sehen, auf einmal fegte er übers Land und brachte das Boot mit den Männern an Bord zum Kentern. Sie haben beide nicht überlebt.« Ingibjörn nahm ein Tuch und putzte seine Brille, bevor er sie in ein mit Velours bezogenes Etui legte. »Aber das war es nicht, was ihr den Rest gegeben hat, da war auch noch das Kind, das kurz darauf auf die Welt kam. Der arme Junge lebte nicht länger als zwei Wochen. Plötzlicher Kindstod, haben sie gesagt.«

»Ich erinnere mich an Halla«, sagte Björg. »Mir war nur bisher nicht klar, dass sie ihre Mutter war. Ich weiß, dass sie gesoffen hat. Nach dem Tod des Kindes hat sie nichts anderes mehr getan. Hat gesoffen und war bis spät in die Nacht unterwegs. Alle wussten es, aber niemand hat etwas unternommen. Unvorstellbar, was das kleine Mädchen mitgemacht haben muss.« Björg erschauderte. »Ich glaube, sie hat es die meiste Zeit teilnahmslos über sich ergehen lassen. Ich weiß es nicht – damals hat man sich nicht so eingemischt.«

Sie schwiegen. Draußen wurde der Wind stärker, und kleine Tropfen schnalzten gegen das Küchenfenster. Aus dem Nebenraum dröhnte das Schleudern einer Waschmaschine.

»Hast du mitbekommen, dass Elísabet gemobbt wurde?«, fragte Elma.

Ingibjörn seufzte. »Das erste Jahr habe ich nichts bemerkt. Sie hatte da eine Freundin und schien sich wohlzufühlen. Erst im Jahr darauf fiel mir auf, dass sie oft allein war. Oder war es noch ein Jahr später? Ich weiß es nicht mehr. Aber sie war auch nicht die Einzige. Manche Kinder wollten einfach lieber allein spielen, und ich sah darin nicht wirklich ein Problem. Selbst hatte ich auch nie ein großes Bedürfnis nach Gesellschaft, habe mich alleine am wohlsten gefühlt. Ich sehe es als Zeichen für geistige Gesundheit und Intelligenz, wenn man sich selbst genug ist.«

Elma nickte und tat so, als sähe sie nicht, dass Sævar mit gesenktem Kopf erneut versuchte, ein Grinsen zu verbergen. »Ist dir nicht aufgefallen, dass sie vielleicht gehänselt wurde?«, fragte sie und gab Sævar unter dem Tisch einen heimlichen Tritt.

»Nein, nicht in meiner Klasse«, sagte Ingibjörn entschieden. »Wenn du wissen willst, was auf dem Schulhof los war, musst du die Pausenaufseher fragen. Die standen früher in den Pausen Wache, ich war ja nur für die Disziplin während des Unterrichts zuständig. Das fehlt dem Schulsystem heutzutage. Jetzt müssen die Lehrer aufpassen, was sie sagen, und es so formulieren, dass sie die Elternmeute nicht auf sich hetzen. Früher war das anders. Damals hatten die Schüler noch Respekt vor ihren Lehrern. Aber die Zeiten haben sich geändert und nicht unbedingt zum Besseren, sag ich dir.«

»Du bist dann ans Gymnasium gewechselt, richtig?«, fragte Elma.

»Ja, vor vielen Jahren. Das muss kurz nach Elísabets Umzug nach Reykjavík gewesen sein. Ja, doch, das kommt hin, so um 1992 herum. Ich passe besser ins Gymnasium. Dort landen nur noch die Schüler, die wirklich lernen wollen. Die anderen, tja ... die haben in meinem Unterricht ohnehin nichts zu suchen. Die schmeiß ich sofort raus. Damit sie nicht diejenigen stören, die wirklich lernen wollen.«

Elma nickte. Sie hatte schon gehört, dass Ingibjörn ein strenger Lehrer war. Streng und eigenbrötlerisch. Laut Sævar mussten Schüler, die zu spät zum Unterricht kamen, ihre Verspätung vor allen anderen erklären und sich entschuldigen. Es kam selten jemand zu spät. Schwänzen passierte häufiger.

»Wer war die Freundin von Elísabet?«

»Darauf habe ich ehrlich gesagt nicht geachtet. Diese Mädchen bilden immer irgendwelche Grüppchen. In dem Alter ist das halt so. Außerdem durften sich die Kinder ihre Sitzplätze nicht selbst aussuchen. Während des Unterrichts wurde gelernt, nicht gespielt«, sagte Ingibjörn. Er schnäuzte sich laut in ein Taschentuch, als würde er der Aussage damit Nachdruck verleihen wollen, legte das Taschentuch dann sorgfältig zusammen und steckte es wieder in die Tasche. »Spielt das bei den Ermittlungen eine Rolle?«

»Nicht unbedingt. Ich wollte nur ein besseres Bild davon bekommen, wie Elísabet als Kind war und wie es ihr erging. Sie schien den Ort nicht besonders zu mögen, das meinte zumindest ihr Mann. Deshalb versuchen wir herauszufinden, warum sie trotzdem gekommen ist. Ob sie jemanden getroffen hat, und wenn ja, wen.«

»Puh, da kann ich nicht weiterhelfen, fürchte ich. Aber eine Sache fällt mir ein, wenn ich an Elísabet denke.« Ingibjörn kratzte sich am Kopf. »Sie konnte sehr gewalttätig sein. Sie ist mal mit einem anderen Jungen aus der Schule aneinandergeraten.«

»Aneinandergeraten?«

»Ja, sie hat ihn wohl attackiert. Er heißt Andrés und war in der Förderklasse. Jetzt arbeitet er hier in der Bibliothek.«

»Weißt du, warum Elísabet ihn angegriffen hat?«

»Nein, das weiß ich nicht. Ich meine mich zu erinnern, dass es mehr oder weniger grundlos war. Wie gesagt, am besten sprecht ihr mit der Pausenaufsicht oder dem Schulleiter. Ich hatte mit der Sache nichts zu tun.«

Elma nickte. Sie wunderte sich über Ingibjörns Gleichgültigkeit gegenüber allen Dingen, die nicht direkt mit der schulischen Ausbildung der Kinder zu tun hatten. Warum wollte so ein Mann die jüngeren Jahrgänge in einer Grundschule unterrichten?

»Bei mir gibt's leider nicht viel zu holen«, murmelte Ingibjörn, als Elma schwieg.

»Ist auszuschließen, dass es ein Unfall war?«, fragte Björg, die schweigend zugehört und auf ihre Fingernägel gestarrt hatte, während Ingibjörn sprach.

»Wir haben noch gar nichts ausgeschlossen«, antwortete Elma. »Gab es niemanden im Ort, mit dem die Familie engere Kontakte pflegte?«, fragte sie Ingibjörn.

»Nein, niemanden. Ich habe Elísabets Mutter nicht oft getroffen, nur ab und zu bei Elternabenden. Und dann waren sie plötzlich weg. Soweit ich mich erinnere, wusste ich damals nicht, dass die beiden wegziehen und Elísabet die Schule verlassen würde. Eines Tages kam sie einfach nicht mehr.«

»Gab es einen bestimmten Grund dafür, dass sie weggezogen sind?«

»Das weiß ich nicht«, sagte Ingibjörn und seufzte, als wäre er ihre Fragen langsam leid. »Aber ich bezweifle stark, dass die Vergangenheit etwas mit Elísabets Tod zu tun hat. Wahrscheinlich war es doch einfach ein Unfall? Ein Urlauber, der bei gefährlichen Bedingungen zu schnell gefahren ist? Ist ja nicht so, als wäre das noch nie passiert.«

Elma fand es ziemlich weit hergeholt, dass ein Urlauber Elísabet angefahren und danach versucht haben sollte, sie zu erwürgen und ins Meer zu ziehen, in der Hoffnung, sie würde hinaustreiben. Sie beschloss aber, ihn mit den Details zu verschonen, und sah stattdessen Sævar an. Er wusste ihren Blick zu interpretieren, und sie standen zeitgleich auf und bedankten sich.

»Das war also der Grundschullehrer«, sagte Sævar, als sie wieder im Auto saßen. »Warum hat er überhaupt eine Stelle als Lehrer von kleinen Kindern angenommen?«

»Frag mich nicht«, antwortete Elma und zuckte mit den Schultern. »Er schien nicht wirklich Spaß dabei zu haben.«

»Warum hat sie wohl den Jungen attackiert?«, fragte Sævar.

»Ich weiß es nicht«, antwortete Elma. »Es muss nicht unbedingt einen bestimmten Auslöser dafür gegeben haben, sie waren ja noch sehr jung.«

»Ich habe mich auch einmal geprügelt«, sagte Sævar.

»Nur einmal?« Elma grinste.

»Ja, nur einmal. Ich war zehn, und da war ein Junge, der sich über mein Stirnband lustig gemacht hat.«

»Dein Stirnband?« Elma lachte.

Sævar nickte. »Ganz genau. Ich muss es wohl zugeben. Ich hatte ein Stirnband und den dazu passenden Trainingsanzug und kam mir wahnsinnig cool vor.«

»Und ich hatte Knopfhosen«, sagte Elma.

»Puh, jetzt kann ich dich aber nicht mehr ernst nehmen«, sagte Sævar und tat ganz schockiert.

Draußen war es bereits dunkel, es war schon nach sechs Uhr.

Elmas Mutter hatte ihr eine Nachricht geschickt und gefragt, ob sie vorhabe, zum Essen zu kommen – ihre Schwester Dagný und ihre Familie seien auch da.

»Hast du ... ähm ... hast du heute noch was vor?«, fragte sie und versuchte, unbekümmert zu klingen. Zuvor hatte Sandra ihr eine Nachricht geschickt, um sie an das Jahrgangstreffen zu erinnern. *Kommst du heute Abend?*, hatte sie geschrieben und einen großen Smiley hinzugefügt. Elma verstand nicht, warum Sandra unbedingt wissen wollte, ob sie zu dem Treffen kam oder nicht. Ihr erster Gedanke war, dass es eine Art Streich sein könnte – was natürlich völlig absurd war. Wahrscheinlich war es ein Anzeichen für geringes Selbstbewusstsein, aber sie konnte einfach nicht glauben, dass man sie wirklich dabeihaben wollte. *Kann sein, dass ich bei der Arbeit hängen bleibe, aber ich versuche zu kommen, wenn ich früh genug Feierabend machen kann*, hatte sie geantwortet und einen Smiley mitgeschickt, auch wenn sie das normalerweise nicht tat. Sie hatte eigentlich schon beschlossen, nicht hinzugehen, und bei einem Abend in Sævars Gesellschaft käme sie vielleicht auf andere Gedanken.

Sævar sah sie ein wenig verwundert an und wandte den Blick sofort wieder ab. »Ich bin zum Essen eingeladen«, sagte er, und nach kurzer Pause fügte er hinzu: »Bei meinen Schwiegereltern.«

»Oh«, sagte Elma. »Kein Problem.« Sie wurde rot, und den Rest der Fahrt verbrachten sie schweigend. Sie war froh, als Sævar sich verabschiedete und aus dem Auto ausstieg. Irgendwie war es an ihr vorbeigegangen, dass er in einer festen Beziehung war.

Auf dem Weg nach Hause fragte sie sich, warum Sævar nie eine Freundin erwähnt hatte, mit keinem Wort. Was habe ich mir bloß dabei gedacht?, überlegte sie, und es war ihr peinlich, dass sie womöglich etwas Unangebrachtes gesagt hatte. Sie schämte sich aber noch mehr dafür, wie sehr sie bei der Erwähnung der Schwiegereltern in Verlegenheit geraten war. Sie hielt vor der Wohnung an und blickte in den schwarzen Himmel. Sterne waren nicht zu sehen, denn die Wolkendecke hing tief und die Straßenlaternen leuchteten zu hell. Kalte Regentropfen landeten auf ihren Wangen. Für ein paar Sekunden fühlte sie sich, als könnte sie für immer so stehen bleiben. Das Gefühl verging aber schnell wieder, und als ein Auto vorbeifuhr, huschte sie hinein.

Das Kind war zwei Jahre alt. Ein kleines Mädchen, das lachend herumrannte. Sie konnte kaum sprechen, und das Eis in ihrer Hand tropfte auf ihre Kleidung, aber die Erwachsenen hatten nur Augen für sie. Alle wollten sie umarmen und knuddeln, redeten in Babysprache mit ihr und sagten ihr, wie süß sie sei. Sie lachten, rochen an ihrem Haar und küssten ihre dreckigen Wangen.

Elísabet konnte sie nicht ausstehen.

Sie war bei Sara zu Hause, und die Freundin ihrer Mutter war zu Besuch. Eine Frau mit welligen blonden Haaren, die über alles lachte, was das kleine Mädchen tat. Sogar als sie das Eis am Ende einfach runterwarf, sodass es über den ganzen Küchenboden spritzte.

Saras Mama hatte sie gerufen. »Ihr seid schon so große Mädchen, jetzt, wo ihr sieben Jahre alt seid. Wollt ihr nicht mit Vala im Zimmer spielen? Ihr könnt ihr das Spielzeug zeigen und babysitten üben.« Sara nickte brav.

»Passt auf, dass sie sich nichts in den Mund steckt, sie ist so klein und weiß es noch nicht besser«, sagte die Mutter des Mädchens und setzte das Kind auf den Boden. Sie wischte liebevoll das Eis vom Gesicht ihrer Tochter, das die Kleine sogar auf der Stirn hatte. Das Mädchen quengelte, stieß seine Mutter weg und rannte dann lachend auf wackeligen Beinen hinter ihnen ins Zimmer.

Elísabet setzte sich auf Saras sorgfältig gemachtes Bett und beobachtete das Kind. Sie wollte nicht babysitten üben. »Schau mal, eine Puppe«, sagte Sara und reichte dem Mädchen eine ihrer Barbiepuppen. Das Mädchen nahm sie und brabbelte etwas, warf sie dann auf den Boden und riss die Möbel aus dem Barbiehaus, die sie vorhin so schön aufgestellt hatten.

Sara seufzte und sah Elisabet an. »Ich geh mal aufs Klo«, sagte sie. »Kannst du aufpassen, dass sie nichts kaputtmacht?«

Elisabet nickte. Nachdenklich saß sie auf dem Bett und beobachtete das Mädchen. Sie musste an die Mutter denken, die immer nur lachte. Es war, als könnte das Mädchen nichts falsch machen. Als könnte es egal was tun, ohne jemals schuld zu sein. Elisabet stand auf und ging zu dem Mädchen. »Schau«, sagte sie, »das ist eine Puppe.«

»Uppe«, sagte das Mädchen und lachte, sodass die kleinen Schneidezähne zu sehen waren. Sie griff mit klebrigen Fingern nach der Puppe. Ihre dicken Arme waren schneeweiß und weich. Die Nägel dünn, aber unversehrt. Elisabet schaute auf ihre eigenen Finger. Die Wunden stachen sofort ins Auge. Sie hatte die Nacht im Schrank verbracht, hatte still dagelegen und dem Wind gelauscht, der sich einen Weg durch die Wand gebahnt hatte. Sie hatte die ganze Zeit versucht, nicht an die Leute unten zu denken. Würde dieses Mädchen irgendwann in einem Schrank schlafen müssen? Würde sie irgendwann Angst haben müssen? Elisabet bezweifelte es. Plötzlich überkam sie ein überwältigendes Gefühl. Das Leben war ungerecht. Warum war sie so wütend? Sie griff nach dem dicken Arm des Kindes, und ohne nachzudenken, biss sie zu. Sie biss so fest, wie sie nur konnte.

Das Kind riss die Augen auf, hatte wahrscheinlich noch nie einen derartigen Schmerz verspürt. War noch nie zuvor absichtlich verletzt worden. Elisabet schreckte sofort zurück, als die Schreie durchs Zimmer schallten. Große Tränen kullerten über die dicken Wangen. »Psst, es ist alles in Ordnung«, sagte sie und versuchte verzweifelt, das Kind zu umarmen. Sie hörte die Tür aufgehen. Spürte die Blicke in ihrem Rücken und merkte, dass ihre Wangen glühten.

Sie sah das Kind an und hasste es sogar noch mehr als vorher.

Wie hieß noch mal der Onkel von Davíð?«, fragte Aðalheiður. Elma schnippelte Gemüse fürs Abendessen, während ihre Mutter am Herd stand. »Der Politiker«, fügte sie hinzu, und es gelang ihr beinahe, völlig beiläufig zu klingen.

»Höskuldur«, antwortete Elma, ohne von der Paprika aufzublicken.

In der Küche wurde es kurz still, nur das leise Surren des Radios war zu hören. Niemand kümmerte sich darum, es neu einzustellen, obwohl die Stimmen mittlerweile gar nicht mehr zu verstehen waren. Die Küche war klein, die Abdeckungen bestanden aus dunklem Holz, und der Küchentisch mitsamt der lederüberzogenen Bank war darin integriert. Ihre Eltern hatten schon oft darüber gesprochen, die Küche zu renovieren, aber irgendwie war daraus nie etwas geworden. Elma war froh darüber. Sie saß immer wieder gerne am Küchentisch. Dort hatte sie schon mit sechs ihre Hausaufgaben gemacht, während ihre Mutter gekocht hatte. Mit zwei abstehenden Zöpfen und der gelben Schultasche in Reichweite. An diesem Tisch hatte sie unzählbar viele Waffeln und Pfannkuchen verdrückt oder auch einfach nur herumgesessen, während die Welt draußen sich weiterdrehte. In der Küche zu Hause war es meist still und immer gemütlich.

»Hast du in letzter Zeit mal mit Davíðs Familie gesprochen?«, fragte Aðalheiður, während sie den Griff der Pfanne festhielt und mit einem Spatel im Hackfleisch rührte. Elma schüttelte den Kopf. »Elma, Liebes«, sagte Aðalheiður, ohne aufzublicken,

»du musst doch zumindest über ihn sprechen können. Du tust so, als wärt ihr nie zusammen gewesen, als wäre er nicht all die Jahre Teil deines Lebens gewesen.«

»Noch nicht«, antwortete Elma und spürte, wie ihr Atem schwerer wurde.

»Also gut, mein Schatz. Wie du meinst«, sagte Aðalheiður. »Aber manchmal hilft es auch, mit jemandem vom Fach zu sprechen. Es gibt hier in Akranes gute Psychologen. Wenn du willst, kann ich ...«

»Mama!« Elma fiel ihr ins Wort. »Nein, danke. Zu einem Psychologen zu gehen, wäre das Letzte, was ich tun würde, schon gar nicht hier in Akranes.«

Aðalheiður schwieg und presste die Lippen aufeinander. Elma merkte, wie schwer es ihrer Mutter fiel, sich zurückzuhalten. Die Person, die sich um alles kümmerte und immer den Drang verspürte, alles und alle in Ordnung zu bringen. Es musste sie mitnehmen, dass sie ihrer eigenen Tochter nicht helfen konnte. Elma seufzte. Sie wollte nicht so bissig klingen. »Es ist ja nicht so, als ob ich es nicht wahrhaben wollte«, sagte sie. »Ich weiß nur nicht, was das bringen soll. Es ist vorbei, und daran ändert sich nichts. Er ist weg, hat mich verraten und alle seine Versprechen gebrochen. Ich muss einfach ... ich brauche einfach etwas Zeit.« Sie lächelte ihrer Mutter zu, die zurücklächelte, aber nicht überzeugt wirkte. Sie öffnete den Mund, um etwas zu sagen, doch in dem Augenblick ging die Eingangstür auf und eine Kinderstimme rief:

»Oma! Oma, weißt du was?« Alexander kam in nassen Stiefeln hereingerannt und sah seine Großmutter mit großen Augen an.

»Nein, was denn?«, fragte Aðalheiður und beugte sich zu ihm hinunter.

»Alexander, Schuhe ausziehen«, rief Dagný aus dem Vorraum.

»Ich bekomme ein Raumschiff zu Weihnachten«, sagte Alexander und ignorierte seine Mutter.

»Ein Raumschiff? Kann man so was im Spielzeugladen kaufen?«

»Ja, das gibt's bei Toy Story«, sagte er mit weit aufgerissenen Augen.

»Alexander, es heißt Toys ›R‹ Us, und ich bin nicht sicher, ob man da ein Raumschiff bekommt. Zieh jetzt sofort die Stiefel aus. Du machst Omas ganzen Boden nass.«

»Das ist schon in Ordnung«, sagte Aðalheiður gutmütig, während Alexander sich die Stiefel auszog. »Und da bei Toy Story gibt es sicher ein Raumschiff, da gibt es doch alles.« Alexander lächelte übers ganze Gesicht und nickte kräftig.

»Heute ist es ein Raumschiff, gestern war es ein Dinosaurier und am Tag davor ein Auto, das fliegen kann, wie bei Harry Potter«, sagte Dagný und verdrehte die Augen. »Ganz schön viele Wünsche für Weihnachten dieses Jahr.« Sie küsste ihre Mutter und ihre Schwester auf die Wange. Dagnýs Mann, Viðar, trat nach ihr ein und hielt Jökull auf dem Arm.

Alexander war fünf und Jökull ein Jahr alt. Sie waren wie schwarz und weiß. Alexander war ein Blondschopf und hatte blaue Augen wie sein Vater. Jökull hatte die hellbraunen Haare seiner Mutter und von Geburt an Pausbacken gehabt, die einfach nicht mehr weggehen wollten.

»Komm mal zu Tante Elma.« Sie streckte die Arme nach Jökull aus, der sofort seine Arme ausbreitete und sich zu ihr beugte. Elma küsste seine dicken Backen und drückte ihn an sich, doch als Aðalheiður die Spielzeugkiste auf den Boden stellte, fing er an zu zappeln und wollte wieder runter.

»Das riecht gut, Mama«, sagte Dagný und setzte sich an den Küchentisch. »Hast du nicht einen Kaffee für mich?«

»Ist die Arbeit gerade anstrengend?«, fragte Aðalheiður und stellte eine Tasse unter den Vollautomaten.

»Nein, so schlimm ist es nicht. Aber manche Schichten sind ganz schön stressig«, sagte Dagný und nahm die Kaffeetasse entgegen. Im gelblichen Licht der Deckenleuchte sah Elma die deutlichen Ringe unter ihren Augen, die sie versucht hatte, mit Schminke zu kaschieren.

Dagný war nur drei Jahre älter, aber wirklich eng war ihr Verhältnis nie gewesen. Sie hatten nicht viel gemeinsam, und Elma hatte immer das Gefühl, Dagný zu nerven, auch wenn es keinen konkreten Grund dafür gab. Seit sie denken konnte, beneidete sie ihre große Schwester. Sie war schon immer beliebt gewesen, hatte Leute mit ihrem aufrichtigen Lächeln und ihrer angenehmen Art um sich geschart. In ihrer Gegenwart fühlten Leute sich wohl, und sie fand alles und alle interessant. Wenn sie einem zuhörte, beugte sie sich vor, blinzelte kaum und nickte bestätigend. Nur bei Elma nicht. Normalerweise sah Dagný Elma wie eine kleine Schwester an. Nicht liebevoll, sondern wie jemanden, der immer einen Schritt hinterherhinkt. Die Schwester, die nichts verstand. Bei der man aufpassen musste, dass sie nichts Peinliches tat. Der man sagen musste, wenn ihr T-Shirt nicht zum Rock passte und das Augen-Make-up nicht ganz symmetrisch war. Elma hatte ständig zu hören bekommen, was für ein »hübsches Mädchen« ihre Schwester doch sei und wie »wundervoll und schlau«. Sie bezweifelte, dass Dagný das auch über sie zu hören bekam.

Elma erinnerte sich nicht daran, je mit ihrer Schwester gespielt zu haben. Wenn Dagný Besuch von Freundinnen bekam, machten sie die Zimmertür zu und drückten dagegen, während die kleine, fünfjährige Schwester verzweifelt versuchte reinzukommen. Sie erinnerte sich daran, weinend davorgestanden und geklopft zu haben, bis ihre Mutter kam und ihr eine Beschäftigung gab. Später wäre es für sie gar nicht mehr infrage gekommen, mit Dagný und ihren Freundinnen zu spielen. Mädchen, die dämlich kreischten, wenn sie etwas witzig oder interessant oder schrecklich fanden.

Dagný hatte auch schon immer gewusst, was sie wollte und wohin ihr Weg gehen sollte. Bei ihren Eltern an der Wand hing ein Bild von ihr mit sechs Jahren als Krankenschwester verkleidet, und heute war sie Hebamme im Krankenhaus in Akranes. Mit Viðar kam sie zusammen, als sie vierzehn war, und schien nie auch nur einen Zweifel an der Beziehung oder sich selbst gehabt zu haben. Viele Jahre später waren sie immer noch zusammen, hatten zwei Kinder, ein Haus und einen Jeep, so wie es sich für eine durchschnittliche isländische Familie gehörte. Elma fiel es schwer, zu glauben, dass sie beide auf Basis desselben Genmaterials zusammengestellt worden waren.

»Was gibt's Neues bei der Polizei, Elma?«, fragte Viðar und ließ sich ebenfalls einen Kaffee geben. Elma öffnete den Mund, um zu antworten, aber Dagný fiel ihr ins Wort.

»Ihr werdet es nicht glauben«, sagte sie. »Ratet mal, wer schwanger ist!« Sie wartete nicht auf eine Antwort, sondern redete weiter: »Bjarnis Magnea!«, sagte sie und sah sie erwartungsvoll an. Die Schweigepflicht hatte Dagný noch nie davon abgehalten, über persönliche Angelegenheiten ihrer Patientinnen zu plaudern.

»Ach wirklich?«, fragte Aðalheiður erstaunt. »Ich dachte schon, es ginge einfach nicht bei denen. Körperlich, meine ich. Man traut sich heutzutage ja nicht mehr zu fragen, das ist alles so heikel.«

»Nein, nein. Sie ist schon in der elften Woche«, sagte Dagný. Auf dem Boden fing Jökull an zu weinen, als sein Bruder ihm ein Spielzeugauto aus der Hand riss. Dagný stupste Viðar an und gab ihm mit einem Blick zu verstehen, dass er sich darum kümmern sollte.

»Ich mach schon«, sagte Elma schnell und stand auf. Sie nahm den kleinen Körper in die Arme und ging mit ihm auf und ab. Die feinen Haare rochen süßlich. Das Weinen verstummte sofort, als der Kleine den Schnuller bekam. Er legte die Wange auf Elmas Brust und schloss langsam die Augen.

»Ihr dürft natürlich kein Wort sagen, das ist immer noch streng geheim«, fuhr Dagný fort.

»Nein, wir sagen nichts«, versprach Aðalheiður.

»Bitte, lass ihn jetzt nicht einschlafen, sonst bleibt er nachher die ganze Nacht wach«, sagte Dagný, als sie sah, worauf es bei Jökull hinauslief.

»Aber er ist so müde«, sagte Elma und drückte ihn fester an sich. »Schau nur, wie gut es ihm bei Tante Elma geht.«

»Elma, im Ernst. Wenn er jetzt schläft, kann er heute Abend nicht mehr einschlafen. Ein fünfminütiges Nickerchen reicht, und er führt sich auf, als hätte er eine Energiespritze in den Hintern bekommen.«

»In den Hintern«, sagte Alexander ängstlich und hob den Blick von seinen Autos, die er konzentriert aufreihte. »Wer bekommt eine Spritze in den Hintern?«

»Niemand bekommt eine Spritze in den Hintern, mein Junge«, versicherte Viðar.

»Er hat immer noch nicht die Spritze vergessen, die er bei den Impfungen für Vierjährige bekommen hat«, flüsterte Dagný, als Alexander wieder mit den Autos beschäftigt war. »Ich schwöre, dieses Kind kommt da nie drüber hinweg.«

Etwa zehn Minuten nach ihrer Ankunft zu Hause schickte sie die Nachricht ab. Ihr Herz raste, und sie konnte nicht still sitzen. Aber die Entscheidung war getroffen, und sie stellte sich unter die Dusche und versuchte, ihre Angst mit heißem Wasser wegzuspülen.

Sie hatte nicht vorgehabt, hinzugehen. Hatte nicht einmal vorgehabt, zu antworten. Es wäre so einfach gewesen, zu sagen, sie wäre zu beschäftigt. Alle im Ort wussten, dass die Polizei mit Elísabets Fall beschäftigt war und die Ermittlungen ungewöhnlich langsam vorangingen. Manche munkelten sogar, die Polizei von Akranes sei mit dem Fall überfordert. Hörður hatte mit zusammengebissenen Zähnen berichtet, dass der Polizeidirektor in Reykjavík gefragt habe, ob sie Unterstützung bräuchten. Das wäre also eine legitime Ausrede gewesen.

Sie warf noch einen letzten Blick in den Spiegel und atmete tief durch. Sandra hatte mit einem Wort geantwortet. *Super*, hatte sie geschrieben und noch mal einen Smiley mitgeschickt. Elma fragte sich wieder, ob Kristín und Silja da sein würden. Ihre Kindheitsfreundinnen, die sie jahrelang nicht gesehen hatte. Ein Teil von ihr wünschte sich, ihre Mutter würde recht behalten, dass es nicht zu spät war, die Freundschaft wiederzubeleben. Sie spürte, wie sehr sie eigentlich jemanden zum Reden brauchte. Wobei die Ermittlungen sie diese Tage auf Trab hielten. Aber sobald der Fall aufgeklärt war, würde sie die Abende wieder allein vor dem Computer oder Fernseher verbringen.

Nachdem sie den Kleiderschrank auf den Kopf gestellt hatte, entschied sie sich für eine schwarze Hose und eine schwarze Bluse. Nichts allzu Auffälliges oder Elegantes. Sie trug Lippenstift auf und kämmte sich die Haare in dem Versuch, die unbändigsten Strähnen zu glätten. Als es an der Zeit war, loszugehen, war sie völlig aufgewühlt. Sie zog sich die alte, abgenutzte Jacke an und wünschte, sie hätte mehr Freude daran, sich neue Klamotten zu kaufen. Fast alle ihre Sachen waren schon mindestens ein paar Jahre alt. Sie griff nach der Türklinke, aber ließ sofort wieder los.

Sie konnte nicht.

Ihre Handflächen waren schwitzig kalt, und sie war relativ sicher, dass sie jeden Augenblick in Ohnmacht fallen könnte. Sie öffnete den Kühlschrank, holte sich ein Bier und spülte es herunter, während sie am Küchentisch saß und auf die Straße hinausstarrte. Danach ging es ihr ein wenig besser.

Das Treffen war bei Sandra zu Hause, nicht weit von Elma entfernt. Sie war froh, dass sie zu Fuß gehen konnte. Kalte Luft beruhigte die Nerven. Ihre Schritte wurden automatisch kleiner, je näher sie dem Haus kam. Aus der Ferne sah sie, dass die Feier schon begonnen hatte. Laute Musik dröhnte aus dem Haus, und eine Menge Autos standen davor geparkt. Sie kam absichtlich zu spät. Hoffte, so vielleicht unangenehmen Gesprächen zu entgehen und leichter in der Menge untergehen zu können.

Vor der Tür trat sie eine Weile von einem Fuß auf den anderen. Sollte sie klopfen oder einfach reingehen? Sie klopfte, aber nichts passierte. Wahrscheinlich kam das leise Klopfen nicht gegen die Musik an. Sie zögerte kurz, bevor sie die Hand auf den Türgriff legte.

Aus dem Wohnzimmer erklang Stimmengewirr und Gelächter. Elma blieb kurz im Vorraum stehen, atmete tief ein und ging dann weiter. Innen war das Haus genau wie erwartet: modern, voll mit teuren Sachen und schönen Bildern. Elma wusste nicht, was Sandra und ihr Mann beruflich machten, aber nach neuem Einfamilienhaus und den teuren Autos zu schließen, verdienten sie gutes Geld.

Zu ihrer Rechten bildeten Wohnzimmer, Esszimmer und Küche zusammen einen großen, offenen Raum. Elma sah sofort die vielen Menschen. Da waren sie also. Alle Leute, denen sie jahrelang aus dem Weg gegangen war. Manche saßen auf dem schwarzen Ledersofa, andere an dem großen Esstisch, aber niemand blickte auf, als sie eintrat. Elma war froh, dass die Musik ihr pochendes Herz übertönte und sie daran gedacht hatte, Deo zu benutzen.

»Ach, Elma!« Sandra hatte sie endlich bemerkt. Sie saß mit einer Gruppe Frauen am Esstisch. Einige blickten kurz zu ihr auf, führten dann aber ihre Gespräche fort, ohne sie zu begrüßen.

»Wie schön, dass du gekommen bist. Kann ich dir etwas anbieten? Ich habe roten und weißen Wein und auch Whiskey oder Rum, wenn du so was magst.« Sandra signalisierte ihr, mit in die Küche zu kommen.

»Gerne einen Rotwein«, sagte Elma. Die Wirkung des Biers hatte bereits nachgelassen, und sie brauchte dringend etwas, um die Nerven zu beruhigen. Sie nahm sich selbst ungewöhnlich stark wahr, ihre Körperhaltung, was sie sagte und wie. Das konnte nicht lange gut gehen.

»Du bist also doch von der Arbeit losgekommen?«, sagte Sandra und lächelte, als sie ihr das Weinglas reichte.

Elma trank einen großen Schluck und nickte. »Ja, eigentlich habe ich mich davongeschlichen. Es gäbe genug zu tun«, antwortete sie.

»Ja, das glaube ich dir sofort«, sagte Sandra. »Komm, wir setzen uns zu den Mädels.« Sie bot ihr einen Platz am Esszimmertisch an. Elma setzte sich und trank noch einen Schluck Rotwein.

»Ach, hallo, Elma«, sagte eine freundliche Stimme neben ihr. »Wie geht's dir? Es ist ja schon ewig her, dass wir uns gesehen haben, wann war das wohl ... vor drei, vier Jahren?« Elma brauchte ein paar Sekunden, um zu merken, dass die Stimme Silja gehörte. Sie hatte sie erst nicht erkannt, und der Grund war klar; Silja sag völlig anders aus als früher. Die Bilder auf Facebook zeigten eine ganz andere Person als die Frau, die hier am Tisch saß. Silja hatte zugenommen und sich die Haare abgeschnitten. Wenn sie es nicht besser wüsste, hätte Elma sie zehn Jahre älter geschätzt. Das war nicht mehr das Mädchen, das sie einmal besser gekannt hatte als alle anderen.

»Ja, wahrscheinlich«, antwortete Elma und nickte.

»Wir haben gerade über diesen Mordfall gesprochen, arbeitest du nicht daran?«, fragte Sandra.

»Doch«, antwortete Elma. Es wurde still um den Tisch, und sie spürte, dass die Frauen mehr Informationen erwarteten. »Wir haben den Fall hoffentlich bald gelöst«, fügte sie hinzu und ärgerte sich still, dass sie nichts Aufregenderes gesagt hatte. Ihr Weinglas war fast schon wieder leer.

»Gibt es schon irgendwelche Verdächtigen?«, fragte eine der Frauen.

»Ja ...«, begann Elma und war froh, dass Sandra ihr ins Wort fiel.

»Mädels, seid nicht so neugierig«, sagte sie und lächelte Elma zu. »Sie darf natürlich nichts sagen.«

248

Das Gesprächsthema wechselte schnell zu etwas anderem, und Elma saß einfach nur da und hörte zu. Sie lachte an den passenden Stellen, während sie einen Wein nach dem anderen trank. Schon bald hörte sie auf, dem Gespräch zu folgen, und beobachtete stattdessen die Leute um sich herum. Sie kannte die meisten von ihnen und war erstaunt, wie sehr manche gealtert waren. War das bei ihr auch so? Selbst hatte sie nie das Gefühl, sich zu verändern, aber wahrscheinlich war es bei ihr genauso. Wahrscheinlich dachten die anderen über sie das Gleiche. Wovor hatte sie eigentlich solche Angst gehabt? Im Laufe des Abends kamen ein paar Leute zu ihr, um sich zu unterhalten. Sie lauschte desinteressiert den Erzählungen von Kindern und Karrieren, Geständnissen über furchtbare Ehen und Erinnerungen an die Grundschulzeit. Selbst konnte sie sich nicht besonders gut daran erinnern, aber die anderen anscheinend schon.

Sie beobachtete Silja, die meist bei den Frauen saß, mit denen sie sich nie wirklich angefreundet hatte. Offenbar versuchte Silja, den Blick in ihre Richtung zu vermeiden. Elma war nicht mehr sicher, wann sie sich das letzte Mal getroffen hatten. Es musste eine zufällige Begegnung vor ein paar Jahren im Einkaufszentrum gewesen sein. Silja hatte ein Neugeborenes in einem Kinderwagen dabeigehabt und einen Mann, den Elma kaum kannte, der aber auch aus Akranes war. Die Umarmung zur Begrüßung war unangenehm gewesen und das Gespräch kurz, aber höflich. Schon damals war ihr die Freundschaft so distanziert vorgekommen. Und trotzdem waren sie einmal die besten Freundinnen gewesen. Hatten alles zusammen gemacht. Einander alle Geheimnisse anvertrauen können und über alles geredet, was wichtig war, und alles Unwichtige auch.

Elma vermisste sie. Ihr fehlte die Freundin, die sie in ihr einmal gehabt hatte. Keine ihrer späteren Freundschaften war so eng gewesen, und das würde wahrscheinlich auch nie wieder passieren. Vielleicht war es der Alkohol, aber plötzlich war sie entschlossen, etwas zu sagen. Etwas zu tun. Sie trank den letzten Schluck aus ihrem Glas und setzte sich zu Silja.

Silja war tief in ein Gespräch mit einer anderen verwickelt und blickte kaum auf, als Elma sich zu ihnen setzte. Elma wartete eine Weile geduldig, aber als die beiden anfingen zu flüstern, damit Elma nichts hörte, hatte sie genug. Bevor sie aufstehen konnte, setzte sich aber ein Mann neben sie. »Hi, Elma«, sagte er, und sie roch seine Fahne. Sie drehte sich um und sah Krummi.

»Hi«, sagte sie und lächelte verlegen.

Krummi lehnte sich vor und redete lallend weiter: »Dachtest du neulich, ich hätte dich nicht erkannt?« Er lachte.

»Ich weiß nicht ...«, begann Elma.

»Wohnst du nicht allein hier?« Sein Mundgeruch war so stark, dass Elma möglichst versuchte, die Luft anzuhalten.

»Doch«, antwortete sie. »Ich habe hier in der Nähe eine Wohnung.«

Krummi grinste. »Lass uns gehen.«

»Was?«

»Ich komme mit zu dir nach Hause.« Krummi stand auf und packte sie am Arm.

Elma lachte erst, aber Krummis Blick wurde ernster, und er packte fester zu.

»Krummi, ich ...«

Krummi lehnte sich zu ihr und zischte durch die Zähne: »Du gehst mit mir, oder ich erzähle allen, was dein Freund getan hat. Was du ihn hast tun lassen.«

Elma bekam ein flaues Gefühl im Magen. Sie blickte auf und sah, dass Silja und die andere Frau ihr Gespräch unterbrochen hatten und sie beobachteten. Der empörte Gesichtsausdruck war nicht zu übersehen. Elma wurde heiß, und plötzlich hielt sie es nicht mehr aus. Sie riss sich los und ging, ohne sich zu verabschieden.

Auf dem Weg nach Hause wuchs ihr Ärger. Warum hatte sie

das Gefühl gehabt, sie bräuchte die Anerkennung dieser Leute? Leute, die sie nicht kannten und keine Ahnung hatten, was in ihr vorging oder wer sie war. Genau wie ihre Ankunft schien auch ihr Verschwinden niemand zu bemerken. Aber es war ihr egal, sollten sie doch denken, was sie wollten.

Sie ging schnell und wischte jede Träne sofort wieder weg. Sie wollte nicht weinen. Das war es nicht wert, aber sie konnte trotzdem nicht aufhören. Wussten sie etwa alle über Davíð Bescheid? Hatte sich die Sache bis nach Akranes rumgesprochen? Natürlich. Wie konnte sie so blöd sein, etwas anderes zu denken?

Bei ihrem Haus angekommen, merkte sie, dass sie vielleicht doch ein Glas zu viel getrunken hatte. Sie brauchte eine Weile, um den Haustürschlüssel ins Schloss zu stecken, und bevor es ihr gelang, ging die Tür von innen auf.

»Wie geht's?«, fragte der Junge aus der Wohnung gegenüber und grinste.

»Ach, einfach großartig, das kann ich dir sagen«, antwortete Elma mit einem breiten Lächeln. Sie hatte sich auf dem Heimweg ein wenig beruhigt und war jetzt eher traurig als wütend. Auf der Strecke hatte sie zwar ein wenig geschwankt, und es war ihr schwergefallen, aufrecht zu stehen, aber der Wein machte alles unwirklicher. Was in dem Moment eine gute Sache war.

»Hattest du Spaß heute Abend?«, fragte er und sah Elma an.

»Nein, eigentlich nicht.« Elma lachte und zog die Nase hoch. »Aber es ist schön, wieder zu Hause zu sein. Danke, dass du mir aufgemacht hast.«

»Soll ich dir auch bei der Wohnungstür helfen?«, fragte er.

»Nein, ich glaube, das schaffe ich.«

»Na dann«, sagte er, aber blieb noch kurz stehen und beobachtete sie.

Elma schaffte es diesmal beim ersten Versuch, den Schlüssel ins Schlüsselloch zu stecken. Bevor sie die Tür schließen konnte, beeilte sich der Junge noch zu sagen:

»Wenn du willst ... dann habe ich auch noch Bier im Kühlschrank.«

Elma drehte sich um und öffnete die Tür wieder etwas weiter. »Es ist schon so spät«, sagte sie und gähnte ein wenig übertrieben. In ihren Gedanken lag sie schon in der Badewanne, die sie sich einlassen wollte.

»Es ist genau ... zwanzig nach elf«, sagte der Junge und grinste.

»Nein.« Elma sah überrascht auf ihre Armbanduhr. »Ist es echt noch so früh?«

Der Junge lachte. »Das Angebot steht, wenn du willst.«

Elma zögerte. »Warst du nicht auf dem Sprung?«

»Doch, ich wollte noch Limo kaufen. Aber das kann warten.«

»Also gut, lass uns noch was trinken.« Sie lächelte den Jungen zögerlich an. Vielleicht musste sie einfach etwas Neues tun, etwas für sie Untypisches.

»Super«, sagte er und folgte ihr in seine Wohnung. Elma sah ihm dabei zu, wie er zwei Bier aus dem Kühlschrank holte. Er war jünger als sie, aber er sah sehr gut aus. Eigentlich besser als alle Jungs, die ihr bisher so Aufmerksamkeit geschenkt hatten. Sie musste an Sævar denken und das Essen, bei dem er gerade war. Mit den Schwiegereltern. Sie dachte auch an Davíð, aber verdrängte den Gedanken schnell wieder. Sie wollte einen Abend ohne ihn haben. Einen Abend frei von Zweifeln und Gedanken darüber, was sie vielleicht hätte anders machen können.

Der Junge reichte ihr das Bier und setzte sich ihr gegenüber aufs Sofa. Sie wusste immer noch nicht, wie er hieß. Elma hatte erst einen Schluck getrunken, als er das Bier wegstellte, aufstand und auf sie zukam.

Sie saßen zu zweit am Rand der Sandkiste und steckten die Füße in den nassen Sand. Eine von ihnen dunkelhaarig in einer viel zu kleinen Jacke und zerschlissenen Turnschuhen. Die andere blond, in einer neuen Regenjacke und Stiefeln. Keine der beiden sagte was. Zwei achtjährige Mädchen, in eigene Gedanken vertieft.

Sie hatten immer gut zusammen schweigen können. Seit sie sich in der Schule zum ersten Mal getroffen hatten, gab es zwischen ihnen ein gegenseitiges Verständnis, dass Worte manchmal nicht nötig waren. Anders als die meisten Kinder in ihrem Alter hatten sie wenig Bedürfnis, der anderen von unwichtigen Dingen zu erzählen. Es war, als bekämen sie ein wenig Ruhe, wenn sie zusammen waren. Einen Moment Ruhe vor den vielen Reizen, die zum Leben eines achtjährigen Kindes dazugehörten, das ständig neue Dinge lernen sollte.

Plötzlich stand die Blonde ruckartig auf. Sie sah ihre Freundin an und zog die Nase hoch. »Ich kann nicht mehr deine Freundin sein«, sagte sie und sah ihr direkt in die Augen. Elísabet war in eigene Gedanken vertieft gewesen und blickte verwundert auf. »Mama sagt, dass ich nicht mehr mit dir spielen darf«, sagte Sara. Sie blieb kurz stehen, als wüsste sie nicht, was sie tun sollte, aber dann drehte sie sich um und lief vom Spielplatz. Kurz darauf war sie verschwunden.

Zurück blieb ein dunkelhaariges Mädchen in nassen Turnschuhen, das auf den Sand starrte. Kleine Tropfen fielen vom Himmel und mischten sich mit den salzigen Tränen, die ihre Wangen hinunterliefen.

Die Frau hieß Anna und hatte zugestimmt, Elma am Sonntagmorgen zu treffen. Mittlerweile arbeitete sie nicht mehr als Pausenaufsicht in der Grundschule Brekkubæjarskóli, sondern war bereits in Rente und lebte in einer betreuten Wohnung, nicht weit vom Altersheim Höfði. Sie lud Elma ein, an einem kleinen Küchentisch mit einem geblümten Plastiktischtuch Platz zu nehmen, und stellte Kaffee und *Kleinur*, eine Art geknotetes Schmalzgebäck, auf den Tisch.

»Ich war ja nur ein paar Jahre in Brekkubæjarskóli«, sagte sie, nachdem sie sich gegenüber von Elma hingesetzt hatte. »Als ich dort aufgehört habe, bekam ich eine Stelle im Laden, das war um 1995 herum, und dort habe ich bis letztes Jahr gearbeitet, bis Bússi starb. Aber dann habe ich aufgehört zu arbeiten und zog hier ein.«

»Wann genau warst du in Brekkubæjarskóli?«, fragte Elma und trank einen kleinen Schluck Kaffee. Sie war zum zweiten Mal innerhalb weniger Wochen mit Kopfschmerzen und Übelkeit aufgewacht. Das sollte besser nicht zur Gewohnheit werden.

»Ich habe dort 1989 angefangen, also ... ja, das müssten dann sechs Jahre gewesen sein. Das sollte immer nur ein Übergangsjob sein. Da siehst du, wie lange man Zeit auf etwas verschwenden kann, obwohl man es nie vorhatte. Pass auf, dass du nicht bei so was hängen bleibst«, warnte Anna und lachte. »Nein, das war schon in Ordnung da. Eigentlich ganz nett. Wir waren zu zweit und haben während der Pause ein Auge auf die Kinder gehabt, die Gänge geputzt und so. Es klingt nicht besonders spannend, aber ich habe von der Arbeit einiges mitgenommen. Hab die Kinder ganz gut kennengelernt, vor allem die unartigen. Die Störenfriede.« Anna lachte leise.

»Erinnerst du dich an ein Mädchen namens Elísabet?«, fragte Elma. Sie mochte diese Frau, die lächelte und ihre schlanken Hände aneinanderrieb. Ihr Zuhause war mit dunklem Holz verkleidet, an den Wänden hingen überall Bilder. Kinder und Enkel und Urenkel, wie sie stolz berichtet hatte, als sie ihr das neueste Bild von einem kleinen Jungen mit nur einem Schneidezahn gezeigt hatte. Elma bemerkte auch den kleinen Glastisch im Wohnzimmer, auf dem ein goldener Bilderrahmen mit dem Porträt eines Mannes neben einer Kerze und einem kleinen Büchlein mit einem Kreuz drauf stand.

»Elísabet?« Anna runzelte die Stirn. »Elísabet ... nein, da klingelt es nicht.«

Elma zeigte ihr ein Bild von Elísabet, das sie auf dem Handy gespeichert hatte. Das aus dem digitalen Fotoarchiv.

»Ach, die kleine Beta«, sagte Anna beim Anblick des Bildes und lächelte freundlich. »Und ob ich mich erinnere. Das arme Mädchen, sie hatte es so schwer. Ich hab immer Mitleid mit ihr gehabt. Zerrüttete Verhältnisse, der Vater verstorben und die Mutter, na ja ... nicht ganz klar im Kopf. Die meiste Zeit hat sich die Nachbarin um sie gekümmert, Solla, die kenne ich ganz gut. Und trotzdem war Elísabet immer so ruhig und besonnen, als könnte ihr nichts etwas anhaben. Das stimmte natürlich nicht, aber sie war nicht wie die anderen Kinder. So im Nachhinein betrachtet denke ich, dass alles, was sie durchmachen musste, sie reifer gemacht hat. Sie wirkte immer älter als die anderen Kinder.«

»Alles, was sie durchmachen musste«, wiederholte Elma. »Damit meinst du vermutlich den Tod des Vaters und des Bruders?«

»Ja, das auch. Natürlich, das kann nicht leicht gewesen sein. Aber das ist passiert, bevor sie in die Schule gekommen ist. Sie war zwar ein ernstes Kind, aber am Ende war sie immer noch ein

Kind. Sie hat gelacht und mit den anderen Kindern gespielt. Es war erst, als ihre Freundin starb, dass sie ... tja, wie soll ich sagen, dass sie abhandengekommen ist. Sie kam zur Schule, aber beachtete die anderen Kinder nicht mehr, geschweige denn, dass sie mit ihnen spielte. Sie blieb meist allein, und die Kinder merkten das und hänselten sie. Das arme Mädchen.«

»Ist ihre Freundin gestorben?«, fragte Elma.

»Ja, das war schrecklich. Sie waren unzertrennlich. Ich habe sie jeden Tag zusammen nach Hause gehen sehen. Wie schwarz und weiß. Sara war so hell und Elísabet so dunkel. Du siehst sie auf dem Bild. Sara ist die hinter Elísabet und Magnea.«

»Was ist passiert?« Elma hatte die Kopfschmerzen und Magenverstimmungen schon wieder völlig vergessen und sah sich das Bild auf ihrem Handy genau an. Hinter Elísabet und Magnea lag ein blondes Mädchen auf dem Bauch und blickte zur Kamera hoch. Vor ihr lag ein Blatt Papier und die Farbstifte waren überall auf dem Boden verstreut.

»Ja, daran erinnerst du dich doch bestimmt auch, der ganze Ort war wie gelähmt. Etwas Schrecklicheres hab ich nie wieder gehört.« Anna erschauderte. »Das Mädchen ist verschwunden. Man hat nur ihre Turnschuhe am Meer bei Krókalón gefunden.« Anna blickte traurig aus dem Fenster. Das Haus war in der Nähe von Langisandur, und vom Küchenfenster aus hatten sie einen guten Blick auf das Meer. An diesem Morgen war Flut, und von dem hellen Sandstrand war kaum etwas zu sehen. »Sie haben begonnen, nach ihr zu suchen, als sie zum Abendessen nicht nach Hause gekommen ist. Erst einige Tage später wurde ein Floß an dem Fundort der Schuhe an Land gespült. Man dachte, es könnte mit der Sache zusammenhängen.«

»Was ist mit Sara, wurde sie nicht gefunden?«

»Nein«, sagte Anna. Das Lächeln war aus ihrem Gesicht verschwunden, und die Stimme klang tiefer als davor. »Sie wurde nie gefunden.«

Elma schwieg, und ihr lief es kalt den Rücken hinunter.

»Ása und Hendrik waren am Boden zerstört«, fügte Anna hinzu und trank einen Schluck Kaffee.

»Ása und Hendrik?«

»Ja«, sagte Anna. »Saras Eltern. Nach ihrem Verschwinden haben sie sich eigentlich nie wieder wirklich gefangen.«

Als Sævar wach wurde, stand er sofort auf, zog sich an, und wenige Minuten später war er draußen an der frischen Luft. Das Abendessen am Tag davor hatte das Fass zum Überlaufen gebracht. Er konnte sich selbst gegenüber unter diesen Umständen in keiner Weise mehr rechtfertigen, weiterhin Zeit mit Telmas Familie zu verbringen. Er fühlte sich wie ein Lügner, auch wenn er nie gelogen hatte. Es waren die unausgesprochenen Worte, die ihn plagten. Was er schon vor langer Zeit zu Telma hätte sagen sollen, aber nicht getan hatte, weil es zu schwer war. Aber es war mit Sicherheit einfacher, als mit ihnen am Tisch zu sitzen und mitansehen zu müssen, wie die Familie ihr Bestes gab, die Tränen zu unterdrücken und normal zu Abend zu essen. Es hatte ganz gut funktioniert, bis Telmas Mutter eine Rede darüber gehalten hatte, wie dankbar sie doch sei. Dann brach die ganze Familie in Tränen aus, und Sævar beobachtete das Unglück und fühlte sich fehl am Platz. Er hatte Mitleid, das schon, aber tief in ihm rief eine Stimme, er solle abhauen, solange er noch könne. Sich aus dieser Situation retten, bevor es zu spät war.

Telma musste doch gemerkt haben, dass sie sich, wenn überhaupt, nur noch zufällig berührten. Dass sie nur noch aus Notwendigkeit miteinander redeten. Als sie am Abend nach Hause kamen, hatte Telma im Bett geweint und sich dann auf der Suche nach Trost zu ihm umgedreht. Er hatte sie aus Pflichtbewusstsein und Mitgefühl umarmt. Als sie dann versuchte, ihn zu küssen und ihn auszuziehen, bremste er sie. Als wäre es nicht der richtige Zeitpunkt. Am liebsten hätte er Telma schon vor langer Zeit gesagt, was er fühlte. Er wollte die Beziehung beenden, aber jetzt würde er wie der größte Vollidiot dastehen, wenn er etwas sagte.

Die Polizei machte gerade Schichtwechsel, als er bei der Station ankam. Müde Mitarbeiter verabschiedeten sich und gingen nach Hause, während andere Kaffee machten und übernahmen.

Sævar hätte gar nicht so früh kommen müssen, die Besprechung war erst mittags, aber zu Hause hatte er das Gefühl, dass die Wände näher rückten und ihn einengten. Er hatte schon eine Weile am Schreibtisch gesessen, im Internet recherchiert und durch alte Berichte geblättert, als Elma mit roten Wangen ankam. Sie blieb im Türrahmen stehen und lehnte sich dagegen. »Ist Hörður schon da?«, fragte sie. Die dunkelblonden Haare waren offen und fielen über ihre Schultern. Sævar hatte sie noch nie mit offenen Haaren gesehen.

»Nein, der ist mir noch nicht begegnet«, sagte er und schaute auf die Uhr. »Wahrscheinlich kommt er gleich.«

Elma wirkte ungeduldig. »Na gut, ich sollte vielleicht auf ihn warten.«

Elma drehte sich um, und Sævar scrollte weiter gedankenverloren durch Nachrichtenseiten. Er blickte auf, als er ein Räuspern hörte und Elma wieder in der Tür stand.

»Erinnerst du dich an Sara, die Tochter von Hendrik und Ása?«, fragte sie. Als Sævar den Kopf schüttelte, setzte sie sich ihm gegenüber und fuhr fort: »Sara Hendriksdóttir starb mit neun Jahren. Ihre Schuhe wurden am Strand bei Krókalón gefunden, aber sie tauchte nicht wieder auf. Man ging davon aus, dass sie beim Spielen mit einem Floß auf das Meer rausgetrieben ist.«

»Ich erinnere mich, dass ich von dem Fall gehört habe, als ich nach Akranes gezogen bin. Aber das war, als ich ein Teenager war, da war die Sache schon ein paar Jahre her. Man konnte das auch anderswo mitbekommen, es war überall in den Nachrichten. Schrecklicher Unfall. Wenn ich mich recht erinnere, wurden auf dem Floß DNA-Spuren gefunden. Ein Haar hatte sich an einem herausstehenden Nagel verfangen.«

Elma nickte. »Genau. Ich war erst sechs Jahre alt, als das passiert ist, also erinnere ich mich kaum daran. Laut der Pausenaufseherin, die zu jener Zeit in der Schule gearbeitet hat, waren Sara und Elísabet unzertrennlich.«

»Denkst du, das hat etwas mit dem Fall zu tun?«, fragte Sævar.

Elma seufzte. »Ich weiß nicht. Aber ich finde es seltsam. Warum wussten so wenige, dass die beiden befreundet waren? Weder Elísabets Tante Guðrún noch Eiríkur haben Saras Tod erwähnt, als wir nach Elísabets Kindheit in Akranes gefragt haben, aber es muss ein krasser Schock für sie gewesen sein. Hat sie vielleicht nie mit ihnen darüber gesprochen?« Elma lehnte sich vor und rieb sich die Schläfe. »Ich verstehe auch nicht, warum bei den Ermittlungen immer wieder Hendriks Familie aufkommt. Ich hatte überlegt, mit Ása und Hendrik zu sprechen, Saras Eltern ...«

»Das finde ich nicht angebracht«, fiel Sævar ihr ins Wort. »Sie zu bitten, sich an diesen schrecklichen Vorfall zu erinnern, wenn wir nicht einmal wissen, ob es da einen Zusammenhang gibt.«

»Nein, vielleicht nicht.« Elma blickte nachdenklich an Sævar vorbei aus dem Fenster. Sie wusste, dass er recht hatte. »Aber was ist mit Magnea? Hat sie Sara nicht erwähnt?«

Sævar schüttelte den Kopf. »Nein, aber wir haben nicht gezielt zu den Grundschuljahren gefragt. Sie meinte nur, dass Elísabet und sie nicht wirklich befreundet gewesen seien.«

»Anna, die Pausenaufseherin, hat erzählt, dass Elísabets Nachbarin sich viel um sie gekümmert habe. Sie hieß Solla oder Sólveig. Das müsste doch dieselbe Frau sein, die Eiríkur erwähnt hat, als wir mit ihm gesprochen haben? Er meinte, die wenigen Male, die Elísabet nach Akranes gefahren ist, hätte sie eine ältere Frau besucht.«

»Ja, das könnte sein, vermutlich war sie das«, sagte Sævar. Er gähnte und wandte sich wieder den Sportnachrichten zu, die er davor gelesen hatte. Elmas Enthusiasmus ließ ihn kalt, nach dem vorhergegangenen Abend war er wie betäubt, und er fragte sich, wie es weitergehen sollte. »Ich verstehe nur nicht, wie das mit Elísabets Fall zusammenhängen soll«, fügte er nach kurzer Pause hinzu und sah Elma wieder an.

Elma nickte ruhig. Sie war in eigene Gedanken vertieft und sah ihn nicht an. Die Haare fielen ihr leicht ins Gesicht, und sie kniff die grauen Augen ein klein wenig zusammen. Sævar hatte das Gefühl, die Zahnräder in ihrem Gehirn rattern zu sehen, und grinste breit. Als sie ihn plötzlich ansah, wandte er den Blick aber schnell ab, stand auf und versuchte zu lächeln.

Hörður erinnerte sich gut an Saras Fall. »Hendrik und Ása haben Sara als vermisst gemeldet, als sie am Abend nicht nach Hause gekommen ist. Alle Spielplätze der Umgebung wurden abgesucht, man ging von Haus zu Haus, aber niemand hatte das Kind gesehen. Wir haben bald damit begonnen, die Küste abzusuchen, und da fanden wir ihre Schuhe. Eigentlich kam uns erst dann der Gedanke, dass etwas Schreckliches passiert sein könnte.« Hörður sah Elma verwundert an. »Warum fragst du?«

Elma wiederholte, was sie schon Sævar erzählt hatte, aber Hörður zeigte kaum Reaktionen; er zuckte mit den Schultern und murmelte desinteressiert, wie unwahrscheinlich es doch sei, dass diese Sache mit den Ermittlungen zusammenhänge. »Das könnte zwar tatsächlich erklären, warum Elísabet Akranes gemieden hat. Es gab da offensichtlich genug Schatten der Vergangenheit. Aber es beantwortet nicht die Frage, warum sie tot beim Leuchtturm gefunden wurde«, sagte er.

»Ich habe darüber nachgedacht, mit Saras Eltern zu sprechen, mit Ása und Hendrik, aber ...«, begann Elma.

»Nein, das wirst du nicht«, schnauzte Hörður. »Die Sache ist dreißig Jahre her, wir können nicht aus heiterem Himmel diesen alten Fall ausgraben.«

»Ich weiß, es ist etwas heikel«, antwortete Elma. »Aber ich dachte, Saras Eltern könnten uns vielleicht mehr über Elísabets Situation damals erzählen, schließlich war sie eine gute Freundin ihrer Tochter. Außerdem waren sie Hallas Vermieter.«

Hörður verzog das Gesicht. »Nein, das ist zu weit hergeholt. Wir haben schon mit Bjarni und Magnea gesprochen, wenn wir so weitermachen, sieht es noch so aus, als würden wir die Familie drangsalieren.« Hörður richtete sich entschlossen auf und fügte hinzu: »Im Moment sieht es nicht allzu gut aus. Wir haben nichts im Auto gefunden, keine DNA-Spuren, außer die von Elísabet und ihren Kindern. Kein Blut, nichts. Das einzig Ungewöhnliche waren Wollfäden am Fahrersitz.«

»Wollfäden?«, fragte Sævar. »Wie von einem Pulli oder so?«

»Genau. Andererseits besaß Elísabet so einen isländischen Schafwollpulli, und die Spurensicherung untersucht gerade, ob die Fäden daraus sind. Das Handy hat uns auch nicht viel weitergebracht. Sie hat sich selbst vom Handy aus krankgemeldet, und es gibt keine Hinweise darauf, dass sie nicht aus freiem Willen nach Akranes gekommen ist. Wir wissen, dass sie die Scheidung von Eiríkur beantragen wollte, aber wir haben keine Ahnung, warum sie hergekommen ist. Vielleicht wollte sie vor der Auseinandersetzung mit dem Ehemann nur noch einmal den Kopf freibekommen. Noch einmal zurück in die Heimat auf der Suche nach einer Art Seelenruhe. Wie du erwähnt hast, Elma, hatte sie viele schlimme Erinnerungen von hier. Wir wissen, dass sie zum Leuchtturm gefahren ist, um Magnea zu treffen, die nicht gekommen ist – die Freunde von Bjarni und Magnea haben bestätigt, dass sie den ganzen Abend bei ihnen war.« Hörður sah sie abwechselnd an. »Mehr haben wir nicht in der Hand, und mir scheint relativ offensichtlich, dass wir den Fall ohne neue Beweismittel nicht lösen werden. Meine Vermutung ist, dass jemand Elísabet unabsichtlich angefahren hat und im Anschluss versucht hat, die Leiche verschwinden zu lassen. Wahrscheinlich war die Person betrunken, hat sich ins Auto gesetzt, und dann ist passiert, was passiert ist.«

»Und dann hatte die Person die Geistesgegenwart, Elísabets Auto in der Garage eines Paares im Urlaub zu verstecken?«, fragte Sævar dazwischen.

»Ja, warum nicht? Das ist ein kleiner Ort, alle wissen alles über alle. Ihr kennt das doch«, antwortete Hörður.

»Und was jetzt? Wie fahren wir fort?«, fragte Elma.

»Wir ermitteln natürlich weiter und versuchen, etwas zu finden. Aber wir müssen uns auch anderen Dingen widmen. In den letzten Tagen ist so einiges liegen geblieben«, sagte Hörður. »Ich muss jedenfalls heute von zu Hause aus arbeiten, aber ich bin auf dem Handy erreichbar. Ich schlage vor, dass ihr das auch so macht.«

»Was denkst du?«, fragte Sævar, als sie wieder am Schreibtisch saßen. »Ist das ein unlösbarer Fall?«

»Ich hatte das Gefühl, endlich ein wenig voranzukommen, aber es kann natürlich sein, dass die Spur ins Nichts führt. Vielleicht krame ich nur in Geheimnissen herum, die überhaupt nichts mit dem Mord zu tun haben.« Elma zuckte mit den Schultern. Hörðurs Rede hatte sie völlig entmutigt. Sie seufzte laut und machte den Mund schnell wieder zu, als ihr klar wurde, dass Sævar wahrscheinlich ihre Fahne über den Schreibtisch riechen würde. Die Kopfschmerzen hatten aufgehört, und ihr leerer Magen verlangte langsam nach Essen. »Wir können doch nicht einfach aufgeben. Ich möchte mit Elísabets ehemaliger Nachbarin Sólveig sprechen, aber erst gehe ich noch mittagessen. Kommst du mit?«

»Nein, ich muss noch was machen«, antwortete Sævar zerstreut. Elma merkte erst jetzt, dass er nicht ganz er selbst war. Er sah müde aus, und seine Haare wirkten unfrisiert und struppig. Elma war mit den Gedanken so bei dem Fall gewesen, dass sie es erst jetzt bemerkte.

Sie selbst war in aller Frühe aufgewacht und hatte sich über den Flur in ihr eigenes Bett geschlichen. Sie wurde jedes Mal rot, wenn sie an die vergangene Nacht dachte, auch wenn sie sich nur an Bruchstücke erinnerte. Aber sie musste sich für nichts schämen. Sie war an niemanden gebunden. Sie war eine Frau in ihren Dreißigern, die schlafen durfte, mit wem sie wollte. Sie urteilte nicht über andere Frauen, wenn sie so etwas machten. Warum war sie so streng mit sich selbst?

»Kein Problem«, sagte sie und versuchte, Sævar nicht in die Augen zu sehen. Bildete sie sich das nur ein oder mied er ihren Blick auch? Vielleicht war das Problem gar nicht, dass sie sich schämte, überlegte sie draußen an der frischen Luft. Vielleicht hätte sie nur lieber mit einem anderen geschlafen.

Es war nicht schwer herauszufinden gewesen, wer damals im Nachbarhaus von Elísabet gewohnt hatte. Nur eine Frau kam infrage: Sólveig Sigurðardóttir hatte vierzig Jahre lang im selben Haus in Krókatún gewohnt. Inzwischen war sie sechsundachtzig Jahre alt und lebte im Altersheim Höfði. Als Elma sie besuchte, saß sie mit geschlossenen Augen auf einer Bank im Garten. Neben ihr lehnte ein Gehstock, und sie trug ein dunkelblaues Kopftuch, das unter dem Kinn zusammengeknotet war. Bei ihrer Ankunft war Elma an eine Mitarbeiterin herangetreten, ein junges Mädchen mit Nasenpiercing und stark geschminkten Augen, und hatte nach Sólveig gefragt. »Sie ist immer da draußen«, hatte das Mädchen etwas gelangweilt geantwortet.

Elma ging langsam auf Sólveig zu. Die alte Frau richtete den Blick in den dicht bewölkten Himmel, als würde sie darauf warten, dass Sonnenstrahlen die Wolkendecke durchbrachen. Sie trug eine leichte hellbraune Jacke, und ihre Schuhe waren in eine Art Plastikschutz gehüllt. Elma setzte sich neben die Frau und räusperte sich, aber sie reagierte nicht. »Sólveig?«

Die Frau öffnete die Augen, kniff sie aber gleich wieder zusammen und starrte Elma eine Weile an, bevor sie leise antwortete: »Ja, das bin ich.«

»Ich heiße Elma und bin von der Polizei. Dürfte ich dir vielleicht ein paar Fragen stellen?«

Die alte Frau lachte leise. »Die Polizei will mir Fragen stellen? Ja, das wird wohl in Ordnung sein.«

Elma lächelte. »Du hast früher in Krókatún gewohnt, nicht wahr?«

»Für den Großteil meines Lebens, ja. Warum fragst du?«

»Erinnerst du dich an ein Mädchen namens Elísabet? Sie hat als Kind dort gelebt. Ihre Mutter hieß Halla.«

»Natürlich erinnere ich mich an Beta und Halla. Beta kommt mich manchmal besuchen.« Sólveig lächelte.

»War sie in letzter Zeit mal da?«

Eine Gruppe Möwen schwebte unweit von ihnen durch die Luft, und sie hörten laut ein freches Kreischen. Der Lärm zog die Aufmerksamkeit der alten Frau auf sich, sodass Elma die Frage wiederholen musste.

»Wer war in letzter Zeit da? Ja, Beta? Ich erinnere mich an Beta. Sie hat viele Jahre im Haus nebenan gewohnt. Ich habe mich um sie gekümmert, die Arme.«

»Wie hast du dich gekümmert?«

»Ihr zu essen gegeben. Ein Auge auf sie gehabt und darauf geachtet, dass ihre Kleidung sauber ist.« Sólveigs Hände waren mit braunen Flecken überzogen. Die Haut war schlaff, und für einen Augenblick verspürte Elma ein Bedürfnis, über ihre faltigen Handrücken zu streichen.

»Warum hast du dich darum gekümmert? Wo war ihre Mutter?«

»Halla wollte keinem etwas Böses, aber das Leben ist nicht gerecht. Manche sind nicht so stark wie andere.« Sólveig führte nicht weiter aus, was sie damit meinte. Das war auch nicht nötig. Nach dem, was Elma so über Halla erfahren hatte, musste sie ein Alkoholproblem gehabt haben. Die Möwen wurden lauter. Sie schienen am Meer etwas Fressbares gefunden zu haben.

»Weißt du noch, ob Elísabet irgendwelche Freundinnen hatte?«

Sólveig überlegte eine Weile, bevor sie antwortete, und sprach langsam und unaufgeregt. »Sie hat mit Sara gespielt, der Tochter von Ása und Hendrik. Sara war, soweit ich mich erinnere, die Einzige, die auch mal bei ihr zu Besuch war. Und dann ist sie verschwunden, die kleine Sara, das war sehr tragisch.«

»Du weißt also nicht, ob ein Mädchen namens Magnea mal bei ihr war?«

Sólveig schüttelte den Kopf. »Nein, ich erinnere mich nicht an eine Magnea. Wer ist das? Ich weiß kaum noch, was ich gestern getan habe ... aber ich erinnere mich an Sara. So ein liebes Mädchen. Immer so schüchtern, aber irrsinnig lieb.«

Sie schwiegen eine Weile. Sólveig lehnte sich auf der Bank zurück und schloss die Augen, ihr Gesichtsausdruck war friedlich. Elma dachte schon, sie sei eingeschlafen, als Sólveig plötzlich weiterredete: »Sie hat sie von ihr weggezerrt«, sagte sie. »Ása ist gekommen und hat sie eines Morgens weggezerrt. Ich habe es vom Fenster aus beobachtet. Das war frühmorgens. Sara war auf dem Weg zu Beta, als Ása kam und sie heulend weggezerrt hat.«

»Weißt du, warum?«

»Nein, aber Halla hatte einen schlechten Ruf im Ort. Da waren oft diese Leute. Die jämmerlichen Leute von Akranes. Die Pechvögel und die Kranken. Ása wollte sicher nicht, dass ihre Tochter sich in deren Nähe aufhielt«, sagte Sólveig. »Manchmal hat Elísabet bei mir übernachtet, wenn bei ihr daheim viel los war, aber auch nicht immer. Dann wäre ich am liebsten rübergegangen, um sie zu holen, aber das habe ich nie getan.«

»Denkst du, dass Elísabet in ihrem Zuhause nicht sicher war?«

Sólveig schwieg, schien nachzudenken. »Ich habe sie einmal im Garten beobachtet. Sie hatte einen Stock, und vor ihr lag ein Vogel. Der Vogel war irgendwie verletzt, er bewegte sich noch, aber war offensichtlich von Schmerzen geplagt. Elísabet sah ihn eine Weile an, und dann schlug sie auf ihn ein. Immer wieder. Ich erinnere mich, dass ich dachte, sie wollte ihn von seinen Qualen erlösen. Wahrscheinlich hatte ein Biest von einer Katze mit ihm gespielt, und Beta hatte ihn dann so aufgefunden. Aber sie verzog keine Miene.« In Sólveigs Blick war ein Schmerz zu erkennen. »Ich weiß nicht, was im Haus passiert ist, wenn alle gesoffen und sich Gott weiß wie aufgeführt haben. Aber ich habe gesehen, was es mit dem Kind gemacht hat. Die Augen waren anders. Die Fröhlichkeit verschwand, aber sie war immer noch schön. Deswegen hat es außer mir niemand bemerkt.«

»Was bemerkt?«

Sólveig zupfte am Saum ihrer Jacke und fuhr dann fort. »Es ist so viel passiert. Erst ihr Vater, dann das Kind und dann noch die Freundin. Vielleicht war ihre einzige Hoffnung, dass sie das alles abhärten und ihre Gefühle verschwinden würden. Dass es irgendwie nachlassen würde.«

»Gab es Anzeichen dafür, dass sie Opfer von häuslicher Gewalt war?«

»Gewalt?« Sólveig runzelte die Stirn. »Was sagst du da? Wie kommst du darauf?«

»Ich überlege nur. Es war so viel los; unbekannte Leute, Alkohol und vielleicht noch mehr. Kann man davon ausgehen, dass sie sicher war?«

Sólveig schien kaum noch Luft zu bekommen. Leises Stöhnen war zu hören, und sie atmete laut durch die Nase. »Das liebe Kind«, sagte sie schließlich. »Ich weiß es einfach nicht. Ich erinnere mich, dass mir der Gedanke manchmal gekommen war, aber ich wollte es nicht wahrhaben. Ich wollte es einfach nicht wahrhaben.«

»Kannst du mir irgendwelche Namen von den Leuten nennen, die öfter bei Halla zu Besuch waren?«

»Von den Leuten ...« Sólveig zog die Nase hoch und wischte sich ein paar Tränen weg. »Ich sag's dir, diese Leute leben nicht lang. Stjáni war oft da, der ist vor ein paar Jahren gestorben. Hat sich zu Tode getrunken. Dann war da noch Binna, die hat Selbstmord begangen. Ich erinnere mich nicht an alle, aber es kann sein, dass Rúnar auch da war. Der lebt noch. Du solltest versuchen, mit ihm zu reden.«

»Weißt du, wie er weiter heißt?«

»Nein. Aber er arbeitet bei der Müllabfuhr, schon seit vielen Jahren. Er kam manchmal vorbei, als ich noch zu Hause gelebt hab. Das hier ...«, sagte sie und deutete auf das weiß-blaue Haus, »das wird sich nie wie ein *Zuhause* anfühlen. Das ist nur eine Unterkunft. Ich freue mich schon darauf, hier rauszukommen.« Sólveig lächelte und sah Elma vielsagend an, die wiederum beschloss, es gut sein zu lassen und Sólveig etwas ausruhen zu lassen. Aber eine Sache war da noch, die sie wissen wollte.

»Weißt du, wann du Elísabet das letzte Mal gesehen hast?«

»Es kommt mir vor, als wäre es gestern gewesen, aber kann sein, dass es viele Monate her ist, vielleicht sogar Jahre. An früher erinnere ich mich besser. Das habe ich lebendig vor Augen. Alles andere ist vernebelt.« Sólveig lächelte entschuldigend.

»Na gut, ich will dich heute nicht weiter stören, danke dir für deine Zeit«, sagte Elma und stand auf.

»Grüß die liebe Beta ganz herzlich von mir«, sagte Sólveig zum Abschied.

Elma nickte. Sie beschloss, ihr nicht davon zu erzählen, was mit Elísabet passiert war. Sie wollte die alte Frau nicht aufregen, und wahrscheinlich würde sie sich am Abend ohnehin schon nicht mehr daran erinnern. »Schönes Wetter heute«, sagte sie stattdessen und verabschiedete sich.

»Komm«, sagte Aðalheiður schnell, als Elma über die Türschwelle trat. »Schau, was ich gefunden habe.«

Elma folgte ihr in die Garage.

»Ich war auf dem Dachboden, um die Kartons mit der Weihnachtsdeko zu suchen. Ich wollte eigentlich deinen Papa überreden, es mal zu holen, aber du weißt ja, wie er ist«, fuhr Aðalheiður schnaubend fort. Elma hörte trotzdem die Wärme in ihrer Stimme. Ihre Eltern hatten sich kennengelernt, als sie noch Kinder waren. Sie waren in Akranes zusammen in die damals einzige Grundschule gegangen, die mittlerweile Brekkubæjarskóli hieß. Sie meckerten einander oft an, aber dahinter steckte nie Zorn. Es klang eher wie gutmütige Streitereien zweier Leute, die sich ein wenig zu gut kannten.

In der Mitte der Garage standen offene Kartons, und aus ihnen ragte vorwiegend rote und grüne Weihnachtsdeko aller Art. Zweige, pummelige Weihnachtsmänner und selbst gebastelte Engel. Elma kannte diesen ganzen Kram. Seit ihrer Kindheit, als sie gespannt gewartet hatte, die glitzernden Stücke aus den Kartons zu holen und einen passenden Platz dafür im Haus zu finden, war nur wenig Neues dazugekommen.

»Ich habe mich schon gefragt, wann ihr endlich schmücken wollt«, sagte sie und hielt einen geschnitzten Engel mit goldenem Stern hoch.

»Ja, ich weiß auch nicht, warum wir das noch nicht gemacht haben«, sagte Aðalheiður. »Aber schau, was ich gefunden habe. Das ist deine Schachtel.« Sie deutete auf eine kleine Pappschachtel. »Da sind alle deine Bücher und die alten Ankleidepuppen. Ich habe sie nicht durchgesehen, aber da sind auch deine Tagebücher, die du all die Jahre geführt hast. Freundebücher und Bilder, die du gemalt hast.«

Elma beugte sich runter und warf einen Blick in die Schachtel. »Bewahrst du das alles auf, Mama?«, fragte sie und hielt ein vergilbtes Aquarell hoch.

»Na klar«, antwortete Aðalheiður, als wäre nichts selbstverständlicher. »Du beschwerst dich immer wieder, dass ich nie etwas wegwerfe, aber manchmal ist das auch eine gute Sache, sag ich dir. Auch wenn die Dinge an sich nichts Besonderes sind, hängen damit so viele wertvolle Erinnerungen zusammen.« Sie begann, die Weihnachtsdeko auszupacken.

Elma zog die kleine Schachtel näher. Darin sollten genau acht Tagebücher liegen. Mit einem kleinen Schloss und Blumen und Bärchen drauf.

»Nein, ich kann das nicht lesen«, sagte Elma, als sie in einem der Bücher blätterte. »Das ist zu peinlich, ich war damals so doof.«

»Das ist natürlich deine Entscheidung. Ich dachte nur, du hättest sie vielleicht gern.« Aðalheiður trug die Weihnachtsboxen aus der Garage. »So hilf mir doch bitte beim Schmücken, du hast das immer so schön gemacht.«

»Ja, ich komme gleich«, sagte Elma abwesend. Aus einem Buch war ein Bild herausgefallen. Darauf waren sie zu dritt, Silja, Kristín und sie, und saßen nebeneinander auf einem Stockbett. Elma erinnerte sich an diese Fahrt. Sie waren zusammen mit ihren Eltern ins Sommerhaus gefahren. Damals waren sie acht Jahre alt, und die einzige wichtige Frage im Leben war, welches Spiel sie als Nächstes spielen würden. Elma lächelte und legte das Bild weg. Plötzlich wurde sie wehmütig. Würde das Leben je wieder so einfach sein?

In der Box waren auch Jahrbücher der Grundschule Brekkubæjarskóli, die am Ende jedes Jahres herausgegeben wurden. Sie blätterte eines davon durch und hielt inne, als sie ein Bild von Bjarni sah. Er war in dem Jahr zum attraktivsten Jungen und talentiertesten Sportler gewählt worden. Es gab ein Interview mit ihm, in dem er zu seinen fußballerischen Zielen für die Zukunft befragt wurde. Elma warf einen Blick auf die Jahreszahl, in dem Jahr war seine Schwester verstorben. Er antwortete, dass er vorhatte, Kapitän des heimischen Fußballvereins zu werden und dann in der Firma seines Vaters einzusteigen. Sah ganz danach aus, als wären seine Träume wahr geworden, dachte sie sich.

Elma blätterte durch das Jahrbuch und fand das Klassenfoto, nach dem sie gesucht hatte. Darauf war Magnea zehn Jahre alt. Sie stand in der Mitte der Gruppe und lächelte. Sie stach heraus, und irgendwie schien es, als wäre das Bild um sie herum aufgebaut.

Elma kramte weiter in der Schachtel, aber das Jahrbuch von dem Jahr davor konnte sie nicht finden, das von zwei Jahren davor aber schon. Sie musste nicht lange nach dem Klassenfoto suchen. Da waren zwei Kinder mehr in der Klasse. Sara und Elísabet standen Seite an Seite in der vordersten Reihe. Sie blickten nicht in die Kamera, und keine der beiden lächelte. Magnea stand dahinter und strahlte im Gegensatz zu ihnen direkt in die Kamera, wie auf allen Bildern, die Elma bisher von ihr gesehen hatte.

Elma sah sich die Bilder vom Schulleben an. Da war noch einmal das Bild, das sie schon im Online-Album gefunden hatte. Elísabet und Magnea saßen nebeneinander, aber hinter ihnen lag Sara auf dem Boden und malte. Plötzlich blieb Elmas Blick an ihrer Zeichnung hängen. Es war ihr zuvor nicht wirklich aufgefallen, aber jetzt bemerkte sie das Motiv. Sie hatte einen Mann gezeichnet. Er hatte große Augen und ein breites Lächeln, sodass große Zähne hervorblitzten. Er hielt auch etwas Schwarzes, eine kleine schwarze Box. Sollte das eine Kamera sein? Elma musste sofort an das Bild aus Elísabets Auto denken. War das derselbe Mann? Hatte er auch von Sara Bilder gemacht? Sara hatte den Mann mit schwarzen Umrissen und großen Augen gezeichnet, und hinter ihm stand etwas, das wie ein Mädchen aussah. Das Mädchen hatte keine Hände, aber was Elma sofort ins Auge stach, war der Mund.

Er stand weit offen.

Manchmal machte er Bilder. »Du bist so schön«, *sagte er und bat sie, zu lächeln. Er sagte ihr, wie sie sich drehen und sitzen sollte, und sie tat es. Befolgte immer, was er sagte. Nur lächeln wollte sie nicht, und die Bilder wollte sie auch nicht sehen.*

Er steckte die Fotos in die Tasche und nahm sie mit nach Hause. Sie wusste nicht, wo er wohnte, stellte sich aber vor, dass er in einem großen schwarzen Haus lebte. Wahrscheinlich war es in echt gar nicht schwarz, aber sie fand das irgendwie am passendsten. Vielleicht hängte er die Bilder auf und sah sie sich an, wenn er abends allein dasaß und seine Zigaretten rauchte, aber sie versuchte, nicht darüber nachzudenken.

Wenn er kam, dachte sie an etwas ganz anderes. Sie dachte an das Buch, das sie gerade las. Sie stellte sich vor, sie lebte auf dem Land und könnte durch eine Tür im Schrank in eine andere Welt verschwinden. Sie dachte an Zwerge und Elfen, Bäume, die reden konnten, und Pferde, die durch die Luft flogen. Sie dachte an ganz andere Dinge als an ihr Zimmer und diesen Mann, der Bilder von ihr machen wollte.

Eines Tages fand sie ein Bild unter ihrem Bett. Sie nahm es und sah es sich an. War sie das? Sie erkannte das Mädchen kaum wieder, das einfach nur dastand und auf den Boden starrte. Es wirkte so einsam. So verängstigt.

Ihr kamen die Tränen, sie riss sich zusammen und steckte das Bild in eine Ritze im Schrank. Sie stopfte es weit hinein, bis es nicht mehr zu sehen war, und dachte nicht mehr daran.

Nach einigen Versuchen sprang der Motor doch noch an. Elma drehte die Heizung voll auf, aber schaltete sie sofort wieder runter, als die kalte Luft mit voller Wucht ausströmte und das Auto nur noch mehr abkühlte. Die Heizung würde auf dem kurzen Weg zur Polizeistation nicht warm genug werden. Sie wusste, dass sie wahrscheinlich zu Fuß schneller wäre, aber bei so einer Kälte wollte sie nicht mehr Zeit als unbedingt nötig draußen verbringen.

Sie war viel zu spät dran. Normalerweise fuhr sie schon früher zur Arbeit, aber sie war am Vorabend lange aufgeblieben. Hatte über Sara und Elísabet nachgedacht und überlegt, wer der Mann sein könnte. Sie wusste, was solche Bilder bedeuteten. Dafür reichten die zwei Jahre Psychologiestudium aus. Bilder von Kindern spiegelten oft das wider, was sie nicht in Worte fassen konnten. Schrecken und Angst. Bestimmte Vorfälle. Sie war bis spät in die Nacht aufgeblieben und hatte sich allerlei Zeichnungen von Kindern angesehen, die Opfer sexualisierter Gewalt waren. Sara hatte den Mann grinsend und mit Zähnen gemalt. Es gab viele Beispiele dafür, dass Kinder ihre Täter mit großem Mund und scharfen Zähnen darstellten. Auf diesen Bildern lächelten die Täter oft und die Kinder selbst verzogen das Gesicht oder hatten einen geöffneten Mund. Oft fehlte etwas auf den Bildern, was wiederum die Hilflosigkeit symbolisierte. Wie auf Saras Zeichnung mit dem Mädchen ohne Hände. Elma war verwundert, dass das Bild niemandem aufgefallen war. Für sie war es ein offensichtlicher Hilfeschrei. Das Mädchen versuchte, etwas zu sagen, und keiner hatte die Botschaft gesehen. Aber dann fiel Elma wieder ein, dass ja Ingibjörn zu der Zeit ihr Lehrer gewesen war. Sie konnte sich schwer vorstellen, dass er auch nur ansatzweise über die tiefere Bedeutung von Kinderzeichnungen nachdachte. Für ihn war die Schule einzig und allein Ort des Unterrichts.

Aber sie war noch nicht bereit, Hörður davon zu erzählen. Sie hatte keine Ahnung, wie es mit dem Fall zusammenhing. Das wollte sie noch herausfinden. Ihre Vermutung war, dass Elísabet vielleicht wegen des Mannes, der sie als Kind missbraucht hatte, wiedergekommen war. Und der hatte schließlich einen guten Grund, sie zum Schweigen bringen zu wollen.

Elma machte den Motor aus und ging mit schnellen Schritten in die Polizeistation. Zu ihrer Überraschung war Sævar noch nicht da.

»Begga, hast du Sævar gesehen?«, fragte sie in der Kaffeeküche.

Begga schüttelte den Kopf. »Nein, er ist heute Morgen nicht gekommen.«

»Ach, ist er noch nicht da? ... Was ist denn?«, fügte Elma hinzu, als sie merkte, dass Begga sie anstarrte.

»Nichts«, sagte Begga. »Ich habe nichts gesagt.« Sie grinste, sodass ihre tiefen Grübchen zu sehen waren.

»Habe ich dir schon einmal erzählt, dass ich ein wenig hellseherisch bin?«, sagte Begga, als Elma keine weiteren Fragen stellte.

»Nein, das wusste ich nicht«, sagte Elma und verließ mit einem Lächeln die Kaffeeküche.

»Ich weiß genau, was du denkst, Elma«, rief Begga ihr nach und lachte schallend.

Elma verdrehte die Augen, ohne zu wissen, was Begga genau gemeint hatte. Sie gewöhnte sich langsam an Beggas Art und versuchte nicht, alles zu verstehen, was sie so von sich gab.

Sie überlegte, ob sie mit Hörður sprechen sollte. Seine Jacke hing im Flur, was bedeutete, dass er wahrscheinlich allein mit

Kopfhörern im Büro saß. Sie trank den Kaffee und wärmte die Hände an der heißen Tasse. Es gab nicht viele, die sie befragen konnte. Nur eine Handvoll Personen hatten Elísabet gekannt. Sie blätterte in dem kleinen Notizbuch, das sie immer bei sich trug. Nach dem Treffen mit Sólveig hatte sie Rúnars Namen notiert. Natürlich könnte sie mit ihm sprechen, aber was würde sie sagen? Am liebsten würde sie mit Ása sprechen, wollte aber auch nicht gegen Hörðurs Willen vorgehen. Außerdem stimmte sie ihm zu. Es musste furchtbar sein, ein Kind zu verlieren, und dann auch noch auf so eine schreckliche Art. Sie wollte es der alten Frau lieber nicht antun, diese Erinnerungen ohne Grund wieder ausgraben zu müssen. Auch wenn sie nicht davon ausging, dass Ása den Vorfall lange aus der Erinnerung hervorkramen müsste, solche Dinge vergisst man nicht. Sie werden ein Teil der Realität. Nicht einfacher, nicht erträglicher. Nur etwas, mit dem Leute lernen zu leben.

Sie sah die Klassenliste der 1. IG noch einmal genau durch. Bei Magneas Namen hielt sie inne. Sie hatte sie noch nie persönlich getroffen und kannte sie nur von Hörðurs und Sævars Erzählungen. Und sie wusste, dass sie schwanger war, weil ihre Schwester das ausgeplaudert hatte. Magnea war wahrscheinlich gerade in der Schule, aber es konnte nicht schaden, mal zu schauen, ob sie kurz Zeit für sie hatte. Elma rief auf gut Glück Magneas Handy an. Eine fröhliche Stimme antwortete nach dem ersten Klingeln. Elma war erleichtert, als sie erfuhr, dass Magnea an dem Tag gar nicht in der Schule war, sondern krank zu Hause. Sie war aber dennoch bereit, mit Elma zu sprechen, und bat sie nur um eine halbe Stunde Zeit für eine kurze Dusche. Elma bedankte sich und legte auf. Sie überlegte, ob ihr nicht auch eine Dusche guttäte, beschloss dann aber, sich lieber noch etwas zu essen zu holen.

Sie stellte die Kaffeetasse weg und stand auf. Hörður konnte doch kaum was dagegen haben, dass sie ganz kurz mit Magnea sprach, oder? Sie warf beim Hinausgehen einen schnellen Blick auf seine Bürotür und war froh, dass sie außerhalb seines Blickfelds war. Sie rechnete beinahe damit, Sævar über den Weg zu laufen, aber er war nirgends zu sehen, also setzte sie sich allein ins kalte Auto und fuhr los.

Magnea sah so zurechtgemacht aus, dass Elma automatisch begann, ihren leicht zerknitterten Pulli glatt zu streichen. Sie versuchte vergeblich, einen Kaffeefleck zu verdecken, den sie am Morgen übersehen hatte, den sie jetzt aber bemerkte. Er lag auffällig unter der linken Brust, es war also unmöglich, ihn zu verstecken und gleichzeitig halbwegs normal auszusehen.

»Darf ich dir was anbieten – Kaffee oder Wasser?«, fragte Magnea, nachdem sie Elma zum weißen Sofa im Wohnzimmer geführt hatte, weil die Haushaltshilfe gerade in der Küche putzte.

»Nein, danke, ich brauche nichts«, antwortete Elma.

Magnea schien an Elmas Besuch nichts komisch zu finden. Sie hatte nur gelächelt und sie reingebeten, ohne zu fragen, was sie wollte. Magnea trug einen engen Pulli zu einer gebügelten schwarzen Hose, und Elma fiel auf, dass der Bauch immer noch flach war. Noch sah man ihr nicht an, dass sie schon im dritten Monat war.

»Wenn du nichts dagegen hast, würde ich mir ein Glas Wasser holen«, sagte Magnea.

»Selbstverständlich.«

Während Magnea weg war, sah sich Elma im Wohnzimmer um. An einer Wand hing ein prachtvolles Gemälde. Schleierhafte Wesen, Moos und Lava. Ein Kjarval, wie die Signatur verriet. Der musste ganz schön teuer gewesen sein, Jóhannes Kjarval gehörte zu Islands renommiertesten Künstlern, und dies hier war immerhin ein Original. Im Wohnzimmer gab es keinen Fernseher, nur zwei Ledersofas und einen Sessel mit geschwungenen Lehnen. Als Couchtisch diente eine Glasplatte auf einem gebogenen

Betonfuß, und darüber hing ein großer, altmodischer Lüster. Der Boden war aus schwarz gebeiztem Parkett, was einen Kontrast zu den weißen Wänden und Möbeln darstellte.

»Also gut«, sagte Magnea, als sie sich wieder setzte. »Worüber wolltest du mit mir sprechen?«

»Ich wollte mit dir über Elísabet sprechen.«

»Elísabet? Sævar und Hörður haben mich eigentlich schon zu ihr ausgefragt.« Sie lächelte breit.

»Ja, das stimmt«, antwortete Elma. »Aber ich wäre trotzdem sehr dankbar, wenn du mir ein paar Fragen beantworten könntest. Oft ist einem erst nicht ganz klar, welche Aspekte alle eine Rolle spielen könnten.«

»Ja, natürlich«, antwortete Magnea. »Aber wie ich damals schon gesagt habe, hatte ich seit der Kindheit keinen Kontakt mehr zu ihr gehabt, bis sie plötzlich vor meiner Tür stand.«

»Fandest du es nicht komisch, dass sie an dem Abend einfach bei dir geklingelt hat?«

»Ja, ich muss gestehen, dass ich etwas überrascht war. Ich hatte nicht damit gerechnet, sie jemals wiederzusehen, erkannte sie auch erst gar nicht, bis sie sich vorstellte.«

»Wie sah sie aus?«

»Sie sah gut aus. Elísabet war immer so ein schönes Mädchen mit diesen dunklen Haaren und den dunklen Augen. Ich erinnere mich, wie sehr ich sie immer beneidet habe.« Magnea lachte. »Sie ist natürlich gealtert, aber sie war immer noch gleich schön. Wobei sie etwas nervös wirkte.«

»Nervös?«

»Ja, als wäre sie irgendwie gestresst. Sie hat ständig um sich geblickt ... ja, einfach irgendwie gestresst.«

»Denkst du, dass sie Angst vor jemandem hatte?«

»Meinst du, ob jemand sie verfolgt hat? Vielleicht der Mörder? Oh Gott, daran habe ich noch gar nicht gedacht. Glaubst du, das könnte der Fall gewesen sein?« Magnea wirkte schockiert.

»Was hat sie zu dir gesagt?«, fuhr Elma fort, anstatt die Frage zu beantworten.

»Erst dachte ich, sie wollte einfach nur zu Besuch kommen, und das fand ich etwas seltsam. Ich meine, du schaust nicht einfach bei jemandem vorbei, den du dreißig Jahre lang nicht gesehen hast, und trinkst einen Kaffee, als wäre nichts selbstverständlicher. Ich habe ihr erklärt, dass wir Gäste zum Essen erwarteten und ich sie leider nicht reinbitten könne, aber dass wir uns gerne zu einem anderen Zeitpunkt treffen könnten.« Magnea trank einen Schluck Wasser. »Dann meinte Elísabet, sie könne nicht warten, ob wir uns nicht am selben Abend später noch treffen könnten. Ich sagte, am nächsten Tag würde es besser passen, aber das kam für sie nicht infrage. Ich fand sie ein wenig unhöflich. Am Ende habe ich aufgegeben und eingewilligt. Sie wollte sich unbedingt beim Leuchtturm treffen.«

»Aber du bist nicht hingegangen?«

»Nein, ich habe es einfach total vergessen. Jetzt wünschte ich natürlich, ich wäre hingegangen. Vielleicht wäre sie dann noch am Leben.« Ihr Lächeln verschwand kurz. Elma wurde aber das Gefühl nicht los, dass alles an Magneas Auftreten einstudiert war. Dass sowohl das Lächeln als auch der Schmerz, ihre Gesichtsausdrücke, wie sie den Kopf zur Seite neigte und die Beine überschlug, wohldurchdachte Bewegungen waren. »Denkst du, dass es etwas geändert hätte?«, fragte Magnea.

Elma zuckte mit den Schultern. »Unmöglich zu sagen.« Wahrscheinlich war das nicht die Antwort, auf die Magnea gehofft hatte. »Hast du irgendeine Vermutung, worüber sie mit dir sprechen wollte?«

»Ja, also, ich habe viel darüber nachgedacht, seit das alles passiert ist. Mir fällt eigentlich nur eine Sache ein, die es sein könnte.« Magnea atmete tief ein, bevor sie weitersprach. »Zu unserer Schulzeit kannten wir uns nur flüchtig über eine gemeinsame Freundin. Wir waren so jung, kleine Mädchen halt. Wenn man so klein ist, versteht man die Folgen der eigenen Handlungen nicht, erkennt nicht, welche Auswirkungen sie auf andere haben. Deswegen hatte ich die Sache eigentlich schon völlig vergessen ...«

»Was denn?«, fragte Elma, als es nicht so schien, als hätte Magnea vor weiterzuerzählen.

»Wir waren gemein zu einem Jungen in der Klasse. Er war lang und dünn und hatte Segelohren. Wir haben ihn gehänselt, ihm fiese Spitznamen gegeben und waren einfach so richtig garstig zu ihm.«

»Und denkst du, dass sie darüber reden wollte?«, fragte Elma.

»Ja, das ist das Einzige, was mir einfällt. Vielleicht hat sie das nach all den Jahren immer noch beschäftigt.«

»Erinnerst du dich an den Namen des Jungen?«

»Er heißt Andrés. Arbeitet in der Bibliothek.«

Elma notierte sich den Namen. »Erinnerst du dich an Sara?«

»Was? Sara?« Elma bemerkte, dass Magneas Wangen trotz der dicken Make-up-Schicht rot anliefen.

»Ja, sie war in eurer Klasse, nicht wahr?«

»Doch, natürlich erinnere ich mich an Sara.« Sie lächelte nicht mehr. »Verzeihung, ich würde lieber nicht darüber reden. Die Geschichte mit Sara geht mir sehr nahe. Nicht nur, weil wir in derselben Klasse waren, sie war ja auch die Schwester meines Mannes.«

»Ja, natürlich, das wusste ich. Es muss die Familie schwer getroffen haben.«

»Das kann man wohl sagen.«

»Soweit ich weiß, waren Elísabet und Sara gute Freundinnen.«

»Ja«, antwortete Magnea. »Das waren sie.«

»Ich weiß, dass du zu der Zeit nur ein Kind warst, aber hast du irgendwie mitbekommen, dass Elísabet noch etwas anderes geplagt hat, mal abgesehen von den schwierigen Umständen zu Hause?«

»Was meinst du?« Magnea runzelte die Stirn.

»Ich frage mich nur, wie es bei ihr daheim war. Wie sie so gelebt hat.«

»Wenn du wissen willst, ob ich denke, dass ihr zu Hause Gewalt zugefügt wurde, dann bezweifle ich das. Jedenfalls keine körperliche. Sie wirkte auf mich nie wie ein ... wie ein Opfer. Sie war selbstbewusst. Fast vorwitzig. Und ließ sich von niemandem was gefallen. Niemals.«

Elma verkniff sich, Magnea zu erklären, dass Kinder verschiedenste Bewältigungsmechanismen entwickeln konnten, um mit Gewalt umzugehen. Man sah ihnen die Opferrolle nicht unbedingt an. »Weißt du, ob sie selbst gewalttätig war, in der Schule oder sonst wo?«

Magnea zuckte mit den Schultern. »Nein, das würde ich nicht sagen. Sie war aber einfallsreich und schelmisch zugleich. Die Kinder mochten sie nicht besonders, weil sie mit ganz schön viel durchkam. Sie musste nur diese großen Augen aufschlagen und schon verziehen die Lehrer ihr alles.« Magneas Lachen war ungewöhnlich schrill.

»Und Sara, wie war sie? War sie auch so entschlossen?«

»Nein, auf keinen Fall. Sara war klein und sensibel.« Elma hatte das Gefühl, eine Aufgebrachtheit in Magneas Stimme zu hören, auch wenn ihre Mimik das nicht bestätigte. »Elísabet hatte immer etwas Unangenehmes. Ich hatte ja nichts gegen sie, aber ich habe nie verstanden, warum die beiden befreundet waren«, fügte Magnea hinzu, und spätestens jetzt war klar, dass sie Elísabet verabscheut hatte.

Elma las keine Bücher. Sie hatte seit ihrer Kindheit keinen Fuß in die örtliche Bibliothek gesetzt. Damals hatte sie ganz woanders gelegen, in der Nähe von Brekkubæjarskóli, beim Krankenhaus. Aber mittlerweile hatte man die alte Bücherei zu einem Wohnhaus umgebaut. Sie erinnerte sich noch gut daran; an den

Geruch der Bücher, den braunen Teppich und die großen Holzregale. Sie erinnerte sich auch an die kleine Frau mit lockigen Haaren und dem einladenden Lächeln.

Sie hatte gemischte Gefühle, wenn sie an die Bibliothek zurückdachte. Einerseits war es eine Art Zufluchtsort für sie gewesen. Dort konnte sie Zeit und Raum vergessen, ruhig zwischen den Regalen spazieren und nach spannenden Titeln suchen. Manchmal, wenn es ihr schlecht ging, fuhr sie nach der Schule oder an den Wochenenden mit dem Fahrrad hin und verbrachte den ganzen Tag dort. Vielleicht wurde sie deshalb so melancholisch, wenn sie an die Bibliothek dachte. War es ihr als Kind so schlecht gegangen? Damals hatte sie sich diese Frage nicht gestellt oder sich damit auseinandergesetzt. Sie war einfach geflohen. In die Welt der Bücher.

Die Bibliothek von Akranes befand sich mittlerweile ganz woanders. Davor war an der Stelle ein Sumpf gewesen, auf dem man bei Frost Schlittschuhlaufen konnte. Das neue Gebäude hatte hohe Decken, einen grauen Boden und weiße Wände. In der Mitte standen moderne Stühle und Lampen, und die Mitarbeiterin, ein junges blondes Mädchen, war in eine Zeitschrift vertieft und blickte nicht auf, als Elma eintrat. Kaum etwas erinnerte an den Charme der alten Bücherei, die sie so gut gekannt hatte.

Sie ging auf das blonde Mädchen beim Tresen zu.

»Arbeitet Andrés heute?«, fragte Elma.

Sie schüttelte den Kopf. »Nein, er ist heute schon früher nach Hause gegangen.«

Elma bedankte sich und wollte wieder gehen, als sie plötzlich innehielt. Wenn sie schon mal hier war, könnte sie sich genauso gut ein wenig umsehen. Sie erinnerte sich an den beruhigenden Effekt, den die Bücherei einmal auf sie gehabt hatte. Wie schön sie es gefunden hatte, zwischen den Regalen zu schlendern und den Geruch der Bücher einzuatmen. Vielleicht konnte sie das

Gefühl wieder herbeiführen. Sie ging langsam zu den Büchern und verlor sich kurz im Lesen der Titel. Als sie ein Buch fand, das ihr gefiel, setzte sie sich in einen der roten Stühle und begann zu lesen. Sie blickte erst wieder auf, als sie ihren Namen hörte.

»Elma?«

Elma erkannte das Gesicht kaum wieder.

»Kristín?«, fragte sie.

Für einen Moment schwiegen sie beide, als wüssten sie nicht so recht, wie sie sich gegenüber der jeweils anderen verhalten sollten. Schließlich stand Elma auf und umarmte sie vorsichtig.

»Schön, dich zu sehen«, sagte sie. »Ich hatte gehofft, dir mal über den Weg zu laufen, jetzt, wo ich wieder hier wohne.« Erst als Kristín den Blick hob, fiel Elma auf, dass mit ihr etwas nicht stimmte.

»Ach Gott, was ist bloß los mit mir?«, sagte Kristín leise.

»Ist alles in Ordnung?«, fragte Elma und sah ihre alte Freundin an. Sie war ungeschminkt und blass. Sie hatte die Haare zu einem Pferdeschwanz zusammengebunden und trug eine Jogginghose. Das war nicht die Kristín von den Bildern in den sozialen Netzwerken, mit ihren drei Kindern und einem ständigen Lächeln auf dem Gesicht, deren Leben so perfekt wirkte.

Kristín atmete tief ein und schien mit den Worten zu ringen.

»Hast du ... mal eben einen Moment Zeit?«, fragte sie.

»Ja, natürlich. Sollen wir einen Kaffee trinken gehen?«, schlug Elma vor, und Kristín nickte dankbar.

Sie hatte seit Jahren nicht mit Kristín gesprochen. Das letzte Mal war wahrscheinlich irgendwann gegen Ende der Gymnasiumszeit gewesen. Die Freundschaft war einfach auseinandergegangen, ohne dass Elma es bewusst gemerkt hätte. Jetzt, wo sie Kristín gegenübersaß, fragte sie sich trotzdem, warum es so gekommen war. Sie erinnerte sich an all die Geheimnisse, die sie einmal geteilt hatten. Die Witze, die keiner außer ihnen verstand ... höchstens Silja vielleicht noch. Silja war diejenige, mit der sie als kleines Mädchen immer gespielt hatte, darum war es ganz normal, dass Elma öfter an sie dachte. Sie mehr vermisste. Aber das schien nicht auf Gegenseitigkeit zu beruhen, so hatte es zumindest am Samstagabend gewirkt. Sie hatte sich abgewandt und kaum ein Wort mit ihr gesprochen, ihr nur einmal kurz zugelächelt.

»Entschuldige«, sagte Kristín und lächelte. Sie saßen im *Garðakaffi*, dem Kaffeehaus beim Friedhof, wo auch einige Museen waren. »Ich weiß nicht, was mit mir los ist. Es hat einfach so gutgetan, ein bekanntes Gesicht zu sehen.« Sie hielt die dampfende Kaffeetasse mit beiden Händen fest. Kristín war immer etwas korpulent gewesen. Auf keinen Fall dick, aber auch nicht schlank. Elma fiel auf, dass sie abgenommen hatte, obwohl sie einen dicken Strickpulli trug. Die Jogginghose hing lose an ihren Beinen, und das Gesicht wirkte anders als früher. Die roten Hamsterbacken hatten an Farbe und Fülle verloren. Sie sah Elma an. »Ich weiß, dass wir seit Jahren nicht miteinander geredet haben, aber das ist das Besondere an den Freunden aus der Jugend – es ist, als würden sie einen besser kennen als alle anderen. Neue Freunde werden einen nie so gut kennen wie die alten.«

»Ja, da könntest du recht haben«, sagte Elma. »Ich habe mir, ehrlich gesagt, in letzter Zeit nicht genug Mühe gegeben, die Freundschaften von früher zu pflegen.«

»Ich habe gehört, was passiert ist, Elma«, sagte Kristín. »Es tut mir so leid. Wie geht es dir?«

Elma lächelte. »Ich komme klar«, sagte sie und fragte sich, ob es in Akranes überhaupt noch jemanden gab, der noch nicht über Davíð Bescheid wusste. War das der Grund, warum Sandra sie zu sich eingeladen hatte? Aus purem Mitleid? »Aber was ist mit dir? Was gibt es Neues?«

Kristín stieß einen Seufzer aus. »Ich lasse mich von Guðni

scheiden, und auf einmal fühlt es sich an, als würde sich ganz Akranes von mir abwenden.«

»Warum denkst du das?«

»Du weißt natürlich, wer Guðni ist, oder etwa nicht? Er ist der beste Freund von Krummi. Einer aus der Clique, zu der wir nie dazugehört haben.« Kristín lächelte bitter. »Tja, und nachdem wir beschlossen haben, uns scheiden zu lassen, hat die ganze Gang, alle unsere befreundeten Paare, Guðnis Seite eingenommen. Ich stoße überall auf verschlossene Türen.«

»Was ist mit Silja?«, fragte Elma.

»Silja?«, sagte Kristín und seufzte. »Silja hat sich verändert. Ich bin ihr nicht mehr vornehm genug. Sie gibt sich nur noch mit Sandra und ihren Freunden ab. Mich haben sie auch eingeladen, als Guðni und ich noch zusammen waren, aber jetzt habe ich seit Monaten nichts mehr von ihnen gehört.«

Elma schwieg und trank einen Schluck von dem Kakao, den sie sich bestellt hatte. Kristín fuhr fort, erzählte ihr von allem, was passiert war. Von gekündigten Facebook-Freundschaften und darüber, wie einsam sie war. »Ich habe schon mit dem Gedanken gespielt, einfach wegzuziehen«, sagte sie schließlich resigniert.

»Nein«, sagte Elma. »Lass dich nicht von ihnen vertreiben. Du musst ihnen zeigen, dass du stärker bist als sie.«

»Das bin ich aber nicht«, sagte Kristín mit Tränen in den Augen. »Aber keine Sorge – Guðni würde mich nie wegziehen lassen. Das Schlimmste ist aber, dass er jetzt das alleinige Sorgerecht will. Die Wochen, die unsere Kinder bei ihm verbringen, sind furchtbar für mich. Ich habe nichts zu tun, außer rumzusitzen und sie zu vermissen. Niemand kommt mich mehr besuchen. In letzter Zeit hänge ich den ganzen Tag in der Bücherei rum.« Sie lächelte, aber es sah beinahe aus wie eine Grimasse.

»Ich werde dich besuchen kommen«, sagte Elma schnell. »Und ich würde mir da keine Sorgen machen, die Wahrscheinlichkeit, dass er das alleinige Sorgerecht bekommt, ist gleich null.«

»Das weiß ich ja eigentlich ... Danke, Elma. Danke für das Gespräch. Du hast mir gefehlt«, sagte Kristín. »Und ich sage das nicht nur, weil es mir gerade nicht so gut geht.«

Elma lächelte verlegen und bereute, nicht früher schon Kontakt aufgenommen zu haben. Sie war so sehr mit ihrem eigenen Kram beschäftigt gewesen, ihr war gar nicht in den Sinn gekommen, dass andere Leute womöglich auch Probleme hatten.

* * *

Die Bilder waren ganz hinten im Schrank versteckt. In einer alten Schuhschachtel, zwischen den vielen Socken und Unterhosen. Ihr war nicht ganz klar, wonach sie suchte. Sie war den ganzen Tag unruhig in der Wohnung auf und ab gegangen. Wie so oft war sie allein zu Hause und wusste nicht, wo er war. Das wusste sie fast nie, fragte aber auch nicht. Das war sein Ding. Er durfte kommen und gehen, wie er wollte, aber für sie galt nicht das Gleiche. Sie musste für jede Fahrt und jedes Telefonat Rede und Antwort stehen. Manchmal schien es, als wäre ihm durchaus bewusst, wie sehr er sich anstellte. Dann legte er den Arm um sie, und wenn sie es zuließ, konnte sie sich vorstellen, sie hätten sich gerade frisch kennengelernt. Dass all die schlimmen Dinge nie passiert wären. Irgendwann hatte er mal versucht, ihr zu erklären, warum er so war. Er hatte schon etwas zu viel getrunken gehabt und von seiner schwierigen Kindheit erzählt – von Ablehnung und der ständigen Angst davor, verlassen zu werden. Sie versuchte, ihm Verständnis entgegenzubringen, aber das fiel ihr oft schwer. Er konnte so ungerecht sein, dachte sie und strich sich über den Arm. Der blaue Fleck war neu und rötlich lila.

Manchmal fragte sie sich, warum sich die Dinge so entwickelt hatten. Das war keine bewusste Entscheidung gewesen, auf keinen Fall. In Wirklichkeit hatte sie es erst viel zu spät gemerkt.

Und jetzt steckte sie fest, bei einem Mann, den sie liebte, aber gleichzeitig fürchtete. Sie hatte von solchen Frauen gelesen und überlegt, warum sie alles über sich ergehen ließen und nicht einfach weggingen. Aber so einfach war es nicht. Die Lage war viel komplizierter, sie konnte nicht einfach weggehen und verschwinden. Sie liebte ihn.

Außerdem war es ein gutes Gefühl, finanziell abgesichert zu sein. Sie musste nicht arbeiten, wenn sie nicht wollte, und bekam fast alles, was sie sich wünschte. Von zu Hause war sie etwas anderes gewohnt – den ewigen Kampf und das ständige Warten auf den nächsten Lohnzettel. Ihren Vater kannte sie nicht und wollte ihn auch nie suchen. Nach dem Tod ihrer Mutter war sie also mit ihrer Großmutter allein. Und die knausrige Großmutter wollte nichts kaufen, was nicht unbedingt nötig war. Ihre wenigen Freundinnen aus der Kindheit fanden es unangenehm, sie zu besuchen. Sie sagten, es rieche komisch, und da seien diese alten Möbel und diese gespenstische Stille, die man nur aus alten Häusern kannte. Stille, der man unmöglich entgegenwirken konnte, als wären die Worte nicht willkommen und würden einfach abhandenkommen.

Manchmal hatte sie das Gefühl, die Stille würde sie verfolgen. So wie jetzt, wenn sie in diesem leeren Haus allein war. Vielleicht wollte sie sich deshalb mit einem Mann wie ihm umgeben. In seiner Nähe war es nie still, und er kaufte ihr so gerne teure Sachen. Verwöhnte sie mit schönen Kleidern und lud sie in feine Restaurants zum Essen ein. Das konnte sie nicht ablehnen. Wollte es auch nicht.

Außerdem hatte sie nicht vor, ihre Kinder ohne einen Vater großzuziehen.

Sie nahm die Schuhschachtel und öffnete sie. Rechnete mit irgendwelchen alten Sachen, Briefen, Postkarten, so Kram, den man eben in Schuhschachteln im Schrank aufbewahrte. Deshalb erschrak sie beim Anblick der Fotos erst recht. Sie ließ die

Schachtel aufs Bett fallen, als hätte sie sich daran verbrannt, und lief zum Fenster. Sie sah hinaus, aber da war niemand.

Mit langsamen Schritten ging sie wieder zur Schachtel und leerte den Inhalt vorsichtig aufs Bett. Da waren mindestens zwanzig Bilder, die meisten von demselben Mädchen. Dunkelhaarig und schön, etwa zehn Jahre alt. Sie stand eigenartig da, mit dünnen Armen und freiem Bauch. Die Füße waren leicht nach innen gedreht und die langen Haare fielen über den Rücken. Sie hatte das Mädchen noch nie zuvor gesehen. Aber da waren auch Bilder von einem blonden Mädchen. Die kannte sie gut.

Sie sah sich die Bilder kurz an, und beide Mädchen starrten ihr entgegen. Dann warf sie die Bilder wieder in die Schachtel, machte sie zu und legte sie zurück in den Schrank. Sie spürte eine Übelkeit aufkommen und schaffte es gerade noch ins Bad, bevor sie sich übergeben musste.

Eines der Mädchen in der Klasse hieß Magnea. Sie hatte viele Freunde und Verehrer, die ihr hinterherrannten, in der Pause mit ihr spielten und sich darum stritten, wer nach der Schule mit ihr spielen durfte. Elísabet beobachtete sie seit einer Weile und verstand nicht so recht, was an ihr so besonders sein sollte. Magnea war weder außergewöhnlich schlau noch besonders lustig oder nett. Aber sie war selbstbewusst und schien nie an sich zu zweifeln. Sie redete am meisten, lachte am lautesten und stolzierte auf dem Spielplatz herum, als würde er ihr allein gehören.

Elísabet waren die anderen Kinder in der Klasse bisher egal gewesen. Es hatte ihr gereicht, Sara als Freundin zu haben. Sie beide gegen den Rest der Welt, beste Freundinnen für immer. So war es in der Schule seit zwei Jahren gewesen. Sie hatte Sara alles erzählt. Na ja, fast alles. Sara wusste zum Beispiel nicht, was sie fühlte, wenn sie böse Dinge tat. Hatte keine Ahnung, wie spannend es kurz davor war, wie alle Nerven im Körper sich ausdehnten und wie gut es sich danach anfühlte. Elísabet hatte immer so getan, als schämte sie sich. Sie wusste, wie das bei anderen aussah, welchen Gesichtsausdruck sie machen musste. Den Blick senken, nicht lächeln und manchmal auch ein wenig weinen, wenn sie etwas ganz Böses getan hatte.

Aber Sara hatte ihr immer verziehen ... bis jetzt. Diesmal war sie zu weit gegangen. Die Verletzungen des Mädchens waren so tief, dass sie genäht werden mussten. Und jetzt sah Sara sie nicht mehr an. Würdigte sie keines Blickes mehr.

Elísabet setzte sich ins nasse Gras und blickte über den Spielplatz.

*Ihre Hose wurde nass, aber das war ihr egal. Sie musste Sara beob-
achten. Sara und Magnea hielten sich an den Händen und spazierten zusammen über das Schulgelände, zeigten auf etwas oder jemanden und lachten. Elísabet spürte den Ärger in sich hochkommen. Jetzt
war sie ganz allein. Niemand interessierte sich für sie. Sie war allen
egal. Wirklich allen.*

*Sie weinte nicht. Für gewöhnlich weinte Elísabet nicht. Schon vor
langer Zeit hatte sie gemerkt, dass das nichts brachte. Es kam nie jemand, um sie zu trösten.*

Was weißt du über Andrés?« Elma saß an der Kücheninsel und sah ihrer Mutter dabei zu, wie sie Schellfisch panierte. Sie hatte die Haare in einem Pferdeschwanz und trug eine rote Schürze, die schon mindestens dreißig Jahre alt war. Die rote Farbe verblich langsam, und einige Fettflecke gingen auch beim Waschen nicht mehr raus.

»Der von der Bücherei? Er ist ein ziemlich komischer Kauz, der Arme, aber völlig harmlos. Er hat die meiste Zeit bei seinen Eltern gewohnt, bis sie vor ein paar Jahren verstorben sind. Seitdem wohnt er in einem betreuten Wohnheim und bekommt irgendwie Unterstützung von der Gemeinde. Warum fragst du?«

»Nur aus Neugier. Ich war heute in der Bücherei.«

»Da warst du als Kind oft«, sagte Aðalheiður und lächelte. »Hast du spannende Bücher gefunden?«

»Nein, ich hatte keine Zeit zum Lesen.«

»Was für ein Unsinn, zum Lesen hat man doch immer Zeit. Ich lese jeden Abend im Bett, sonst kann ich nicht einschlafen.«

»Und du machst auch immer erst spätabends das Licht aus«, sagte Elmas Vater, als er die Küche betrat und sich ein Malzbier aus dem Kühlschrank holte. Ihre Mutter lächelte nur und rührte weiter die Zwiebeln, die im Topf brutzelten und einen süßlichen Bratgeruch verströmten.

Plötzlich ging die Haustür auf.

»Hallo!« Die Stimme ihrer Schwester schallte aus dem Vorraum. »Gibt's Kaffee?«, fragte sie beim Betreten der Küche, setzte sich an den Tisch und legte die Beine auf einen der Stühle.

»Kommst du allein?«, fragte Aðalheiður und schenkte ihr eine Tasse Kaffee ein.

»Viðar ist mit den Jungs beim Fußballtraining«, sagte Dagný und gähnte. »Wir holen uns nachher einfach eine Pizza. Ich bin völlig durch.«

»Nicht doch, hier gibt's genug zu essen«, sagte Aðalheiður. Sie stellte die Tasse auf den Tisch und wandte sich wieder dem Kochen zu.

»Ach, jetzt habe ich schon Pizza versprochen, sie rasten aus, wenn ich das nicht einhalte.«

»Erinnerst du dich an Andrés?«, fragte Elma.

»Den komischen Andrés? Ja, klar«, sagte Dagný. »Warum fragst du?«

»Weil ich vorhin in der Bücherei war«, sagte Elma.

»Er ist einmal ungeladen auf einer von Bjarnis Partys aufgetaucht«, sagte Dagný und schüttelte den Kopf. »Er hatte eine volle Flasche mit selbst gebranntem Schnaps dabei und war ganz schön angetrunken. Kurz darauf kam seine Mutter fuchsteufelswild im Nachthemd und mit Lockenwicklern in den Haaren und hat ihn weggezerrt. Was Seltsameres habe ich noch nie erlebt.«

»Warst du bei Bjarni auf Partys?«, fragte Elma überrascht. Er war mindestens fünf Jahre älter als ihre Schwester.

Dagný zuckte mit den Schultern. »Ja, ist schon lange her. Ich war wahrscheinlich so um die siebzehn. Alle sind auf diese Partys gegangen. Also, bis sein Vater ihnen ein Ende gesetzt hat.«

Elma war nie auf diesen Partys gewesen. Sie hatte natürlich von ihnen gewusst, wurde aber nie eingeladen.

»Warum hat er ihnen ein Ende gesetzt?«

Dagný sah Elma verwundert an. »Hast du hinterm Mond gelebt, Elma? Weißt du das echt nicht mehr?«

Elma schüttelte den Kopf und versuchte, sich nicht von dem schockierten Tonfall ihrer Schwester ärgern zu lassen.

Dagný seufzte. »Da war einmal ein Mädchen, stockbesoffen und sicher auch noch auf irgendwelchen anderen Drogen. Sie ist in einem der Zimmer bewusstlos geworden, und als sie wieder aufgewacht ist, hat sie allerlei Anschuldigungen gemacht.«

»Was für Anschuldigungen?«

»Hat behauptet, sie sei missbraucht worden. Soweit ich weiß, wollte sie Anzeige erstatten, aber daraus ist nie was geworden, sie hatte ja keine Beweise in der Hand. Sie war einfach völlig neben der Spur da auf der Party.«

»Von wem missbraucht?«

»Sie wusste es selbst nicht, weshalb der Fall wahrscheinlich auch nicht weiter untersucht wurde.«

»Denkst du, sie hat gelogen?«

Dagný seufzte. »Ich denke nicht, dass ihr jemand was angetan hat, zumindest nicht willentlich, aber vielleicht hat sie sich auf einen Typen eingelassen und es dann bereut. Diese Partys sind oft außer Kontrolle geraten, und Leute haben in ihrem Zustand Dinge gemacht, die sie später bereut haben.«

»Was hattest du eigentlich auf diesen Partys zu suchen, Dagný?«, rief Aðalheiður dazwischen.

Dagný verdrehte die Augen. »Mama, ich war da vielleicht zwei, drei Mal und hab mich nie bewusstlos gesoffen, wie so viele andere.«

»Wer war das Mädchen?«, fragte Elma. Sie hatte ihre Zweifel daran, dass Dagný der Engel war, für den sie sich ausgab.

»Sie hieß Vilborg, wenn ich mich recht erinnere. Ich glaube, sie wohnt nicht mehr hier in Akranes, kann sein, dass sie kurz darauf weggezogen ist«, sagte Dagný und blätterte desinteressiert in der Tageszeitung.

»Weißt du, wie sie weiter hieß?«

Dagný blickte nicht auf, sondern schüttelte nur den Kopf. »Nein, aber sie war zwei Jahre älter als ich. Das wäre nicht schwer herauszufinden.«

Elma beobachtete ihre Schwester. Manchmal wünschte sie immer noch, sie könnten sich etwas näherstehen. Dagný hatte sie noch gar nicht in der neuen Wohnung besucht. Sie trafen sich nur bei den Eltern. Elma hatte sich früher so sehr nach ihrer Aufmerksamkeit gesehnt. Dagný war ihr größtes Vorbild, und sie wollte alles so machen wie ihre große Schwester – so sein wie sie. Aber Dagný hatte sie fast immer nur angeschnauzt und nur dann mit ihr geredet, wenn irgendetwas verloren gegangen war und sie wieder einmal schuld war. Es spielte keine Rolle, wie oft ihre Mutter versuchte, auf Dagný einzureden, sie wollte nichts mit ihrer kleinen Schwester zu tun haben. Sie mal wohin mitzunehmen oder auf sie aufzupassen, kam nicht infrage.

Elma fragte sich manchmal, ob Dagný wünschte, sie wäre nie geboren. Ihre Mutter lachte manchmal darüber, wie eifersüchtig Dagný damals gewesen war. Sie wollte ihre Schwester nie halten und weinte, wenn Elma die Aufmerksamkeit bekam und nicht sie. Vielleicht hatte das alles damals schon begonnen. Elma hielt sich irgendwann selbst für unausstehlich. Als sie klein war, gab sie sich die Schuld dafür, dass Dagný nicht mit ihr befreundet sein wollte. Dagný war so hübsch und beliebt, also musste mit Elma etwas nicht stimmen. Im Laufe der Jahre war ihr klar geworden, dass sie einfach unterschiedlich waren, und als Jugendliche wandelte sich ihre Bewunderung für Dagný in Wut. Sie liebte ihre Schwester, und sie liebte deren Kinder, aber sie war nicht sicher, ob sie ihr je würde verzeihen können, wie sie sie in der Kindheit behandelt hatte.

»Also gut, ich sollte langsam los«, sagte Dagný und blickte endlich von der Zeitung auf. Sie trank ihren Kaffee aus und ging raus.

»Tschau, Mama«, rief sie aus dem Vorzimmer.

Elma verdrehte die Augen und rief so laut sie konnte: »Auf Wiedersehen, Schwesterherz.«

Dann hörten sie die Haustür zufallen, und Elma grinste ihre Mutter an, die laut stöhnte und das Lächeln nur schwer verbergen konnte.

* * *

Sie hatten sie zum Essen eingeladen. Das passierte eher selten, sie kamen nicht oft alle zusammen, nur zu besonderen Anlässen. Geburtstage, Weihnachten, Ostern. Aber Ása sah Bjarni fast jeden Tag, entweder brachte sie Vater und Sohn das Mittagessen ins Büro, oder er schaute nach der Arbeit auf dem Heimweg noch kurz bei ihr vorbei. Bjarni kümmerte sich gut um seine Mutter, das musste man ihm lassen. Magnea begleitete ihn fast nie, nur wenn sie musste. Darum hatte die Einladung Ása überrascht. Eine Einladung zum Abendessen, ohne besonderen Anlass. Das war neu, hatte sie sich nach dem Anruf am Morgen gedacht.

Sie zog dieselben Sachen an wie zum Essen bei Þórný. Saß fertig zurechtgemacht auf dem Wohnzimmersofa und strickte, als Hendrik nach Hause kam. Sie machte gerade einen Overall fertig. Hellrosa, mit angenähten Handschuhen und Socken. Sie hatte ihn auf dem Sofa ausgebreitet und war beim Bewundern des Stücks kurz mit den Gedanken abgeschweift. Dann strich sie über die weiche Strickerei und schaute, welche Knöpfe passen könnten. Als Hendrik endlich nach Hause kam, zog er sich nur schnell ein frisches Hemd an und legte noch mehr Rasierwasser auf. Nicht, dass es nötig gewesen wäre. Im Auto war der Geruch so heftig, dass Ása dachte, sie würde gleich in Ohnmacht fallen. Aber sie machte das Fenster nicht auf, sondern saß still da und sagte kein Wort.

Bei Bjarni und Magnea angekommen, klopften sie leicht. Bjarni klopfte nie, wenn er zu ihnen kam. Er hatte einen Schlüssel und ging ein und aus, wie es ihm passte. Sie hatten zwar auch einen

Schlüssel zu Bjarnis und Magneas Haus, wollten ihn aber nicht benutzen. Jetzt nicht.

Bjarni machte auf. Wie immer musste Ása bei seinem Anblick lächeln. Er war so schön. War ein hübsches Kind gewesen, ein gut aussehender Teenager, und dann war ein schöner Mann aus ihm geworden. Groß und stämmig, mit blonden Haaren und blauen Augen.

»Hallo, Mama«, sagte er und umarmte seine Mutter, aber beließ es dabei, seinem Vater die Hand zu reichen. Er hängte ihre Mäntel im Schrank auf.

»Ach, das kann ich doch selbst machen, so fit bin ich noch«, murmelte Ása, aber lächelte Bjarni dankbar an. Als Magnea in der Tür auftauchte, verschwand das Lächeln sofort von ihren Lippen.

»Hallo«, sagte Magnea, und wie immer klang ihre Stimme beinahe übertrieben fröhlich, weshalb Ása ihr kein einziges Wort abnahm. Magnea küsste sie beide auf die Wange, und es nervte Ása sehr, wie Hendrik ihr dabei um die Hüfte fasste. »Darf ich euch etwas anbieten? Wasser oder Kaffee? Wein?«

»Sei so gut und bring mir einen kleinen Schluck Whiskey, meine Liebe«, sagte Hendrik in dem Tonfall, den er bei Magnea immer anschlug. Er ließ sich in den Sessel im Wohnzimmer fallen und lehnte sich zurück. Hendrik fühlte sich überall wie zu Hause, egal wo er war. Ása setzte sich auf die Sofakante.

»Und du, Ása, möchtest du etwas?«, fragte Magnea, als sie Hendrik das Glas Whiskey reichte.

»Nein, danke«, sagte Ása und versuchte, höflich zu lächeln.

Magnea leistete ihnen im Wohnzimmer Gesellschaft. Es herrschte eine unangenehme Stille, bis Bjarni sich auch zu ihnen gesellte. Er schaffte es immer, die Stimmung zu lockern, sodass die Leute um ihn herum sich entspannten. Vielleicht wollten deshalb immer alle in seiner Nähe sein. Während seiner Kindheit war das Haus immer voller Jungs gewesen. Es klingelte ständig an der Tür, und irgendwann geriet es so sehr aus dem Ruder, dass Ása Regeln aufstellen musste: Vor vier durfte keiner kommen, und um halb sieben mussten alle weg sein.

Manche Leute waren einfach die geborenen Anführer, das wusste Ása. Es war ihr schon aufgefallen, als Bjarni erst zwei Jahre alt war. Er wurde im Juli geboren und war vom Sternzeichen Löwe, was sie immer sehr passend fand. Bjarni erinnerte sie manchmal an einen großen, erhabenen Löwen, der herumschlenderte und über seine Herde wachte. Im Kindergarten hatte er sich seine Freunde aussuchen können, und später hatte er auch freie Wahl bei den Mädchen gehabt. Darum hatte Ása nie verstanden, warum es ausgerechnet Magnea sein musste.

Bjarni setzte sich neben Magnea und legte den Arm um sie. Er sah Ása und Hendrik abwechselnd mit freudigem Blick an. Dann konnte er sich offenbar nicht mehr beherrschen. »Magnea wollte zwar bis zum Ende des Abends warten, aber so lange halte ich es nicht aus«, sagte er schließlich und lachte.

Ása sah Hendrik an und dann wieder Bjarni. Was wollte der Junge ihnen mitteilen? Warum verhielt er sich so seltsam?

»Magnea ist schwanger«, sagte Bjarni. »Wir erwarten im Sommer ein kleines Baby.«

Ása machte den Mund auf und sofort wieder zu. Hendrik stand geradewegs auf und umarmte die beiden herzlich. Ása tat es ihm wie ferngesteuert gleich.

»Mama, ist alles in Ordnung?«, fragte Bjarni und sah sie verwundert an.

Da fiel Ása auf, dass sie immer noch nichts gesagt hatte. Schließlich lächelte sie, und zu ihrer eigenen Überraschung liefen ihr Tränen über die Wangen. Sie wischte sie schnell weg und lachte verlegen. Bjarni und Magnea sahen einander zufrieden an.

»Ach, liebe Ása, wir wollten dich eigentlich nicht aufwühlen«, sagte Magnea, stand auf und setzte sich neben ihre Schwiegermutter.

Ása lachte noch einmal. Alle Augen waren auf sie gerichtet, und das war sie nicht gewohnt. »Entschuldigt bitte«, sagte sie. »Ich weiß nicht, was mit mir los ist. Das sind wahrhaftig gute Neuigkeiten. Wahrhaftig.«

»Jetzt können wir endlich alles nutzen, was du gestrickt hast«, sagte Bjarni.

Ása nickte und biss die Zähne zusammen. Sie konnte weitere Tränen verhindern und spürte, wie sich etwas in ihr löste. Ein Gefühl kam auf, das sie lange nicht gespürt hatte: Vorfreude. Zum ersten Mal seit Jahren hatte sie etwas, worauf sie sich freuen konnte.

* * *

Elma war gerade auf dem Weg nach Hause, als Sævar anrief. Er klang beiläufig, als er fragte, ob sie nicht mit ihm was essen gehen wolle. »Es ist acht Uhr«, antwortete sie. »Ich hab schon gegessen.«

»Dann trinken wir halt nur was. Ich lade dich ein«, sagte Sævar daraufhin, und Elma hörte ihn sogar durchs Telefon lächeln, also ließ sie sich doch überreden.

Sie war noch nie zuvor im *Alten Kaufhaus* gewesen. Dort hatte man alles in einem Lokal; Bar, Restaurant und Partyservice. Es lag an der Hauptstraße und war spärlich besucht und – was Elma zu schätzen wusste – angenehm dunkel.

Als Elma ankam, saß Sævar bereits an einem der Tische im Saal und hatte Bier für sie bestellt. Er trug ein kurzärmeliges Shirt, sodass seine behaarten Arme zu sehen waren. Sein Kopfhaar war struppig, und Elma fragte sich, wann es zum letzten Mal einen Kamm gesehen hatte. Sie hatte ihn noch nie mit einer ordentlichen Frisur gesehen. Sie musste an Davíð denken, der sich morgens meist einige Zeit für seine Haare genommen hatte. Er hatte vor dem Spiegel gestanden und jede Strähne vorsichtig zurechtgelegt. Sie fand es immer ziemlich süß. Dachte, er wollte für sie gut aussehen. Sævar rasierte sich nicht einmal. Der Bierschaum blieb auf dem Oberlippenbart hängen, und Elma verspürte einen starken Drang, sich nach vorne zu beugen und ihn mit dem Daumen wegzuwischen. Doch dann trank Sævar einen großen Schluck, wischte den Schaum weg und stellte das Bier wieder auf den Tisch.

»Es ist vorbei mit uns«, sagte er. »Ich habe mit Telma Schluss gemacht.«

»Oh«, sagte Elma überrascht. Sævars Miene spiegelte weder Erleichterung noch Freude wider, und sie hatte keine Ahnung, was sie sagen sollte. Sie trank stattdessen einen Schluck Bier.

»Sie hat mir gerade erst erzählt, dass ihre Mutter Krebs hat, und ich hab einfach Schluss gemacht.«

Elma verschluckte sich und musste husten. Aus dem Husten wurde schnell ein Lachanfall, und sie schüttelte sich, während sie versuchte, sich wieder zusammenzureißen.

»Geht's? Hast du was im Hals stecken?« Sævar wollte schon aufstehen und ihr helfen, aber sie winkte ab. Die Tränen liefen über ihre Wangen. »Lachst du?«

»Entschuldige«, brachte sie mit Mühe hervor. »Ich weiß nicht, warum ich lache. Das ist natürlich überhaupt nicht lustig.« Sie konzentrierte sich aufs Atmen und trank noch einmal von ihrem Bier. Diesmal achtete sie darauf, ordentlich zu schlucken.

»Geht's dir noch gut, liebe Elma?« Elma war froh, dass Sævar lächelte, obwohl sie so unangemessen reagierte.

»Ich weiß es nicht, vielleicht nicht. Wahrscheinlich nicht.« Sie wischte die Tränen weg und setzte eine ernste Miene auf. »Entschuldige, ich hör schon auf. Was sagst du, ihr seid nicht mehr zusammen?«

»Ja, es ist vorbei«, sagte Sævar.

»Und das ist gut so, oder ...?«

»Ja, das ist gut so, Elma. Ich bin so erleichtert, aber ich fühle mich gleichzeitig wie ein Vollidiot. Ich meine, sie hat mir gerade erst erzählt, dass ihre Mutter krank ist«, sagte Sævar und verzog das Gesicht. »Nicht wieder lachen«, fügte er hinzu und sah Elma warnend an.

»Also hat sie es schlecht aufgenommen?«

Sævar zuckte mit den Schultern. »Sie hat geweint. Aber ich weiß es nicht, es kann sie kaum überrascht haben. Es ist schon mindestens ein Jahr lang keine gute Beziehung mehr gewesen.«

Elma nickte und trank einen großen Schluck Bier. Sie spürte langsam einen altbekannten Rausch.

»Ich weiß nicht so recht, wie ich mich fühle«, sagte Sævar. »Es ist, als ginge ein bestimmtes Kapitel zu Ende, und irgendwie werde ich es vermissen. Aber es war höchste Zeit, Schluss zu machen, und ich habe eigentlich ein schlechtes Gewissen, dass es mir nicht schlechter geht. Es sollte mir doch eigentlich schlecht gehen, oder? Ich meine, das waren sieben Jahre. Sieben Jahre sind eine ganz schön lange Zeit.«

Elma nickte.

»Elma ...« Sævar starrte in sein Glas. »Ich wollte mich immer entschuldigen, dass ich damals einfach gegangen bin. Ich weiß nicht, warum ich so auf und davon bin.«

»Mach dir darüber keine Gedanken«, sagte Elma und lächelte.

»Du hattest erzählt, dass bei dir auch eine Beziehung auseinandergegangen ist. Ist das lange her?«

»Fast vier Monate.«

»Und deshalb bist du wieder nach Hause gezogen?«

»Ja«, antwortete Elma. »Das stand nie auf dem Plan, aber irgendwie hat es sich so ergeben.«

»Also war es eine schwierige Trennung?«

Elma nickte. Der Stille nach zu urteilen, wartete Sævar darauf, dass sie etwas sagte. »Ja, das war es. Sehr schwierig. Davíð war mein bester Freund und ...« Sie hielt mitten im Satz inne, hatte Angst, ihre Stimme könnte sie im Stich lassen, und wollte vermeiden, vor Sævar in Tränen auszubrechen. Ein Teil von ihr wollte sich bei ihm alles von der Seele reden, aber sie konnte nicht. Schaffte es nicht, sich zu überwinden.

Sævar winkte dem Kellner zu und bestellte noch zwei Bier. »Vermisst du ihn?«, fragte er.

»Ja«, antwortete Elma, und es klang wie ein leises Flüstern. Sie räusperte sich. »Ich war nur die ganze Zeit so wütend auf ihn, dass ich es nicht geschafft habe, ihn richtig zu vermissen. Aber jetzt merke ich, wie sehr er mir fehlt. Ich bin einfach geflohen.«

»Ausgerechnet nach Akranes«, sagte Sævar und grinste. »Wer hätte das gedacht?«

»Ich jedenfalls nicht.« Elma stieß einen Seufzer aus. »Aber was ist mit dir, was hast du hier verloren? Du hast erzählt, dass dein Bruder hier lebt. Was ist mit deinen Eltern?«

»Mein Bruder ist geistig behindert und lebt im Wohnheim. Vielleicht wäre ich längst weggezogen, wenn er nicht wäre«, sagte Sævar. Er trank einen Schluck Bier und starrte dann auf sein Glas, während er weitererzählte. »Meine Eltern sind bei einem Autounfall gestorben, etwa fünf Jahre nachdem wir hierhergezogen sind. Da war ich gerade zwanzig geworden. Mein Bruder war sechzehn und hatte sich im Wohnheim schon gut eingelebt. Ich konnte nicht einfach abhauen. Wir waren nur noch zu zweit.«

Elma nickte.

»Was findest du an Akranes so schlimm?«, fragte Sævar nach einer kurzen Stille.

»Vielleicht war es nie der Ort an sich, den ich nicht ausstehen konnte«, sagte Elma. »Wahrscheinlich eher, wer ich hier war. Ich mochte mich selbst nicht besonders, als ich hier gelebt habe.«

»Ach? Ich bin ziemlich sicher, dass ich dich gemocht hätte.«

»Ist das so? Da wäre ich mir nicht so sicher.«

»Willst du wetten? Erzähl mir alles, all die schmutzigen, kleinen Geheimnisse von Elma.«

Elma lachte, aber dann begann sie zu erzählen.

Der Spiegel im Badezimmer war so dreckig, dass sie sich darin kaum sehen konnte. Auch das Abwischen hatte nicht viel gebracht. Sie spuckte die Zahnpasta aus und stellte sich auf die Zehenspitzen, um aus dem Hahn zu trinken. Dann trocknete sie sich mit dem Ärmel den Mund und blickte in den Spiegel.

Elísabet war neun Jahre alt und wusste, wie schön sie war. Auch im dreckigen Spiegelbild war das offensichtlich. Das dunkle Haar fiel den Rücken herunter, und die dunkelbraunen Augen waren groß und bezaubernd. Sie wusste, dass Schönheit eine gute Sache war. Leute machten ihr Komplimente, lächelten ihr zu, bewunderten ihre Augen und die dichten Haare. Die Kinder in der Klasse hänselten sie nicht so sehr wie den Jungen mit den Segelohren. Aber trotzdem wollte niemand mit ihr spielen. Die anderen Kinder hielten sie für komisch. Meinten, bei ihr zu Hause stinke es.

Sie hatte sich da eigentlich nie richtig wohlgefühlt. Inmitten all der Leute kam sie sich vor wie eine Außenseiterin. Ihr Bruder hatte Glück gehabt, fand sie. Glück, dass er nie erfahren musste, wie es sich anfühlte, groß zu sein. Manchmal besuchte sie ihn auf dem Friedhof. Saß lange beim Grab und starrte auf das weiße Kreuz. Rupfte das Gras darum herum zurecht und strich über das schwarze Schild mit seinem Namen.

Neben dem kleinen Bruder lag Papa, und ihn besuchte sie auch. Mit der Zeit wurde es immer schwieriger, sich an ihn zu erinnern. Sie konnte ihn sich kaum noch vorstellen. Das Gesicht verschwand im Nebel. Sie wusste nicht mehr, wie die Nase ausgesehen hatte oder welche

Farbe seine Augen gehabt hatten. Aber sie würde nie die Hände ver-
gessen. Die großen und rauen Hände von Papa. Arbeiterhände, hatte
er immer gesagt. Sie erinnerte sich schwammig an das Gefühl, wenn
er sie umarmte. Wie seine bärtigen Wangen ihr Haar berührt hatten
und sie fast in seinen Armen untergegangen war. Und sie erinnerte
sich an die Stimme und hatte sie im Ohr, auch wenn sie die Gesichts-
züge nicht mehr vor sich sah.

Sie hörte ihn durch all den Lärm und auch dann, wenn es überall
still war.

Sie waren auf dem Spielplatz. Beide gleich angezogen und die
Haare zu zwei Zöpfen geflochten.

»Hallo, Elísabet«, sagte Magnea, als Elísabet auf die beiden zuging.
Sie sah Sara an, und die beiden Mädchen grinsten. Als wüssten sie et-
was, das Elísabet nicht wusste.

Elísabet sagte nichts weiter. Sie hatte sich damit abgefunden, allein
zu sein. Das Leben war einfacher, wenn sie allein war. So viel war
ihr klar, aber ihr Herz machte trotzdem einen Sprung, als die beiden
fragten, ob sie mit ihnen spielen wollte. Sie hatten kurz miteinander
geflüstert, sich dann zu ihr gedreht und sie gefragt, ob sie mitmachen
wollte. Da musste Elísabet lächeln.

An dem Abend hüpfte sie federleicht die Treppe hoch und legte sich
erschöpft ins Bett. Sie schlief ein, bevor sie sich überhaupt ausziehen
konnte, und wachte erst am nächsten Morgen wieder auf.

Elma musste nicht lange nach Vilborg suchen, als sie am nächsten Morgen ihren Arbeitstag begann. Ein Blick in die alten Jahrbücher genügte. Es gab nur eine Vilborg im Jahrgang 1980 in der Grundschule, und die hieß Sæmundsdóttir. Sie suchte im Internet nach ihr und fand ein Facebook-Profil und einen Eintrag im Telefonbuch. Elma seufzte still, als sie die Adresse sah. Es war nicht weit von ihrer alten Wohnung, in der sie mit Davíð gelebt hatte. Sie fragte sich, ob sie anrufen sollte, aber kam zu dem Schluss, dass sie unter den Umständen persönlich mit Vilborg sprechen sollte. Sie überlegte noch mal kurz und griff dann nach dem Autoschlüssel, um nach Reykjavík zu fahren.

»Wohin fährst du?«, fragte Hörður, als sie ihm in der Tür begegnete.

»Ich muss kurz zum Zahnarzt«, log sie und ärgerte sich, dass ihr nichts Besseres eingefallen war, aber Hörður schien es ihr abzukaufen. Elma huschte raus, bevor er ihr auf die Schliche kommen konnte. Sie war eine lausige Lügnerin.

Kurz darauf stieg sie aufs Gaspedal und ließ Akranes hinter sich. Es wurde langsam hell, und das verwelkte Gras glänzte im kalten Sonnenlicht. Sie drehte das Radio lauter und summte mit der Musik mit. Der gestrige Abend hatte ihr gute Laune beschert. Sie hatte bis zum Ladenschluss mit Sævar im *Alten Kaufhaus* beisammengesessen – was aber auch nicht allzu lang war, denn die Bar machte um zehn zu, aber bis dahin hatten sie nonstop geredet. Wahrscheinlich hatte das Bier ihre Zunge gelockert, aber wenn sie einmal anfing zu reden, konnte sie nicht wieder aufhören. Sie vermied es aber, zu viel über Davíð zu sprechen, das fiel ihr immer noch sehr schwer.

Sie hatten sich auch über den Fall unterhalten, und Elma erzählte ihm von Saras Zeichnung, dem Gespräch mit Magnea und dem, was Dagný über Vilborg gesagt hatte. »Wenn Kinder missbraucht werden, kommt der Täter meist aus ihrem nahen Umfeld. Jemand mit direktem Zugang zu ihnen«, hatte Elma ihm erzählt. »Ist es nicht ein unglaublicher Zufall, dass dann bei Ása und Hendrik zu Hause auf einer Party eine Vergewaltigung stattgefunden hat? Bei Sara zu Hause? Vielleicht war es ja sogar derselbe Täter?« Sævar schien nicht überzeugt. »Vergiss nicht, wie viele Leute immer auf Bjarnis Partys waren«, hatte er gesagt. »Wir reden von Dutzenden. Und ehrlich gesagt könnte deine Schwester recht haben. Damit will ich nicht abstreiten, dass eine Vergewaltigung stattfand, aber ich finde es deutlich wahrscheinlicher, dass der Täter ein Gleichaltriger war, der auf dieser Party genauso betrunken war wie sie.« In dem Moment war das Licht angegangen, und der Kellner hatte begonnen, die Gläser von den Tischen zu räumen. Sie waren gemeinsam nach Hause spaziert und zu lockerem Geplauder übergegangen. Elma erinnerte sich nicht mehr genau daran, worüber sie gesprochen hatten, aber sie wusste noch, dass sie so viel gelacht hatte wie schon lange nicht mehr.

Vilborg öffnete sofort die Tür zu ihrer Kellerwohnung, als Elma klingelte. Sie trug eine weite Tunika mit buntem Muster. Die Wohnung roch nach Weihrauch, was den süßlichen Cannabis-Geruch aber nicht ganz überdecken konnte. Sie bat Elma, auf dem curryfarbenen Sofa Platz zu nehmen, und bot ihr eine Tasse Tee an. Nachdem Vilborg zwei Tassen eingeschenkt hatte, setzte sie sich in einen dunkelgrünen Ohrensessel und wartete darauf, dass Elma sprach.

Die Möbel in der Wohnung waren alt, und Vilborg hatte keine dieser typischen Designerstücke, die man in den meisten isländischen Wohnungen vorfand. Alles war alt und gebraucht, und Vilborg schien keine Scheu davor zu haben, ihr Zuhause in allen Regenbogenfarben zu dekorieren. Die Wände des Wohnzimmers waren dunkelgrün und der Flur weinrot gestrichen.

Elma beschloss, direkt zur Sache zu kommen. »Was ist an dem Abend auf Bjarnis Party passiert?«, fragte sie.

»Du hast doch sicher die Geschichten gehört, oder?«, sagte Vilborg.

»Ich habe tatsächlich nicht viel gehört. Nur, dass du jemanden beschuldigt hast, dich auf der Party belästigt zu haben, als du geschlafen hast.«

Vilborg stellte die Teetasse ab und lachte freudlos. »Mich belästigt? Das ist ganz schön milde ausgedrückt. Ich war nicht so betrunken, wie die Leute sagen, hab nur drei Bier getrunken, aber die haben mir irgendwie zugesetzt. Ich war sechzehn und hatte gerade erst mit dem Trinken angefangen. Der Alkohol stieg mir so zu Kopf, und ich beschloss, mich hinzulegen. Bei einem Schmerz bin ich aufgewacht. Er hatte mir die Strumpfhose runtergezogen und war in mich eingedrungen. Ich habe versucht zu schreien, aber es kam kein Geräusch. Mit einer Hand hielt er mich fest und mit der anderen drückte er meinen Kopf ins Kissen.«

»Konntest du ihn erkennen?«

»Es war so dunkel da drinnen, ich konnte ihn nicht gut sehen. Nachdem er fertig war, hat er mich einfach im Bett liegen lassen. Ich habe mich nicht getraut aufzublicken. Lag einfach da und hab geweint, bis ich es dort nicht mehr ausgehalten hab und nach Hause gelaufen bin.«

»Kannst du ihn vielleicht beschreiben?«

»Er war älter als ich. Den Eindruck hatte ich jedenfalls, ich habe ja nichts gesehen. Er hielt etwas vor mein Gesicht, ich glaube, es war eine Strickmütze. Er war schwer, und ich habe einen Bart gespürt, keinen Vollbart, aber so Stoppeln. Von den Jungs auf der Party war keiner so groß, also dachte ich ... denke ich, es war ein Erwachsener.«

»Ein Erwachsener?«

Vilborg nickte. »Ich habe meinen Eltern davon erzählt. Nicht sofort, das konnte ich nicht. Aber sie haben mir angesehen, dass etwas vorgefallen war, und so lange nachgefragt, bis ich etwas gesagt habe. Dann habe ich ihnen erzählt, was passiert ist und was ich dachte, wer es getan hat.«

»Wer dachtest du, hat es getan?«

»Hendrik, Bjarnis Vater«, sagte Vilborg nach einer kurzen Stille. »Ich bin natürlich nicht sicher, aber ich habe ihn später mal getroffen, und er roch genauso. Das gleiche Rasierwasser.«

»Und was hast du dann getan?«

»Mein Vater ist ausgerastet. Er fuhr zu Hendrik und forderte eine Erklärung. Ich weiß nicht, was genau passiert ist, aber ich denke, es lief nicht gut. Zumindest sind wir kurz danach umgezogen. Mama und Papa meinten, es sei besser, in ein neues Umfeld zu ziehen.«

»Hast du dich nach dem Vorfall von einem Arzt untersuchen lassen?«

Vilborg schüttelte den Kopf. »Daran habe ich damals überhaupt nicht gedacht. Ich habe mich einfach sofort in die Badewanne gelegt, um das Grauen wegzuwaschen. Im Nachhinein wünschte ich natürlich, ich wäre direkt ins Krankenhaus gegangen, dann hätte man diesen Widerling vielleicht schnappen können, aber als ich endlich darüber gesprochen habe, war es dafür zu spät. Jetzt werde ich wahrscheinlich nie mit Sicherheit wissen, wer es war.« Sie griff wieder nach der Tasse. »Warum denkst du, dass das etwas mit der Frau zu tun hat, die beim Leuchtturm gefunden wurde? Ist sie auch vergewaltigt worden?«

»Nein, sie wurde nicht vergewaltigt. Da zumindest nicht.«

»Aber zu einem anderen Zeitpunkt?«

Elma schüttelte schnell den Kopf. Sie durfte nicht zu viel erzählen. »Könnte ich vielleicht auch mit deinem Vater sprechen? Ich würde gerne herausfinden, was zwischen ihm und Hendrik vorgefallen ist.«

Vilborgs Gesichtsausdruck wurde traurig. »Meine Eltern sind beide verstorben.«

»Oh, entschuldige, mein Beileid.«

»Schon gut. Sie waren schon alt, hatten ein langes und erfülltes Leben«, sagte Vilborg und lächelte.

Auf dem Weg nach Hause war Elma nachdenklich gestimmt. Das waren schwere Vorwürfe gegen Hendrik, und sie bauten auf kaum etwas anderem auf als dem Geruch seines Rasierwassers. Wie viele Männer benutzten genau dieses Rasierwasser? Sie musste an Sara und Elísabet denken. Ging es bei allen diesen Fällen um denselben Mann? Sie konnte natürlich nicht wissen, ob Sara tatsächlich Gewalt widerfahren war. Was sagte schon das Bild einer Sechsjährigen aus? Aber mit Elísabet war es etwas anderes, denn das Foto war ein klarer Hinweis. Und viele hatten Zugang zu Elísabets Haus gehabt. Viel zu viele. Es wurde dunkel, als sie durch den Tunnel unter dem Hvalfjörður zurück nach Akranes fuhr, und sie fragte sich, was für Leute das waren, die bereit waren, jemandem das Leben zu nehmen, um den eigenen Ruf zu retten.

* * *

Kurz nach Mittag klingelte es an der Tür. Magnea stöhnte leise, als sie ihre Schwiegermutter draußen stehen sah. Seit Ása von der Schwangerschaft wusste, kam sie jeden Tag vorbei und war Magnea gegenüber wie ausgewechselt. Magnea war überrascht, dass Ása nicht selbst merkte, wie oberflächlich ihr Umgang miteinander war. Sie sagte aber nichts, sondern setzte ein Lächeln auf und öffnete die Tür.

»Ich dachte, du hast vielleicht Hunger«, erklärte Ása und putzte ihre Schuhe auf der Fußmatte ab. »Bjarni meinte, du seist krank zu Hause, und ich habe gerade Brot gebacken.«

»Es riecht wunderbar«, sagte Magnea und nahm das Brot entgegen. Für einen Augenblick sagte keine der beiden ein Wort, bis Magnea klar wurde, dass Ása darauf wartete, hereingebeten zu werden. »Sollen wir es gemeinsam anschneiden? ... Oder hast du schon zu Mittag gegessen?«

»Ach, danke dir, aber ich will auf keinen Fall stören«, sagte Ása wie aus Gewohnheit.

»Du störst doch nicht«, antwortete Magnea, die ihren Text gut kannte. »Lass uns zusammen mittagessen. Ein wenig Gesellschaft würde mir guttun.«

Ása folgte ihr ins Haus und setzte sich an den Küchentisch. Wenn sie saß, wirkte es immer so, als würde sie sich unwohl fühlen. Als würde sie gerne jederzeit schnell aufstehen können. Sie legte die Hände in den Schoß, und die Ellenbogen lagen nah am Körper an. Es nervte Magnea ein wenig, wie steif Ása immer war. Als könnte sie sich nirgendwo richtig entspannen.

Magnea deckte den Tisch für sie. Schnitt ein paar Scheiben von dem lauwarmen Brot ab und platzierte sie fein säuberlich in einem Körbchen mit Serviette. Sie aßen zusammen und unterhielten sich höflich. Ása war kein gesprächiger Mensch, aber wenn Magnea etwas gut konnte, dann Small Talk. Bjarni sagte manchmal, sie könnte sich auch mit einem Besenstiel unterhalten. Als sie mit dem Essen fertig waren, räumte Magnea den Tisch ab und sah im Augenwinkel, dass Ása ihre Tasche öffnete und etwas Pinkes herausholte. Sie wusste natürlich, dass Ása immer strickte, hatte die Bastkörbe in ihrem Wohnzimmer gesehen, voller Wolle und halb fertiger Strickereien, aber sie hatte sie noch nie darauf angesprochen. Hatte sie nie gefragt, für wen sie das alles machte. Sie wusste so gut wie alle, dass es für niemanden war, nur für Ása selbst.

»Ich ... ich dachte, du hättest das vielleicht gern«, sagte Ása. Sie lächelte, und Magnea war ein bisschen gerührt. Hinter dem Lächeln schien sich ein Schmerz zu verbergen. »Das habe ich für meine Sara gemacht.«

Magnea holte leise Luft. »Ich kann nicht ...«, begann sie.

Ása fiel ihr ins Wort. »Natürlich weiß ich nicht, ob es ein Junge oder ein Mädchen wird, aber wenn es ein Mädchen wird, möchte ich, dass sie es bekommt.«

Magnea nahm das Jäckchen entgegen. Es war ein bisschen abgenutzt, offensichtlich schon öfter getragen, aber weich und schön.

Ása stand auf und strich ihre Hose glatt. »Es würde mir sehr viel bedeuten, wenn es wieder einen Nutzen findet.«

Magnea nickte still. Sie brachte Ása zur Tür und verabschiedete sich. Als sie weg war, öffnete sie sofort den Kleiderschrank und versteckte das Jäckchen hinter einem Stapel Bettwäsche, wo es keiner sehen konnte.

* * *

Elma fand das Haus wirklich schön. Die Außenwände waren weiß mit großen, hervorstehenden schwarzen Fensterrahmen. Hier lebten Ása und Hendrik, am Ende der Sackgasse, mit Aussicht auf das Altersheim Höfði. In der Einfahrt vor der Doppelgarage stand kein Auto, und es brannte auch kein Licht. Elma griff nach dem goldenen Türklopfer an der Mahagoni-Haustür und klopfte zweimal.

»Guten Tag«, sagte eine leise Stimme hinter ihr, und Elma traf fast der Schlag. »Entschuldige, ich wollte dich nicht erschrecken«, sagte Ása.

»Nichts passiert«, sagte Elma und reichte ihr schnell die Hand. »Ich heiße Elma, und ich bin von der Polizei hier in Akranes. Ich wollte kurz mit dir sprechen.«

»Worum geht's?«, fragte Ása und sah sie verdutzt an.

»Elísabet Hölludóttir. Du kanntest sie, nicht wahr?«

Ása zögerte kurz, bevor sie den Schlüssel ins Schloss steckte und Elma mit einer wortlosen Geste signalisierte, ihr nach drinnen zu folgen. Elma betrat das große Wohnzimmer mit hohen Fenstern, von denen aus man einen schönen Blick in den Garten hatte. Ása bat sie, auf der dunkelbraunen Sitzlandschaft Platz zu nehmen, setzte sich ihr gegenüber und wartete. Ihr Rouge war wie ein dünner Strich im blassen Gesicht. Die weißen Haare trug sie kurz und in einer Föhnfrisur. Ása war eine vornehme Frau. Eine Frau, die alle Tischmanieren befolgte und vermutlich zweimal im Monat zum Friseur ging. Elma bemerkte einen Bastkorb neben dem Sofa. Er war voller Strickereien, und soweit Elma erkennen konnte, waren es Babysachen.

»Schönes Haus habt ihr«, sagte sie und lächelte.

»Danke dir«, antwortete Ása und lächelte zurück. »Wir sind vor Kurzem eingezogen. Das alte Haus mochte ich aber lieber, dort hatte ich so einen schönen Garten. Wir haben sogar einmal einen Preis dafür bekommen.«

Elma ließ sich von Ásas Teilnahmslosigkeit nicht irritieren und lächelte sie weiter an. »Wie du vielleicht weißt, untersuchen wir gerade Elísabets Tod. Ich ... wir versuchen, ein besseres Bild von ihr zu bekommen.« Sie zögerte. »Um ehrlich zu sein, haben wir nicht viel, worauf wir aufbauen können, und die Ermittlungen gehen nur langsam voran, also müssen wir jeden Stein zweimal umdrehen, der irgendwie mit ihr zusammenhängen könnte. Sie war mit deiner Tochter Sara befreundet, nicht wahr?«

Ása antwortete nicht, nickte nur, aber ihr Gesichtsausdruck veränderte sich sofort, als Elma Sara erwähnte. Nicht wirklich offensichtlich, nur ein kleines Zucken im Mundwinkel, und ihr Körper wurde steif. Elma merkte, dass sie alarmiert war.

»Waren sie gute Freundinnen?«, fragte Elma.

»Sie waren unzertrennlich, glaub mir, ich habe es versucht ...« Ása lächelte flüchtig.

»Warum wolltest du sie voneinander fernhalten?«

Ása atmete tief durch. »Ich war einmal bei Elísabet zu Hause. Ich hatte natürlich schon die Geschichten gehört, den Tratsch. Ich wusste, dass Halla eine von diesen … na ja, diesen Pechvögeln hier im Ort war, aber ich hätte nie gedacht, dass man so leben könnte. Überall Dosen und Flaschen, Essensreste, der Boden schwarz vor Dreck. Aber das Schlimmste war der Gestank. Eine Mischung aus saurem Zigarettengeruch, Müll und Schmutz.« Ása verzog die Nase.

»Hast du nie darüber nachgedacht, den Fall beim Jugendamt zu melden?«

»Doch, das habe ich sogar getan«, antwortete Ása sofort. »Ich glaube, sie hat Kleiderspenden bekommen. Viel mehr haben die aber nicht gemacht.«

»Wie war Elísabet als Kind?«

»Sie war halt ein Kind. Ein kleines Mädchen, um das sich niemand gekümmert hat, die unbeaufsichtigt im Ort herumlief. Immer auf Trab. Ich fand sie ein bisschen wunderlich. Sie war natürlich bildhübsch, aber sie war … komisch. Als wäre etwas nicht ganz, wie es sein sollte.« Ása wirkte unschlüssig, als sie fortfuhr: »Das Schlimmste an Elísabet war weder ihre Mutter noch das Zuhause. Sie war … wie soll ich sagen … sie hatte etwas Bösartiges. Sie war schön, das kann man nicht bestreiten, aber sie hatte etwas Böses in sich. Ich habe es immer gespürt.« Ása sah Elma nicht an, während sie sprach, sondern konzentrierte sich auf die Bäume vor dem Wohnzimmerfenster, die sich langsam im Wind bewegten.

»Etwas Böses? Wie meinst du das?«

»Einmal waren Freunde von uns zu Besuch. Sie kamen mit ihrer zweijährigen Tochter, und wir haben sie mit den Mädchen zusammen im Zimmer spielen lassen. Auf einmal hat das Kind geschrien wie am Spieß, und wir sind ins Zimmer gelaufen, um nach ihr zu sehen. Als wir ankamen, hatte die Kleine eine Bisswunde am Arm. Sie blutete. Elísabet wollte es natürlich nicht zugeben, aber es muss sie gewesen sein; außer den beiden war niemand im Zimmer.«

»War deine Tochter nicht dabei, als das passiert ist?«

»Nein. Sie war kurz rausgegangen«, sagte Ása. »Danach habe ich Sara verboten, mit Elísabet zu spielen. Ich habe sie selbst von der Schule abgeholt und aufgepasst, dass sie nicht zusammen waren. Und ich habe Sara nahegelegt, mit anderen Mädchen zu spielen, von denen ich wusste, dass sie ein besserer Umgang waren.«

»Und hat das geklappt?«

»Sie kam nicht wieder zu uns auf Besuch, so viel ist klar.« Ása schien zu bemerken, wie kaltherzig sie klang, und fügte hinzu: »Versteh mich nicht falsch, Elísabet hat mir wirklich leidgetan, aber ich musste an meine Kinder denken. Sara beschützen. Ich habe nur versucht, sie zu beschützen.« Ása flüsterte den letzten Satz.

»Stimmt es, dass Elísabets Mutter Halla das Haus von euch gemietet hatte?«

»Das musst du Hendrik fragen, ich mische mich in diese Angelegenheiten nicht ein. Aber es stimmt schon, das Haus hat uns gehört, und ich gehe davon aus, dass sie Miete bezahlt hat. Ich habe allerdings nie verstanden, wie sie das gemacht hat, das Haus war groß, und ich weiß, dass sie irgendwas in der Fischverarbeitung gearbeitet hat, bevor ihr Mann gestorben ist, und danach nur noch von Sozialleistungen gelebt hat. Aber ich mische mich in diese Sachen nicht ein.«

»Verstehe«, sagte Elma. Wie konnte Halla es sich leisten, ein großes Einfamilienhaus zu mieten, wenn sie anscheinend kein Einkommen hatte?

»Hast du Elísabet nach Saras Tod wiedergesehen?«, fragte sie.

Ása strich über unsichtbare Falten im Rock. Elma sah, dass ihre Hände ein wenig zitterten, und als sie sprach, war die Stimme heiserer als davor. »Sie kam zur Beerdigung. Da habe ich sie zum letzten Mal gesehen. Bei der Trauerfeier saß sie bei Saras Klassenkameraden, und ich weiß noch, dass ich mich über ihre Besonnenheit gewundert habe. Sie saß da, ohne die Miene zu verziehen, und weinte nicht eine Träne.«

Ása wirkte so klein. Die kleinen Hände bestanden nur aus Haut und Knochen. Die Haare waren dünn, obwohl sie geföhnt waren, das Gesicht knochig. Vielleicht war es Einbildung, aber Elma hatte das Gefühl, dass ihr der Tod der Tochter anzusehen war. Er hatte sie über die Jahre hinweg langsam, aber stetig von innen aufgefressen.

»Sara hatte Angst vor Wasser«, sagte Ása plötzlich und sah Elma in die Augen. »Eine Heidenangst, schon von ganz klein auf. Es war sogar schwierig, sie zu baden. Wenn sie Wasser in die Augen bekam, hörte man die Schreie bis ins nächste Haus.« Ása lächelte bei der Erinnerung, aber das Lächeln verschwand, als sie hinzufügte: »Von sich aus hätte sie nie einen Fuß auf dieses Floß gesetzt.«

»Wie meinst du das?«, fragte Elma und sah Ása verwundert an.

»Das habe ich ihnen auch gesagt. Aber keiner hat mir geglaubt.« Die Stimme war schon so leise, dass Elma sich nach vorne beugen musste, um sie zu hören.

»Was denkst du, dass passiert ist?«

Ása sah durch das Wohnzimmerfenster. »Was weiß ich? Hat es jemals eine Rolle gespielt, was ich denke?«

»Ich bin in Beggi oder in Palli verknallt, und du?« Magnea lehnte sich gegen die raue Mauer, die Hände in den Taschen vergraben und den Blick auf Sara fixiert.

Sara zog die Ärmel bis über die Finger und wandte den Blick ab. »Ich weiß nicht«, sagte sie kaum hörbar.

»Obwohl dein Bruder auch total süß ist«, sagte Magnea und seufzte. Saras Bruder Bjarni war einige Jahre älter als sie, aber manchmal trafen sie ihn auf dem Weg zur Schule. Magnea tat alles, was sie konnte, um seine Aufmerksamkeit auf sich zu lenken.

Sara sah sie an und verzog das Gesicht. »Aber der ist so alt.«

»Ich weiß, darum will ich lieber in Beggi verknallt sein. Oder Palli. Weißt du, in wen du verknallt bist, Elísabet?« Etwas an Magneas Lächeln beunruhigte Elísabet. Sie schüttelte den Kopf. Sie hatte sich noch nie wirklich für Jungs interessiert, im Gegensatz zu Magnea, die ohne Ende darüber reden konnte, wer süß war und wer nicht.

»Stehst du vielleicht auf den doofen Andrés?«, fragte Magnea spöttisch. Andrés war ein Junge in ihrer Klasse, mit dem keiner gesehen werden wollte. Er war groß und dürr, hatte Segelohren und trug immer Hosen, die ihm zu kurz waren. Meist krümmte er zwar den Rücken, um sich etwas kleiner zu machen, aber dadurch sah er nur noch seltsamer aus.

»Nein«, sagte Elísabet. Es war eine Woche her, dass Magnea und Sara sie eingeladen hatten, mit ihnen zu spielen, und Magnea ging ihr mittlerweile so richtig auf die Nerven. Und Sara empfand das auch so, da war sie relativ sicher.

»Hallo, Andrés«, rief Magnea und winkte ihm zu. Er stand auf dem Spielplatz und vergrub die Zehen im Kies. Als Andrés unsicher zurückwinkte, grinste sie den beiden Mädchen zu. Die Glocke läutete, und die Kinder liefen in ihre Klassen.

In der nächsten Pause hatte Elísabet bereits den Entschluss gefasst, mit Sara zu sprechen. Sie wollte fragen, ob sie nach der Schule nur zu zweit etwas machen könnten. So wie früher. Sie ging gerade durch die Tür nach draußen, als er auf sie zugelaufen kam. Er legte den Arm um sie, hielt sie fest und küsste sie aufs Gesicht. Immer und immer wieder. Elísabet wusste nicht mehr, was danach passierte. Sie schlug auf ihn ein, so fest sie konnte. Und machte weiter, auch als er schon auf dem Boden lag und die Hände vors Gesicht hielt. Sie hörte erst auf, als jemand sie von hinten packte und wegzerrte.

Am Ufer bei Krókalón war der Sand schwarz. Die Algen wiegten sich auf der Meeresoberfläche, und die Luft roch salzig. Eine kalte Brise zerzauste Elmas Haar, als sie am Strand entlangging. Sie zog den Reißverschluss der Jacke bis ganz nach oben, vergrub die Hände in den Taschen und blickte aufs Meer hinaus. Wie weit müsste sie hinauswaten, bis das Meer sie mitreißen würde? Zu dieser Zeit war das Meer fast schwarz, genau wie der Sand. In der Ferne zeichneten sich die Umrisse des Gletschers ab. Mit jedem Jahr schien seine weiße Kappe kleiner zu werden. In ein paar Jahren würde das Eis wahrscheinlich völlig verschwunden sein.

Hatte Sara hier vor siebenundzwanzig Jahren gespielt? Hatte sie eine Palette am Strand gefunden und daraus ein Floß gebaut? Ganz allein?

Es war schon drei Uhr vorbei, und die Sonne, die den ganzen Tag hell geschienen hatte, verschwand am Horizont. Es wurde dunkel, und Elma überkam plötzlich das Gefühl, dass sie nicht allein war. Sie blickte sich schnell um. Der Strand war leer, aber in den umliegenden Häusern brannte Licht, und in der Ferne hörte Elma das Rauschen des Verkehrs.

Sie versuchte immer noch, Klarheit darüber zu bekommen, wie es weitergehen sollte. Sie wollte Ása glauben, wenn sie sagte, dass Sara nie von sich aus auf das Floß gestiegen wäre. Aber sie wusste auch, dass Kinder mit ihren Freunden alles Mögliche ausprobierten, das sie sonst nicht machen würden. Deshalb ging sie davon aus, dass Sara nicht allein gewesen sein konnte. Elísabet musste auch dabei gewesen sein.

Ihr Blick schweifte zu dem Haus, wo Elísabet und ihre Mutter einmal gelebt hatten. Es war vom Strand aus gut zu sehen. Darin brannte Licht, und Mutter und Sohn, die jetzt dort wohnten, waren wahrscheinlich zu Hause. Ging alles auf dieses Haus zurück? Hatte Elísabet die Immobilienanzeige gesehen und war von den Erinnerungen eingeholt worden? Elma sah sie vor sich, wie sie auf das Haus starrte und sich an alles erinnerte. Waren es ausschließlich schlechte Erinnerungen? War ihr Leben vor dem Tod des Vaters anders gewesen? Wäre es anders verlaufen, wenn er an dem Tag nicht aufs Meer hinausgefahren wäre?

Elma wusste, dass es auf diese Fragen keine Antworten gab. Sie hatte viel Zeit damit verbracht, sich diese Fragen zu ihrem eigenen Leben zu stellen: Wäre alles anders gekommen, wenn ...? Das brachte nichts.

Plötzlich schien es, als würde das Meer aus dem Schlaf erwachen, und eine große Welle erstreckte sich den Strand hinauf. Der Schaum blieb zurück, als das Meer die Welle wieder zu sich zog, und Elma merkte, wie kalt ihr geworden war. Von einem Augenblick zum nächsten verschwand die Sonne und die Dunkelheit breitete sich aus. Am Strand war kein Licht, und Elma lief es bei dem Gedanken, plötzlich ganz allein in der Dunkelheit zu sein, kalt über den Rücken. Sie ging mit schnellen Schritten zurück, ohne sich auch nur einmal umzudrehen, hatte aber die ganze Zeit das Gefühl, beobachtet zu werden.

* * *

Sie erhielt die Bilder in einem weißen Umschlag, den jemand durch den Briefschlitz in der Tür gesteckt hatte. Keine Briefmarke, kein Absender, nur ihr Name: Ása. Im Umschlag befanden sich auch nur diese Bilder von zwei Mädchen im Kindesalter.

Eine von ihnen war ihre Tochter.

Als Ása das bemerkte, fingen ihre Hände sofort an zu zittern und die Bilder fielen auf den Boden. Zögerlich beugte sie sich hinunter und sammelte sie auf. Sie erkannte auch das andere Mädchen. Die dunkelhaarige Frau, die vor Kurzem zu ihr gekommen war. Ása erinnerte sich noch an ihr verkommenes Zuhause, als sie ein kleines Mädchen war.

Sie spürte, wie ihr abwechselnd warm und kalt wurde. Es war, als würde ihr ganzer Körper taub werden und sie nicht mehr Teil dieser Welt sein. Sie überlegte nicht, wer die Bilder geschickt hatte, das spielte keine Rolle.

Ása ging durch das leere Haus. Hielt am Fenster inne und blickte auf die Welt hinaus, die plötzlich eine andere war. An der Wand im Wohnzimmer hingen Bilder von der Familie. Sie nahm eines davon runter und blickte ins Gesicht des kleinen Wesens, an dem sie sich nur so kurz hatte erfreuen dürfen. Sie erinnerte sich an ihre schönen Finger als Kleinkind. Sie waren so lang und zart, wie die Hände einer zukünftigen Pianistin. Trotzdem war das Mädchen nie besonders gut auf dem Klavier gewesen. Hendrik hatte darauf bestanden, dass sie Klavierunterricht nahm. Dass sie jeden Tag eine ganze Stunde lang übte. Und sie tat es mit einem Lächeln auf dem Gesicht. Sara war so ein glückliches Kind gewesen. Eine richtige Frohnatur. Als sich das änderte, schob Ása es auf das Alter. Es war schließlich nicht ungewöhnlich, dass Kinder, wenn sie größer wurden, weniger lächelten und lachten. Es war ja unvermeidlich, dass beim Erwachsenwerden die Unschuld verschwand. Das redete sie sich zumindest ein.

Sie hängte das Bild wieder an die Wand und bewegte sich wie ferngesteuert in die Küche. Sie fand, was sie brauchte, und ging ins Schlafzimmer. Dann setzte sie sich auf das Bett, in dem sie die letzten vierzig Jahre zusammen geschlafen hatten, und wartete.

* * *

Es war schon spät, als Elma wieder ins Büro kam. Das Telefon hatte den ganzen Tag nicht geklingelt, also ging sie nicht davon aus, dass jemand sie vermisst hatte.

»Was hat der Zahnarzt gesagt?«, fragte Sævar, als Elma ankam.

»Was?«, fragte Elma, die Ausrede von vorhin hatte sie schon völlig vergessen.

»Warst du nicht beim Zahnarzt?«

»Doch, stimmt ...«, sagte Elma. »Wobei ... eigentlich war ich gar nicht beim Zahnarzt.«

»Das dachte ich mir schon. Du warst so lange weg, da hätte er Zeit gehabt, dir jeden Zahn einzeln rauszureißen. Wo hast du dich denn stattdessen rumgetrieben?«

»Ich habe Vilborg besucht.«

»Ach?«

»Und Ása.«

Sævar runzelte die Stirn.

Elma holte tief Luft. »Ich musste mit ihr reden. Ich habe nämlich den Verdacht, dass Sara auch Opfer von sexualisierter Gewalt war. Ich habe auch so eine Ahnung, dass sie nicht allein war, als sie verschwunden ist.«

»Das hast du doch wohl nicht Ása erzählt?«, fragte Sævar.

»Nein, natürlich nicht«, beeilte sich Elma zu sagen. »Ich habe nur den Verdacht, dass Elísabet und Sara Opfer desselben Mannes waren. Vilborg vielleicht auch. Ich denke, dass Elísabet nach Akranes gekommen ist, weil sie die Dinge offenlegen wollte. Ich vermute, dass sie den Mann getroffen hat, der ihr das angetan hat. Den, der die Bilder gemacht hat.«

»Und du glaubst zu wissen, wer das war.«

Elma nickte.

»Überleg mal, Sævar. Wir wissen von Sara, Elísabet und Vilborg. Vilborg wurde bei Hendrik und Ása zu Hause bedrängt. Hendrik gehört das Haus, das Elísabets Mutter anmietete, und Sara ist Hendriks Tochter.«

»Aber denkst du wirklich, dass er dazu in der Lage war ... Ich meine, es ist eine Sache, ein Sexualstraftäter zu sein, aber jemanden umzubringen, nur um etwas zu vertuschen ...?«

»Ich denke, dass Hendrik viel Wert auf seinen guten Ruf im Ort legt«, sagte Elma.

Sævar lehnte sich in seinem Stuhl zurück und fuhr sich mit der Hand durch die dunklen Haare. »Verdammt noch mal, Elma. Wenn das stimmt, was du da sagst ...«

»Ich weiß es natürlich nicht sicher«, sagte Elma. »Aber du musst zugeben, dass es nicht gut für ihn aussieht.«

Sævar stöhnte laut. Vor dem Büro hörten sie Beggas ansteckendes Gelächter und Kári, der daraufhin einen Lachanfall bekam. Elmas Kaffee war kalt geworden, und sie fröstelte noch nach dem Spaziergang bei Krókalón.

Sævar wandte sich plötzlich dem Computer zu und tippte etwas ein. Kurz darauf sah er Elma an.

»Auf Hendrik und Ása sind zwei Autos gemeldet. Ein Jeep und ein Pkw. Sollen wir mal nachsehen, ob beide Autos in der Einfahrt stehen?«

»Ja, lass uns das machen.« Elma lächelte Sævar zu. »Aber es gibt noch jemanden, mit dem ich gerne sprechen würde, einer von den Leuten, die oft bei Elísabets Mutter Halla zu Besuch waren. Sagt dir der Name Rúnar Geirsson was, auch Rabbi genannt?«

Sævar nickte. »Der ist uns wohlbekannt. Wir haben aber seit einigen Jahren keine Auseinandersetzungen mit ihm gehabt, also hat er es am Ende vielleicht doch geschafft, auf der richtigen Bahn zu bleiben. Für den Moment jedenfalls.«

Elma hatte ein schlechtes Gewissen. Sie hatte Hörður nicht darüber informiert, was sie in den vergangenen Tagen so gemacht hatte, und war nicht sicher, wie er es aufnehmen würde. Er hätte ihr nie erlaubt, mit Ása zu sprechen, und sie konnte nur hoffen, mehr in der Hand zu haben, bevor er davon erfuhr. Etwas, das Hendrik mit Elísabets Tod in Verbindung brachte.

»Du hast vorhin noch gesagt, dass Sara deiner Meinung nach nicht allein war, als sie aufs Floß gestiegen ist. Wie kommst du darauf?«, fragte Sævar.

»Ása sagte, Sara habe Angst vor Wasser gehabt, schon seit der frühen Kindheit. Ich sage nicht, dass jemand sie auf das Floß gedrängt hat, aber ich finde es unwahrscheinlich, dass sie allein war«, sagte Elma. »Ich habe die Unterlagen zum Fall geprüft, und ich finde das schon ziemlich seltsam. Das Mädchen soll einfach am Ufer auf dieses Floß gestiegen und hinausgetrieben sein? Sie war zwar erst neun Jahre alt, aber sie muss doch gewusst haben, wie gefährlich das war?«

»So was kann so schnell passieren«, antwortete Sævar. »Das Meer ist unberechenbar, und die Brandung kann ganz schön stark sein. Vielleicht hat sie die Situation falsch eingeschätzt.« Er bremste und bog in die Straße von Ása und Hendrik ein. Ihr Haus wirkte wie ausgestorben. Kein Auto stand in der Einfahrt, und alle Lichter waren aus, obwohl es draußen schon dunkel war.

»Sind sie weggefahren, jeder mit dem eigenen Auto?«, flüsterte Elma, ohne zu wissen, warum eigentlich. Sie saßen immer noch im Auto, und es gab keinen Grund, leise zu sein.

»Sieht ganz danach aus«, antwortete Sævar. »Es sei denn, eines der Autos oder sogar beide stehen in der Garage.«

»Lass uns einfach hier parken«, sagte Elma.

Das Haus umgab ein kleiner Garten, aber die Büsche waren niedrig und verdeckten nichts. Darum war Elma froh über die Dunkelheit. Sie erinnerte sich, dass Ása erzählt hatte, wie sehr sie den Garten bei ihrem alten Haus vermisste. Hier mussten die Bäume noch einige Jahre wachsen, um eine anständige Größe zu erreichen. Sie ging entschlossen auf die Haustür zu, tat so, als sähe sie Sævars Blick nicht, und klopfte. Sie war sicher, dass niemand zu Hause war, und als keiner kam, ging sie zur Garage. Sie war abgeschlossen, und Elma war nicht groß genug, um durch die hohen Fenster zu sehen.

»Sævar«, rief sie leise und winkte ihn zu sich.

»Ich habe nicht vor, dich da hochzuheben, wenn du das denkst«, sagte Sævar. Er blickte hastig um sich.

»Das sieht doch keiner«, sagte Elma. »Schnell, mach mir eine Räuberleiter, ich muss nur sehen, ob das Auto da drinnen steht.«

Sævar seufzte, gehorchte aber. Er beugte sich runter und formte die Hände zu einem Steigbügel. »Beeil dich, ich weiß nicht, wie wir das erklären sollen, wenn uns jemand sieht.«

Elma zog einen ihrer Schuhe aus und stieg in Sævars große Hände. Dann zog sie sich zum Fenster hoch und versuchte, in der Garage etwas zu erkennen. »Ich sehe so wenig, es ist zu dunkel. Da steht ein Auto, aber ich kann es nicht von vorne sehen.«

Sie zog den Schuh wieder an, und Sævar richtete sich auf. »Also gut, nichts wie weg hier«, sagte er und ging los, Elma eilte ihm hinterher. Er erschrak zu Tode, als ein Auto an ihnen vorbeifuhr, und Elma lachte.

»Du bist nicht gerade ein Adrenalinjunkie, oder?«, fragte sie und grinste.

»Also ich bin immerhin bei der Polizei«, antwortete Sævar. »Ich hätte gedacht, dass mich das durchaus zum Adrenalinjunkie macht.«

»Bei der Polizei von Akranes?«

»Es war jedenfalls viel los, seit du gekommen bist«, sagte Sævar zu seiner Verteidigung.

»Ja, das stimmt wohl, aber ein Fall wie dieser gehört nicht gerade zum Alltagsgeschäft der Polizei in Akranes.«

Es war schon fast fünf, also beschlossen sie, vor ihrem Besuch bei Rúnar noch kurz zu warten, um ihn zu Hause zu erwischen, anstatt ihn bei der Arbeit zu stören. Elma lehnte sich im Autositz zurück und spürte die Müdigkeit in sich aufkommen. Im

Radio lief ein langsames Lied, und sie schloss für einen Moment die Augen.

»Dieses Auto hat was; ich werde immer schlagartig müde, wenn ich mich darin zurücklehne«, sagte sie und gähnte.

»Sollen wir kurz spazieren gehen?«, fragte Sævar. Er hielt an und Elma öffnete die Augen. Sie standen beim Leuchtturm. Sie hatte nicht mitbekommen, dass Sævar in die Richtung gefahren war.

»Die Meeresluft wird dich erfrischen.« Er lächelte ihr zu, und Elma merkte, wie ihr von innen warm wurde. Sie musste an den Jungen denken, der gegenüber von ihr wohnte. Sie hatte in den letzten Tagen immer beinahe hastig die Wohnung verlassen, um ihm nicht über den Weg zu laufen.

Sie gingen vorbei an einer Palette, auf der mit schwarzem Edding die Öffnungszeiten des neuen Leuchtturms standen, auf Englisch und auf Isländisch. Der Leuchtturm war eine beliebte Touristenattraktion geworden, und auf dem Brett hing auch noch ein Bild, auf dem die Baupläne für das Gelände zu sehen waren. In Elmas Kindheit war die Gegend um den Leuchtturm herum nur unberührte Natur gewesen, wunderschön in ihrer Unvollkommenheit. Keine Touristen; nur das Meer, die Vögel und die beiden Leuchttürme.

»Mittlerweile ist es hier im Winter am schönsten«, sagte Sævar, als könnte er ihre Gedanken lesen. »Dann sind am wenigsten Leute unterwegs.«

»Aber im Winter ist es immer so finster. Nur fünf Stunden Tageslicht, wenn überhaupt.«

»Die Finsternis ist auch schön«, sagte Sævar. »Ich mag die Dunkelheit im Winter, sie macht mir gar nichts aus. Aber wenn die Sonne im Sommer rund um die Uhr scheint, werde ich ganz verrückt.«

»Da stimme ich dir zu«, sagte Elma. »Die meisten mögen es so gerne, aber ich hasse es, abends bei strahlendem Sonnenschein ins Bett zu gehen. Trotzdem fehlt mir die Sonne im Winter. Ich hätte nichts dagegen, im Winter auch mal ein wenig Abwechslung zu bekommen. An einen Ort zu fahren, wo die Sonne scheint.«

Sie setzten sich auf eine Bank beim neuen Leuchtturm und sahen aufs Meer hinaus. Auf der anderen Seite der großen Bucht funkelten die Lichter von Reykjavík. Elma genoss es, die Wellen zu beobachten und die salzige Meeresluft einzuatmen. Alles war so friedlich und schön. Kaum zu glauben, dass genau an diesem Ort etwas so Schreckliches passiert war. Nur ein kleines Stück von ihnen entfernt hatte Elísabet gelegen. Elma sah es vor sich, die dunklen Haare auf der Wasseroberfläche und die geschwollenen Augen. Dieselben Augen wie die des schönen kleinen Mädchens auf den Bildern.

Sie war immer noch überzeugt, dass Magnea etwas verheimlichte. Und sie war sich sicher, dass Elísabet in der Kindheit etwas widerfahren war. Irgendjemand hatte dieses Bild aufgenommen.

Sie ging die Familie im Kopf durch. Da waren Hendrik und Ása, deren Trauer beinahe greifbar war. Oder traf das nur auf Ása zu? Sie schien so von Kummer überwältigt. Elma hatte Hendrik bisher nur von Weitem gesehen, aber selbst aus der Entfernung strahlte er Selbstsicherheit aus. Genau wie sein Sohn. Bjarni fiel es offensichtlich leicht, in jeder Situation den passenden Gesichtsausdruck aufzusetzen. Sogar sie hatte sich anfangs in seinen Bann ziehen lassen. Und dann war da natürlich Tómas, das schwarze Schaf der Familie. Elma wusste kaum mehr über Tómas, als dass er nicht davor zurückschreckte, seine Frau zu verprügeln, und von dem Erfolg seines Bruders zu leben schien.

Elma war in Gedanken vertieft, als sie plötzlich Sævars Hand auf ihrer spürte. Erst war sie nicht sicher, ob die Berührung beabsichtigt war. Aber Sævar zog die Hand nicht zurück. Sie blickte weiter geradeaus und genoss die Wärme, die von ihm ausströmte. Sie saßen noch eine Weile da, bis Sævar die Hand wegnahm und aufstand.

»Wollen wir los?«, sagte er. »Dir ist sicher schon kalt.«

Elma nickte. In seiner Nähe war die Kälte nach und nach gewichen.

Sie fuhren schweigend weiter. Elma wollte etwas sagen, aber sie wusste nicht, was. Sie öffnete ein paar Mal den Mund, aber machte ihn sofort wieder zu, als die Worte nicht herauskamen. Sie war sich Sævars Nähe seltsam stark bewusst. Es fiel ihr schwer, ihn nicht anzusehen, nicht auf die Hand zu starren, die auf der Gangschaltung lag, und nicht nach ihr zu greifen. Als sie das Auto vor einem rauen Wohnblock parkten, war der Moment vorbei, und es war zu spät, es anzusprechen.

»Er sollte mittlerweile zu Hause sein«, sagte Sævar und blickte den Wohnblock hoch. Die weiße Farbe sah nicht mehr schön aus und blätterte stellenweise ab. Im Garten um das Haus standen nur ein altes Gerüst, eine Rutsche und ein Sandkasten ohne Sand, in dem etwas verwelktes Gras lag und Ampfer wucherte. Sie gingen in den Vorraum und fanden Rúnars Namen auf einem Klingelschild. Eine raue Stimme antwortete, und der Türöffner summte, nachdem Elma und Sævar sich vorgestellt hatten.

Rúnar, oder Rabbi, wie er immer genannt wurde, war klein und dünn. Sein Gesicht war gezeichnet, und ihm war anzusehen, dass er im Laufe seines Lebens schon einiges ausprobiert hatte. Er roch immer noch nach Müll, den er bis kurz davor aus den Mülldeponien des Ortes entfernt hatte, aber das schien ihn nicht zu stören. In der Wohnung stank es nach Zigaretten und etwas Saurem, das Elma nicht ganz zuordnen konnte. Sie folgten Rúnar ins Wohnzimmer, wo er ihnen einen Platz auf dem abgenutzten Ledersofa anbot, das aussah, als könnte es jeden Moment auseinanderfallen. Im Wohnzimmer stand außer diesem Sofa nicht viel. Nur ein vollgeräumter Couchtisch und ein Fernseher auf einem winzigen Regal. Auf dem Boden lagen überall Bücher, Zeitschriften und Kabel herum. Die Wände waren leer, bis auf ein kleines Kreuz, das über dem Sofa hing.

Als sie Rúnar fragten, ob er sich an Halla erinnerte, schien er in Gedanken versunken und starrte auf die Wand, während er sprach. »Das waren gute Zeiten, so viel weiß ich noch«, sagte er und lächelte in sich hinein. »Da hab ich einfach Party gemacht, aber war noch nicht voll abhängig. Das war, bevor alles den Bach runterging und sich das Leben nur noch um diese eine Sache drehte. Damals hatte ich einen Job. War ein paar Wochen in Folge auf dem Meer draußen, und wenn ich zwischen den Touren an Land war, konnte ich die Sau rauslassen.«

»Erinnerst du dich daran, dass Halla eine kleine Tochter hatte?«, fragte Elma. Sie saß auf der Sofakante und versuchte, in der Wohnung so wenig wie möglich zu berühren. »Sie hieß Elísabet.«

Rúnar nickte und räusperte sich. Er rieb die Hände aneinander und starrte auf das dunkelbraune Parkett.

»Erinnerst du dich, dass sie auch da war?«, fuhr Elma fort, als Rúnar schwieg. »Während ihr euren Spaß hattet, war sie wahrscheinlich in ihrem Zimmer unterm Dach. Hast du sie nie gesehen? Kam sie nie runter?«

»Ja, doch. Ich habe sie gesehen, aber ich weiß nicht mehr ... ich kann nicht sagen, wie oft das war.«

»Hast du auch mal mit ihr gesprochen? Bist du zu ihr aufs Zimmer gegangen?« Sævar sah Rúnar mit scharfem Blick an.

Er hob den Kopf und schaute die beiden abwechselnd an. »Was soll das eigentlich ... Was willst du damit sagen? Werde ich irgendwie verdächtigt?«

»Weißt du, ob jemand anders zu ihr hochgegangen ist, während ihr gefeiert habt?«, fragte Elma.

Rúnar verzog das Gesicht und schüttelte den Kopf. Sein Blick schweifte Richtung Fenster und wieder zu ihnen zurück.

»Bist du sicher?«

Rúnar antwortete nicht. Er zog eine Zigarette aus der Tasche und zündete sie an, ohne ein Fenster zu öffnen. Der Rauch füllte schnell die kleine Wohnung.

»Sie wurde vor ein paar Tagen tot aufgefunden«, sagte Elma. »Ermordet.«

»Davon habe ich gehört, und ich habe das Bild von ihr in der Zeitung gesehen«, sagte Rúnar. »Ihr denkt doch nicht etwa, dass ich was damit zu tun hatte?«

»Womit zu tun?« Sævar beugte sich vor und sah Rúnar an, ohne zu blinzeln. »Dass du womit was zu tun hast, Rabbi?«

Rúnar fiel es nicht leicht, still sitzen zu bleiben. Er nahm ein paar tiefe Züge von der Zigarette und blies den Rauch seitlich aus, als könnte er Elma und Sævar so verschonen. Elma sah, dass sich auf seiner Stirn Schweißperlen bildeten.

»Könnt ihr mir versprechen, dass meine Aussagen unter uns bleiben?«, fragte er schließlich. »Ihr wisst das nicht von mir.«

»Das können wir leider nicht versprechen. Aber wenn du etwas Relevantes weißt und es nicht preisgibst, machst du dich strafbar und könntest im Gefängnis landen.«

Rúnar seufzte, drückte die Zigarette aus und wischte sich mit dem Ärmel über die Stirn.

»Na gut, man hat ja auch nicht viel zu verlieren«, sagte er. »Wobei ich bezweifle, dass es relevant ist. Ist das nicht die Frau, die beim Leuchtturm gefunden wurde? Ich dachte doch, dass sie mir irgendwie bekannt vorkommt. Dieses Gesicht vergisst man nicht. So ein hübsches Mädchen.« Er machte eine kurze Pause, bevor er weitersprach. »Ja, ich weiß halt nicht ... ich hab im Prinzip keine Beweise für das, was ich damals vermutet habe, was wir alle vermutet haben ... aber er ging oft zu ihr hoch. Er kam, während wir gefeiert haben, und ging die Treppe rauf. Wir haben nichts gehört, weil die Musik sehr laut war. Ich weiß auch nicht, wie lang er da immer war und was er gemacht hat. Das Zeitgefühl setzt gerne mal aus, wenn man seinen Spaß hat. Damals war das zumindest so.« Auf Rúnars Mund deutete sich ein Lächeln an, aber in den Augen war keine Spur davon. »Wir wussten aber, dass er da raufging. Halla wusste es auch, sie hat aber nie was getan. Ich glaube, sie hat sich eingeredet, dass nichts sei. Dass er ihr nichts antun ...«

»Wer war das? War es Hendrik, der zu ihr raufgegangen ist?«

»Was? Hendrik?« Rúnar sah sie verdutzt an und schüttelte den Kopf. »Nein, es war Tommi. Tómas, Hendriks Bruder. Wenn er rausfindet, dass ich das erzählt habe, bekomme ich es noch schlimmer zu spüren als sein Weibsbild. Ihr müsst mir versprechen, nicht weiterzuerzählen, dass ihr das von mir habt. Bitte.«

* * *

Hendrik kam das Haus ungewöhnlich still vor, als er abends vom Golfplatz nach Hause kam. Er wurde nicht oft von einem leeren Haus empfangen, und er mochte das Gefühl auch nicht sonderlich. Ása saß für gewöhnlich und strickte diese vielen Kindersachen, die jetzt endlich Gebrauch finden würden. Wenn er so darüber nachdachte, hatte sie sich in den letzten Tagen etwas merkwürdig verhalten. Seit sie aus dem Krankenhaus zurück und wieder zu Hause war, hatte sie nur mit leeren Händen rumgesessen, und er sah sie oft aus dem Fenster starren, wusste aber nicht, worauf sie genau starrte. Wahrscheinlich etwas, das außer ihr niemand sah.

Er streifte durchs Haus und versuchte, irgendwelche Hinweise dafür zu entdecken, wohin sie gegangen sein könnte. Die Handtasche war an ihrem Platz, hing am Heizkörper im Vorraum. Aber ihre Schuhe konnte er nicht sehen. Vielleicht war sie im Garten. Im Sommer machte Ása Gartenarbeit, wenn sie nicht gerade drinnen saß und strickte. Er ging zum Wohnzimmerfenster und sah hinaus in den Garten, der ganz schön trist wirkte. Das Gras war bräunlich und die Äste kahl. Mit zusammengekniffenen Augen sah er zu den Büschen rüber. Er meinte eine Bewegung zu sehen. Wahrscheinlich wieder so eine verdammte Katze. Er konnte diese flinken Tiere nicht ausstehen, die ohne Vorwarnung aus den unwahrscheinlichsten Richtungen hervorhüpften. Bei ihrem Anblick lief es ihm beinahe kalt den Rücken hinunter.

Es tropfte aus dem Wasserhahn in der Küche. Hendrik versuchte, ihn besser zuzudrehen, aber die Tropfen fielen weiter – ein Ploppen erklang, wenn sie auf dem versilberten Stahl landeten. Plötzlich hörte er ein Knarren im Parkett hinter sich und drehte sich schnell um. Aber da war niemand, er war allein im Haus. Warum wurde er das Gefühl nicht los, dass ihn jemand beobachtete? Auf der Suche nach etwas Ungewöhnlichem blickte er um sich, aber alles war wie immer. Da war nichts, was aus der Reihe tanzte. Er räusperte sich und hustete laut, aber verstummte sofort, als er meinte, im Wohnzimmer etwas rascheln zu hören. Er ging mit leisen Schritten den Flur entlang, seine Nerven waren angespannt. Sein Puls raste so sehr, dass er ihn sogar im Kopf spürte, und seine Atmung war schwer und flach.

Aber im Wohnzimmer war niemand. Er kam sich ziemlich dumm vor. Wie konnte er die Fantasie so mit sich durchgehen lassen? Einbrüche kamen in Akranes schon mal vor, wobei er bezweifelte, dass Diebe um diese Tageszeit zuschlagen würden. Aber es war nun mal so, dass die Leute ihre Türen nicht mehr unverschlossen lassen konnten. Manche hatten das auf die harte Tour gelernt. Darum hatte er im Haus eine Alarmanlage installieren lassen.

Im Wohnzimmer fiel sein Blick auf ein Foto an der Wand. Das Bild war 1989 in ihrem alten Haus aufgenommen worden. Im Hintergrund waren hellrosa Gardinen und der Querbehang im Fenster zu sehen, den Ása gehäkelt hatte. Er blieb eine Weile stehen und sah sich das Bild an. Er spürte, wie sein Atem wieder schwerer wurde und die Trauer ihn überkam. Sara fehlte ihm so sehr, dass der Schmerz manchmal fast körperlich war.

Er versuchte ruhig zu atmen. Er war sicher, dass sein Herz unter der jahrzehntelangen Trauer und Sorge gelitten hatte. Ein Herz ertrug nur ein begrenztes Maß an Belastung. Das war einer der Gründe, warum er aufhören wollte zu arbeiten. Er hatte schon zwei Operationen aufgrund von Gefäßverengungen hinter sich, und jegliche Anstrengung setzte ihm zu. Das Herzflimmern hatte er kurz nach Saras Verschwinden zum ersten Mal bemerkt. Als der Schmerz eigentlich noch gar nicht real war. Er erinnerte sich kaum noch an diese Zeit, nur an die Distanz, die er zwischen sich und anderen gespürt hatte. Er war nicht für Ása da gewesen und sie nicht für ihn. Aber sie hatte immer ihre Freundinnen gehabt. Die Leute schienen sich Mühe zu geben, sie zu trösten, und beließen es bei ihm mit einem Klaps auf die Schulter. Als wäre die Trauer einer Mutter stärker als die eines Vaters. Er erinnerte sich gut daran, dass Tómas sich tagelang nicht hatte blicken lassen, und das hatte Hendrik sehr verletzt, auch wenn er es nicht offen gezeigt hatte.

Er war immer für Tómas da gewesen.

Wieder dieses Knarren im Parkett, diesmal kam es aus der Küche. Er ging schnell zurück, aber da war niemand, und alles stand an seinem Platz.

Er setzte sich an den runden Tisch, lehnte sich vor und wischte mit dem Ärmel den Schweiß von seiner Stirn. Als er aufblickte, begann er erneut zu schwitzen. Eine Schublade in der Küche stand offen. Er erhob sich, hielt sich an der Küchenbank fest und schloss mit zittriger Hand die Schublade. Jetzt war er ganz sicher, dass etwas Seltsames im Gange war. Die Schublade war vor wenigen Minuten noch geschlossen gewesen, da war er ganz sicher. Es tropfte immer noch aus dem Wasserhahn, aber sonst hörte er keinen Laut.

Er ging mit langsamen Schritten alle Zimmer ab. Es waren nicht allzu viele. In einem standen ein Schreibtisch und Bücherregale, in einem anderen stand ein Gästebett und im dritten war sein und Ásas Schlafzimmer. Als er die Tür zum Schlafzimmer öffnete, sah er sofort das ungemachte Bett und die zugezogenen Vorhänge. Hatte Ása das Haus verlassen, ohne das Bett zu machen? Das konnte nicht sein. Er kannte seine Frau und wusste, dass sie das Schlafzimmer nie so zurückgelassen hätte. In dem Moment kam ihm der Gedanke, dass Ása vielleicht etwas passiert war. Sie war schließlich vor ein paar Tagen in Ohnmacht gefallen. Vielleicht war es noch einmal passiert. Aber wo war sie dann?

Nur in einem Raum hatte er noch nicht nachgesehen, dem Bad, das man über das Schlafzimmer betrat. Als er die Tür öffnete, sah er sein eigenes Gesicht im Spiegel über dem Waschbecken. Aber das war nicht das einzige Gesicht im Spiegel.

Ehe er ein Wort herausbrachte oder sich umdrehen konnte, durchdrang die kalte Messerklinge seinen Hals.

Alle sahen sie mit diesem besorgten Blick an, den sie nicht ausstehen konnte. Sie hatte das Gefühl, sie sollte weinen. Als würden alle nur darauf warten. Beinahe hätte sie ihnen den Gefallen getan. Zu weinen und noch mehr zu weinen, damit man sie trösten könnte und ihr sagen, alles werde wieder gut. Aber sie konnte nicht. Die Tränen wollten nicht kommen, also starrte sie einfach aus dem Fenster und versuchte, an gar nichts zu denken.

»Wir haben deine Mutter angerufen, und sie ist auf dem Weg«, sagte der Schulleiter. Elísabet antwortete nicht. Seit ihrer Ankunft in seinem Büro hatte sie keinen Mucks gemacht.

»Die Eltern von Andrés kommen auch und holen ihn ab. Er muss wahrscheinlich genäht werden.« Die Stimme des Schulleiters klang vorwurfsvoll. Die Frau neben ihm sah ihn an und seufzte. Dann lehnte sie sich nach vorne.

»Elísabet, kannst du uns sagen, was passiert ist? Ich weiß, dass Andrés kein Recht hatte, dich so anzufassen, aber …« Die Stimme der Frau klang einschläfernd. Sie hatte sich als Psychologin vorgestellt. Wahrscheinlich hätten viele bei dem strengen Blick und der flehenden Stimme nachgegeben, aber nicht Elísabet. Sie starrte nur weiter aus dem Fenster. Sollte sie erzählen, dass Magnea Andrés etwas zugeflüstert hatte, bevor er auf sie zugestürmt war? Dass es wahrscheinlich Magnea war, die ihn angestiftet hatte, so wie sie immer allen sagte, was sie tun sollten? Das würde aber nichts bringen. Sie wusste, dass sie nicht zuhören würden. Erwachsene hörten nie zu.

»Wie geht es dir zu Hause?«, fuhr die Frau fort. »Gibt es etwas, das du uns erzählen willst?«

Die Tür ging auf, und da stand ihre Mama. Sie hatte die Haare zusammengebunden, sodass die kahle Stelle im Nacken nicht zu sehen war. Wie immer trug sie schwarzen Kajal, heute war sie aber ordentlich angezogen. Und den Zigarettenrauch nahm man nur aus unmittelbarer Nähe wahr.

Der Schulleiter und die Psychologin begrüßten Mama und baten sie, sich zu setzen. Während sie ihr erzählten, was passiert war, nickte sie ruhig, ohne Elísabet anzusehen.

»In Anbetracht ihrer brutalen Reaktion fragen wir uns, ob noch etwas anderes Elísabet beschäftigen könnte. Denkst du, dass Elísabet etwas bedrückt, entweder in der Schule oder zu Hause?«, fragte die Psychologin.

»Tja, ich weiß auch nicht«, sagte ihre Mama. In dem Stuhl am Tisch sah sie so klein aus. Fast als wäre sie geschrumpft. Elísabet lächelte bei dem Gedanken, und der Schulleiter sah sie an.

»Sie scheint die Sache nicht sonderlich ernst zu nehmen«, sagte er.

Elísabet blickte beschämt auf den Boden.

Die Psychologin ignorierte den Schulleiter und lächelte freundlich. »Ich würde empfehlen, dass Elísabet mal zu mir kommt. Vielleicht täte es ihr gut, mit einer neutralen Person zu sprechen. Einer Außenstehenden.«

»Das ist sicher nicht nötig. Außerdem haben wir kein Geld für so was«, sagte Mama schnell.

»Das wäre natürlich Teil der schulischen Dienstleistungen«, sagte die Psychologin. »Was denkst du, Elísabet? Wäre das nicht eine gute Lösung?«

Elísabet sah der Psychologin zum ersten Mal in die Augen. Sie achtete darauf, nicht noch einmal zu lächeln, als sie nickte.

»Gut, dann machen wir es so«, sagte die Psychologin und stand auf, um anzuzeigen, dass die Besprechung zu Ende war. Mama lächelte kurz und legte die Hand auf Elísabets Schulter.

Als sie die Schule verließen, sah Elísabet, dass Sara und Magnea ein Stück entfernt standen und sie beobachteten. Es kam ihr so vor, als würden beiden lächeln.

Als sie zu Hause ankamen, knallte ihre Mutter schnell die Tür zu. Sie packte ihre Hand und schob sie nach vorne, sodass sie hinfiel und sich am Ellenbogen verletzte. Elísabet kamen die Tränen, und sie schaute schnell weg.

»Dass du mir so etwas antust«, fauchte ihre Mutter. Sie holte eine Zigarette raus, zündete sie an und setzte sich an den Küchentisch. Dann trommelte sie mit den Fingern auf dem Tisch und zog den Rauch tief in die Lungen.

»Geh in dein Zimmer«, sagte sie, ohne sie anzusehen. Sie sah aus dem Fenster und rauchte weiter.

Elísabet stand auf und rieb sich den Ellenbogen. Sie ging die Treppe hinauf in ihr Zimmer. Aus alter Gewohnheit mied sie die Stufe, die am lautesten knarrte.

Das Kabel der Nachttischlampe war lang genug, um bis in den Schrank unter der Dachschräge zu reichen. Sie zog die Decke vom Bett runter und nahm auch noch ein Kissen mit in den Schrank. Das gelbe Licht der Lampe erhellte den kleinen Raum, und auf eine seltsame Art fühlte sie sich da drinnen sicher. Es war fast, als wäre sie in einer anderen Welt. Sie setzte sich in den Schrank und fuhr mit dem Finger über die Ritzen in der Tür. Manchmal stellte sie sich vor, der Schrank wäre eine Höhle. Sie hatten in der Schule über Höhlenmenschen gesprochen. Der Lehrer hatte ihnen Bilder gezeigt, die man in die Höhlenwände geritzt hatte. Bilder, die ganze Geschichten erzählten.

Aber die Ritzen in ihrem Schrank erzählten keine Geschichten. Außer vielleicht ihre eigene Geschichte, die außer ihr niemand verstand. Sie wickelte sich eng in die Decke und schlief ein, während der Wind sich durch die winzigen Spalte zwischen den Brettern drängte.

Erst am Abend wachte sie wieder auf, als sie das Knarren der Treppe hörte.

Im Haus war jetzt ein schwaches Licht zu sehen, und in der Einfahrt stand ein schwarzer Jeep. Wenn nicht die Kranken- und Polizeiwagen vor dem Haus stünden, hätte man denken können, es wäre ein ganz gewöhnlicher Abend. So wie jeder andere Abend auch. Und für die meisten Leute war er das auch. Um diese Uhrzeit standen müde Eltern in ihren Küchen und rührten in den Töpfen. Der Essensduft drang bereits aus den Häusern und mischte sich mit dem Geruch des nassen Asphalts. Die Straßenlaternen erleuchteten die winterliche Finsternis, und mit jeder Minute nahm der Verkehr ab. In den Fenstern waren bunte Zeichentrickfiguren auf den Fernsehbildschirmen zu sehen. Elma stellte sich Kinder vor, die auf Sofas lagen und mit leeren Blicken auf die Fernseher starrten. Ihre Pullis hatten überall Flecken, und die Haare waren längst nicht mehr so sorgfältig gekämmt wie am Morgen. In Elmas Erinnerung waren dies die einzigen Momente, die sie und ihre Schwester freiwillig zusammen verbracht hatten; vor dem Fernseher, während in der Küche gekocht wurde. Elma überlegte, ob die Familie in dem Haus vor ihr auch irgendwann solche Momente erlebt hatte. Ob das kleine Mädchen neben ihrem Bruder gesessen und Zeichentrickfilme geguckt hatte, während sie auf das Abendessen warteten. Waren sie glücklich gewesen, bevor das Unheil über sie hereinbrach?

Kári und Grétar standen vor dem Haus. Grétar telefonierte, doch Kári vergrub die Hände in den Taschen. Seine kleinen Augen sahen in der Dunkelheit ungewöhnlich schwarz aus.

»Was zur Hölle ist passiert?«, fragte Sævar. Das Telefon hatte geklingelt, als sie sich von Rúnar verabschiedet hatten, und daraufhin war alles ziemlich schnell gegangen. Sie waren die Treppen hinuntergerannt und durch den Ort gerast. Elma hatte die Autotür aufgerissen und war rausgehüpft, noch bevor Sævar ordentlich anhalten konnte.

»Sie hat auf ihn eingestochen«, sagte Kári. »Einfach auf ihn eingestochen.«

»Was ... wie kam es dazu?«, fragte Elma, aber Kári zuckte nur ratlos mit den Schultern. »Wo ist sie jetzt?«

»Drinnen, mit Hörður. Soweit ich mitbekommen habe, wollen sie mit ihr auf die Station.«

Das Haus war so ordentlich wie an dem Tag, an dem Elma Ása besucht hatte, abgesehen von dem verschmutzten Boden natürlich. Und es roch anders. Statt nach frisch gebackenem Brot roch es eigenartig nach Eisen. Sie konnte hören, dass Hörður irgendwo im Haus war. Leise Stimmen klangen aus dem Schlafzimmer, wo die Spurensicherung ihre Arbeit machte. Sævar ging Richtung Schlafzimmer, aber Elma blieb im Flur stehen. Der Boden war gefliest, aber nahezu vollständig von einem Teppich mit persischem Muster bedeckt. An den Wänden hingen Malereien, und auf einem sperrigen Konsolentisch stand allerlei Schnickschnack; Statuetten, eine Silberschale und eine Vase auf einer gehäkelten Tischdecke. Ein Bilderrahmen zeigte Geschwister – ein kleines Mädchen und einen älteren Jungen. Auf dem Bild war Sommer, die blonden Haare der beiden waren fast weiß. Der Junge hatte den Arm um seine Schwester gelegt, sie strahlte über beide Ohren. Er grinste verschmitzt. Elma erschrak, als der dumpfe Schlag einer Standuhr erklang. Ein Schlag. Es war halb sieben.

Elma warf einen Blick ins Wohnzimmer und sah Hörður neben Ása auf dem Sofa sitzen. Außer der Terrassenbeleuchtung draußen brannte nirgendwo Licht. Ása saß aufrecht an der Sofakante, um ihre Schultern lag ein gestrickter Wollschal. Sie starrte vor sich hin und reagierte nicht, als Elma auf sie zuging. Hörður stand auf und bat sie, mit ihm in den Flur zu kommen.

»Sie hat immer noch kein Wort gesagt«, flüsterte er Elma zu. »Wir warten natürlich noch mit dem Verhör, bis wir auf der Station sind, aber sie sitzt einfach nur da und starrt in die Luft. Sie muss unter Schock stehen.«

»Steht fest, dass sie es war, die Hendrik das angetan hat?«

»Sie hat selbst den Notruf abgesetzt«, sagte Hörður. »Hat gesagt, Hendrik liege bewusstlos auf dem Boden, weil sie auf ihn eingestochen habe. Sie klang am Telefon eigentlich sehr ruhig, und als Kári und Grétar ankamen, saß sie im Schlafzimmer und reichte ihnen ein blutiges Messer.«

Elma warf einen ungläubigen Blick ins Wohnzimmer. Die zierliche Frau sah kaum so aus, als könnte sie aufstehen, geschweige denn einen Mann erstechen, der deutlich größer war als sie selbst.

»Es war ein schrecklicher Anblick«, fuhr Hörður fort. »Hendrik hatte viel Blut verloren und lag auf dem Boden, aber sie saß einfach auf dem Bett und sah ihn an. Es gibt keine Hinweise auf weitere Beteiligte, aber ich kann trotzdem nur schwer glauben, dass sie das getan hat. Ich meine, ich kenne die beiden so gut. Es will mir nicht in den Kopf gehen.«

»Lebt Hendrik noch?«

Hörður zuckte mit den Schultern. »Als die Sanitäter kamen, war er am Leben, aber bewusstlos. Seitdem habe ich nichts gehört.« Er atmete tief ein und blickte ins Wohnzimmer zu Ása. »Ich verstehe es einfach nicht. Was zum Teufel ist hier passiert?«

»Warum wurde sie noch nicht auf die Station gebracht?«, fragte Elma und sah Hörður verwundert an.

Er zuckte wieder mit den Schultern und seufzte. »Ich werde Kári und Grétar gleich darum bitten. Setz dich bis dahin doch zu ihr.« Er ging weg, und Elma sah ins Wohnzimmer zu der alten Frau.

Elma setzte sich vorsichtig neben Ása auf das Sofa. Sie wusste nicht, wie sie sich verhalten oder was sie sagen sollte. Ása reagierte nicht auf sie, sondern zog nur den Schal ein wenig enger um sich. Die Haare, die bei ihrem ersten Treffen so sorgfältig geföhnt gewesen waren, hingen jetzt schlaff neben dem blassen Gesicht. Trotzdem strahlte sie eine gewisse Würde aus.

»Wir müssen dich zur Station bringen«, sagte Elma nach einer kurzen Stille.

Ása sah Elma langsam an, und zu ihrer Überraschung lächelte sie ein kaltes, trauriges Lächeln. »Ich habe ihr nicht geglaubt«, sagte sie, und im selben Augenblick setzte sie eine harte Miene auf, und die Lippen spannten sich an. Bis dahin war ihre Miene kalt und ausdruckslos gewesen, doch plötzlich wurde sie ganz aufgewühlt, und Elma hätte sie am liebsten in den Arm genommen. Ihre Stimme klang rau, während sie Elma ernst ansah und weiterredete. »Ich habe ihr nicht geglaubt, als sie mir davon erzählt hat. Sie ist gekommen und hat mir erzählt, was er getan hat. Sie hat alles erzählt, und ich habe ihr nicht geglaubt.«

»Wer hat dir alles erzählt?«, fragte Elma verwundert. »Meinst du Elísabet?«

Ása nickte, zog ein kleines Kuvert unter dem Teppich hervor und reichte es Elma. Sie nahm das Kuvert und warf einen Blick in den Flur, bevor sie den Umschlag vorsichtig öffnete. Darin waren drei Fotos, ähnlich denen, die Elma von Elísabet gefunden hatte. Sie sah auch sofort, dass eines der Bilder Elísabet zeigte, in Unterhosen vor dem ungemachten Bett stehend; nur eine Decke ohne Überzug und eine Stoffpuppe lagen darauf. Elísabet blickte direkt in die Kamera. Sie verschränkte die Arme hinter dem Rücken, und ihr Haar fiel über die nackte Brust. Das Foto musste zur selben Zeit gemacht worden sein wie das Bild aus Elísabets Auto. Es war derselbe Raum, dasselbe Umfeld.

Die anderen beiden Bilder zeigten hingegen ein blondes Mädchen, das auf einem großen Bett lag. Sie hielt beide Hände vor den nackten Oberkörper, den Blick auf ihren eigenen Körper gerichtet. Die Knie waren zur Brust gezogen. Elma wurde bei dem Anblick übel, und ihr wurde ganz heiß im Gesicht.

»Wer hat dir diese Bilder gegeben? Hast du sie hier gefunden?«, fragte Elma.

»Hendrik hat ihr das angetan« flüsterte Ása und senkte den Blick. Elma bemerkte, dass sie sich immer wieder über ihren Finger strich, und erinnerte sich, dass sie zuvor darauf einen Ring getragen hatte. »Er hat meinem Mädchen das angetan. Meinem kleinen Kind.«

Das Schluchzen klang sogar noch nach, als sie schon weg war. Es ging bis in die Knochen und durchdrang die Stille im Haus. Elma wusste, das Geräusch würde sie bis in die Nacht hinein verfolgen.

Als Ása endlich aufgestanden war, hatte sie so wenig Kraft gehabt, dass Elma sie stützen musste. Kári und Grétar brachten sie auf die Station, wo sie vor dem offiziellen Verhör am nächsten Tag übernachten konnte. Aber jetzt würde man sie erst ausziehen und von Kopf bis Fuß untersuchen, Proben nehmen und Fotos machen. Elma hatte aufrichtiges Mitleid mit ihr. Sie hatte ihr in den Mantel geholfen, einen schönen schwarzen Mantel aus irgendeinem Fell. Hatte den Schal um ihren Hals gewickelt und ihr die Schuhe angezogen. Ása hatte die ganze Zeit über geweint, leise, aber innig. Wie ein kleines Kind.

Elma hatte Hörður und Sævar die Bilder gezeigt, danach hatten sie erst mal nichts mehr gesagt. Sie mussten die Sache verdauen. Später telefonierte Hörður entweder, sprach mit den Leuten von der Spurensicherung oder ging durchs Haus, auf der Suche nach etwas, von dem er selbst nicht wusste, was es war. Große Schweißflecke hatten sich auf seinem hellblauen Hemd gebildet.

»Sie muss sich ausruhen. Wir sprechen besser morgen mit ihr«, sagte Hörður später am Abend.

»Ása hat erzählt, dass Elísabet bei ihr war. Sie meinte, Elísabet habe ihr von Hendrik erzählt und von den Dingen, die er Sara und ihr angetan hat«, sagte Elma. Plötzlich erinnerte sie sich an das Auto in der Garage. Bevor Hörður und Sævar etwas sagen konnten, drehte sie sich um und ging. Die Garage war immer noch abgeschlossen, aber nach kurzer Suche fand sie einen Schlüssel in einem kleinen Schrank im Vorraum. Durch einen Bewegungsmelder ausgelöst, flackerte das Licht erst kurz, ging aber schließlich an. Vor ihr stand ein grauer Pkw.

»Schau mal«, rief Elma Sævar zu, der ihr an den Fersen hing. Sie stand beim vorderen linken Kotflügel. »Hier ist der Wagen irgendwo aufgefahren, aber es ist schwer zu sagen, was genau er gerammt hat. Da ist eine kleine Delle. Wir müssen die Spurensicherung bitten, sich das anzusehen.«

»Das könnte von allem Möglichen sein«, sagte Sævar und sah sich das Auto genau an.

»Ja, es könnte von allem Möglichen sein«, sagte Elma, auch wenn sie etwas anderes vermutete. Eine Weile beäugten sie schweigend das Auto. In Elmas Kopf setzten sich die Abläufe zu einem immer klarer werdenden Bild zusammen. Das Foto aus Elísabets Auto war wie eins der Bilder, das Ása ihr gezeigt hatte – dasselbe Mädchen, derselbe Ort. Und das Mädchen auf dem anderen Bild war zweifellos Sara, Ásas Tochter.

»Wer von den beiden ist wohl gefahren?«, fragte Sævar. »War es Ása, oder wusste Hendrik, dass Elísabet auf dem Weg war und vorhatte auszupacken?«

»Ich weiß es nicht, darüber hat Ása nicht gesprochen. Sie hat nur gesagt, sie habe Elísabet erst nicht geglaubt, als sie ihr erzählt hat, dass Hendrik sie missbraucht habe. Sie hat es erst geglaubt, als sie die Bilder bekam.«

»Hat Elísabet ihr die Bilder gegeben?«

»Das denke ich nicht«, sagte Elma. »Sonst hätte sie sicher schon früher etwas gemacht.«

Sævar seufzte und fuhr sich durch die Haare. Die Lichter gingen aus, und Elma betätigte den Schalter, um sie wieder anzumachen.

»Vielleicht hatten sie Angst, Elísabet könnte anderen Leuten davon erzählen«, sagte Sævar. »Sie hatten jedenfalls ein Motiv, sie zum Schweigen zu bringen.«

»Aber wenn Ása sicher war, dass Elísabets Vorwürfe nicht stimmten, warum hätte sie dann zum Schweigen gebracht werden müssen? Ist sie so weit gegangen, nur um Hendriks Ruf zu schützen?«

»Nicht nur Hendriks – auch Bjarnis. In so einem kleinen Ort legen die Leute sehr viel Wert auf ihren Ruf«, sagte Sævar. Er öffnete die Garagentür und rief nach Hörður, der draußen stand und mit der Spurensicherung sprach.

Kurz darauf war die Garage voller Polizisten und Mitarbeiter der Spurensicherung, und Elma ging hinaus auf den Gehsteig. Erst da sah sie die vielen Leute, die sich um das Haus versammelt hatten. Überall Autos, die nicht weit vom Haus geparkt standen, und neugierige Augen, die versuchten, etwas zu erkennen. Es würde gewiss nicht lange dauern, bis der ganze Ort Bescheid wusste.

Später am Abend parkte Elma das Auto vor ihrer Wohnung. Sie stellte den Motor ab und lehnte sich im Sitz zurück. Das Handy vibrierte in der Tasche, und auf dem Bildschirm leuchtete die Festnetznummer ihrer Eltern auf. Sie ließ es ausklingeln. Sie wollte mit niemandem sprechen. Als sie die Augen zumachte, sah sie das ganze Blut vor sich. Der Boden in Hendriks und Ásas Schlafzimmer war von dunkelrotem Blut bedeckt gewesen. Sie hatte immer noch den Eisengeruch in der Nase. Ihr wurde schlecht, und sie wusste, dass es nichts mit dem Blut zu tun hatte. Die Übelkeit war seit dem Gespräch mit Ása nicht wieder weggegangen. Seit Ása ihr die Bilder von den Mädchen gezeigt hatte. In ihren Ohren klang das Weinen immer noch nach. In der Stille hörte sie es noch deutlicher. Ein Akkord aus Trauer und Wut. Aber die Trauer übertönte den Rest, das wusste Elma.

Als sie die Treppe betrat, öffnete sich die Tür der Wohnung gegenüber.

»Hey«, sagte der Junge. Er lehnte im Türrahmen und lächelte ihr zu. »Dachte ich doch, dass du das bist.«

Er musste gewartet und gelauscht haben, überlegte Elma und stöhnte innerlich.

»Ich hab mich gefragt, ob du vielleicht noch ein Bierchen trinken willst?«, fügte er hinzu. Das Lächeln verging sofort, als er Elmas Gesichtsausdruck sah. »Muss aber natürlich nicht sein.«

»Ich glaube, das verschieben wir besser«, sagte Elma und gähnte etwas übertrieben laut. »Ich bin völlig durch.«

»Kein Problem«, antwortete er und zwinkerte ihr zu. »Klopf einfach an, falls du es dir doch noch anders überlegst.«

Elma lächelte und machte schnell die Tür hinter sich zu. Endlich allein. Sie legte sich aufs Sofa und schloss die Augen. Auf der Station hatte sie Ása noch einmal gesehen, aber sie war nicht in der Verfassung gewesen, um über die Vorfälle zu sprechen. Sie hatte aufgehört zu weinen, saß einfach da und starrte vor sich hin, ohne ein Wort zu sagen. Als wäre sie eigentlich ganz woanders, weit weg von der ganzen Hektik um sie herum.

Sie hatte sich ein paar Tage lang die Zeit damit vertrieben, aus der Palette ein Floß zu bauen. Die hatte sie beim Herumspazieren am Strand gefunden. Eine Latte war abgebrochen, aber das konnte sie leicht reparieren. Der Mann von Solla war so nett gewesen, ihr ein bisschen Holz und Nägel zu geben und ihr einen Hammer zu leihen. Obwohl er sie misstrauisch angesehen und gefragt hatte, was sie mit dem Kram vorhabe, also hatte sie sich schnell etwas ausdenken müssen. Das Floß sollte ihr Geheimnis sein.

Das Wetter war gut, also konnte sie den ganzen Tag draußen bleiben, ohne dass ihr kalt wurde und ohne dass sich jemand darüber wunderte. Sie erzählte niemandem von ihrem Plan. Erzählte niemandem von Papas Geschichte. Von Helga, die auf einem Floß nach Grönland gefahren war. Sie wusste, dass es wahrscheinlich nicht möglich war und die Geschichte vermutlich erfunden war, aber das war ihr egal. Zumindest in ihren Träumen konnte sie sich auf den Weg machen. In ihrer Vorstellung segelte sie auf dem Floß übers Meer und trieb an irgendeinem neuen und aufregenden Ort an Land. Weit weg von Mama, weit weg von Sara und Magnea und dem Mann, dem das Haus gehörte. Sie wollte das alles hinter sich lassen, und allein der Gedanke daran machte sie glücklich. Es tat ihr trotzdem noch weh, an Sara zu denken. Sara war diejenige, die sie am meisten verletzt hatte. Alles andere wäre egal gewesen, wenn Sara nicht aufgehört hätte, ihre Freundin zu sein.

Sie wurde so wütend, wenn sie an Sara dachte, das Gefühl war überwältigend. Blut pumpte durch ihren Kopf und übertönte das

Rauschen des Meeres. Ihre Fingerspitzen zitterten. Oft half es, ganz fest gegen etwas Loses zu treten. Einmal war sie auf den Schnecken herumgetreten, die an den Steinen klebten. Aber manchmal war es, als könnte nichts auf der Welt ihre innere Unruhe bändigen.

Sie beugte sich über das Floß und schlug einen Nagel mit dem geborgten Hammer ein, deshalb hatte sie auch niemanden kommen hören.

»Was machst du da?«, fragt eine Stimme hinter ihr. Sie drehte sich schnell um und entdeckte die beiden auf dem Felsen. Magnea stand ein kleines Stück weiter vorne und sah sie herausfordernd an. Sara wich ihrem Blick aus und starrte stattdessen auf ihre Füße runter.

»Nichts«, antwortete Elísabet und wandte sich wieder dem Floß zu.

»Warum ist deine Mama so hässlich?«

Die fiese Bemerkung kam von Magnea. Elísabet antwortete nicht, ignorierte Magnea und beschäftigte sich weiter mit dem Floß.

»Elísabet«, sagte Magnea bissig.

Als Elísabet nicht reagierte, fuhr sie fort.

»Elísabet!« Ihre Stimme klang hoch und bestimmend. »Ich hab dich gefragt, warum deine Mama so hässlich ist. Ist dein Papa deswegen gestorben, weil er nicht mehr bei deiner hässlichen Mama sein wollte?«

Elísabet spürte, wie ihr im ganzen Körper heiß wurde. Sie holte mit dem Hammer aus und schlug auf den Nagel ein, immer und immer wieder. Das Geräusch des Stahls auf dem Nagel übertönte beinahe Magneas Stimme. Mit der Zeit tat ihr die Hand weh.

Plötzlich fiel Sand über sie. Die einzelnen Körner blieben in ihren Haaren hängen, gingen ihr bis unter den Kragen. Sie hielt inne und blinzelte. Der Sand steckte in ihren Augenlidern und im Mund. Sie hörte Magnea hinter sich lachen.

Die Hand ging nach oben, sie hatte keine Kontrolle mehr darüber. Sie drehte sich schnell um und warf, so fest sie konnte. Aber der Hammer traf nicht Magnea.

Sara griff sich an die Stirn und fiel zu Boden. Ihr Kopf schlug auf dem Felsen auf, und dunkelrotes Blut rann über die Steine.

»Was hast du getan?« Magneas Stimme zitterte ein wenig, und sie blickte sich verstohlen um.

Elisabet rührte sich nicht. Sie stand starr wie ein Brett und sah zu, wie Magnea an Sara rüttelte, aber nichts passierte. »Was hast du getan?«, fragte Magnea noch einmal und fing an zu weinen. Elisabet antwortete nicht. Für eine Weile blieben sie beide einfach stehen und taten nichts. Sie standen und warteten. Warteten darauf, dass Sara sich rührte oder jemand auftauchen würde, aber es tauchte niemand auf. Und Sara rührte sich nicht.

»Wir kommen ins Gefängnis«, flüsterte Magnea. »Du kommst ins Gefängnis.«

»Halt die Klappe, Magnea«, fuhr Elisabet sie an und ging zu Sara. Sie zerrte das Floß zu ihr und versuchte, Saras Körper daraufzuhieven. »Hilf mir«, befahl sie Magnea, die nur zuschaute und sich nicht bewegte.

Zu zweit schafften sie es schließlich doch noch, Sara auf die Palette zu legen. Elisabet zog ihr die Schuhe aus und zerrte das Floß zum Meer. Das Wasser ging ihr bis zur Taille, als es endlich schwamm und aufs Meer hinaustrieb. Elisabet ging wieder an Land, wo Magnea stand und sie beobachtete. Ihr Gesicht war rot, sie hatte Tränen in den Augen. Elisabet ging zu ihr und sah sie an. Magnea hörte auf zu weinen, aber sie schluchzte noch ein wenig weiter.

Dann gingen sie getrennte Wege.

Am nächsten Morgen war Ása wie ausgewechselt. Elma sah sie verwundert an. Sie saß aufrecht, und ihr Blick wanderte zwischen Elma und Sævar hin und her. Elma meinte sogar, ein Lächeln auf ihren Lippen zu erkennen.

Hörður hatte Elma und Sævar gebeten, das Verhör zu übernehmen, weil er Ása zu gut kenne. Elma hatte erleichtert aufgeatmet. Sie hatte vollstes Vertrauen in ihren Chef, aber in dem Fall gab sie ihm völlig recht. Als Elma bei der Station ankam, hatte Hörður gerade mit Bjarni gesprochen. Sie hörte seine laute Stimme durchs Telefon, und Hörður antwortete geduldig auf seine Fragen. Elma konnte nicht anders, als Mitleid mit Hörður zu haben.

»Ich hoffe, du hattest es einigermaßen bequem in der Nacht«, sagte Elma und lächelte Ása zu, auch wenn es keinesfalls ein fröhlicher Anlass war.

»Absolut«, sagte Ása feierlich. »Ich glaube, ich habe noch nie so gut geschlafen.« Sie räusperte sich leise und legte dann los. »Der Tag, an dem meine Tochter verschwunden ist, war so ein schöner Tag. In der Nacht hatte es geregnet, und die ersten Knospen öffneten sich auf den Bäumen. Es roch so herrlich nach Frühling – einfach traumhaft. Ich weiß noch, dass ich am Morgen in den Garten gegangen bin, Unkraut bei den Frühlingszwiebeln gejätet und die Samen gegossen habe, die ich gerade erst gesät hatte. Ich habe einen Kaffee auf der Terrasse getrunken und es genossen, draußen zu sitzen.« Sie sah die beiden abwechselnd an, und plötzlich war ein Schmerz in ihrem Gesicht zu erkennen. »Ich dachte immer, ich würde es spüren, wenn etwas Schlimmes passiert. Du weißt schon, dass es da eine Verbindung gibt, dass Eltern merken, wenn es ihren Kindern gerade nicht gut geht. Vielleicht hatte ich deshalb immer solche Schuldgefühle. Ich hatte immer das Gefühl, ich hätte es wissen müssen ... ich hätte merken müssen, dass etwas los war. Aber ich hatte keine Ahnung. Es war ein wundervoller Tag, bis zum Abend. Erst am Abend hab ich mich gefragt, wo sie denn steckte.«

Ása machte eine Pause und bat um ein Glas Wasser. »Wir haben ihre Schuhe am Strand entdeckt. Sie selbst wurde nie gefunden. Mein liebes Mädchen wurde nie gefunden. Ich hab immer noch das Bild vor Augen, wie sie an dem Morgen ausgesehen hat. In ihrem rosa Kleid und der weißen Strumpfhose mit den rosa Herzchen, die sie so gerne mochte.« Die Tränen kullerten über Ásas Gesicht, und sie wischte sie sofort mit dem Schal weg. Sie bat um ein Taschentuch und schnäuzte sich. »Stell dir vor, so wird sie immer bleiben. Immer neun Jahre alt. Nie erwachsen.«

»Was hat Elísabet gesagt, als sie neulich zu dir kam?«, fragte Sævar.

»Sie hat Sara umgebracht.« Ásas Miene wurde ernst.

Elma starrte Ása an. »Was meinst du damit?«

»Na das, was ich gesagt habe. Vor ein paar Tagen ist sie gekommen, um mir genau das zu sagen. Sie meinte, sie sei wütend auf Sara gewesen. Habe einen Hammer auf sie geworfen, und Sara sei hingefallen und habe sich den Kopf gestoßen. Elísabet hat gesagt, sie habe Angst bekommen und Sara einfach aufs Floß gelegt und dabei zugesehen, wie die Wellen sie weiter und weiter aufs Meer hinaustrugen. Sie habe dabei zugesehen, wie Sara im Meer verschwand. Und sie hat nichts getan. Hat einfach zugesehen, wie mein Mädchen verschwunden ist, und ist dann weggegangen. Hat nie ein Wort gesagt. Also bis vor etwa einer Woche.«

Elma und Sævar sahen einander an. Damit hatten sie nicht gerechnet.

»Und stellt euch vor«, sagte Ása laut. »Niemand hat mir geglaubt. Ich wusste, dass es kein Unfall war. Das habe ich immer gewusst. Und diese Elísabet, sie war irgendwie kaputt. Ich habe es dir doch gesagt, als du neulich bei mir warst, sie hatte was Böses in sich.«

»Wusste Hendrik, dass Elísabet bei dir war?«, fragte Elma. Sie erinnerte sich noch gut an das, was Ása bei ihrem Besuch erzählt hatte. Sie wäre aber nicht darauf gekommen, dass Ása so etwas damit gemeint hatte.

Ása schüttelte den Kopf. »Nein, natürlich wusste er nichts davon.«

»Und was hast du gemacht, nachdem Elísabet dir das alles erzählt hat?«

»Was ich gemacht habe? Also erst war ich wie versteinert. Ich habe gespürt, wie jeder einzelne Nerv meines Körpers taub wurde. Dann fing sie an, sich zu entschuldigen. Hat erzählt, dass sie als Kind missbraucht worden sei. Dass abends immer ein Mann zu ihr gekommen sei und Dinge mit ihr gemacht habe. Dann hat sie gesagt, dass sie den Mann auch bei Saras Beerdigung gesehen habe. Nicht zu fassen, dass sie sich dort überhaupt hat blicken lassen. Aber sie hat mir jedenfalls erzählt, dass sie den Mann dort mit mir gesehen habe. Und dass der Mann Saras Vater sei. Und dann hat sie gesagt, dass ... dass Sara ihr von Dingen erzählt habe, die sie damals nicht verstanden habe, aber jetzt schon. Dass Sara auch ein Opfer Hendriks gewesen sei. Ihres Vaters. Da hab ich sie rausgeschmissen. Wie konnte sie es wagen, zu mir nach Hause zu kommen und mir vorzuwerfen, so etwas in meinen eigenen vier Wänden zuzulassen? Ich hielt mich für die Art von Mutter, die so etwas bemerkt hätte. Ich bin so wütend geworden. Ich glaube, ich war noch nie in meinem Leben so wütend.«

»Und dann ist sie gegangen?«

Ása nickte. »Sie ist gegangen.«

»Woher wusstest du, dass sie beim Leuchtturm war?«

»Ich war auf dem Weg zu Bjarni, um ihm das Küchenthermometer vorbeizubringen. Magnea und er hatten Leute zum Essen eingeladen, aber hatten kein Thermometer fürs Fleisch. Da habe ich sie gesehen, vor dem Haus. Habe beobachtet, wie sie sich ins Auto gesetzt hat. Ich dachte ... ich dachte, sie hätte mit Bjarni darüber gesprochen. Da wurde mir klar, dass sie keine Mittel scheuen würde. Sie hatte vor, diese Lügen über mich ... über unsere Familie in ganz Akranes zu verbreiten. Also bin ich ihr gefolgt. Ich habe gesehen, wie sie beim Leuchtturm aus dem Auto gestiegen ist. Es hat geregnet, und das Meer war stürmisch, deshalb hat sie wahrscheinlich auch nichts gehört, bis das Auto sie getroffen hat. Ich habe gar nicht nachgedacht, bin einfach auf sie zugefahren, ohne zu bremsen. Erst nach dem Aufprall bin ich langsamer geworden.«

Elma erinnerte sich plötzlich an die Wollfäden, die sie im Auto gefunden hatten. Ásas Schal war aus grober Wolle. Alles fügte sich zusammen.

»Ich habe es für Sara getan«, fuhr Ása fort. »Ich habe es für meine Kinder getan.« Sie seufzte. »Es tut mir leid, dass Elísabet eine schwierige Kindheit hatte. Es tut mir wirklich leid, dass Hendrik mit schuld daran war, das werde ich ihm auch nie verzeihen. Er hat auch meine Sara verletzt, und das zu wissen, ist schlimmer als alles andere. Aber dass Elísabet all die Jahre nichts gesagt hat. Du kannst dir vorstellen, was das mit mir gemacht hat. Es hat mich innerlich zerrissen, herauszufinden, dass meiner Tochter etwas passiert ist und Elísabet die ganze Zeit davon gewusst und kein Wort gesagt hat. Auch das konnte ich nicht verzeihen.«

Elma reichte ihr ein Taschentuch, und Ása schnäuzte sich noch einmal.

»Wolltest du die Spuren verwischen, als du sie ins Meer gezogen hast?«, fragte Sævar.

Ása faltete das Taschentuch sorgfältig vor sich zusammen. »Ehrlich gesagt war es mir egal. Ich habe es geschafft, sie bis zu den Felsen zu ziehen, aber ich bin eine alte Frau und konnte sie nicht ganz bis zum Meer bringen. Ich habe gehofft, die Wellen würden sie mit sich reißen. Dachte mir, Gott würde schon dafür sorgen, dass sie für alle Ewigkeit verschwindet, genau wie meine Sara. Das wäre doch gerecht gewesen, oder?«

»War sie sicher tot?«, fragte Elma und ignorierte die Frage bewusst. In diesem Fall gab es keine Gerechtigkeit.

»Das war das Schlimmste«, sagte Ása, und zum ersten Mal, seit sie angefangen hatte zu reden, wirkte es, als hätte sie Spaß am Erzählen. »Ich hielt sie ja für tot, aber dann ...«

»Kam sie zu sich?«, sprach Elma ihren Satz zu Ende.

Ása nickte. »Und dann war es schon zu spät, es doch nicht zu tun.«

Elma konnte sich nur schwer vorstellen, wie Ása im Würgegriff Elísabets Hals umfasste. Und in Wahrheit konnte sie sich auch nur schwer vorstellen, wie diese zierliche Frau Elísabets Körper über die Felsen zerrte.

»Aber was ist mit Elísabets Auto?«, fragte Sævar.

»Das war ganz schön schlau von mir, findet ihr nicht?« Ása lächelte teilnahmslos und wartete nicht auf eine Antwort. »Ich hatte immer noch die Schlüssel unserer früheren Nachbarn, wir sind ja frisch umgezogen – davor haben wir da oben gewohnt. Jedenfalls wusste ich, dass sie im Ausland waren. Mir war natürlich klar, dass man das Auto irgendwann finden würde, aber so konnte ich etwas Zeit gewinnen, und die Spuren sind währenddessen ein wenig verwischt.« Ása atmete tief ein und zupfte ihren Schal zurecht. »Also gut, ich denke, ich habe genug gesagt. Ihr solltet jetzt alles haben, was ihr braucht. Ich wollte nur noch fragen, ob ihr mir einen kleinen Gefallen tun könntet?«

»Was wäre das?«

»Ich hätte gerne meine Stricksachen hier. Ich erwarte nämlich ein Enkelkind und stricke gerade ein Kleid, ein rosa Kleid. Ich bin sicher, es wird ein Mädchen.« Ása lächelte voller Vorfreude.

»Der Fall ist so gut wie abgeschlossen«, sagte Hörður. »Wenn weder Hendrik noch Tómas aussagen, können wir unmöglich herausfinden, wer den Mädchen das angetan hat oder was genau passiert ist. Die Opfer sind beide tot, und wir haben nichts außer diesen Bildern und den Informationen von Rúnar, dass Tómas zu Elísabet nach oben gegangen ist. Rúnar war zu dem Zeitpunkt vermutlich stockbesoffen, und seine Zeugenaussage reicht nicht, um in diesem Fall irgendetwas zu beweisen.«

Elma wusste, dass Hörður recht hatte. Der Fall war gelöst, Ása hat den Mord an Elísabet gestanden, und mehr konnten sie nicht tun. Die Spurensicherung würde in den nächsten Tagen die Wollfäden aus Elísabets Auto mit Ásas Schal abgleichen. Außerdem lag ihr Geständnis vor, und es gab keine Hinweise auf weitere Täter. Trotzdem fragten sie sich, wie Ása es geschafft hatte, Elísabets Leiche so weit zu ziehen. Aber Ása lehnte entschieden ab, dass noch jemand anders ihr geholfen hätte, und Elma wusste, zu welch unglaublichen Dingen Menschen in gewissen Situationen fähig waren. Der Fall war gelöst, aber trotzdem fand Elma diesen Ausgang nicht gerecht. Bei Weitem nicht.

»Wir werden sie natürlich beide verhören. Vielleicht gesteht einer der beiden, aber das scheint mir eher unwahrscheinlich.«

Elma nickte. Sie saß in Papierkram vertieft bei Hörður am Schreibtisch.

»Was ist mit Sara?«, fragte sie.

»Wie, was ist mit Sara?« Hörður blickte auf. »Das ist fast dreißig Jahre her, und ihr Tod war, soweit wir wissen, ein Unfall. Auch wenn Elísabet die Wahrheit gesagt hat, kommt es auf das Gleiche raus – sie sind beide tot.«

»Aber was ist mit ...?«

»Elma, Elísabets Mann Eiríkur ist auf dem Weg hierher, und ich muss noch mit den Journalisten sprechen. Nimm dir den Rest des Tages frei. Geh ins Schwimmbad oder spazieren oder was auch immer. Du hast es dir verdient.« Er lächelte, aber an dem Lächeln war vor allem abzulesen, dass er Elma so schnell wie möglich loswerden wollte. Elma biss sich auf die Lippe und stand auf. In der Tür hielt sie inne und wollte noch etwas sagen, aber Hörður telefonierte bereits.

Ihre Mutter ging sofort ran. Als hätte sie neben dem Telefon auf ihren Anruf gewartet. Elma bekam fast so etwas wie ein schlechtes Gewissen, weil sie am Abend davor nicht zurückgerufen hatte. Sie wusste nur zu gut, wie neugierig ihre Mutter war, aber sie durfte ihr nun mal nichts erzählen. Sie hatte aber das Gefühl, ihre Mutter wünschte, sie wäre in der Hinsicht ein bisschen mehr wie Dagný.

»Hallo, Mama«, sagte sie und ließ sie nur kurz grüßen, bevor sie gleich weiterredete: »Weißt du noch, als du erzählt hast, dass Hendriks Bruder Tómas auf eine grauenvolle Art die Mieten eingetrieben hat? Was hast du damit gemeint?« Ihr war plötzlich eingefallen, was ihre Mutter beim Spaziergang auf dem Friedhof erzählt hatte.

»Warum fragst du?«, wollte ihre Mutter neugierig wissen, aber als Elma sich nicht weiter erklärte, sagte sie: »Er hat mit den Frauen geschlafen. Man hat von alleinerziehenden Müttern gehört, die ihre Miete nicht bezahlen konnten, und das hat er ausgenutzt. Ich weiß ja nicht, wie viel Wahres da dran ist, aber das ist das, was man sich so erzählt hat. Und Hendrik hat weggesehen und es geschehen lassen. Warum fragst du? Hängt das irgendwie zusammen mit ...?«

»Ich weiß es nicht«, sagte Elma schnell. »Ich hoffe nicht.«

Sie verabschiedete sich von ihrer Mutter mit dem Versprechen, zum Abendessen zu kommen. Dann legte sie das Handy weg und starrte auf den schwarzen Bildschirm vor sich. Es war, wie sie vermutet hatte. Sie hatte sich immer gewundert, dass eine Frau wie Halla sich die Miete für so ein großes Einfamilienhaus leisten konnte. Aber jetzt schien ihr klar zu sein, wie es abgelaufen war. Sie musste an die Bilder von Elísabet denken, auf denen sie so hilflos in ihrem Zimmer stand. Hallas Einsatz allein hatte wohl nicht gereicht, um die ganze Miete zu begleichen. Bei dem Gedanken wurde ihr schlecht.

Sævar stand in der Kaffeeküche, als Elma sie betrat. Er lehnte an der Bank und hielt mit beiden Händen eine Tasse fest.

»Kann man das trinken?«, fragte Elma und nahm sich eine Tasse.

»Mehr schlecht als recht«, antwortete Sævar.

Elma stellte sich neben ihn. Draußen schneite es. In dem Winter war bisher kaum Schnee gefallen, aber jetzt dafür umso dichter.

»Denkst du, er bleibt liegen?«, fragte sie.

»Was, der Schnee?« Sævar sah sie an. »Glaub nicht.«

Elma schwieg, und sie beobachteten weiter, wie die Flocken langsam zu Boden fielen und den dunklen Beton vor dem Fenster bedeckten.

»Hendrik ist aufgewacht«, sagte Sævar. »Sie glauben, er wird wieder ganz gesund.«

»Hat schon jemand mit ihm gesprochen?«

»Nein, noch nicht.«

Eine Weile lang schwiegen sie beide.

»Sie sehen sich ganz schön ähnlich, die Brüder, oder?«, sagte sie schließlich.

Sævar sah sie an. »Was meinst du?«

»Ich habe nur darüber nachgedacht, was Ása erzählt hat. Sie sagte, dass Elísabet den Mann, der zu ihr gekommen war, bei Saras Beerdigung gesehen hätte. Tómas war wahrscheinlich auch auf der Beerdigung. In der vordersten Reihe, vielleicht hat er sogar eine Hand auf Ásas Schulter gelegt. Könnte es nicht sein, dass ein neunjähriges Mädchen ihn für Saras Vater gehalten hat?«

»Doch, das kann gut sein«, sagte Sævar. »Aber wir finden jetzt wahrscheinlich nicht mehr heraus, was damals genau passiert ist.«

»Meine Mutter hat mir von Gerüchten erzählt, dass Tómas eine ziemlich grauenvolle Art hatte, die Miete von gering verdienenden alleinerziehenden Müttern einzutreiben.«

»Was willst du damit sagen?«

»Er hat mit ihnen geschlafen, und so kamen sie darum herum, mit Geld zu bezahlen«, sagte Elma. »Ob Elísabets Mutter vielleicht eine von ihnen war?«

Sævar zuckte mit den Schultern. »Es kann gut sein, aber weder Tómas noch Hendrik werden etwas sagen, was sie schlecht aussehen lässt, sie halten immer zusammen, und Ása weigert sich, mehr zu sagen.«

»Ich kann mir nicht vorstellen, dass Hendrik zu seinem Bruder halten wird, wenn er herausfindet, was für schreckliche Bilder Tómas von seiner Tochter gemacht hat.«

»Das kann gut sein«, sagte Sævar. »Aber wahrscheinlich wird Tómas nicht einfach so gestehen. Wir haben nichts in der Hand, um zu beweisen, dass er die Bilder gemacht hat.«

»Aber irgendjemand hat sie geschickt. Irgendjemand hat sie bei Ása durch den Briefschlitz geworfen.«

»Ja, so ist es nun mal. Wir müssen einfach weiter hoffen, dass die Person sich stellt.«

»Aber gibt es keine Konsequenzen in Saras Fall? Unternehmen wir nichts aufgrund der Informationen, die Elísabet mit Ása geteilt hat?«

»Was soll das bringen?«, fragte Sævar. »Elísabet ist tot. Es gibt niemanden, den man zur Verantwortung ziehen könnte. Außerdem war sie zu der Zeit ein Kind, und es war aller Wahrscheinlichkeit nach ein Unfall.«

Elma dachte an all die Jahre, die Elísabet geschwiegen hatte. All die Jahre, in denen diese Sache sie von innen aufgefressen haben musste. Es gab keinen Weg, um herauszufinden, ob Sara tatsächlich tot war, als Elísabet sie aufs Floß gelegt hatte. Und auch wenn Elísabet mit neun Jahren nicht darüber nachgedacht hatte, musste sie sich das später gefragt haben. Vielleicht wäre Sara noch am Leben, wenn Elísabet Hilfe gerufen hätte.

»Dann ist es also nur Ása, die ins Gefängnis muss«, sagte Elma und setzte sich. Die alte Frau tat ihr durchaus leid. Es war nicht fair, was sie alles durchmachen musste. Aber es war trotzdem ihre Schuld, dass zwei kleine Jungen jetzt keine Mutter mehr hatten, und daran war auch nichts fair.

»Wahrscheinlich bekommt sie sechzehn Jahre. Dann darf sie nach zehn Jahren raus, vielleicht sogar schon früher«, sagte Sævar.

Elma nickte. Sie wusste, dass es nichts bringen würde, sich weiter damit zu beschäftigen. Diejenigen, die theoretisch Fragen beantworten könnten, waren entweder tot oder weigerten sich auszusagen. Sie seufzte und starrte weiter auf die Schneeflocken, während sie ihren Kaffee trank.

»Ich hätte nichts gegen ein wenig Gesellschaft heute Abend«, sagte sie schließlich und lächelte Sævar zu.

* * *

Magnea strich über Bjarnis breite Schultern. Er saß nach vorne gebeugt auf der Sofakante und vergrub das Gesicht in den Händen. Irgendwie war der Tag vergangen. Magnea wusste nicht genau, wie. Die Sekunden krochen voran, wurden zu Minuten und schließlich Stunden, während alles stillzustehen schien. Und jetzt war es Abend. Die Finsternis draußen umhüllte ihr Haus. Sie freute sich darauf, das Kindergelächter durchs Haus schallen zu hören. Wenn sie nachmittags nicht mehr nur dasitzen und warten würde, so wie sie es heute den ganzen Tag lang gemacht hatte. Und das Schlimmste war, dass sie keine Ahnung hatte, worauf sie eigentlich wartete. Trotzdem spielte Magnea die Rolle der liebenden und unterstützenden Ehefrau, auch wenn sie sich hilflos fühlte und sich am liebsten im Bett verkrochen hätte. Sie musste sich immer wieder auf ihre Hände setzen, um das Zittern zu verstecken.

Plötzlich klingelte das Telefon. Es läutete nur für einen kurzen Augenblick, dann ging Bjarni sofort ran. Er stand auf und ging weg, eine Gewohnheit, die Magnea nicht ausstehen konnte. Was war es, das sie nicht hören durfte? Aber sie sagte nichts und wartete geduldig, bis er wiederkam.

»Mein Vater ist aufgewacht«, sagte er. Die Schultern entspannten sich, und er ließ sich aufs Sofa fallen.

Magnea setzte sich neben ihn und umarmte ihren Mann. Er lehnte sich an sie und schloss die Augen.

»Sie hatte es verdient zu sterben«, flüsterte er. »Elísabet hat meine Schwester getötet. Sie war schuld an Saras Tod und hat es all die Jahre verschwiegen. Kannst du dir etwas Schlimmeres vorstellen?«

»Wie meinst du das?« Magnea sah ihn erschrocken an.

»Hörður hat mir alles erzählt«, sagte er. »Deswegen hat Mama die Frau angefahren. Sie ist einfach durchgedreht, als sie erfahren hat, was genau mit Sara passiert ist. Und dann waren da auch noch irgendwelche Bilder von Sara, die sie zugeschickt bekommen hatte. Sie deuten darauf hin, dass Sara missbraucht worden war, und aus irgendeinem Grund dachte Mama, es sei Papa gewesen, der ...« Plötzlich schien ihm die Kraft auszugehen. Er begann leise zu zittern und hielt sie fester, wie ein kleines Kind, das bei seiner Mutter Trost sucht. »Papa streitet alles ab, aber ich weiß nicht mehr, was ich glauben kann und was nicht. Ich weiß nicht, was zur Hölle los ist.«

»Scht, mein Schatz«, flüsterte Magnea und küsste ihn auf die

Stirn. Sie hatte ihn noch nie so erlebt. Sie weinte oft und ließ ihren Gefühlen freien Lauf, aber Bjarni nie. »Das liegt alles in der Vergangenheit, wir müssen nicht weiter darüber nachdenken.« Sie nahm seine Hand und legte sie auf ihren Bauch. »Hier ist die Zukunft, Bjarni. Sie ist hier bei uns.«

Bjarni blickte zu ihr auf. Die Augen waren gerötet, aber trocken, und er lächelte vorsichtig. Er streichelte ihren Bauch und Magnea entspannte sich ein wenig. Sie lächelte und küsste ihn, diesmal auf den Mund. Langsam hörte ihr Körper auf zu zittern. Bald würde alles vorbei sein, und sie könnte wieder atmen.

Jetzt musste sie keine Angst mehr haben.

* * *

Sie bekam nicht einmal ein eigenes Zimmer. Ihr Bett stand in einem großen Raum auf der vierten Etage des Krankenhauses, und nur ein dünner Vorhang trennte es vom nächsten Bett ab.

Ásdís war früh am Morgen rausgegangen. Hatte sich weggeschlichen, ohne dass Tómas etwas mitbekommen hatte. Sie schämte sich so sehr. Sie hatte die Bilder gefunden. Sie wusste, was passiert war. Was er getan hatte.

Was passiert war, nachdem sie die Bilder in Ásas Briefschlitz gesteckt hatte, verstand sie aber nicht so richtig. Sie verstand nicht, warum Ása dachte, die Bilder seien von Hendrik. Sie hatte keine Ahnung, wie sie darauf kam. Und jetzt lag Hendrik im Krankenhaus. Er war auf dem Weg der Besserung, und Ásdís hatte Angst davor, was nach seiner Entlassung passieren würde. Tómas war von der Polizei zur Vernehmung gerufen worden und schweigsam und mit ernster Miene wieder nach Hause gekommen. Dann hatte er bis zum Morgen getrunken und ihr kaum etwas über den Fall erzählt. Ásdís hatte aber alles von ihrer Großmutter erfahren und war sicher, dass alle im Ort wussten, was Tómas getan hatte. Darum versuchte sie, keine Aufmerksamkeit auf sich zu lenken. Ging möglichst nicht vor die Tür, schlich auf Zehenspitzen durchs Haus und hoffte, niemand würde darauf kommen, dass sie die Bilder geschickt hatte. Er war zu allem fähig, das wusste sie.

»Schau, ein Löwe. Weißt du noch, wie der Löwe macht?«, sagte eine Frauenstimme auf der anderen Seite des Vorhangs. Ein kleines Kind brüllte laut, und die Stimme mahnte es freundlich zur Ruhe. »Ganz richtig, mein Schatz. Und siehst du den Elefanten? Weißt du noch, wie der Elefant macht?« Sie lachten beide.

Ásdís lag starr da, und aus irgendeinem Grund floss eine heiße Träne über ihre Wange. Sie fuhr mit der Hand unter den Kittel, den die Krankenschwester ihr gegeben hatte, und strich über ihren Bauch. Wahrscheinlich war es nur Einbildung, aber sie meinte, etwas zu spüren. Eine Wärme durchströmte ihre Hand. Sie schloss die Augen und versuchte zu vergessen, wo sie war. Sie musste es tun. Sie konnte sein Kind nicht bekommen. Konnte es einfach nicht.

Sie griff nach der kleinen Handtasche, die neben ihr lag. Sie tastete bestimmt schon zum hundertsten Mal nach dem Geld. Es war immer noch da. Das Geld, das sie von Tómas geklaut hatte. Er hatte keine Ahnung, dass sie das Versteck mit all dem Geld kannte, von dem die Bank nichts wissen durfte. Es war aber nur eine Frage der Zeit, bis er bemerken würde, dass es weg war. Aber bis dahin würde sie hoffentlich über alle Berge sein. Sie lächelte beim Gedanken daran und las noch einmal die Mail auf ihrem Handy, wie um sich noch einmal zu versichern. Die E-Mail mit der Bestätigung war da, wo sie sein sollte. Ein Flug nach Deutschland, heute Abend, ohne Rückflug. Sie würde versuchen, das durchzustehen, wenn nötig mit starken Schmerztabletten.

Sie wusste nicht, warum die Wahl auf Deutschland gefallen war. Vielleicht, weil sie ganz gut Deutsch konnte. Das war ihre einzige Verbindung zu dem Land, sie konnte die Sprache. Es gab niemanden, der sie erwartete, und diese Aussicht erfreute sie. Sie hatte genug Geld, um für eine Weile in einem billigen Hotel zu übernachten, bis sie einen Job fand. Und dann könnte sie sich irgendwann eine Wohnung mieten.

»Bist du bereit?«, fragte die Krankenschwester, die sie am Morgen empfangen hatte. Sie hatte ihr jede Menge Fragen gestellt. Unangenehme Fragen. Mit jeder Sekunde war der Kloß in ihrem Hals größer geworden. Doch, sie wusste, wer der Vater war. Nein, sie war bisher noch nie schwanger gewesen. Sie war sicher schon im zweiten oder dritten Monat.

Sie nickte und holte tief Luft. Die Stimmen auf der anderen Seite des Vorhangs waren verstummt. Vermutlich war das Kind eingeschlafen, sicher im Arm seiner Mutter. Es war, als würde die Krankenschwester ihr Zögern bemerken. Sie sah Ásdís prüfend an. »Bist du ganz sicher?«, fragte sie. Ásdís wollte antworten, aber die Worte blieben ihr im Hals stecken, und sie schüttelte den Kopf. Bevor die Krankenschwester mehr sagen konnte, stand Ásdís hastig auf. Sie zog ihre eigenen Sachen über das Krankenhaushemd und stürmte nach draußen.

Sie hatte aufgehört zu weinen. Die Erleichterung darüber, wieder draußen zu sein, war so groß. Es fühlte sich an, als würde sie schweben. Zusammen könnten sie das schaffen. Natürlich könnten sie das. Zusammen in einem neuen Land leben, sie und das Wesen, das in ihr heranwuchs. Sie könnte ihm ein gutes Leben bieten. Ein besseres Leben, als sie je gehabt hatte.

Es sah so aus, als wäre niemand zu Hause, aber sie wusste, dass er da war. Das Auto stand in der Einfahrt. Sie ärgerte sich, dass sie vergessen hatte, den Reisepass mit ins Krankenhaus zu nehmen. Ansonsten hatte sie alles, was sie brauchte. Jetzt müsste sie hineingehen und erklären, wo sie sich aufgehalten hatte, und sich dann wieder rausschleichen. Hoffentlich schlief er. Es war noch nicht Mittag, also standen die Chancen gut, dass er noch gar nicht aufgestanden war. Sie ging leise hinein und atmete auf, als sie nichts hörte. Wahrscheinlich schlief er noch.

Der Reisepass lag im Kleiderschrank, also musste sie ins Schlafzimmer. Sie öffnete vorsichtig die Tür und verzog das Gesicht, als das Knarren der Tür die Stille im Haus durchdrang. Aber zu ihrer Verwunderung lag Tómas nicht im Bett. Sie blickte sich nervös um, als rechnete sie damit, dass er hinter ihr stand und sie beobachtete. Er musste kurz rausgegangen sein.

Sie eilte zum Schrank und kramte in der Sockenschublade, bis sie den Pass fand. Jetzt musste sie nur irgendwie nach Reykjavík kommen und von da aus weiter zum Flughafen nach Keflavík. Sie würde den Bus nehmen und in Reykjavík umsteigen müssen, aber das war einfach Teil des Abenteuers. Sie freute sich darauf, frei zu sein. Konnte es nicht erwarten, diesen Ort zu verlassen, dieses Land zu verlassen. Von hier hatte sie keine guten Erinnerungen. Sie hatte trotzdem ein schlechtes Gewissen, wenn sie an ihre Großmutter dachte. Die alte Frau hatte ihr Bestes gegeben, daran zweifelte sie nicht. Und sie würde ihr einen Brief schreiben. Sie vielleicht sogar nach Deutschland einladen, auch wenn sie nicht glaubte, dass sie die Kraft für so eine lange Reise hatte. Sie sah sich ein letztes Mal in der Wohnung um und schloss die Augen. Wollte keine Erinnerungen mitnehmen. Dieses Kapitel ihres Lebens würde sie versuchen, so schnell wie möglich zu vergessen.

Sie hatte gerade die Haustür hinter sich geschlossen, als sie Schritte auf dem Schotter hörte. Er sah sie vom Vorgarten aus an. Ásdís erstarrte. Hoffentlich würde er ihr nicht ansehen, dass sie eigentlich vorhatte, ihn endgültig zu verlassen. Aber er schien es nicht zu merken.

»Hol deinen Pass und steig ins Auto«, befahl er. Ásdís blickte um sich. Gab es eine Fluchtmöglichkeit? Könnte sie ihm entkommen? Natürlich war es ausweglos, wohin sollte sie auch fliehen?

»Worauf wartest du?«, fragte er, als sie sich nicht rührte. »Wir müssen los. Jetzt.«

Ásdís schüttelte den Kopf und merkte, wie sich ihre Augen mit Tränen füllten.

»Warum müssen wir weg?«

Tómas ging zu ihr, und sie begann zu zittern. Was hatte er jetzt vor? Wusste er, dass sie das Geld genommen hatte? Zu ihrer Verwunderung umarmte er sie, drückte sie fest an sich und küsste sie auf die Stirn.

»Ist das nicht das, was du immer wolltest? Diesen furchtbaren Ort verlassen, und woanders neu anfangen?«

Ásdís nickte und zog die Nase hoch. Sie wollte die Sache nicht komplizierter machen, indem sie fragte, warum sie so plötzlich wegmussten. Sie öffnete die Tür, ging hinein und wartete kurz im Vorraum. So lange, wie sie gebraucht hätte, um den Pass zu holen. Tómas saß schon im Auto, als sie wieder hinausging. Sie setzte sich neben ihn, und kurz darauf rasten sie los. Ásdís sah aus dem Fenster und dachte sich, dass sie zumindest auf dem Weg ins Ausland war. Immerhin würde sie abhauen, auch wenn er dabei war. Vielleicht war es besser so.

Vielleicht würde es woanders besser sein.

Die Gedenkfeier fand in der Kirche von Akranes statt. Elisabet wollte nicht dabei sein, aber alle ihre Klassenkameraden gingen zusammen mit dem Lehrer hin, also musste sie mit. Die Leute waren ganz schwarz angezogen. Viele hatte sie davor noch nie gesehen. Keiner von ihnen hatte Sara so gut gekannt wie sie. Alles war so ernst. Manche weinten, und andere schnäuzten sich.

Elisabet fühlte sich da drinnen nicht wohl. Sie rutschte auf der Kirchenbank vor und zurück und drehte sich zur Tür. Sie saß ganz hinten in der Kirche – könnte sie einfach unbemerkt rausgehen? Sie sah Magnea kurz in die Augen und blickte schnell wieder weg. Magnea hatte nicht mit ihr geredet, seit es passiert war. Hatte sie kaum angesehen. Aber Elisabet war das egal. Sie wollte nie wieder im Leben eine Freundin haben. Niemand würde ihr mehr zu nahe kommen. Alles war ihr egal.

Als sie die Leute in der ersten Reihe aufstehen sah, erstarrte sie. Da war er. Der Mann, dem das Haus gehörte. Der zu Besuch kam. Dann war es Saras Papa. Der Papa, der immer arbeiten musste.

Elisabet hielt es trotzdem die ganze Feier lang aus. Sie leerte ihren Kopf, dachte an etwas ganz anderes als an Sara. Versuchte, sich an ihre Geschichten zu erinnern, all die schönen und guten. Bei der Trauerfeier rührte sie ihr Stück Kuchen nicht an, und als sie Saras Mutter Ása einmal kurz in die Augen sah, hielt sie es nicht mehr aus. Sie stand auf und rannte davon. Rannte, so schnell sie konnte. Kam erst zur Ruhe, als sie im Schrank war und hinter sich zugemacht hatte. Dort saß sie zusammengekauert, während sie alle Geschich-

ten aufsagte, die sie kannte. Papas Geschichten und die Geschichten aus Büchern. Sie spürte die Wunden nicht, die entstanden, wenn das Holz ihre Fingernägel aufriss, und sie hörte erst auf, als das Blut die Wand runterlief.

Viel später kam ihr einmal in den Sinn, dass sie vielleicht nicht die Einzige mit einem Geheimnis war. Vielleicht hatte Sara ein genauso schreckliches Geheimnis gehabt wie sie.

EIN PAAR WOCHEN SPÄTER

Der Friedhof war von Schnee bedeckt. Es knarrte unter ihren Schuhen, als sie in der Dämmerung zum Grab ging, aber ansonsten war nur das Rauschen des Verkehrs in der Ferne zu hören.

Sie besuchte ihn zum ersten Mal, fand das Grab aber sofort. Vor dem weißen Kreuz blieb sie stehen. Auf dem schwarzen Schild in der Mitte stand: *Davíð Sigurðarson. Ruhe in Frieden.* Mehr nicht. Keine Hinweise darauf, wer er war und was er getan hatte. Am Ende würde es in Vergessenheit geraten, wie alles andere auch.

Sie wusste, dass es ihm lange Zeit schlecht gegangen war. Manchmal schien es, als wäre ihm ein dunkler Schatten gefolgt, aber sie hatte nicht gemerkt, wie schlimm es geworden war, hatte die kleinen Hinweise ignoriert. Die Nächte, in denen sie aufwachte und er auf der Bettkante saß und in die Dunkelheit starrte. Die Augen, die manchmal so abwesend waren, dass es keinen Weg gab, an ihn heranzukommen. Er hatte es gut versteckt, aber sie hätte es trotzdem sehen müssen. Sie hätte wissen müssen, dass er in Gefahr war. Sie, die ihn besser kannte als alle anderen.

Erst kam die Wut. Wie konnte er ihr das antun? Wie konnte er gehen, ohne sich zu verabschieden und ohne sie zu warnen? Sie konnte seiner Familie nicht in die Augen sehen. Bei dem Anruf seiner Schwester Lára vor ein paar Wochen hatte sie kaum ein Wort herausgebracht. Sie konnte nicht über ihn reden, noch nicht.

Aber von dieser anfänglichen Wut war kaum noch etwas da. Jetzt war nur noch Trauer übrig.

Sie bückte sich und wischte den Schnee von der Kerze, die jemand auf das Grab gestellt hatte. Es dauerte ein bisschen, sie anzuzünden, aber dann fing der kalte Faden Feuer, und ein kleines Licht flackerte in der Dämmerung.

Sie blieb eine Weile stehen. Dachte an ihr gemeinsames Leben. All das Gute und all das Schlimme. Ließ den letzten Rest ihrer Wut zusammen mit der Kerze verbrennen. Sie ging erst, als ihr zu kalt wurde. Dann stieg sie in ihr Auto und fuhr wieder nach Hause.

Die Übersetzung dieses Buches entstand mit finanzieller Förderung des

 ICELANDIC LITERATURE CENTER

Die Arbeit der Übersetzerin am vorliegenden Text wurde
im Rahmen des Programms »Neustart Kultur« aus Mitteln der
Beauftragten der Bundesregierung für Kultur und Medien
vom Deutschen Übersetzerfonds gefördert.

3. Auflage 2025

Titel der Originalausgabe: *Marrið í stiganum*
© 2018 Eva Björg Ægisdóttir
All rights reserved
Aus dem Isländischen von Freyja Melsted
© 2023, 2024, Verlag Kiepenheuer & Witsch GmbH & Co. KG,
Bahnhofsvorplatz 1, 50667 Köln
Alle Rechte vorbehalten
Die Nutzung unserer Werke für Text- und Data-Mining
im Sinne von § 44b UrhG behalten wir uns explizit vor.
Covergestaltung: FAVORITBUERO, München
Covermotiv: © Smartha/shutterstock, mauritius images/Stefan Hefele
Karten auf den Umschlaginnenseiten: Christl Glatz |
Guter Punkt, München
Gesetzt aus der Maecenas, entworfen von Michał Jarociński,
und der Century Gothic
Satz: Buch-Werkstatt GmbH, Bad Aibling
Druck und Bindung: GGP Media GmbH, Pößneck

ISBN 978-3-462-00663-6

Kontaktadresse nach EU-Produktsicherheitsverordnung:
produktsicherheit@kiwi-verlag.de

»Eine spannende neue Stimme in der isländischen Krimiliteratur«

Yrsa Sigurdardóttir

Kiepenheuer
&Witsch